청소년을 위한
서양문학사 [하권]

청소년을 위한

서양문학사 [하권]

바이런에서 귄터그라스까지

김계영 지음

들어가는 말 : 세계를 바라보는 또 하나의 시선, 문학

21세기는 영상의 시대입니다. 이삼십 년 전이라면 문학소년, 문학소녀로 불렸을 청년들이 문학작품 대신 영화에 열광하고, 많은 어린이들이 '고전'으로 불리는 문학작품들을 애니메이션이나 만화책으로 접하는 시대가 되었습니다. 영상과 이미지가 활자 매체인 책의 영역을 대신하고 '문학의 위기', 나아가서 '인문학의 위기'가 공공연하게 거론되는 시대인 것은 부정할 수 없지만, 문학과 예술은 여전히 인간 정신의 가장 수준 높은 표현 형식 중 하나입니다. 문명이 오늘날까지 인류의 역사를 표시해 주었던 것도 바로 이 분야의 작품들을 통해서였습니다.

언어를 매체로 삼아 인간의 모든 감정들과 사상을 문자로 기록해 낸 예술작품인 문학은 인류의 발생과 더불어 지금까지 인류와 함께해 왔습니다. 문학은 자아를 발견하려는 노력이고 인생을 표현하는 도구이며, 개인뿐만 아니라 사회의 정체성이 투영되는 예술 형식인 동시에 꿈과 소원을 성취하는 한 가지 방법이기도 합니다. 우리는 문학작품들을 통해 우리가 직접 경험하지 못한 것들을 경험할 수 있고, 몰랐던 것들을 배우고 익히며, 알고 있던 것을 재확인하면서, 때로는 작품 속 인물들과 하나가 되어 울고 웃기도 합니다. 많은 문학작품을 접할수록 우리의 가상 경험과 상상력은 증폭되고, 고차원적인 정신적 즐거움을 느끼게 되며 동시에 인생이 무엇이며 어떻게 살아야 하는 것인지를 배워 정신적으로 성숙하게 됩니다.

이 세상에는 참으로 많은 문학작품들이 존재합니다. 그 많은 작품을 모두 읽을 수 있다면 좋으련만, 아마도 세상에 존재하는 모든 문학작품을 읽기란 결코 쉽지 않을 것입니다. 더구나 많은 분야의 학문을 동시에 접해야 하는 현실에 처한 청소년들이 개별적으로 수많은 문학작품을 직접 읽고 이해하기는 더더욱 어려울 것입니다. 얼마 전부터, 이런 어려움을 감안해 개별적인 문학작품의 이해를 돕는 책들이 많이 나오고 있지만, 대체로 근대 이후의 작품들에 집중되어 있는 데다가 전체적인 문학의 흐름을 한눈에 알아볼 수 있는 책은 그리 많지 않습니다.

서양 문학에 관한 강의를 하다가 가끔 학생들에게 물어보면 개별적인 문학작품을 읽기는 했지만 그 작품이 어떤 시대의 작품인지 모르고 있는 경우가 많고, 서양 문학의 경우 심지어 작가가 동시대 사람인지 100년 전 사람인지 200년 전 사람인지 모르는 경우도 있습니다. 문학작품을 창작해 내는 작가 역시 분명 사회의 일원이고, 작품은 다양한 사회적 맥락 속에 위치합니다. 문학작품은 어떤 식으로든 그 시대의 사회와 관계를 맺고 있으며, 알게 모르게 시대정신을 반영합니다. 어떤 시대의 작품인지, 어떤 역사적 배경에서 탄생했는지를 알고 읽었을 때 그 작품의 의미가 더욱 뚜렷해질 수 있다는 점을 감안하면 안타까운 마음이 들기도 합니다.

요즘 학생들은 기지가 넘치고, 순발력이 뛰어나고, 또한 많은 양의 지식을 습득하고 있습니다. 하지만 그 재기발랄함과 지식들이 단편적으로 각개전투를 벌이고 있는 인상을 받기도 하는데, 그런 지식들을 총체적으로 재구성해 낼 수 있는 힘, 즉 전체적이고 종합적인 사고가 덧붙여진다면 금상첨화일 것입니다.

동양인인 우리들에게 서양 문학은 다소 생소하게 여겨질 수도 있습니다. 문학이라는 본질적 측면에서 본다면 서양 문학이나 동양 문학이나 커다란 차이가 없지만, 서양 문학은 동양 문학과는 다른 나름의 사상과 문화적 배경을 바탕으로 발전하고 변화해 왔습니다. 이 책은 무엇보다도 그런 역사적·문화적 배경을 바탕으로 서양 문학 전체에 대한 이해를 돕기 위해 만들어졌습니다.

이 책에는 서양 문학이라는 범주 안에 포함될 수 있는 작가와 작품들, 그리고 서양 문예 사조 전반의 특색이 시대의 흐름에 따라 펼쳐집니다. 서양 문학의 원류를 이루고 있는 고대 그리스 로마 신화와 서사시에서부터 르네상스를 거쳐 근대 국민 문학이 성립되고, 고전주의, 계몽주의, 낭만주의, 사실주의, 상징주의 등으로 불리는 문예사조를 지나 현대의 포스트모더니즘 문학에 이르기까지 서양 각국의 문학이 발생한 상황과 변화 발전해 온 흐름을 시대별·국가별로 정리했습니다.

문학사라는 점을 고려해 먼저 세기별로 분류하고 시대별 문예사조의 흐름을 개관하는 방식을 택했으며, 그 흐름 안에 각각의 작가와 작품들을 위치시켰습니다. 시대의 흐름을 벗어나거나 시대를 앞서간 작품들, 어떤 특정 문예사조로 분류하기 어려운 작가나 작품들의 경우 연대기적 순서를 우선으로 분류했고, 특별한 경우에는 시대보다 문예사조적인 특성을 먼저 고려하기도 했습니다.

문학이라고 하면 일단 어렵고 재미없고 딱딱한 것이라는 생각을 없애기 위해 가능하면 이해하기 쉽게 써 나갔고, 많이 알려진 작품들이나 역사적으로나 문학적으로 중요하다고 생각되는 작품들에는 간단한 줄거리와 평가를 덧붙였으며, 간간이 작품이나 작가, 개념과 관련된 에피소드들을 더해 읽는 재미를 느끼도록 했습니다. 문학이 다른 예술과 분리된 혼자만의 예술이 아니라 미술, 음악, 영화 등과 함께 어우러지는 예술인 점을 감안해 가능한 한 많은 삽화와 설명들을 넣으려고 했습니다.

서양 문학사에 등장하는 모든 작가와 모든 작품을 한정된 지면 안에 다루는 일이 현실적으로 불가능하기 때문에 다루지 못한 작가와 작품들도 많고, 비록 언급되었다고는 해도 충분히 설명되지 못한 경우도 있을 것입니다. 이 점 많은 양해를 바랍니다.

　프랑스 문학을 전공하기는 했지만 필자가 서양 문학 전체를 통괄하는 작업을 하는 데 어려움이 많았습니다. 이 과정에서 이미 나와 있는 많은 서양 문학 관련 책들과 문학사전, 백과사전들이 많은 도움을 주었습니다. 청소년들이 서양 문학 전반의 흐름을 이해하는 데 작은 도움이 되기를 바라는 마음에서 이 책을 냅니다.

　이 책이 나올 수 있게 여러모로 도와 주신 두리미디어의 최용철 사장님과 편집진에게 깊이 감사드립니다.

2006년 가을 분당에서

김 계 영

차례

청소년을 위한 서양 문학사 [상권]

19세기 문학의 흐름과 역사적 배경

프랑스혁명
파리 민중들이 바스티유 감옥을 점령한 1789년 7월 14일부터 1794년 7월 27일에 걸쳐 일어난 시민혁명. 자유·평등·박애의 이념을 전면에 내세운 사상혁명의 전형이다. 혁명 기념일인 7월 14일은 프랑스의 가장 큰 국경일이다.

산업혁명
18세기 중엽 영국에서 시작된 기술 혁신과 이에 수반하여 일어난 사회적·경제적 구조의 변화를 총칭하는 말이다.

서양에서 19세기라고 하면 보통 프랑스혁명*이 발발한 1789년에서 1차 세계 대전이 시작되는 1914년에 이르는 약 120여 년간을 의미합니다. 정치적으로는 자유주의와 민족주의의 시대로, 사회경제적 측면으로는 자본의 시대, 산업과 제국의 시대로 불리기도 합니다. 근대 국가의 성립과 더불어 민주주의와 민족주의가 자리 잡았으며 산업혁명*으로 기술과 자본이 발전하는 동시에 사회 하층민이 발생하고 부의 불공평한 분배 문제가 제기되었던 급격한 사회적, 정치적 변동기였습니다.

프랑스혁명과 산업혁명은 정치·사회·경제뿐만 아니라 문화적인 측면에서도 뜻 깊은 변화를 가져왔습니다. 영국에서 가장 먼저 일어나 유럽 전역에 확산된 산업혁명은 새로운 기계의 발명과 기술의 혁신으

민중을 이끄는 자유의 여신
들라크루아의 그림(1830)

산업혁명의 대표적 발명품인 증기기관차

로 생산력을 높였지만 수공업자들의 실업, 농촌 인구의 도시 집중, 혹
사당하면서도 여전히 가난한 노동자들의 인권유린 같은 문제들을 만들
었습니다. 또한 자유 · 평등 · 박애의 이념을 내세운 프랑스혁명은 시
민계급이 중심이 되어 절대주의적인 구체제를 타도하고 근대적 민주주
의 체제를 확립시키는 결정적 계기가 된 전형적인 시민혁명이었으나,
나폴레옹(1769~1821)*의 등장으로 제정이 시작된 이후 왕정, 공화정,
제정 등이 반복되는 우여곡절을 겪는 과정에서 상대적으로 많은 사람
들의 마음에 환멸감을 불러일으키기도 했습니다. 계몽주의의 최고의
성과가 이성에 의한 비합리적인 정치체제의 타파였는데, 혁명의 과정
에서 드러난 인간의 취약한 면과 과도기적 어지러움, 폭력과 공포, 원
칙의 붕괴 등에 대해 불신과 회의를 느끼게 된 것입니다. 이러한 정신
의 폐허 위에 사람들은 이성 만능주의에 대해 반발하면서 개인의 심성
과 자아에 대해 확인하려는 쪽으로 눈을 돌리게 되었습니다.

나폴레옹

프랑스의 황제. 1804년에 황제의 자
리에 올라 제1제정을 수립하고 유럽
대륙을 정복했으나 트라팔가르 해전
에서 영국 해군에 패하고 러시아 원
정에도 실패해 퇴위했다. 엘바 섬에
유배되었다가 탈출해 이른바 '백일천
하'를 실현했으나 다시 세인트헬레
나 섬으로 유배되어 그곳에서 죽었
다. 재위 기간은 1804~1815년이다.

◀ 알프스를 넘는 나폴레옹
다비드(1800)

나폴레옹의 황제 대관식
다비드(1810). 이전까지는 교황이 프랑스 왕들에게 왕관
을 씌워 주었으나 나폴레옹은 자기 손으로 왕관을 썼다고
한다. 그림에서는 황후 조세핀에게 나폴레옹이 왕관을 씌
워주고 있다.

이런 역사적 배경에서 19세기 초반 유럽에서는 감성感性의 해방, 무한에 대한 동경과 불안, 질서와 논리에의 반항, 자유의 추구를 특징으로 하는 낭만주의 문학이 발생하게 됩니다. 문학 자체를 볼 때 18세기까지의 문학을 고전문학의 범주에 넣을 수 있다고 한다면 19세기 문학은 근대문학으로 규정할 수 있습니다. 프랑스혁명 이전의 문학에서는 사회적·도덕적 규범이나 그 규범의 실천이 문제가 되는 반면, 19세기 문학에서는 개인의 발견이라는 새로운 측면이 문제가 되기 때문입니다. 19세기 문학에서는 개인의 감정과 삶이 중심이 되고, 사회적 규범이나 도덕은 그 개인의 상황을 뒷받침하는 배경의 역할을 합니다.

19세기는 전반기와 후반기가 확실히 구별됩니다. 흔히 19세기의 전반기는 낭만주의가, 후반기는 사실주의(리얼리즘)가 지배하는 것으로 봅니다.

1848년, 전 유럽에 혁명의 바람이 불면서 프랑스뿐만 아니라 오스트리아에서도 혁명이 일어나고, 영국에서는 18세기 후반 시작된 산업혁명으로 인해 노동자가 대량으로 생겼으며, 후진국이었던 독일도 공업화해 노동자의 수가 갑자기 불어납니다. 이 해에 마르크스와 엥겔스는 〈공산당 선언〉을 발표해 프롤레타리아*에게 계급의식을 불어넣었습니다. 이 해를 기점으로 예술가들의 의식도 바뀝니다. 자유사상에 의해 이제까지 구름 위에서만 노래하던 작가들이 땅으로 내려오게 됩니다. 예술가들은 예전의 군주들에게 받던 후원금 대신 산업에 의해 부유해진 시민계급과 독서를 즐기려는 서민층을 독자로 하여 독립적인 생활을 할 수 있게 됩니다.

19세기 후반의 사실주의는 고전주의와 낭만주의에 대립하는 개념, 이상주의적 계몽주의와 환상적 낭만주의에 대한 반작용으로 볼 수 있

프롤레타리아

자본주의 사회에서 자신의 노동력을 판매해 생활을 영위하는 무산계급을 지칭하기 위해 독일의 철학자 마르크스가 사용한 개념이다. 유산계급인 부르주아지에 대비되는 말로 노동 계급, 피지배 계급을 의미하기도 한다.

는 예술운동입니다. 객관적이고 정확한 현실의 묘사와 재현을 추구하는 사실주의 문학에서 좀더 과학적인 차원으로 접근한 것이 자연주의이고, 그 반동으로 상징주의가 나타나게 됩니다. 정치 · 사회 · 경제의 양상이 다양화됨에 따라 문학의 양상도 다양화되어 19세기 후반기에 프랑스와 독일에서는 사실주의 다음으로 상징주의 문학이 있었지만, 영국에서는 낭만주의 문학에 이어 산업화된 사회문제를 보여 주는 문학 양상이 나타납니다.

01 낭만주의 문학

모든 위대한 '사상'이나 '주의'가 그렇겠지만, 낭만주의도 몇 마디 단어나 몇몇 특징으로 분명하게 규정하기 어렵습니다. 프랑스 낭만주의 작가인 빅토르 위고는 '낭만주의란 문학에서의 자유주의'라고 규정지었고, 어떤 학자들은 "낭만주의 정신은 정서적인 삶을 절대적으로 강조한다."고 말합니다. 모두 다 틀린 말은 아니지만, 좀더 구체적으로 해명할 필요가 있습니다.

낭만주의浪漫主義, romanticism의 어원은 원래 중세 시대, 현재의 프랑스인 골 지방의 공용어이며 교양어였던 라틴어와 함께 지방어로 사용되던 언어인 로망roman어에서 유래합니다. 우아하고 격조 있는 형식과 내용을 담은 라틴어로 된 작품과는 달리, 민중에게 구전되어 오던 영웅전설이나 공상적이고 신비한 모험담들은 대체로 로망어로 씌어 있었습니다. 이러한 기사의 전설이나 모험담 안에는 황당무계하고 허무맹랑한 것들도 들어 있기 마련이어서 15세기까지 '로맨틱 romantic'이라는 단어는 '로망의', '로망어의'라는 뜻과 혼동되어 사용되었습니다. 영국의 감상주의 소설에서는 이 단어를 '소설처럼', '소설에 나오는 것처럼 멋진' 이라는 뜻으로 사용했고, 후에 영국문학을 모범으로 삼자고 주장했던 스위스派에 의해 좀더 더 깊은 의미로 확대되어 18세기의 문학 유행어가 되었습니다. 독일 낭만주의의 선구자 슐레겔이 로맨틱이라는 말을 '고전적' 의 반대개념으로 사용한 뒤부터 일반화되었으며, 한국에서는 '로망' 이라는 서양어의 발음을 옮겨 오는 과정에서 '낭만' 이라는 발음으로 굳어졌습니다.

넓은 의미에서 낭만주의란 세계나 현실을 이성으로 규정하지 않고 오히려 인간의 이성만으로는 결코 인식할 수 없는 신비하고 수수께끼 같은 존재로 규정하는 정신적 움직임을 일컫습니다. 특히 18세기 말부터 19세기 전반 유럽에서 유행한 낭만주의는 고전주의의 완결성, 합목적성에 반대되는 감성의 해방, 무한에 대한 동경과 불안, 질서와 논리에 대한 반항을 특징으로 하는 문학사조를 말합니다. 시간적으로는 매력적인 옛 시대를 동경하고, 공간적으로는 이국적인 풍토를 그리워하며, 내면적으로 깊은 명상에 빠지기도 합니다. 그러나 어떤 경우든 낭만주의의 기본 정신은 자유를 추구합니다. 따라서 낭만주의는 이성보다는 감성을, 형식보다는 내용을, 객관적인 것보다는 주관적이고 개성적인 것을, 보편적인 것보다는 개별적인 것을 추구합니다. 그리고 낭만주의는 극도의 개인주의를 표방하며 삶에서 완전히 자유롭고 구속당하지 않기를 원합니다. 자아의 해방을 기본 목표로 삼기 때문에 자아의 분출, 자기 내부의 침잠이 자유롭게 이루어지며 무한을 추구합니다.

전형적인 낭만주의의 현상 가운데 하나로 '세계고世界苦' 를 들 수 있는데, 이것은 불안정하고 별난 천재들이 세상의 험난한 현실에 적응하지 못하는 데서 생겨난 끊임없는 갈등, 우울, 절망, 비관주의를 말합니다.

낭만주의는 확실히 이성을 중시하는 고전주의와 반대되는 사조이며, 계몽주의의 반대 축에 서는 사조이기도 합니다. 계몽주의는 합리

만화책! 안 치워!

상상력! 공상력! 환상적인건 나야!
고로! 내가 낭만주의 교과서♩

만화책

성을 강조하고 지식의 확장에 공헌했지만 이성이 미치지 못하는, 즉 인간의 생활감정이나 종교의 참된 의미 같은 비이성적인 분야는 제외해 버리는 경향이 강했고, 그로 인해서 외적으로는 세련되고 진보한 생활에 이르렀다고 해도 영혼의 위안을 제공하지는 못했습니다. 낭만주의는 이성에 갇혀 버린 문명에 대해 초합리적인 힘, 즉 상상력을 강조하는 문학 운동입니다. 따라서 공상적이고 비합리적이고 환상적인 성격이 강합니다.

고전주의가 투명한 그리스 조각에 비교된다면 낭만주의는 음악, 멜로디, 청각적인 것에 비교할 수 있습니다. 엄격한 자기 규제가 없는 낭만적 영감은 개성의 직접적인 표현을 강조하고 있는데, 이런 표현들은 장편소설보다 시, 특히 서정시에서 빛을 발하기 때문에 낭만주의 시대에는 시 작품이 많습니다.

낭만주의 운동은 고전주의가 우세했던 프랑스에 비해 종교개혁이 개인주의를 조장하고 감정적 신비주의를 발생시킨 영국과 독일에서 먼저 싹트기 시작했습니다. 프랑스의 낭만주의 운동은 독일이나 영국의 낭만주의 사조가 쇠퇴할 때쯤 시작되었지만 가장 활발한 전개를 보였고 유럽에 큰 영향을 끼쳤습니다.

낭만주의 운동은 단순한 문학 운동이 아니라 철학, 음악, 예술 전반에 걸쳐 전개된 사상으로 유럽 전역과 러시아, 대서양 건너 미국까지 번져갔지만, 결국 19세기 전반까지밖에 지속되지 못했습니다. 인간 사회가 고여 있는 잔잔한 호수가 아닌 이상 어떤 운동도 영원히 계속될 수 없기 때문입니다. 절제를 잃고 비현실적인 환상의 세계로 치달으면서 정신적인 것들을 지나치게 고립시켰고 이에 대한 반성이 대두되면서 낭만주의는 서서히 종말을 고합니다. 그러나 낭만주의는 정열적 자아의 해방, 국민적·지방적 전통으로의 복귀, 자연에 대한 사랑, 명상적 신비주의, 이국정서 등을 통하여 상상력의 폭을 넓혔습니다. 또한 서정시에 음악성을 회복시킴과 동시에 현실의 관심을 자각시켜 상징주의와 사실주의로 가는 길을 열었습니다.

독일의 낭만주의

일반적으로 독일 문화는 현실적인 악조건에 놓일 때 더욱 창조적 역량을 발휘한다고 말하기도 합니다. 프랑스혁명 이후 독일은 나폴레옹과의 전쟁에서 패전국이 되어 한때 국토의 $\frac{3}{4}$이 점령당하는 상황에 처했습니다. 외부로의 발산이 어려웠던 이 시기에 독일은 창조적 에너지를 내부로 집중해 18세기 말부터 19세기 초에 걸쳐 화려한 문화를 창조했습니다. 문학에서는 괴테와 실러라는 세계적인 큰 별이 빛나고, 이들 거장의 완성기와 더불어 독일 낭만주의가 꽃피었으며 철학에서도 칸트Immanuel Kant(1724~1804)[*]의 뒤를 이어 피히테, 셸링, 헤겔 등이 나타났고, 음악에서도 하이든, 모차르트, 베토벤이 등장했습니다. 그러니까 독일 낭만주의는 현실적인 악조건 밑에서 피어난 '독일 문화의 꽃'이라고 할 수 있겠습니다.

독일인들은 이제까지 의존해 왔던 프랑스 문화에서 자신들의 문화로 눈을 돌려 민족적 자아를 깨닫는 동시에 향토적이고 민속적인 것을 찾아서 내셔널리즘의 성격을 가지게 되고, 중세를 동경하고 찬미함으로써 회고적이고 반동적인 성격을 띠게 됩니다. 또한 언어학이나 민속학, 자연과학의 연구 성과에 관심을 보이면서 근대적인 성격을 드러내며 감성과 지성을 종합한다는 점에서 '감정'과 '정열'에 절대적으로 치중한 질풍노도와 구별되는 독일 낭만주의 특유의 성격을 갖습니다. 또한 독일 낭만주의는 같은 시기에 시작된 영국 낭만주의에 비해서 철학적인 명상, 음악성, 애국심, 복고적 성향이 더욱 두드러져 보입니다.

앞에서 말했던 것처럼, 독일 낭만주의는 고전주의와 병행해서 싹트기 시작했고 그와 동시에 그 어느 쪽에도 속하지 않은 작가들이 있는

칸트

이전의 서유럽 근세철학의 전통을 집대성하고 그 이후의 발전에 새로운 기초를 확립하여 근세 철학사상 가장 중요한 인물의 한 사람으로 꼽힌다. 〈순수이성비판〉, 〈실천이성비판〉, 〈판단력비판〉 등 3권의 비판서는 인간적 형이상학을 수립한 것으로 평가되고 있다.

낭만적 아이러니

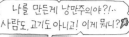

나를 만든게 낭만주의야?!..
사람도, 고기도 아니고! 이게 뭐니?

그래서 아이러니! ㅋㅋ

낭만주의의 특이한 현상 중의 하나로 낭만적 아이러니를 들 수 있다.

아이러니irony라는 말은 원래 낱말이 문장에서 표면의 뜻과 반대로 표현되는 용법을 말하는 것으로 반어反語라고 불리기도 하는데 일종의 모순이나 이율배반을 포함하고 있다. 겉으로는 칭찬하면서 오히려 비난이나 부정의 뜻을 신랄하게 나타내는 것이 아이러니의 예라고 할 수 있다.

소크라테스가 무지無知를 가장하고 토론 상대자에게 질문을 던져서 상대방 입장의 내적 모순을 폭로하고 그 무지를 자각하게 하는 문답법을 사용한 일을 두고 '소크라테스적 아이러니'라고 한다. 그리고 말하는 사람은 자신이 처해 있는 상황을 충분히 알지 못하면서 말하지만 다른 사람이 들으면 뜻하지 않은 의미를 포함할 경우를 '비극적 아이러니' 또는 '소포클레스적 아이러니'라고 하는데 비극 작품에 등장하는 인물의 대사에서 흔히 발견할 수 있다. 낭만적 아이러니는 19세기 독일 낭만파에서 예술 창작상의 지속적인 정신 태도를 뜻하는 말로 쓰여 모든 것 위에 떠들면서 모든 것을 부정하고 초월하는 '정신적 자유'를 뜻하는 표현으로 사용되었다.

낭만주의 작가들의 작품에서는 격렬한 감정에도 불구하고 그들이 독자에게 심어 놓은 아름다운 환상을 스스로 파괴시키는 경우를 종종 발견할 수 있다. 예를 들면, 몇몇 희곡에서는 배우들이 갑자기 자신이 맡은 인물의 연기를 멈추고 걸어 나와 배우들끼리 또는 관중, 연출가와 토론을 하고 난 후 다시 극을 계속한다거나, 작품 중간에 작가 자신이 나타나서 그 작품의 분위기를 파괴한다거나, 비장한 장면에서 풍자적이고 익살스러운 말을 던져 독자의 환상을 깨트린다거나 하는 부분들이 등장한다. 이것은 작가들이 자신의 창조 행위를 통해 만들어 낸 환상을 자아비판적으로 파괴함으로써, 작품을 창조하는 행위가 완결된 것으로 고착되는 것을 피하기 위한 수단이다. 문학이란 고정되고 완성된 상태가 아니라 항상 목표를 향해 가는 과정이라는 것을 보여 주면서 유한한 인간으로서 무한을 추구하는 모순을 해결하려는 하나의 방법이기도 하다.

데, 그들이 바로 휠덜린Johann Christian Friedrich Hölderlin(1770~1843)
이나 클라이스트Bernd Heinrich Wilhelm von Kleist(1777~1811), 장 파
울Jean Paul(1763~1825) 같은 작가들입니다. 이들은 개성이 강하지만
상호 간에 아무런 문학적 유대도 없었고, 어떤 문학 유파를 형성하지
도 않았습니다. 그들은 괴테와 실러가 추구한 고전적이고 완결적인 세
계관에 공감하지 않았고, 그것을 반대했다는 한 가지 공통점이 있습니
다. 이들은 고전주의적 이상이나 조화, 엄격한 형식의 틀을 반대했다
는 점에서는 낭만주의자와 가깝고, 인간의 근본문제를 진지하게 다루
며 낭만적 표현을 사용하지 않았다는 점에서 낭만주의자와의 거리를
유지합니다.

휠덜린
헤겔, 셸링과 함께 튀빙겐 신학교 장학생으로 신학을 공부했으나 문학에 뜻을 두고 신학을 중단했다. 작품으로는 터
키의 압제에서 조국 그리스를 구하려는 그리스 청년을 주인공으로 한 〈히페리온Hyperion〉(1797)이 유명하다. 애석하
게도 32세부터 죽을 때까지 약 40년간을 정신착란에 시달려 골방에서 30여 년 동안 유폐 생활과 다름없는 삶을
살다가 일생을 마쳤다.

클라이스트
클라이스트는 불우한 시인을 많이 배출한 독일 문학에서도 유별나게 정열적이고 과격했던 작가로 괴테의 월계관을
빼앗아 오겠다고 했으나 괴테와 반목하고 결국 참패하고 말았다. 34세 때 베를린 근교의 어느 여관에서 일면식도
없는 한 여인을 권총으로 사살한 다음 자기 머리를 쏘아 동반 자살했는데 그 사건을 주제로 소설이 출판되어 베스
트셀러가 되었다. 클라이스트의 대표작은 용감하지만 몽유병 환자인 브란덴부르크의 왕자를 주인공으로 한 〈홈부르
크 왕자〉다.

장 파울
장-자크 루소를 경애하는 마음에서 이름에 '장'을 집어넣은 장 파울은 섬세한 감수성과 공상, 익살과 기지를 사용
하여 65권에 이르는 방대한 저작을 남겼다. 대표작은 〈거인Titan〉(전 4권, 1800~1803)으로, 풍부한 감성과 행동력, 훌
륭한 인간성과 현실적 역량을 겸비한 이상적 인간상을 추구했다.

독일 낭만주의는 두 시기로 나누어 볼 수 있습니다. 우선 바켄로더 Wilhelm Heinrich Wackenrode(1773~1798)의 〈예술을 사랑하는 어느 수도승의 심정 토로〉(1797)에서 시작되어 슐레겔 형제, 티크, 노발리스가 활동한 시기를 전기낭만주의 시대로, 그 이후 1830년대까지 브렌타노, 아이헨도르프, 호프만 등이 활동한 시기를 후기낭만주의 시대로 볼 수 있습니다. 이들이 활동한 장소를 중심으로 예나 낭만파, 하이델베르크 낭만파, 베를린 낭만파, 슈바벤 낭만파로 분류하기도 합니다. 예나 낭만파는 전기 낭만파에 속하며 나머지는 후기 낭만파입니다.

전기 낭만주의

본격적인 독일 낭만주의는 이론과 실제를 겸한 슐레겔 형제에게서 시작됩니다. 셰익스피어 번역이 너무나 완벽해서 독일 국민이 셰익스피어를 독일 작가로 착각하게 만들었다고 하는 형 **빌헬름 슐레겔** August Wilhelm von Schlegel(1767~1845) 과 고대 문학에 조예가 깊었던 아우 **프리드 리히 슐레겔** Friedrich von Schlegel (1772~1829)은 독일 낭만파의 유명한 계간

빌헬름 슐레겔　　　프리드리히 슐레겔

지 〈아테네움Athenäum〉(1798~1800)을 공동 발간하면서 낭만주의적 비평과 철학 이념을 확산시키는 데 중요한 역할을 했습니다. 그들은 모든 장르를 융합하는 진보적인 종합 문학, 공감각으로서의 낭만주의 문학 이론의 기틀을 마련했고, 독일 낭만주의 시인들은 슐레겔에 의해 육성되었다고 할 수 있습니다.

티크Johann Ludwig Tieck(1773~1853)는 낭만파 소설가이자 비평가

입니다. 베를린에서 유복한 상인의 아들로 태어나 여러 대학에서 수학하면서 바켄로더와 친교를 맺었습니다. 대학 졸업 후에는 소설, 희곡 등 다방면에 걸쳐 작품 활동을 했습니다.

루드비히 티크

티크는 장수했기 때문에 괴테가 죽은 후 독일 문단의 중심적인 인물이 되었습니다. 괴테의 〈빌헬름 마이스터〉를 본뜬 **〈프란츠 슈테른발트의 방랑〉**(전2권, 1798)은 중세 천재 화가에게 사사하던 젊은 화가가 미켈란젤로, 라파엘로 등을 접하고 화가로서 대성하기 위해 방랑을 떠나지만 결국 자기 조국의 예술가만이 자기를 대가로 만들 수 있다는 것을 깨닫는다는 내용의 소설입니다. 다방면에 재능이 많았던 티크는 동화에도 심취해 중세 이후 민담을 부분적으로 개작한 〈전래동화 Volksmärchen〉(1797)을 발간하기도 했습니다.

그가 쓴 동화극 **〈장화 신은 고양이〉**(1797)는 갑자기 말하기 시작한 수고양이를 중심으로 문학과 거리가 먼 관객들의 나쁜 취향을 겨냥해 풍자와 위트를 마음껏 펼쳐 보이는데 이 연극은 아동 연극으로 오늘날까지도 상연되고 있습니다. 환상적인 예술을 보여 주었던 창조적 낭만주의자였던 티크는 시대 변화와 더불어 낭만주의에서 사실주의로 기울었는데, 생전에는 명성이 높았지만 사후에는 크게 빛을 보지 못하고 있습니다.

낭만주의...'티크'의 '장화신은 고양이' 표주세요!...

아서!... 너에겐 비극이 될수 있어!

노발리스Novalis(1772~1801)의 본명은 프리드리히 폰 하르덴베르크 Friedrich von Hardenberg이며, 귀족 집안에서 태어나 유복한 환경에서 성장했지만 체질이 병약했고 29세의 젊은 나이에 폐병으로 사망했습니다. 어머니에게서 경건한 신앙심을 물려받고 섬세한 기질의 소유자였던 노발리스는 독일 시인들 가운데 순수함과 정서의 깊이에서 횔덜린과 함께 제1인자의 위치에 놓이며, 낭만주의를 온몸으로 구현한 천재 시인이라고 일컬어집니다.

노발리스

노발리스는 23세 때 13세 소녀 소피 폰 퀸과 사랑에 빠져 약혼까지 했으나 2년 후 그녀가 15세의 나이로 사망하자 그녀를 통해 얻은 사랑과 죽음의 체험을 〈밤의 찬가Hymnen an die Nacht〉(1800)에 몽상적으로 풀어 놓습니다. 6편으로 되어 있는 이 찬가는 소피와의 사별의 애통함과 그 영원성의 확신, 재회의 희망을 보여 주면서 죽음을 동경하는 비탄과 종교적 정열, 그리고 신비주의가 혼합되어 나타납니다. 이러한 마술적 관념론*의 세계를 표현하는 노발리스의 대표작은 〈푸른 꽃〉이라는 이름으로 알려진 소설 〈**하인리히 폰 오프터딩겐**Heinrich von Ofterdingen〉(1802)입니다. 중세의 전설적인 연애시인인 주인공 하인리히는 어려서 본 푸른 꽃을 찾기 위해 떠돌아다니면서 온갖 체험을 쌓고, 점차 마술적인 동화의 세계로 들어가게 됩니다. 이 작품은 전체가 격조 높은 동화의 세계를 이루고 있는데, 중요한 것은 그 줄거리보다도 푸른 꽃의 상징입니다. 이 세계에는 진정한 시가 존재하며, 존재하는 모든 것의 근원이 되는 사랑이 있는 신비한 동화적 세계가 있는데, 그 세계가 바로 '푸른 꽃' 안에 들어 있는 것입니다. 이 작품은 주인공이 꿈속에서 연인을 만난다는 무의식의 세계를 보여 주는데, 무의식, 꿈, 환상, 몽환성 등으로 인해 낭만주의의 상징이 되었습니다.

마술적 관념론
모든 개체의 한계, 삶과 죽음, 물질과 영혼의 구별 없이 전체가 서로 융합하며 마술적인 연관을 맺는다고 본다. 인간의 내면 깊숙한 곳에 내재하는 힘이 우주의 근원과 상통하여 서로 작용하면 인간의 영성이 물질적인 세계를 지배할 수 있다고 본다.

후기 낭만주의

하이델베르크를 중심으로 활동한 후기 낭만파 작가들은 철학적인 사색과 이론적, 비판적 성찰 대신에 삶을 문학으로 표현하는 쪽으로 돌아섭니다. 나폴레옹이 독일에 대해 압박을 가해 오는 정치적인 곤경과 악조건 속에서 낭만파들은 청년 하이네처럼 정치 활동에 뛰어드는 경우도 있었지만 대부분 예술적 행위를 통해 시대에 대한 깊은 뜻을 비장하게 표현하고 독일의 자연과 역사에 대한 뜨거운 애정을 불러일으켜 국민의 의식을 고취시켰습니다. 또한 독일의 뿌리 찾기 운동으로 옛 문화를 발굴하고 전승 민담과 전설을 수집하면서 동화 창작이 활발하게 이루어졌습니다.

후기 낭만주의자들은 종교적 신비주의를 예찬하고 종교적 체험을 중시해 이미 잊혀진 중세의 정신을 되살려 그 당시의 삶의 모습을 재현하려는 노력을 작품 속에 투영시킵니다. 많은 낭만주의자들이 가톨릭으로 개종했고 수도원을 이상적인 공동체로 보기도 했는데, 이러한 행동은 어둡고 혼란한 사회적 상황을 외면하려는 현실도피적인 성향을 반영하는 것이기도 합니다. 또한 이 시기에는 낭만주의의 기본 강령은 유지하면서 객관적인 면을 확보하려는 경향이 나타나기도 합니다. 전기 낭만주의자들은 주관성을 토대로 자아의 확대와 정신 영역을 지나치게 중시한 나머지 자아가 고립되는 폐단을 가져오기도 했는데, 후기 낭만주의자들은 이런 폐단에서 벗어나고자 현실 세계를 객관적으로 서술하려는 경향을 보이기 시작합니다.

브렌타노Clemens Brentano(1778~1842)는 하이델베르크를 중심으로 한 후기 낭만주의의 지도적 인물이면서 낭만파 중에서 가장 상상력이 풍부한 시인이었습니다. 그의 서정시는 막힘없는 리듬과 음악성을 지니고 있으며, 장르 혼합이라는 낭만주의 이론에 걸맞게 서정시, 담시 譚詩*, 장편소설, 동화, 동요, 소극笑劇 등 광범위한 분야에서 많은 업적을 남겼습니다. 대다수 작품들이 미완성으로 남아 있기는 하지만, 민중문학과 연계된 민요 분야에서 큰 성공을 거두었습니다.

아르님Karl Joachim Friedrich Ludwig von Arnim(1781~1831)과 공동으로 출간한 민요집 〈**소년의 마술피리**Des Knaben Wunderhorn〉(1805~1808)는 중세 후기부터 당시에 이르기까지 독일 민중의 뇌리에

담시
이야기체의 시

▶ 아르님
평생 동안 그림 형제와 '마음의 친구'로 지낸 아르님. 시보다 소설 쪽에서 더 성공을 거둔 후기 낭만파 작가다.

브렌타노

박혀 전승되어 온 약 600여 편의 민요와 동요 등을 수집하여 개작한 것과 전승 민요와 유사한 음조의 자작 민요를 첨가해서 출판한 작품입니다. 이 작품은 독일 최초의 민요집으로서, 독일 민족이 귀한 보물을 가지고 있음을 독일 국민에게 일깨워 주었을 뿐만 아니라 고대 시가에서 볼 수 있었던 여러 형식, 운율, 리듬, 후렴 등이 잘 활용되어 있어서 낭만주의 서정시들은 이 민요집을 모범으로 하여 창작되었다고 볼 수 있습니다.

브렌타노는 많은 동화와 산문 작품을 남겼는데 그중에서도 구슬픈 민요풍의 〈**정직한 카스페를과 아름다운 안네를의 이야기**Geschichte vom braven Kasperl und dem schönen Annerl〉(1817)가 대표작으로 꼽힙니다. 이 소설은 브렌타노가 루이제 헨젤을 사랑해 그녀의 집을 드나들다가 그녀의 어머니에게서 들은 유아 살해에 관한 이야기와 한 하사관의 자살에 관한 이야기를 소설로 옮긴 것인데, 주인공이 자신에게 적대적인 사회 환경의 희생물이 되면서, 명예를 지키며 정의로운 삶을 지키기 위해 죽음을 선택할 수밖에 없다는 것을 보여 줍니다. 사실주의적 표현 기법으로 동화적인 줄거리를 펼쳐 나가는 후기낭만주의의 특징을 그대로 보여 주는 작품인 동시에 독일 문학에서는 최초의 예술적인 농촌 이야기로 꼽히고 있습니다.

그림 형제는 형 야곱Jakob Grimm(1785~1863)과 동생 빌헬름Wilhelm Grimm(1786~1859)으로 독일의 옛 문화를 발굴하고 활성화시키는 데 큰 공헌을 했습니다. 〈소년의 마술 피리〉의 공동 집필자의 한 사람인 아르님의 요청을 받아 독일의 민간 동화를 듣고 모아 기록해 우리에게

◀ 그림 형제
독일인의 결속과 민족의식을 고취시킨 '그림 동화'는 2005년 6월에 유네스코 문서 부문 세계문화유산으로 지정되었다.

◀ 샤를르 페로
〈신데렐라〉, 〈빨간 망토〉 등이 실려 있는 그의 동화집은 세계적으로 유명하다.

'그림 동화'로 잘 알려져 있는 동화집 〈**어린이와 가정을 위한 옛날이야기** Kinder-und Hausmärchen〉 (1812~1822)를 펴냈습니다. 이 동화집은 민중의 입으로부터 자료를 직접 채취하고 고증을 거쳤으며, 개작을 피하고 원전에 충실한 동시에 한결같은 어조로 작가가 마무리 작업을 한 관계로 전체적인 통일감이 느껴집니다. 이 동화집에는 독일의 동화 외에도 프랑스의 동화 작가 페로Charles Perrault (1628~1703)의 동화집 〈거위 엄마의 이야기〉에 들어 있는 〈신데렐라〉, 〈빨간 망토〉, 〈장미 아가씨〉와 비슷한 소재의 동화들도 실려 있습니다. 이 동화집은 독일인의 마음속에 독일의 자연과 국토에 대한 사랑을 불러일으켰고 온 세계의 동심童心을 즐겁게 한 샘물이 되었습니다.

그림 형제는 또한 〈독일의 전설〉(1816~1818)과 〈독일 신화〉를 펴냈고 동생 야콥은 〈독일어 문법〉(1819~1837)을 펴내기도 했습니다. 두 형제는 독일 민족의 동질성과 통일의 위업을 이룩하기 위해 〈독일어 사전〉 (1852~1860) 편찬에도 힘을 쏟았는데 이 사전은 100년이 지난 후인 1964년에야 비로소 베를린 학술원에 의해 완성되었습니다. 그림 형제는 독일어사, 독일어 전반, 문헌학, 민속학, 전설 및 신화학에 이르기까지 실로 방대한 분야에 지대한 공헌을 했습니다. 이처럼 학예를 위해 협력하고 그 열매를 맺은 형제는 세계에서 그 유래를 찾아보기 어렵습니다.

아이헨도르프Joseph Freiherr von Eichendorff(1788~1857)는 독일 낭만주의의 마지막 주자이며 친밀한 별 같은 존재로 독일 민중의 마음을

사로잡은 작가입니다.

그는 남작 귀족 집안에서 태어나 가톨릭을 신봉하며 자라면서 10세 때 벌써 로마 시대를 배경으로 하는 비극을 창작했다고 합니다. 하이델베르크 대학과 베를린 대학에서 법학과 신학을 공부하며 여러 낭만주의자들과 친분을 쌓았습니다. 1873년에 발표한 〈시 Gedichte〉에는 일상적인 생활에서 벗어나려는 소망과 미지에 대한 동경, 그리고 조화로운 자연으로 도피, 방랑 등을 주제로 하는 시들이 실려 있어서 '독일 숲의 작가'로 불리기도 합니다. 방랑을 주제로 하는 그의 초기 시들에서 자연은 시각적인 자연물로 존재하는 것이 아니라 종달새나 꾀꼬리 같은 새들이 지저귀는 소리, 물 흐르는 소리, 숲이 일렁이는 소리, 빛이 부서지며 터지는 소리 등의 청각적인 존재로 변화되기 때문에 '눈의 시인'이 아니라 '귀의 시인'으로 알려져 있습니다. 인간과 자연을 하나로 묶어 주는 그의 감미롭고 유려한 시에 슈만, 멘델스존 등이 곡을 붙여 독일 국민들의 사랑을 한 몸에 받았습니다. 오늘날에도 독일 사람들이 도보 여행을 할 때 즐겨 부르는 노래는 대부분 아이헨도르프가 읊은 것입니다.

아이헨도르프

그의 소설 〈**어느 건달의 삶**Aus dem Leben eines Taugenichts〉(1826)은 괴테의 〈빌헬름 마이스터〉를 모델로 삼아 그것을 더욱 낭만적으로 다듬어 놓은 교양 소설로, 현실 세계를 목가적으로 서술하면서 동화적인 줄거리를 풀어 나가는 후기 낭만주의의 생활 감정을 잘 보여 줍니다. 이 작품은 가진 것이라고는 바이올린과 약간의 돈, 그리고 돈독한 신앙뿐인 물방앗간 집 아들이 미지에 대한 동경으로 행복을 찾아 방랑의 길을 떠나 겪게 되는 모험과 사랑을 그리고 있습니다. 주인공의 성격은 '마음은 언제나 일요일'이라는 생각으로 낙천적인데, 낭만주의의 이상적인 모습인 동시에 시대를 초월한 보편적인 독일 청년들이 가지고 있는 기질의 일면을 보여 주고 있습니다.

호프만Ernst Theodor Amadeus Hoffmann(1776~1822)은 독일 후기 낭만주의를 대표하는 천재일 뿐만 아니라 발자크, 보들레르, 포, 푸슈킨, 도스토예프스키 등에게 영향을 끼친 세계적인 문인입니다.

모차르트를 존경해 그의 이름 빌헬름을 아마데우스로 바꾼 호프만은 법학을 전공하고 법관으로 일하다가 타락한 시민 공동체의 세력가들을 풍자한 그림 때문에 법관직을 박탈당했습니다. 그 후 극장 지휘자, 감독 조수, 무대 건축 기사, 무대 배경 화가로 일하기도 했고, 다시 베를린에서 고등법원 참사관이 되었으며, 평소에는 법률가와 음악가로, 일요일 낮에는 그림을 그리고 저녁에는 밤늦게까지 글을 쓰는 작가로 일하는 이중 생활을 했습니다. 호프만은 베를린에서 근면한 사법관과 방자한 예술가의 이중적인 삶을 계속하다가 비교적 짧은 생애를 마쳤습니다. 그가 후기 낭만주의로부터 초기 사실주의의 전환점에 선 작가로 일컬어지는 까닭은 그의 이중적인 삶과 연결되어 있습니다. 그는 세심한 법적 기록을 저술한 판사이면서, 베토벤의 위대성을 인정하고 옹호한 최초의 음악가이기도 했고, 환상적인 소설을 창작하기도 한 음악, 미술, 문학의 전 분야에 걸쳐 활동하며 수많은 업적을 내놓은 만능 예술가였습니다.

호프만의 작품은 환상, 괴기, 무의식과 전율의 세계를 이루는 특징을 가지고 있으며 그로테스크grotesque*한 유머를 통해 일상의 궁핍한 삶에 묶여 있는 인간에게 상상력의 유희를 제공합니다. 그러나 그의 예술이 전적으로 몽상의 세계를 떠돌아다니는 것만은 아닙니다. 한편에서는 현실적이고 속물적인 사람들의 세계가 존재하고, 다른 한편에서는 공상과 괴기의 세계가 현실 세계에 대립해 펼쳐집니다. 그의 환상의 세계는 현실성을 대신하는 상상의 세계라기보다 일상적 현실에 내재한 환상적인 요소를 탐구한 것으로, 가령 현실에서 쓰라린 패배를 당한 사람들이 공상의 세계로 굴러 떨어져 현실이 기괴한 현상으로 바뀌게 되는 것입니다.

호프만

경마
성형
로또
바다이야기
안마
모텔

참으로 그로테스크한 곳이야!

그로테스크

'괴기한 것, 극도로 부자연한 것, 흉측하고 우스꽝스러운 것' 등을 형용하는 말

◀ 칼로의 판화, 〈백파이프를 연주하는 고비〉
낭시 미술관 소장품

　　호프만의 최초의 작품집 〈**칼로트풍으로 쓴 환상의 이야기들**
Phantasiestücke in Callots Manier〉(1814~1815)은 그를 일약 스타
로 만든 작품입니다. 풍자적이고 환상적인 경향의 작품을 창작했
던 프랑스의 동판銅版 화가 칼로Jacques Callot(1592~1635)의 화풍
에 관한 4권으로 된 작품집인데 그중에서 '근세 동화' 라는 부제가
붙어 있는 〈황금 단지Der goldene Topf〉(1814)가 유명합니다. 천
진난만한 문학적 정감에 휩싸인 가난한 대학생 안젤무스가 축제일
에 산책하고 있을 때 초록색의 작은 뱀과 마주친 그 자리에서 마법의 환
상 세계로 들어갑니다. 행복해지기 위해 현실을 떠나 마술의 뱀 제르펜
티나와 결혼한 안젤무스는 답답한 일상에서 벗어나 침몰한 섬 아틀란
티스로 떠납니다. 제르펜티나가 가져온 황금 단지는 만물의 성스러운
어울림과 조화, 우주의 신비가 비춰지는 시상詩想의 세계라고 볼 수 있
습니다.

　　〈**악마의 영약**Die Elixiere des Teufels〉(전2권, 1815~1816)은 호프
만의 대표적인 공포 소설입니다. 조상 대대로 죄의 저주를 짊어진
인간의 죄를 벗으려는 의지와 피 속에 스며드는 죄 사이에 벌어지
는 이중인격적인 싸움이 소설의 내용을 이루고 있습니다. 공포를
자아내기 위해서 버려진 성이나 수도원을 배경으로 하고 오래된
지하 감옥, 비밀 통로, 촛불, 단검, 고문 도구, 해골 등의 장치와
소도구 등이 사용되는 이 소설은 주인공 프란츠의 1인칭 고백체
소설로, 심리 상태를 날카롭게 묘사한 추리극 같은 흥미를 끝까지

◀ 2003년에 발행된 〈악마의 영약〉의 책 표지

끌고 가는 절묘한 솜씨를 보여 줍니다. 이중인격을 다루면서, 환상과 현실 사이의 갈등 속에서 영혼이 흐트러지면 악마의 힘이 마음대로 아무 데나 미치게 된다는 것을 상징적으로 보여 주고 있습니다.

　이 밖에도 미완성으로 끝났지만 그의 소설 중 최고의 걸작으로 일컬어지는 자전적 소설 〈악장 요하네스 크라이슬러의 단편적인 전기가 들어 있는 고양이 무르의 인생관Lebens-ansichten des Katers Murr nebst fragmentarischer Biographie des Kapellmeisters Johannes Kreisler〉 (1821), 풍부한 환상을 보여 준 〈밤의 이야기Nachtstücke〉(전2권, 1817), 〈제라피온의 형제들Die Serapionsbrüder〉(전4권, 1819~1821), 악마적 마성으로 등골을 서늘하게 만드는 〈모래남자Der Sandmann〉등, 환상적인 동화로부터 무시무시하고 신통력을 지닌 사람들의 괴기스러운 이야기들에 이르기까지 그가 구사한 상상력은 유럽의 많은 작가들과 여러 오페라 작곡가에게 영감을 주었습니다. 바그너는 〈제라피온의 형제들〉에서 이야기를 끌어내어 〈뉘른베르크의 명가수〉(1868)를 만들었고, 오펜바흐의 〈호프만 이야기The Tales of Hoffmann〉(1881)는 호프만을 중심인물로 등장시킵니다. 차이코프스키의 발레곡 〈호두까기 인형〉 (1892)도 호프만의 〈호두까기와 쥐의 임금님〉(1819)을 바탕으로 한 것입니다.

영국의 낭만주의

　19세기 전기 낭만주의 영문학은 대체로 워즈워스와 콜리지가 〈서정민요집〉을 출판한 1798년부터 스콧이 세상을 떠난 1832년까지의 약 30년간의 문학을 의미합니다. 이 시기는 영국 문학에서 어느 시대의 작가 군群보다 많은 시인들이 함께 활동했다는 특징을 갖습니다. 대부분의 학교 교과서에서 그들을 한데 묶어 '낭만주의 시인'이라고 부르는데 이들은 자연에 대해 깊은 관심을 보이고 그 자연을 사랑합니다. 그들이 사랑한 자연은 그저 아름다운 풍경의 자연이 아니라 산업주의의 출현으로 지친 인간의 삶에 정신적인 감화를 주는 자연이며, 시인의 삶, 생각, 희로애락이 내면화된 상징체계이기도 합니다. 개인적인 내면의 삶에서 진기한 경험을 하는 낭만주의자들은 자신들이 가진 사회 공동체적 의무를 날카롭게 의식하면서도 일반 사람들과 어울려 지낼 수 없었습니다. 정신적으로 고독했으며, 따라서 사회에 맞서는 위치, 비순응적인 입장에 서게 됩니다.

영국 낭만파 시인들을 두 그룹으로 나누기도 하는데, 첫 번째는 스콧, 워즈워스, 콜리지, 사우디 등으로 이들은 열정을 바탕으로 자연과 인간의 조화를 강조합니다. 이들은 주제와 양식에서 고전주의의 관례를 깨트리고 있지만 문학적 윤리에 있어서 보수적이며 어느 정도 인습적인 측면을 지키고 있습니다. 두 번째 그룹에 속하는 시인들은 셸리, 바이런, 키츠 등으로 같은 낭만파 시인들이면서도 낭만적인 정서에서는 약간의 차이를 드러냅니다. 환멸과 반항을 바탕으로 종교적·사회적 관례를 철저히 부수어 버린 까닭에 그들에게 '악마파'라는 이름이 붙기도 했습니다. 그러나 이러한 분류는 임의적인 것이라고 할 수 있고, 영국 낭만주의는 무엇보다도 개인주의적인 특성이 현저하게 드러납니다.

워즈워스William Wordsworth(1770~1850)는 1기 낭만파 시인들 중에서 가장 널리 알려진 시인입니다. 콜리지와 함께 '호반의 시인Lake Poets'으로 불리는 워즈워스는 잉글랜드 북서부의 호수 지방에서 변호사의 아들로 태어났습니다. 8세 때 어머니를, 13세 때에는 아버지마저 잃고 큰아버지 슬하에서 자랐으며 케임브리지 대학에서 공부했지만 학업성적은 그다지 뛰어나지 못했다고 합니다. 워즈워스는 쌀쌀맞고

윌리엄 워즈워스

금욕적이며 남에 대한 동정심이 별로 없는 성격의 소유자였지만 선천적으로 예민한 성격이어서 곧잘 깊은 명상에 빠졌고 사랑과 종교적인 감성 또한 유별나게 깊었습니다.

그는 1790년 유럽 대륙 여행길에 올라 1년간 프랑스의 이곳저곳을 돌아다니다가 프랑스의 중부 도시 오를레앙에 정착했는데, 이곳에서 4년 연상의 여인 아네트 발롱과 사랑을 맺고 딸 캐롤라인을 낳았으나 결혼은 하지 않았습니다. 프랑스 체류 중에 혁명을 직접 목격하고 적극적으로 가담했으나 돈이 떨어지자 영국으로 돌아왔기 때문에 그와 함께 혁명에 가담했던 동지들이 단두대의 이슬로 사라진 것과는 달리 목숨을 건질 수 있었습니다. 영국에 돌아와서는 과격 혁명 인사들과 사귀었지만 점차로 혁명에 대한 환멸과 비애를 느끼고 나폴레옹의 제국주의를 맹렬히 비난하면서 점진적 보수주의의 경향으로 기울어 갔습니다. 말년에는 완고한 보수당인 토리당원이 되었고 73세 되던 해인 1843년에 계관시인桂冠詩人*이 되었습니다.

계관시인
17세기부터 영국 왕실에서 국가적으로 뛰어난 시인을 이르는 명예로운 칭호. 이들은 종신직의 궁내관으로서 국가의 경조에 공적인 시를 지었다.

워즈워스는 콜리지와 함께 지은 작품 〈**서정 민요집**Lyrical Ballads〉(1798)으로 세상에 처음 알려졌습니다. 이 시집에는 자연과 평범한 생활에서 주제를 선택한 워즈워스의 시 19편과 초자연적인 배경과 인물을 주제로 한 콜리지의 시 4편이 들어 있습니다. 이 시들은 모두 형식과 주제 면에서 고전주의 시와 대조적인 낭만주의 시들이며, 특히 1800년에 이 시집에 첨가된 워즈워스의 서문은 시의 정의와 목적을 밝힌 혁명적인 낭만주의 시론으로 간주되고 있습니다. 그는 "시란 일상생활에서 사건과 상황을 선택해 평민이 사용하는 평범한 언어로 기술하는 동시에 상상의 착색을 통해 일상적인 것도 특이한 형상으로 표현하는 것이다."라고 주장합니다. 따라서 "모든 좋은 시는 힘찬 감정의 자연스러운 발로이며 그것은 고요 속에서 회상된 정서로부터 그 근원을 갖는다."라고 말합니다. 이러한 시론은 고전주의에 반대하는 워즈

워즈워스의 〈무지개〉

하늘의 무지개를 바라볼 때마다   My heart leaps up when I behold
내 가슴 뛰노나니   A rainbow in the sky:
나 어렸을 때 그러하였고   So was it when my life began;
어른 된 지금도 그러하거늘   So is it now I am a man;
늙어서도 그러하리라   So be it when I shall grow old,
만일 그렇지 아니할진대   Or let me die!
차라리 나를 죽게 하소서!
어린이는 어른의 아버지,   The Child is father of the Man;
원컨대 나의 하루하루를   And I could wish my days to be
타고난 경건으로 이어 가게 하소서   Bound each to each by natural piety.

흔히 〈무지개〉로 알려져 있는 이 시는 워즈워스가 32세 되던 해인 1802년 프랑스의
칼레 해변을 거닐면서 쓴 소네트로서 딸에게 바친 것인데, 우리나라 교과서에도 가끔 인
용되곤 한다. 평범한 언어로 소박한 일상생활에서 느끼는 감정으로 자연의 무지개를 노
래한 이 시는 고독한 인간이 아름다운 무지개를 보고 뛰는 가슴으로
경건한 자연을 체험하는 느낌을 고스란히 옮겨 놓고 있다. 비
록 짧고 그 주제가 단순하지만 힘찬 감정의 발로를 느끼
게 하며 "차라리 죽게 하소서!"라는 강조는 그 어느 시
보다도 강렬한 자연과 인간의 관계를 느끼게 한다.

워스 개인의 시론인 동시에 다른 낭만주의 시인에게도 부합되는 것으로 객관적인 낭만주의 시론이 됩니다.

워즈워스는 영국, 특히 조국의 전원적인 모습이 신흥 산업자본가들의 손에 의해 파괴되고 황폐화하는 것을 두려워했습니다. 그는 자연이 곧 마음의 안식처이며 보호자이고 안내자라는 것을 감동적으로 보여 줍니다. 〈틴턴 사원Tintern Abbey〉(1798), 〈영혼불멸송Ode : Intimation of Immortality〉(1805~1806) 등에서는 세상의 무겁고 지루한 억압이 자연을 통해서 가벼워지고 자연에 대한 현재의 기쁜 감정이 미래의 생명과 양식이 된다는 것을 강조하고, 인간의 모든 삶, 인생의 짐과 고통, 고독과 슬픔, 심지어 죽음조차 평화 속에서 자연과 하나가 되어야 한다는 격조 높은 체념의 단계로 승화시킵니다.

콜리지Samuel Talyor Coleridge(1772~1834)는 워즈워스와 함께 영국 낭만주의 운동을 주도했던 시인, 비평가, 철학자입니다. 잉글랜드 남서부에서 목사의 아들로 태어난 그는 타고난 체질이 허약했으나 영특해서 세 살부터 책을 읽기 시작했고 다섯 살부터는 성서와 아라비안나이트를 읽었다고 전해집니다. 곧잘 성을 냈지만 조숙했으며 하늘의 구름을 보고 공상에 빠지는 일이 잦았다고 하는데 이것은 그가 초자연적인 시를 쓰게 되는 배경이 됩니다. 아홉 살 때 아버지를 여의고 런던의 삼촌 댁에서 성장했으며, 19세가 되기 전부터 의학 서적을 읽고 나서는 외과의사가 되겠다고 했다가 몇 달 후에는 볼테르의 글을 읽고 철학자가 되겠다고 결심을 바꾸기도 했습니다. 케임브리지 대학에 입학했으나 2년도 되기 전에 대학 생활에 싫증을 느끼고 가명으로 기병대에 입대했지만 몇 주일 훈련을 받고 나서는 군인 생활에 적응할 수 없음을 깨닫고 다시 대학에 돌아왔으나 학위 없이 퇴학했습니다.

불행한 결혼 생활에 적응하지 못하고 영국의 시골에 칩거했던 콜리

콜리지

지를 만족시킨 것은 마약 복용, 공상, 그리고 워즈워스 남매와의 친교, 그 세 가지였다고 합니다. 아마도 선천적으로 병약했던 탓에 지병의 고통을 덜기 위해 아편을 복용했던 것 같은데 말년에는 아편 중독으로 절망적인 생활을 하다가 1834년에 세상을 떠났습니다.

콜리지는 평생의 대부분을 시를 쓰는 데 보냈어도 시인으로 그치지 않고, 과학과 종교, 정치가 서로 갈등하고 있던 시대에 그것들을 통합하려고 시도한 비평가, 철학자로 평가받기도 합니다. 그의 시는 초자연적인 주제나 인물을 배경으로 신비로운 마력을 그려 내 당대 사람들을 어리둥절하게 만들었습니다. 한 척의 배가 적도를 지난 다음 폭풍우를 만나고 남극에 가까운 곳을 표류하다가 다시 닻을 올려 태평양의 더운 지대를 거치면서 온갖 기괴한 일들을 겪지만 늙은 뱃사람은 마침내 무사히 고국으로 돌아온다는 〈**늙은 뱃사람의 노래**The Rime of the Ancient Mariner〉 같은 것이 그러한 예입니다. 바닷새 신천옹(앨버트로스Albatross)을 활로 쏘아 죽여 저주를 받게 되는 일, 극지極地의 요

정이 배를 쫓아와서 선원들을 괴롭히는 일, 여자 귀신과 죽음의 신이 타고 오는 해골선, 죽은 사람들이 다시 일어나 배를 움직이고 한 무리의 천사들이 날아와 그들을 돕는 등, 처음부터 끝까지 신비스럽고 마술적이며 환상적이고 초자연적인 분위기가 감돕니다.

◀ 〈늙은 뱃사람의 노래〉
귀스타브 도레의 동판(1832)

워즈워스가 상상력을 통해 일상의 평범한 사물과 자연을 시의 주제로 삼았다면 콜리지는 초자연적인 주제들을 환상적으로 다룹니다. 잠재의식에서 빚어진 꿈의 영역을 시로 승화한 콜리지의 시풍은 현대시에 많은 감화를 주었다는 평가를 받고 있습니다.

바이런George Gordon Byron(1788~1824)은 영국 낭만파 시인 중에서 국내외적으로 가장 인기를 얻었던 시인입니다. 그의 아버지는 잉글랜드 혈통으로 소문난 난봉꾼이었고 어머니는 스코틀랜드 왕 제임스 1세의 후손으로 허영심이 강한 데다가 히스테리가 심했습니다. 태어날 때부터 절름발이였던 바이런의 자유분방하다 못해 방탕하기까지 한 삶과 허장성세는 육체적인 열등감에서 빚어진 감정의 지속적 과잉보상*이었다고 합니다. 바이런은 자기중심적이고 고집이 센 데다가 충동적이며 귀족으로서의 자만과 허세와 영웅심도 가지고 있었지만, 노동자들의 삶을 변호하고, 미완성으로 끝난 이탈리아 혁명에 가담했으며 그리스 독립운동에 자금 지원을 아끼지 않는 등 자유를 사랑하면서 사회제도와 그릇된 관습에 반항한 시인입니다. 그래서 영국 국민들은 그의 방종한 생활에도 불구하고 그를 '고수머리 총아curled darling'로 부르면서 애정을 쏟았던 것인지도 모르겠습니다. 정열의 시인 바이런은 현기증, 학질, 정신착란 등을 겪었고, 36세 되던 해 그리스 민족해방전선에 참전하던 중 말라리아에 걸려 세상을 떠났습니다.

11세 때 증조할아버지의 사망으로 경卿, lord의 작위와 상당한 재산을 물려받았고 23세 때 상원의원의 지위를 얻었는데, 이때 발표한 장편 시 〈차일드 헤럴드의 여행Childe Harold's Pilgrimage〉(1812~1818)로 영국뿐만 아니라 전 유럽에서 유명해졌습니다. 그때 바이런은 스스로 "하루아침에 유명해졌다."고 의기양양해 했다고 합니다. 이 시는 쾌락을 추구하면서도 우울증을 벗어나지 못하는 시인의 가식 없는 자서전이라고 일컬어집니다.

바이런 경

과잉보상

정신분석학에서는 열등감을 지닌 사람의 지나친 반발 심리를 과잉보상이라고 한다.

바이런의 죽음

조셉-드니 오드바에르(1826). 1824년 오스만 터키에 저항하는 그리스 군과 함께 원정길에 나섰던 36세의 바이런은 열병으로 사망한다. 불결한 피를 뽑아내면 만병이 통치된다고 믿고 있던 의사들이 바이런에게 달라붙어 1.5킬로그램의 피를 뽑아냈고 바이런은 결국 그날 밤 죽고 말았다.

인간 해방에 지대한 관심을 가지고 '스스로를 사랑한 19세기의 나르시스' 인 바이런의 대표작은 미완성의 장편 풍자 서사시 〈**돈 주안**Don Juan〉(1819~1824)입니다. 방탕한 무뢰한이지만 지력이 넘치고 정열이 끓어오르는 스페인의 전설적 인물이었던 돈 주안을 모델로 삼은 이 작품은 연애 사건으로 인해 국외로 망명하게 된 돈 주안이 여러 나라를 여행하면서 겪는 모험을 통해 영국인의 도덕적 위선, 유럽 통치자들의 폭정, 정부와 전쟁의 잔학 행위 등을 풍자합니다. 바이런은 돈 주안을 악마적인 존재가 아니라 사회의 부패가 빚어 놓은 희생양으로 그려 내면서 사랑과 희망, 감동을 서정적으로 묘사합니다.

바이런의 시는 감성적이고 통일성이 부족하지만, 새로운 상상력과 소재, 피압박 민족을 위한 자유와 정의의 외침, 인간의 위선과 사회의 타락에 대한 독설과 신랄한 풍자 등으로 강렬한 낭만주의자의 모습을 보여 줍니다. 바이런의 작품에 등장하는 주인공들을 '바이런적 영웅' 이라고 부르기도 하는데, 세상을 등지고 대중과 거리를 둔 채 고고히 자신의 비극적 운명을 받아들이는 주인공들은 세상의 버림을 받았다기보다 오히려 스스로 세상을 버리고 현실을 초월한 세계를 꿈꾸는 인물들입니다. 바이런은 19세기 유럽에서 뛰어난 '해방의 힘' 이었으며 프랑스와 독일의 낭만주의 문학에도 많은 영향을 주었기에 괴테는 그를 '유럽적 현상' 이라고 높이 평가했습니다.

셸리Percy Bysshe Shelley(1792~1822)는 영국 낭만파 중에서 가장 이상주의적인 비전을 그린 작가이며 작품이나 생애가 압제와 인습에 대한 반항, 이상주의적인 사랑과 자유의 동경으로 일관해 바이런과 함께

낭만주의 시대 가장 인기 있는 작가였습니다.

보수적인 귀족 집안에서 태어난 셸리는 어릴 적에는 총명한 아이였으나 감성이 지나치게 예민했고 모든 권위를 미워했습니다. 여자 같은 용모와 더불어 이런 특별한 성격 때문에 셸리는 친구들의 호감을 전혀 사지 못했고 이튼 학교와 옥스퍼드 대학에서 힘든 학창 시절을 보냈습니다. 19세 때 익명으로 〈무신론의 필요성〉이라는 소책자를 발간해 결국 옥스퍼드에서 퇴학당하고 맙니다.

퍼시 비쉬 셸리

현실에 대해 비타협적이고 진리 탐구에 열광했던 셸리는 영원의 유사성을 유한한 인간의 이미지 속에서, 그리고 20대 후반에 읊은 여러 시의 불멸의 이미지 속에서 찾습니다. 시극 〈첸치 일가The Cenci〉(1819), 미래의 성공을 확신하는 〈사슬에서 풀려난 프로메테우스Prometheus Unbound〉(1821), 시인 키츠의 죽음을 애도한 〈아도네이스Adonais〉(1821), 서정시 〈서풍의 노래Ode to the West Wind〉(1819) 등이 그 대표적인 예입니다.

시의 효용론을 다룬 비평적 산문 〈**시의 옹호**The Defense of Poetry〉(1821)에서 셸리는 "시인은 세계의 비공식적인 입법자"라고 주장합니다. 시인은 참된 진리를 아름답게 묘사할 수 있고 건전한 취미를 가진 사람들이 즐거움을 느낄 수 있게 하므로 예술의 창조자일 뿐만 아니라 법의 제정자이고 문명사회를 창건하는 사람이라는 것이지요. 상상력을 통해 미를 창조하고 다른 사람을 사랑할 수 있는 미덕을 만들어 내는 시, 그 시가 없는 사회는 타락하고 만다는 시인의 신념이 확고히 드러납니다.

〈사슬에서 풀려난 프로메테우스 Prometheus Unbound〉는 그리스의 비극 작가 아이스킬로스가 쓴 〈사슬에 묶인 프로메테우스〉를 모방해 쓴 서정 극시입니다. 그리스 신화에서 프로메테우스는 제우스에 대해

셜리 부부 작가

고드윈

최초의 근대적 무정부주의 사상가로 일컬어지는 영국의 사회철학자이자 정치평론가다. 영국의 비국교도 목사의 아들로 태어나 무신론, 무정부주의, 개인의 자유를 제기하는 글을 통해 영국의 낭만주의 문예운동을 개척했다.

메리 셜리

고드윈의 딸로 셜리의 두 번째 아내이자 《프랑켄슈타인》의 저자

옥스퍼드에서 퇴학당하고 고향으로 돌아온 셜리는 당시 16세였던 해리엇과 사귀면서 그녀를 그녀 아버지의 박해로부터 구해 낸다는 명목으로 결혼했고 21살의 나이에 아버지가 되었다. 1812년에 셜리는 자신이 좋아하던 고드윈William Godwin(1756~1836)의 전처의 딸 메리(당시 17세)를 만나 열렬한 사랑에 빠져(셜리는 바이런처럼, 아니 바이런보다 훨씬 더 여자관계가 복잡했다) 아내에게 이혼을 제의했고 충격을 받은 아내 해리엇은 딸과 아들을 버리고 런던의 한 호수에 투신자살하고 만다.

셜리는 그녀의 시체를 보고 평생 지울 수 없는 충격을 받았지만 해리엇이 자살한 20일 후인 1816년 12월 30일에 메리와 정식으로 결혼했고 사람들은 이런 셜리를 몹시 비난했다. 해리엇의 아버지의 고발로 평온한 생활을 할 수 없었던 셜리는 1818년 영국을 떠나 이탈리아로 가서 영영 조국에 돌아오지 않았다. 1822년 7월에 그는 이탈리아에 도착한 바이런과 헌트를 방문하러 작은 배를 타고 떠났는데 그로부터 2주 후 해변에서 익사체로 발견되었다. 그때 그의 나이 30세였다. 그의 시체는 바이런과 친구들에 의해 화장되어 로마 근교 신교도 묘지에, 키츠의 무덤 가까운 곳에 묻혔다.

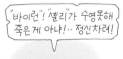

"바이런'! 셜리가 수영못해 죽은 게 아냐!… 정신차려!

셸리의 두 번째 아내가 된 메리는 1818년, 당시 풍미했던 고딕 소설과 남편 셸리, 그리고 시인 바이런으로부터 들은 이야기를 바탕으로 〈프랑켄슈타인Frankenstein〉을 썼다. '현대의 프로메테우스The Modern Prometheus' 라는 부제가 붙어 있는 이 괴기소설은, 무생물에 생명을 부여할 수 있는 방법을 알아낸 제네바의 물리학자 프랑켄슈타인이 죽은 사람의 뼈로 신장 8피트(244센티미터)의 인형을 만들어 생명을 불어넣는데, 이 괴물이 인간 이상의 힘을 발휘하고 창조주에 대한 증오심에서 동생과 신부를 살해한 뒤 자기의 배우자를 구해 내라고 강요하자 프랑켄슈타인이 복수하기 위해 북극의 빙원에서 괴물을 쫓다가 패해서 죽는다는 이야기다.

셸리의 화장장을
지켜보는 바이런

이 작품을 완성하기 위해 메리는 해부학, 화학, 물리학, 전기학 등에 관한 과학 자료를 나름대로 종합했으며 마침내 SF 역사상 가장 유명한 인조 괴물을 창조해 낸 것이다. 이 소설은 삶과 죽음의 문제를 주제로 삼아 인간의 어두운 면을 묘사하고 있다. 또한 괴물을 소재로 환생과 변신의 동기도 다루고 있어서 사람들이 관심을 가지는 요소를 두루 갖추고 있다.

그럼 "셸리"는 우리둘을…
결합시킨 중매장이야?!

근데… 우리둘 사이엔… 왜?
아직 아이(?)가 없을까?

반란을 일으킨 티탄족의 한 사람으로 하늘의 불을 훔쳐 인간에게 가져다 준 죄로 큰 바위에 결박당하는데 아이스킬로스가 쓴 비극의 마지막에서는 프로메테우스와 제우스가 화해하는 것으로 되어 있습니다. 셸리는 이 원작을 변화시켜 인간을 가장 사랑하는 인류의 친구로서 프로메테우스를 정의롭고 자유로운 투사로 묘사합니다. 이 작품에서는 인류의 자유와 발전을 방해하는 폭군 제우스가 패배하고 헤라클레스가 코카서스 빙산에 결박되어 신음하는 프로메테우스를 사슬에서 풀어줍니다. 사슬에서 풀려난 프로메테우스는 만물을 상징하는 그의 애인 에이시아Asia(Life of Life의 뜻)와 결혼하고 지구와 달도 결혼해 장엄한 합창에 참여하는 것으로 끝이 납니다. 이 작품은 시인의 이상주의를 근원으로 성직자의 횡포와 군주들의 폭정과 사회제도의 억압에 신음하는 인류의 해방을 추구한 작품으로 낭만주의적 자유와 사랑의 정신을 읊은 셸리의 대표작으로 꼽힙니다.

존 키츠

키츠John Keats(1795~1821)는 낭만파 시인들 중에서 가장 늦게 태어났지만 26세의 젊은 나이로 제일 먼저 죽은 시인입니다. 바이런과 셸리가 귀족 출신인 것과는 반대로 키츠는 마구간 고용인인 아버지와 마구간 주인의 딸인 어머니 사이에서 태어났습니다. 9세 때 아버지가 낙마로 세상을 떠났고 16세 때 어머니도 폐병으로 세상을 떠났습니다. 키츠는 의사가 될 생각에 독학으로 의사 면허증을 얻었으나 개업을 포기하고 매일 대영박물관에서 문학 서적을 읽으며 평생을 문학에 바치기로 결심합니다.

그는 그리스 신화와 전설을 읽고 그리스 사상에 많은 영향을 받았으며 스펜서와 셰익스피어에 심취했고 조각과 회화에도 관심이 많았습니다. 21세 때, 젊은 시인들을 너그럽게 인정해 주는 시인이며 비평가인 헌트의 소개로 셸리, 콜리지, 워즈워스 등을 알게 되었고 문학세계에 발을 들여놓으며 최초의 작품집인 〈시집Poems〉과 〈엔디미온

Endymion〉(1818)을 내놓았습니다. 1818년에 패니 브론과 가망 없는 사랑에 빠졌는데 〈라미아Lamia〉, 〈성녀 아그네스 축제 전야제〉와 〈나태에 대하여On Indolence〉, 〈그리스 항아리에게 부치는 송가〉, 〈우울에 대한 송가〉, 〈가을에게Ode To Autumn〉 등의 서정미 넘치는 뛰어난 송가와 〈히페리온Hyperion〉의 2가지 판본 등 최고작이라고 평가되는 그의 유명한 시들은 그녀를 만나서 세상을 떠나기 전까지의 3년 동안 쓴 것입니다. 병으로 고통을 받고 패니 브론에 대한 사랑이 점점 깊어가는 가운데 쓴 이 명시들은 기술적·감정적·지적으로 조심스럽고 용의주도한 발전을 보여 줍니다. 1820년 결핵을 앓고 있던 키츠는 의사의 권고로 이탈리아로 휴양을 떠났으나 건강을 회복하지 못하고 결국 로마에서 26년의 짧은 생애를 마감했습니다.

달의 여신 셀레네가 양치기 청년 엔디미온의 잠자는 모습에 매료되어 그를 영원히 잠들게 했다는 그리스 신화에서 발상을 얻어 쓴 작품인 〈엔디미온〉은 1,000행씩 4부로 나뉘어 느슨한 운율의 2행 연구聯句로 씌어 있습니다. 그리스의 젊은 양치기 엔디미온이 이상미를 찾아 땅속, 물밑, 하늘 위를 헤매는 이야기로, 그 이상미는 초자연적인 것이며 달의 여신 '신시아'에게서 발견됩니다. 인생에서 개개의 미를 정열적으로 추구하는 것은 결국 이상미에 대한 추구와 정열이 된다는 것이 이 시의 취지입니다.

잠이 든 엔디미온
지로데(1793)

〈그리스 항아리에게 부치는 송가〉의 마지막 구절에 "아름다움이야말로 참이요, 참이야말로 아름다움이다. 이것이야말로 그대들이 이 세상에서 아는 전부이고 알 필요가 있는 전부다."라는 2행의 문장이 들어 있는데 이것은 영원한 모습에서 진선미의 조화, 또는 시인의 사명

을 문제로 삼고 인생의 어두운 면을 괴로워하는 휴머니스트의 모습을
잘 보여 줍니다.

월터 스콧 경

스콧Sir Walter Scott(1771~1832)은 스코틀랜드의 수도 에든버러에서
변호사의 아들로 태어나 그곳의 대학에서 교육을 받고 1792년에 변호
사가 되었으나 일찍부터 문학에 대한 정열이 대단했습니다. 대법원 서
기, 스코틀랜드 의회 위원회의 비서관 등을 역임하며 1820년 '서Sir'의
작위를 받았지만 호화스러운 생활을 계속한 데다가 그가 공동으로 경
영하던 출판사가 1826년에 파산해 많은 빚을 지게 되었고 그 빚을 갚
기 위해 열심히 소설을 썼습니다.

스콧은 세계적으로 민간설화를 수집한 사람으로 유명합니다. 스콧
은 천시당한 민요에 관심을 가졌고, 학생 시절부터 그의 출생지인 스
코틀랜드에서 찾아낼 수 있는 온갖 민요와 백성의 노래를 모으기 시작
했으며, 그들이 기억하고 있는 모든 운문을 받아서서 수많은 아름답고
기묘한 노래와 민요를 기록하고 보존했습니다. 자기 나라의 민속 연구
에만 그치지 않고 유럽의 많은 나라에서 같은 유형의 시와 노래를 모아
번역했고, 독일의 유명한 시인들의 민요를 영국 독자들에게 소개하기
도 했습니다. 1796년 독일 뷔르거의 민요를 포함한 소책자로 문단에
데뷔했고, 담시로 호평을 받았지만 바이런의 인기를 능가할 수 없음을
알고 시를 단념하고 소설을 쓰기로 해, 1814년에 〈웨이벌리Waverley〉
라는 역사소설을 출판합니다.

재커바이트
명예혁명 후 망명한 스튜어트가家의
제임스 2세와 그 자손을 정통 영국
군주로 지지한 영국의 정치 세력.
제임스의 라틴 이름인 야코부스
Jacobus에서 유래했다. 가톨릭교
도이고 스코틀랜드나 아일랜드에 많
이 살았다.

〈웨이벌리〉는 1745년의 재커바이트Jacobite[*] 반란에 대한 이야기로
사라져 버린 스코틀랜드 고지 사람들의 생활상과 충성심을 새롭게 해
석하여 생생하게 그려 놓은 작품입니다. 주인공 에드워드 웨이벌리는
새로운 왕조인 하노버 왕가를 지지하는 집안에서 태어난 보수적 귀족
으로서 스코틀랜드의 재커바이트 세력에 동조하는 백부에게 양육되며

결국 당시 영국을 분할하고 있던 양대 세력의 갈등의 증인이 됩니다. 뚜렷한 신념도 없이 1745년 재커바이트 봉기에 가담하게 된 웨이벌리는 자신의 운명을 용맹하게 개척해 나가지 못하고 그의 이름이 상징하듯이(웨이버waver는 '흔들리다'라는 뜻) 당시에 대립하고 있는 두 세력의 진영 사이를 상황 논리에 따라 수동적으로 오갑니다. 그러나 언뜻 보기에 우유부단하고 시원치 않아도 그의 행동은 반란이 끝난 뒤 그 갈등을 봉합하는 데 중요한 역할을 합니다.

에든버러에 있는 스콧 기념비 전경

1827년까지 쓴 많은 그의 소설들처럼 익명으로 출판되었던 이 작품은 출간되자 큰 호평을 받으면서 유럽 전역에서 읽히게 되었고, 스콧은 이 작품에 이어 계속 스코틀랜드를 배경으로 한 역사소설 시리즈를 내놓습니다. 스콧은 이때부터 죽을 때까지 31편의 소설을 썼는데 그의 첫 소설의 이름을 따라 그의 소설 전체를 '웨이벌리 소설'이라고 부르고, 12세기 영국을 배경으로 한 〈아이반호Ivanhoe〉(1819)는 지금까지도 읽히는 인기 있는 작품입니다.

스콧의 역사소설은 인물의 심리를 깊이 다루지는 않지만, 과거의 역사소설과 달리 풍부한 역사적 지식에 근거해 인물과 사건, 배경이 되는 자연과 풍습, 분위기 등을 사실적으로 묘사하여 과거의 역사를 흥미진진하게 재현해 냅니다. 이런 연유로 스콧은 근대 역사소설의 창시자라고 일컬어지고 있습니다.

프랑스의 낭만주의

프랑스혁명 이후 프랑스 사회는 심한 변화를 겪습니다. 1800년에서 1900년에 이르는 동안 프랑스는 집정 시대, 제1제정 시대, 왕정복고 시대, 7월 왕정, 제2공화국, 제2제정 시대, 제3공화국 등 일곱 번의 정치체제의 변화를 겪는 대혼란을 경험하는데, 이것은 시민혁명으로서의 프랑스혁명이 오늘의 민주적인 프랑스 사회로 정착하기 위해 필요한 과정들이었습니다. 19세기 프랑스 문학 역시 정치적·사회적 변동에 못지않게 문예사조와 문학운동이 뒤얽혀 있어 상당히 복합적인 양상을 보여 줍니다. 16세기를 '르네상스'로, 17세기를 '고전주의'로, 18세기를 '계몽주의'로 요약할 수 있는 반면, 19세기는 낭만주의에서 사실주의로, 그리고 사실주의에서 상징주의로 변천해 가기 때문에 한마디로 요약하기 힘듭니다.

프랑스 낭만주의 문학은 18세기까지의 집단적 성격과는 반대로 프랑스혁명 이후의 개인주의에 깊이 뿌리를 박고 예술과 인생의 자유를 추구하면서 개인의 감정을 우수憂愁와 열정을 통해 표현합니다. 17세기 고전주의가 순전히 프랑스적인 문예사조였다고 한다면 19세기 낭만주의는 유럽 전체의 문학운동이었던 까닭에 프랑스 낭만주의는 영국과 독일의 영향을 받았습니다. 그러나 낭만주의의 꽃은 프랑스에서 더욱 활짝 피어났습니다.

전기 낭만주의(1765~1820)

전기 낭만주의란 문자 그대로 낭만주의를 형성하기 이전에 그것을 준비하는 기간 동안의 문학을 말합니다. 18세기 후반에서 1820년경까지의 문학작품의 주된 경향으로, 개인의 감정 표현을 중심으로 하지만 아직 문학적 형식을 제대로 갖추지 못하고 막연한 상태에 있던 시기의 문학이라고 하겠습니다.

낭만주의의 새로운 기운은 18세기 후반 디드로Diderot나 스덴Sedaine의 시민극, 루소의 〈신 엘로이즈〉 등에서부터 싹터서 축적되기 시작했지만 하나의 문예사조가 되기에는 아직 부족했는데, 이러한 기

운에 형태와 색채를 부여함으로써 감정과 감수성을 새로운 표현으로 재생시켜 준 작가가 바로 스탈 부인과 샤토브리앙입니다. 이들의 노력은 막연하고 모호했던 당시의 여러 가지 문학적 경향에 골격을 잡아 주었고 전기 낭만주의의 선명한 성격을 드러냄으로써 프랑스 낭만주의의 등장을 가능하게 합니다.

스탈 부인 Madame de Staël(1766~1817)은 제네바의 은행가 네케르의 딸로 파리에서 태어났습니다. 아버지 네케르는 루이 16세 때 장관을 지내면서도 국적을 옮기지 않은 스위스인이었습니다. 소녀 때부터 천부적인 총명함을 발휘해 평판이 높았던 그녀는 15세 때부터 저명한 문필가들이 모이는 어머니의 살롱에서 지식을 닦았고 특히 루소의 사상에 깊이 감화되었습니다. 21세 때 그녀보다 17세 연상인 파리 주재 스웨덴 대사 스탈 홀스타인Staël-Holstein과 결혼함으로써 스웨덴인이 되었고 스탈 부인으로 불리게 되었습니다.

스탈 부인

프랑스혁명이 일어났을 때 스탈 부인은 이를 열광적으로 환영했고 그녀의 살롱은 영국식 입헌주의자들의 집합소가 되었는데 이런 그녀의 자유주의 사상은 점차 집정관 나폴레옹과 충돌하게 되었습니다. 이런 충돌 때문에 스탈 부인은 스위스, 독일, 이탈리아, 폴란드, 러시아, 영국 등을 전전하면서 망명 생활을 했고, 이것이 문학인으로서의 그녀의 작업에 결정적인 계기를 마련해 주었습니다. 그녀는 나폴레옹이 실각한 후인 1815년 귀국했지만, 얼마 후 세상을 떠났습니다.

스탈 부인은 감정적인 면에서 보면 루소의 영향을, 정신적인 면에서는 볼테르의 영향을, 이성적이며 사교적인 측면에서는 18세기 정신을 물려받은 프랑스 낭만주의의 선구자입니다. 스탈 부인의 주요 작품은 '여권주의적'인 소설 〈코린Corinne〉(1807)과 〈사회 제도와의 관계 속에서 고찰해본 문학론〉(보통 간추려서 〈문학론〉이라고 함)(1800), 그리고 〈독일론De l'Allemagne〉(1810)입니다.

"스탈 부인" 말씀이 맞소! 사막에선!·· 얼음조각 작품이 나올 수 없소!!

〈문학론〉에서 스탈 부인은 예술 작품이 환경의 소산이라고 주장하면서 작품들을 제대로 이해하기 위해서는 작품이 생산된 역사적 근원과 지리적·시대적 조건들의 상관관계를 알아야 한다고 말합니다. 문학과 사회와의 관계를 밝히는 이러한 해석이 각 지역마다의 특수성에 큰 관심과 무게를 두었던 낭만주의를 촉발시켰다고 보았습니다. 또한 이제까지의 예술에서 절대적 기준이 되었던 고전적 개념에 반기를 들어 예술 작품은 보편적인 기준에서 평가되기보다는 다양한 지방색과 역사적 발전을 결부시켜 이해되어야 한다는 상대적·역사적 비평 의식을 내세움으로써 19세기 프랑스 비평을 혁신했습니다.

〈독일론〉은 스탈 부인이 독일 국민에 대해 깊은 이해심을 가지고 쓴 것으로, 독일 국민과 풍습, 문학, 예술, 철학, 종교에 관한 흥미로운 연구서입니다. 이 작품은 독일인의 명상적이고 감성적인 정신을 너무나도 환상적으로 이상화한 느낌이 없지 않지만, 이질적인 독일 문학을 프랑스에 소개하고, 프랑스 땅에 뿌리를 박고 싹튼 국민적·그리스도교적 시詩 정신만이 프랑스 문학에 가장 적합한 것임을 알려 프랑스 낭만주의 문학운동에 기여했습니다.

샤토브리앙
지로데(1809)

샤토브리앙François-René de Chateaubriand(1768~1848)은 스탈 부인과 더불어 프랑스 낭만주의의 2대 선구자로 불립니다. 프랑스 서북부 브르타뉴Bretagne의 해변 소도시 생 말로Saint-Malo의 옛 귀족 집안에서 10형제 가운데 막내아들로 태어나 말 없고 무뚝뚝한 아버지에 대한 공포심을 간직하며 우울한 소년 시절을 보냈는데, 누이 뤼실Lucile이 유일한 마음의 벗이 되었습니다. 육군 소위로 군에 들어갔으나 군생활에 염증을 느끼던 중 혁명이 일어나 군대가 해산되자 미국으로 여행을 떠났습니다. 루이 16세가 처형된 후 귀국해서 반혁명군에 가담해 전투에 참여했다가 부상당하고 영국으로 망명합니다. 영국에서 샤토브리앙은 극심한 가난과 굶주림 속에 프랑스어 개인 지도와 번역 등으로 연명하는 참담한 '망명 귀족'의 생활을 겪습니다. 어머니와 누이 뤼실의 죽음으로 다시 그리스도교인이 된 그는 혁명의 혼란이 잔잔해지자 프랑스로 돌아와 1801년 〈아탈라Atala〉를, 1802년에는 〈그리스도교의 정수Le Génie du christianisme〉를 출판합니다.

샤토브리앙의 문학적 명성을 주목한 나폴레옹에 의해 로마 대사관의 일등 서기관이 되었지만 얼마 지나지 않아 나폴레옹 정책에 불만을 품고 사직했습니다. 1814년 부르봉 왕정이 복고되면서 화려한 정치가의 삶을 다시 시작했지만 1830년 7월 혁명으로 루이 필립이 왕위에 오르자 정통 왕조 이외의 모든 방계 왕조를 멸시했던 그는 정계에서 은퇴해 버렸습니다. 그 후 〈죽음 저편의 회상Mémoires d'Outre-tombe〉(1849~1850)의 집필에 몰두하며 쓸쓸한 만년을 보냈습니다.

샤토브리앙은 우수와 자존심으로 가득 찬 괴팍한 성격의 소유자로 자존심이 유난히 강해서 자신을 남과는 전혀 다른 아주 독특한 인간이라고 생각했습니다. 따라서 가장 뛰어난 인간으로 여기며 인류가 겪을 온갖 고통을 받도록 선택된 희생자라고 생각했습니다. 자신이 느끼는 환희와 고뇌, 자신이 가진 소망과 증오를 같이 나눌 수 있는 사람은 인류 가운데 없다고 믿고 그리기에 고독과 염세를 오히려 즐기는 태도마저 보입니다. 이러한 태도는 '근대적 서정에 있어서 필요한 어리석음의 씨앗'이라고 볼 수도 있는 것으로, 다른 한편으로는 비상한 상상력과 아름다움에 대한 예민한 감각의 원천이 되기도 했습니다.

샤토브리앙의 대표작은 아메리카 대자연을 배경으로 벌어지는 인디언 샥타스와 기독교도인 아탈라와의 비련을 묘사한 단편 〈아탈라〉와 그 속편이라고 할 수 있는 〈르네René〉, 이것들을 삽화 형식으로 끼워 넣은 〈그리스도교의 정수〉, 〈순교자〉, 〈죽음 저편의 회상〉 등으로

아탈라의 매장
지로데(1808)

이 작품들은 고독, 우울, 방랑, 대자연, 이국적 취미 등 낭만주의 문학의 온갖 요소를 갖추고 있습니다.

〈그리스도교의 정수〉는 18세기 무신론적 철학사조에 맞서 그리스도교의 옹호와 재건을 위해 쓴 책입니다. '교의와 교리', '그리스도교의 시학', '미술과 문학', '예배' 의 4부로 구성되어 있는 이 책은, 근대 예술에서는 근대적인 영감이 필요하다고 역설합니다. 신학적·철학적인 면에서 가치가 있다기보다 그리스도교를 영감의 원천으로 보고 새로운 서정미를 발굴해 문학의 목적이 미적인 표현에 있다고 본 점에서 스탈 부인의 〈문학론〉과 더불어 전기 낭만파의 최대 걸작이라고 할 수 있습니다.

루소가 이미 느꼈던 여러 가지 감정과 주제를 더욱 선명하게 그려 냄으로써 샤토브리앙은 '근대적 상상력을 혁신' 했습니다. 그는 세계의 무대를 확장하고 당대 청년들에게 우울을 일깨우고, 낭만주의의 기본 요소인 개인주의적·종교적 감각에 원천을 둔 문학을 도입했습니다.

낭만주의(1820~1850)

라마르틴Alphonse de Lamartine(1790~1869)은 프랑스 낭만주의 문학을 본격적으로 꽃피웠습니다. 부르고뉴 지방 마콩Mâcon에서 신분이 낮은 귀족 집안에서 태어난 라마르틴은 시골에서 어린 시절을 보내면서 아름다운 추억을 갖게 되었습니다. 들판과 숲을 돌아다니며 몽상에 잠기거나 라신, 샤토브리앙, 바이런, 괴테의 작품들을 읽으며 지냈습니다. 24세 때 루이 18세의 친위대에 들어갔다가 워털루 전쟁 후 낙향해 신경 불안증 치료를 위해 가 있던 별장에서 샤를르 부인과 깊은 사랑에 빠지지만 이듬해 그녀가 폐결핵으로 사망하자 라마르틴은 씻을 수 없는 슬픔에 잠깁니다. 이 슬픔 속에 쓰어진 작품이 〈명상 시집

알퐁스 드 라마르틴

Méditations poétiques〉(1820)인데 발표되면서부터 대단한 호평을 받았습니다.

1822년에 결혼한 라마르틴은 문필 생활을 계속하면서 정계에 뛰어들어 시인과 정치가, 외교관의 생활을 병행해 나갑니다. 1848년 2월혁명 이후의 임시정부에서 외무장관과 임시정부 수반까지 지냈지만 1851년 12월의 쿠데타로 나폴레옹 3세로부터 기피 인물이 되는 것으로 그의 정치 생활은 끝나게 되었습니다. 그는 쓸쓸한 노년을 보냈는데, 그것은 그가 사치를 즐긴 탓에 막대한 빚을 져서 열정이나 감격 없이 글을 써야만 했기 때문입니다. 1869년 그가 79세의 나이로 별세했을 때는 그의 죽음을 슬퍼하러 온 문상객이 거의 없었다고 합니다.

라마르틴은 타고난 서정 시인이지만 서사시로도 〈조슬랭Jocelyn〉(1836), 〈천사의 전락La Chute d'un ange〉(1838) 등을 남겼고 〈라파엘Raphaël〉(1849) 등의 몇 편의 소설과 〈지롱드 당사Histoire des Girondins〉(1847), 〈왕정복고 시대의 역사〉 같은 역사 저술도 남겼습니다.

〈천사의 전락〉은 카인의 후예인 다이다라는 지상의 소녀에게 사랑을 느낀 천사 세다르의 이야기입니다. 세다르는 사랑을 위해 인간으로 변신한 다음 온갖 모험 끝에 사랑하는 여자를 사막에서 잃고 화형을 당하게 되는데 그때 성신이 나타나 아홉 번의 태어남을 통해 속죄하게 되리라고 예언하자 노아의 대홍수가 시작된다는 내용입니다.

〈명상 시집〉은 〈호수〉, 〈불멸〉, 〈사원〉, 〈십자가〉, 〈환영〉, 〈고독〉, 〈절망〉, 〈신앙〉, 〈인간〉, 〈가을〉 등의 24편의 시로 되어 있는데, 절반가량은 범속한 시라는 평가를 받았습니다. 그러면서도 그 시들이 대단한 성과를 올린 이유는 시에 쓴 언어나 시상詩想, 시의 형식이 새로워서가 아니라 인간 영혼의 깊은 곳에 자리 잡은 동경, 비탄, 연민의 감정들을 느끼는 그대로 표현했기 때문입니다. 고전주의 문학에 식상한 독자들은 라마르틴의 시 속에 들어 있는 새로운 영혼의 소리에 열광했던 것입니다. 라마르틴은 뛰어난 감성을 가지고 있었고, 동경과 비탄, 죽음, 영혼의 높은 이상, 우정, 연민, 신앙을 노래하는 그의 작품에서 모든 것은 아늑한 우수로, 자연과 종교의 아름다움, 그리고 이상주의로 연결됩니다. 그의 시는 열정적이기보다는 유창하고 다정한데 당대 사람들의 말을 빌면 '사람의 마음을 녹이는 듯한' 시입니다. 라마르틴은 즉흥적인 재능을 가지고 영감에서 우러나온 것을 그대로 표현해 나가므로 규칙 면에서 볼 때 구성이나 운韻, 문법에서는 결함이 많지만 그동안 잊혀 있던 서정시를 부활시켰기 때문에 위고, 뮈세, 비니와 함께 프랑스 낭만주의 4대 시인으로 불립니다.

비니Alfred-Victor Comte de Vigny(1797~1863)는 옛 귀족의 가문에서 태어났습니다. 아버지는 장교였고 어머니는 해군 제독의 딸로, 군인의 영광을 갈구하는 가정적인 분위기에서 성장했습니다. 나폴레옹이 전쟁에서 화려한 승리를 거두는 것에 이끌려 자기도 군인으로 성공해 볼 야망을 품고 16세에 군에 들어갔으나 군인으로서 출세할 가망이 없을 뿐만 아니라 자기의 소질에도 맞지 않음을 알고 1827년 대위로 퇴역했습니다. 그 후 영국 여성과 결혼했지만 병약한 아내 때문에 결혼 생활은 매우 불행했고 여배우 도르발Marie Dorval과의 연애도 그녀의 배신으로 물거품이 되었습니다. 사교계에서도 은퇴해 사색과 시작詩作으로 시간을 보내다가 1848년 이후 정치에 뜻을 두고 국회의원에 출마했지만 실패한 다음 시에만 몰두했습니다.

군인으로서, 정치가로서 또한 연애에서도 무엇 하나 제대로 되는 일이 없었던 비니의 일생은 '환멸'의 연속이었습니다. 타고난 비니의 기질과 그가 겪은 상황과 경험이 비니를 내면세계로 끌고 가서 명상적인 시인으로 만들었다고 할 수 있습니다. 비니의 인생관은 염세주의라고 할 수 있으며 그것은 결국 금욕적인 체념으로 이어집니다. 그는 고

알프레드 드 비니

"비니?.. 군인, 정치, 연애..
부질없는 모든 것을!..
버리시오! 비우시오!"

◀ 채터턴의 죽음

헨리 월리스(1856). 채터턴은 15세 때 자신이 쓴 작품을 T. 롤리라는 시인의 작품이라면서 출판사에 보냈으나 가짜로 의심받아 출판되지 않았다. 1770년에 런던으로 가서 서정시·풍자시·서사시·희곡 등을 마구 써냈으나 가난 때문에 자포자기에 빠져 17세의 나이에 비소를 먹고 자살했다. 그의 사후에 발간된 〈롤리 시집〉은 누가 쓴 것이냐를 놓고 논쟁을 불러일으키기까지 했는데, 용어의 어학적 연구에서 채터턴이 쓴 것으로 판명되었다. 이 중세풍의 시는 당시의 회고 취미에 호소하는 특징이 있었고 순수한 상상력이 넘쳐 19세기 영국 낭만파 시인들, 특히 워즈워스, 셸리, 키츠 등에게 영향을 끼쳤다.

난을 이겨 내고 인내하는 것을 삶의 기본 자세로 삼았습니다. 자신의 정열 때문에 이상을 단념할 수 없었고, 그렇다고 자신의 이상을 믿기에는 너무도 투명한 의식을 가졌기 때문에 절망의 구렁텅이에서 말없이 고통을 참으며 살았던 것입니다. 고통을 극복하는 데 인간의 위대함이 있다고 본 비니는 사상가로 불릴 수 있는 유일한 낭만주의 시인이라고 할 수 있습니다.

비니는 프랑스 낭만파 가운데서 낭만적인 요소가 가장 적은 시인입니다. 자연 발생적인 충동으로 글을 쓰고 사상마저 감정으로 변형하는 다른 낭만파 시인과 달리 비니는 이념의 발산에서 시를 썼기 때문에 그의 시에는 주관적이고 서정적인 것, 개성적인 것이 부족하며 문체 또한 대단히 절제되어 있습니다. 그러나 비니는 낭만주의 시인들 중에서 가장 깊이가 있으며, 지극히 개성적인 감수성을 가지고 인간의 고독과 고뇌에 관한 심오하고 숭고한 명상을 보편적 형식과 절제된 문체로 표현했기 때문에 파르나시엥Parnassiens*, 즉 고답파高踏波의 선구자로 평가받고 있습니다.

작품으로는 〈군인의 굴종과 영광〉(1835), 〈생 마르스〉(1826), 〈스텔로Stello〉(1832), 〈다프네Daphné〉(1912) 등의 소설과 〈시인의 일기〉

17세 청소년에게
'비소'를 판X을!
당장 잡아 들여
검
검사: 다나와

파르나시엥

고답파라고 해석한다. 낭만주의의 지나친 서정을 배제하고 객관적이고 몰개성적이며 무감동하고 무감각한 조형적인 시, 형식적으로 완성된 아름다움을 추구하는 시파詩派. 이러한 특성은 소설에 있어서의 사실주의와 자연주의의 성격과 상통한다. 시대적으로 볼 때 사실주의 소설보다 다소 늦게 형성되어 자연주의 소설이 붕괴하기 약간 앞서 상징파에게 자리를 넘겨주었다. 고답파의 '예술을 위한 예술' 이론은 상징주의의 토대가 되었다.

(1867), 〈채터턴Chatterton〉(1835) 등의 희곡, 시집으로는 〈고대와 근대의 시집Poémes antiques et modernes〉(1826), 〈운명Les Des Tinées〉 등이 있습니다.

18세기에 요절한 실재 인물 채터턴Thomas Chatterton(1752~1770)을 소재로 한 〈채터턴〉은 천재성에 무관심한 사회의 한가운데서 굶어죽는 천재적 시인의 삶을 보여 주며, 〈스텔로〉는 시인의 운명을 추구하면서 예술과 정치, 사상과 행동의 대립을 깊이 있게 다룬 작품입니다.

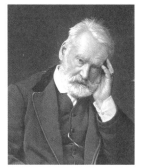

빅토르 위고

세나클

세나클은 예수가 최후의 만찬을 한 곳, 또는 문학 서클을 뜻하는 말로서 특히 프랑스 낭만주의 운동을 이끈 몇 명의 초기 지도자를 중심으로 결성된 문학 동인을 가리킨다.

빅토르 위고 Victor Hugo Marie(1802~1885)는 프랑스 낭만주의의 큰 별로 아버지가 나폴레옹 휘하의 장군이었던 까닭에 어려서부터 이탈리아, 스페인 등지로 따라다녔습니다. 10세 때 아버지의 부임지인 스페인을 떠나 어머니와 형제들과 함께 파리에 정착했고 이후로 샤토브리앙과 같은 작가가 되고자 독서와 시작에 몰두했습니다. 소년 시절부터 시적 재능이 뛰어났던 위고는 17세 되던 해 문학잡지를 창간하고 문학 활동을 시작해 몇 개의 문학상을 타기도 했습니다.

21세를 전후해 위고의 명성이 높아지자 그의 주변에 새로운 문학을 갈망하는 젊은 시인들이 모여들어 그를 중심으로 한 '세나클Cénacle*'이 만들어졌는데, 생트 뵈브, 비니, 뒤마, 뮈세, 발자크, 들라크루아 등이 모여든 이 세나클은 프랑스 낭만주의 문학의 산실이 되었습니다.

위고가 1827년에 발표한 운문극 〈크롬웰Cromwell〉에 함께 실린 서문은 낭만주의 운동의 주장을 대변하는 글로서 이때부터 위고는 낭만주의 문학의 대표자가 됩니다. 그 후 1843년에 이르기까

자화상

들라크루아(1837). 들라크루아는 낭만주의 회화에서 풍속화의 기반을 닦은 화가다. 〈민중을 이끄는 자유의 여신〉이 잘 알려져 있다.

지 약 16년간 아침마다 시 100행이나 산문 200장을 썼다고 전해지는 초인적인 창작력으로 〈파리의 노트르담Notre-Dame de Paris〉(1831), 〈레 미제라블Les Misérables〉(1862)을 비롯한 10편의 소설과 〈동방시집 Les Orientales〉(1829)을 포함한 20권의 시집, 〈에르나니Hernani〉, 〈뤼 블라스Ruy Blas〉 등을 비롯한 10편의 희곡을 출판합니다.

1841년에 프랑스 한림원의 회원이 되고 문학적인 영광을 누렸지만 1843년에 발표한 〈성주들〉의 공연이 실패하고 맏딸 레오폴딘이 신혼 여행 중에 익사한 사건으로 크게 충격을 받아 약 10년간 시를 쓰지 않고 정치 생활을 시작합니다. 1851년 나폴레옹 3세의 쿠데타와 뒤따른 무단정치를 맹렬히 공격한 탓에 추방 명령을 받고 망명의 길에 올랐으며, 나폴레옹 3세가 몰락한 후에 다시 파리로 돌아와 공화국 국회의원으로 당선되었습니다. 만 83세로 세상을 떠난 위고의 유해는 수많은 프랑스 국민들이 애도하는 가운데 팡테옹*에 묻혔습니다.

동방의 야생적이면서도 아름다움을 노래한 〈동방시집〉, 망명 생활 초기에 나폴레옹 3세를 통렬히 풍자한 〈징벌시집Les Châtiments〉(1853), 사랑하는 딸을 잃은 후 심화된 서정성이 철학적인 경지까지 이른 〈명상시집Les Contemplations〉(1856) 등에서 보여지는 위고의 시는 이국적이고 회화적입니다. 아지랑이가 낀 듯 몽롱한 라마르틴의 시와 단색으로 그려진 비니의 시 등과 비교해 볼 때 운율과 리듬의 대담함이 느껴집니다. 위고의 시가 낭만주의 시의 기술을 혁신했다고 평가받는 이유가 그것입니다.

시인으로서는 낭만주의 운동의 주장主將이며 정치인으로서는 민주 파에 속했던 위고는 풍운아였고 정열의 사나이였습니다. 체질적으로 낭만주의 시대의 공통된 질환인 '세기병'에 대해서는 타고난 면역체이기도 했습니다. 위고는 분방한 상상력을 바탕으로 사회 밑바닥의 인생들을 붓 가는 대로 드러내고 표현했습니다. 훗날 발자크나 플로베르에게는 환경이 되고 배경이 되는 것이 위고에게는 무대의 중심이 되고 중

레오폴딘

오귀스탱 드 샤티옹(1853). 빅토르 위고의 큰딸이다.

팡테옹

팡테옹은 국가를 빛낸 인물을 기리는 사당과 같은 성당으로 프랑스의 위대한 시인, 학자, 정치가 등의 유해가 모셔져 있는 곳이다.

"위고"가 팡테옹에 묻힌 건…순전히! 내 덕이야♪

〈나폴레옹 3세

아니! 지옥에 있어야 할 X이! 왜? 구름자가용!!

요 인물이 되었습니다. 바로 이런 점에서 그의 문학은 이전의 고전문학과 확연히 구별되고 또한 훗날의 사실주의와도 다른 특색을 가집니다.

위고는 지성적인 면이 다소 부족해서 사상가로서의 분석적 두뇌와 심오한 사색의 세계는 찾아볼 수가 없습니다. 어느 특정한 세계를 깊이 파고 들어가는 대신 '프리즘 같은 영혼'을 통해 사회적·형이상학적 주제를 다각적으로 발산시킵니다. 위고의 위대함은 평범한 기쁨과 슬픔을 단순하고 힘차게 써 내는 능력, 풍부한 상상력을 장엄하고 아름답게 표현해 내는 자유자재의 언어 구사 능력에 있다고 하겠습니다. 앙드레 지드는 누구를 가장 위대한 프랑스 시인으로 생각하느냐는 질문을 받고 "유감스럽지만 빅토르 위고"라고 대답했다고 합니다. 그리고 그것이 비록 유감스러울지라도 사실은 어디까지나 사실이라고 설명했다는데 그것이 바로 '보통 사람의 시인'으로 불리는 위고에 대한 평가가 될 것입니다.

〈**파리의 노트르담**〉은 '노트르담의 꼽추'라는 이름으로 우리들에게 잘 알려져 있는 위고의 대표작인 동시에 프랑스 낭만주의 소설의 대표작이기도 합니다.

집시 처녀 에스메랄다에게 연정을 품고 있던 파리의 노트르담성당의 부주교 클로드 프롤로는 그녀가 경비대장 페뷔스를 사랑하고 있다는 것을 알고 그녀가 보는 데서 그를 칼로 찌르고 그녀에게 살인미수죄를 뒤집어 씌웁니다. 에스메랄다는 교수형을 선고받는데 형이 집행되기 직전에 성당의 종지기인 꼽추 카지모도가 종탑에서 로프를 타고 내려와서 그녀를 구출해 성당 안으로 도망칩니다. 프롤로는 거리의 부랑배들을 동원해 노트르담 성당을 습격했으나 결국은 실패하고 에스메랄다는 다시 관헌의 손에 넘어

센 강에서 바라본 파리 노트르담 성당의 전경

가게 됩니다.

에스메랄다가 교수형을 당하려는 순간 이 광경을 탑에서 내려다보고 있던 프롤로를 카지모도가 등 뒤에서 떠밀어 떨어뜨리고 카지모도는 사라집니다. 그 후 오랜 세월이 흐른 후 몽포콩 무덤에서 에스메랄다의 해골을 꼭 껴안고 있는 카지모도의 해골이 발견되었는데 사람들이 두 해골을 떼어 놓으려 해도 절대로 떼어지지 않았다고 합니다.

〈레 미제라블〉은 장 발장의 이야기로 우리나라에서도 잘 알려져 있습니다. 모두 10권으로 이루어진 이 작품은 모든 소재, 모든 스타일, 모든 양식이 혼합된 하나의 세계와도 같은 작품으로서, 위고의 사회적 이념과 사상, 인도주의를 표현한 작품이라고 볼 수 있습니다. 인간이란 본질적으로 평등한데, 가난한 사람들이 사회의 조직화된 편견에 의해 궤멸되어 가고 있음을 보여 줍니다.

뮤지컬로 각색된 〈레 미제라블〉의 한 장면

청년 장 발장은 한 조각의 빵을 훔친 죄로 19년간의 감옥살이를 마치고 출옥합니다. 아무도 돌보지 않는 그에게 하룻밤의 숙식을 제공해 준 신부의 집에서 은촛대를 훔쳤다가 다시 체포되어 끌려가게 되었을 때, 밀리에르 신부는 자비로운 마음으로 그 은촛대는 자기가 장에게 준 것이라고 증언해 그를 구해 줍니다. 여기서 장은 비로소 사랑에 눈을 뜨게 됩니다. 마들렌이라고 이름을 고친 장 발장은 사업에 성공해 재산도 모으고 시장으로 선출되기까지 합니다. 그러나 자베르 경감은 포기하지 않고 끈질기게 그의 뒤를 쫓아다닙니다.

때마침 어떤 사나이가 장 발장으로 오인되어 체포되고 벌을 받게 되자 장은 스스로 나서서 자신이 진짜 장 발장임을 밝히고 감옥에 들어가

아!~ 장발장! 유빵무죄! 무빵 유죄! 로다!..

에르나니 논쟁

으~졌다!

고전주의

낭만주의

그래 밟아봐! 나! 낭만주의 압정이다!

1830년에 위고가 발표한 연극 〈에르나니〉는 45일간의 공연 기간 동안 전 파리 시를 소란의 도가니로 만든 '에르나니의 전투(혹은 에르나니 논쟁)'를 일으켰다. 보통 '주먹과 지팡이의 전투'라고 일컬어지는 이 논쟁은 연극에 있어서 고전주의와 낭만주의의 전투를 상징하는 것이기도 하다.

〈에르나니〉는 돈 카를로스 치하의 스페인에서 벌어지는 이야기로 고메즈라는 늙은 공작의 질녀이면서 마음에도 없이 공작과 약혼한 도냐 솔이 젊은 산적 에르나니를 사랑하는 이야기다. 국왕 카를로스가 에르나니 일당을 소탕하려 할 때 고메즈의 집에 숨어든 에르나니는 고메즈의 도움으로 생명을 건지고 에르나니는 고메즈에게 언제라도 자신의 목숨이 필요할 때 불라고 뿔피리를 주고 떠난다. 선거에서 독일 황제가 된 카를로스는 에르나니에게 관용을 베풀어 그의 옛 집안 이름인 장 다라공을 다시 쓸 수 있게 해 주고 도냐 솔도 그에게 준다. 에르나니와 도냐 솔이 신방에 들어가려는 순간 질투에 눈이 먼 고메즈는 뿔피리를 불어 에르나니에게 독약을 내리니, 도냐 솔이 빼앗아 반을 마시고 나머지 반을 에르나니가 마신 다음 도냐 솔의 시체 위에서 숨을 거두자 고메즈도 절망 끝에 두 사람의 시체 위에서 단도로 자결한다.

〈에르나니〉는 삼일치의 법칙이나 장르의 규칙을 고수하고 단정한 문체를 사용했던 고전주의적 작품과는 전적으로 성격이 달랐다. 이 극이 상연되는 날이면 고전주의 연극에 친숙한 관객들로부터 야유와 욕설이 쏟아져 연극 관계자들이 엄청난 봉변을 당하곤 했다. 그래서 청년 시인 위고를 지지하는 젊은 시인들과 화가들이 의용군처럼 극장의 여기저기에 포진하고 있다가 고전주의 지지자들의 매도에 맞서 박수갈채를 보냈다. 흡사 전투를 방불케 한 이 싸움에서 결국 젊은 낭만파가 승리를 거두고 문학에서 낭만주의가 주도권을 획득하게 된다.

사실 〈에르나니〉의 실제적인 충격은 줄거리보다 오히려 운문의 힘찬 울림과 박자에 있었으며, 이 작품은 한 젊은이가 젊은이들에게 경의를 바치는 작품이었던 만큼 그 성공도 학생 관중들 덕분이었다.

지만 곧 탈옥합니다. 그리고는 예전에 자기가 도와주었던 여공의 딸 코제트가 불행한 생활에 빠져 있는 것을 알게 되자 그녀를 구출해 경감의 눈을 피해서 수도원으로 숨어듭니다. 코제트는 공화주의자인 마리우스와 사랑하게 됩니다. 장발장은 공화주의자들의 폭동으로 부상을 당한 마리우스를 구출해 코제트와 결혼시킵니다. 장 발장의 신분을 알게 된 마리우스는 잠시 그를 멀리하지만 자신의 잘못을 깨닫고 다시 그에게로 돌아옵니다. 장 발장은 코제트 부부가 임종을 지켜보는 가운데 조용히 숨을 거둡니다.

뮈세Alfred de Musset(1810~1857)는 파리 태생으로 파리에서 가장 유명한 고등학교 중의 하나인 앙리 4세 고등학교를 우수한 성적으로 졸업했습니다. 그는 일찍부터 위고의 세나클과 노디에Nodier의 살롱에서 모든 사람들로부터 사랑받는 총아였습니다. 1835년 문단에 데뷔한 뮈세는 '나는 사랑이 필요한 사람'이라는 자신의 이상에 걸맞게 정열적이고 순결하고 이상적인 사랑에 목말라 있었습니다. 1833년에서 1835년 사이 여류 작가 조르주 상드와의 연애 사건은 유명합니다. 그 실연의 상처는 〈10월의 밤La Nuit d'octobre〉(1837), 〈추억Souvenir〉(1841) 같은 시와 셰익스피어 풍의 낭만 희극 〈로렌자치오Lorenzaccio〉(1834), 〈사랑은 장난이 아니다〉(1834) 등의 희곡, 그리고 〈세기아世紀兒의 고백La Confession d'un enfant du siècle〉(1836)이라는 자서전적인 소설을 쓰게 만들었습니다.

알프레드 드 뮈세
샤를르 랑델

뮈세의 작품은 대부분 20세에서 30세 사이에 창작되었고, 불과 30세도 못 되어 그의 시정詩情이 고갈되었습니다. 의지박약하고 무절제한 생활을 계속한 나머지 1852년에 아카데미 회원에 선출되었을 때는 이미 심신이 다 폐인이 되어 있었습니다. 뮈세는 위고처럼 웅장하고 장중한 격조를 가진 사회적인 시인도 아니었고, 라마르틴이 가진 종교적 정서도, 비니와 같은 심오한 철학도 없지만 어느 누구도 뮈세처럼 개인적인 감정을 그토록 터놓고 드러낸 예가 없었으며, 그와 같은 감수성을 보여 주지 않았습니다. 그의 작품에는 카멜레온처럼 변하기 쉬운 감정과 그 자신의 독특한 삶이 반영되어 있습니다.

20세에 쓴 첫 운문 시집 〈스페인과 이탈리아 이야기〉(1830)는 한 번도 가 본 적 없는 두 나라를 특색 있게 다루고 있으며, 장편소설 〈세기아의 고백〉은 상드와의 연애에 관한 자서전적인 기록문학인 동시에 그 시대의 젊은이들이 함께 겪던 우수와 권태, 절망감 등 당시의 세기병世紀病을 생생하게 기록한 진단서이기도 합니다.

조르주 상드
들라크루아가 그린 초상화. 남장 차림을 하고 문필가들 사이에서 활동한 것으로 알려져 있다.

조르주 상드 George Sand(1804~1876)는 프랑스의 낭만파 여류 작가입니다. 그녀의 본명은 오로르 뒤팽Aurore Dupin인데 맨 처음 소설을 함께 쓴 쥘 상도Jules Sandeau(1811~83)의 권유로 상드라는 필명을 쓰게 되었습니다. 18세 때 결혼했지만 결혼 8년 만에 이혼하고 파리에서 두 자녀와 함께 문필로 생계를 유지해 나갔습니다.

상드는 뮈세 말고도 음악가인 쇼팽, 리스트 등과도 떠들썩한 연애를 해 문학가로서만이 아니라 정열적인 사랑을 나눈 여성으로서, 그리고 여성의 자유와 평등을 요구한 '여권주의자feminist'로도 유명합니다. 로맨틱한 사랑의 아름다움을 루소와 같은 사상을 가지고 썼고 애정 없는 결혼, 남성의 폭력과 여성의 평등에 대해서 썼습니다. 특히 〈악마의 늪La Mare au diable〉(1846)이나 〈어린 파데트La Petite Fadette〉(1849) 등 전원생활을 그린 그녀의 전원소설들은 아름답고 전형적인 프랑스인을 '인간적이고 순수한' 사람들로 그려 내서 미국에서는 이 작품들을 프랑스어 과정의 '표준 교재'로 삼았다고 합니다.

생트 뵈브 Sainte Beuve(1804~1869)는 빅토르 위고가 시 속에, 발자크가 소설 속에 나타난 것처럼 비평 속에 나타났다고 해도 과장이 아닐 정도로 19세기 최고의 비평가로서, '비평'이라는 문학 장르를 확립한 근대 문학비평의 시조입니다. 젊은 시절에는 의학에 뜻을 두었으나 곧 단념하고 문학 쪽으로 마음을 돌렸고, 시와 소설도 썼지만 당시의 쟁쟁한 낭만파 시인들과 겨룰 만한 시인이 될 재능이 없다고 생각하고 비평 활동에만 전념했습니다. 위고의 세나클에 참여해 그와 알게 된 이후 위고의 아내와 정을 통하다 그의 분노를 산 일화도 널리 알려져 있습니다.

생트 뵈브

생트 뵈브의 문학비평으로 유명한 것은 〈신新 월요 한담Nouveaux lundis〉(1863~1870)입니다. 여기에서 그는 작품이 그 작가의 '기질의 표현'이기 때문에 작품을 잘 이해하기 위해서는 작가의 인품과 생애, 그리고 '정신의 생리'와 심리를 잘 검토해야 한다는 주장을 펼칩니다. 개인의 전기傳記를 작품 해석의 지표로 삼아 과학적이고 역사주의적인 새로운 형태의 비평의 시초를 열었습니다.

생트 뵈브가 비평에 실증적·과학적 성격을 부여해 문학비평의 발전에 끼친 공적은 인정되지만 그의 방법이 빚어 내는 과오와 한계도 있습니다. 그의 방법을 극단적으로 적용하면 비평가는 작품을 감상하고 이해한다는 근본적인 태도를 떠나서 작가에 관한 지엽적인 자료 수집에만 전력을 기울이고 그것 자체를 목적으로 삼기 쉽습니다. 또한 과학적 분석을 과신함으로써 예술 창조에서의 신비한 면을 느끼지 못하게 되기도 합니다.

고티에Théophile Gautier(1811~1872)는 처음에는 화가였으나 위고 중심의 세나클에 출입하면서부터 열성적인 낭만주의 운동가가 되었습니다. 〈에르나니〉 공연 때 붉은 조끼에 초록색 바지를 입고 싸웠다는 유명한 에피소드가 있습니다.

그는 17세기에 실재했던 남장 미인을 둘러싼 이색적이고 이교異敎적인 연애를 취급한 장편소설 〈모팽 양Mademoiselle de Mauphin〉(1835)에 덧붙인 머리말에서 예술의 사회적 효용가치를 부정하고 예술의 자율성을 강조합니다. 그 머리말은 '예술을 위한 예술'의 이론적인 선언이 되었고, '예술 지상론'을 신봉하는 고답파 시인들의 직접적인 선구자가 되었습니다.

　　알렉상드르 뒤마 Alexandra Dumas père, fils(대大뒤마 1802~1870, 소小 뒤마 1824~1895)는 위고보다도 우리에게 더 많이 읽히고 세계문학상으로도 가장 많이 읽힌 작가로서 아버지와 아들이 같은 이름으로 작품 활동을 한 작가입니다. 아들 알렉상드르 뒤마는 창녀와 화류계를 소재로 삼아 부르주아 사회를 풍자한 〈**춘희**La Dame aux camélias〉(1852)로, 아버지 알렉상드르 뒤마는 〈**삼총사**Les Trois Mousquetaires〉(1844)와 〈**몬테 크리스토 백작**〉(1848)으로 우리에게 아주 친숙합니다. 뒤마는 무한한 에너지와 기상천외한 생산력으로 죽을 때까지 장편과 단편소설 257편, 희곡 25편이라는 일찍이 누구도 달성하지 못한 기록적인 분량의 작품을 써 내서 '알렉상드르 뒤마 소설 제조 회사'라는 빈정거림까지 받을 정도였습니다. 이것은 이 시기에 독서 인구가 비약적으로 늘어나고 소설, 특히 역사소설이 붐을 이룬 것과 결코 무관하지 않습니다.
　　프랑스인들의 역사의식이 뒤마의 역사소설에서 얻은 것이라고 할

아버지 알렉상드르 뒤마

아들 알렉상드르 뒤마

〈삼총사〉의 삽화

만큼 널리 읽히고 있지만 뒤마의 역사 지식은 그리 뛰어난 편이 아니었습니다. 소설 속의 등장인물들은 단순하고, 줄거리도 지나치게 잔인하며 우연의 일치가 너무도 잦고, 묘사의 신빙성이 떨어지는 등 결함을 많이 가지고 있습니다. 하지만 전체적으로 활력이 넘치고 멜로드라마적인 장면의 전개로 사람들의 흥미를 끌어 문체나 인물의 구성에서 특징이 없음에도 불구하고 오랜 세월 동안 대중적, 상업적인 성공을 거두었습니다.

"가리발디"의 "붉은셔츠"처럼! 우리 "붉은 악마"도 한반도 통일을 위해!

붉은 악마

이탈리아의 낭만주의

르네상스 시대 문학과 예술의 황금시대를 맞이했던 이탈리아는 그 이후 약 200년간 국내외 적들과의 싸움으로 기력이 소진한 상태였으며 과거의 영광에 집착해 살려고 애썼다고 해도 과언이 아닙니다. 그러나 이탈리아 정신은 완전히 사라지지 않아서 19세기에 새로운 부흥의 기운을 맞이합니다. 18세기 작가인 알피에리가 주도했던 '리소르지멘토Risorgimento', 즉 통일 민족국가 실현을 위한 운동이 결실을 맺고 가리발디Giuseppe Garibaldi(1807~1882)의 이탈리아 독립운동을 낳습니다. 19세기 전반 유럽 대륙을 휩쓴 낭만주의는 이탈리아에서 더욱 민족적인 성격을 띠면서 현실의 윤리적 · 지적 요구에 부응하는 자각적인 문학운동이 됩니다. 이탈리아의 낭만주의는 시 분야에서는 레오파르디, 소설 분야에서는 만초니에게서 꽃을 피웁니다.

가리발디
프랑스의 니스에서 태어나 청년 시절에는 청년 이탈리아 당원으로 활동했고, 후일 '붉은 셔츠대'라고 불리는 의용군을 이끌며 이탈리아 통일에 기여한 이탈리아의 국민적 영웅이다.

레오파르디Giacomo Leopardi(1798~1837)는 19세기 이탈리아 최고의 천재라는 의미로 '이탈리아의 바이런'이라 불리는 시인입니다. 백작 집안에서 태어났지만 지나친 공부가 일생에 병의 원인이 되어 11세 때에는 구루병을, 17세 때에는 폐결핵과 눈병까지 앓았습니다. 이로

레오파르디

인해 그는 극도의 우울과 고독에 사로잡히고 점점 염세주의적인 생각에 젖게 되었던 것 같습니다.

우울하고 슬픔에 젖은 염세적 시인인 레오파르디는 바이런처럼 웅장한 작품들을 많이 남기지는 않았지만, 더 세밀하고 더 다듬어진 작품들을 남겼습니다. 〈성가I canti〉(1831)라는 시집에 수록된 수많은 서정시들은 사색과 관조, 기억, 깊이 있는 사상이 어우러진 시들이며, 희망의 덧없음과 함께 그것을 현실적으로 극복하고 삶의 고통에 영웅적으로 대처하는 모습을 노래합니다. 그의 내적 삶의 기록이라고 할 수있는 〈수상록〉, 〈사상 소품집〉, 〈생각〉 등의 철학 에세이는 레오파르디가 인간과 자연이 숙명적으로 맺은 관계를 주로 비관론적 입장에서다루었음을 보여 줍니다.

만초니Alessandro Antonio Manzoni(1785~1873)는 이탈리아 최대의낭만주의자면서 이탈리아 19세기 문학뿐만 아니라 모든 시기를 통틀어 가장 획기적인 문학적 업적을 남긴 작가이기도 합니다. 밀라노의귀족 출신으로 그의 외조부 베카리아는 북이탈리아 롬바르디아 지방의 계몽주의 지도자였습니다. 만초니는 명저로 꼽히는 〈범죄와 형벌〉의 저자이기도 합니다. 만초니는 외가의 영향을 많이 받은 것으로 보이며 교회의 부속 기숙사에 있는 동안 이탈리아 고전문학을 독파하는한편, 같은 시대 문학자들의 영향을 받았습니다.

그의 처녀작 〈자유의 승리〉(1801)는 신고전주의의 영향이 많이 느껴지지만, 1808년 결혼한 부인의 영향으로 가톨릭으로 개종한 이후로는그리스도교적 낙원의 이상에 자유·평등·박애의 정신을 결부시킨 작품을 잇달아 발표했습니다. 외국 세력의 압박하에 박해받던 이탈리아국민의 고뇌를 그린 희곡 〈아델키Adelchi〉(1822), 이탈리아 근대소설의 선구가 된 역사소설 〈약혼자I promessi sposi〉(1827) 등이 유명합니다. 어떤 비평가는 그를 이탈리아의 월터 스콧이라고 부르기도 하고,

만초니

진실성과 오락성, 미적 가치를 모두 갖춘 작가로 평하기도 합니다. 1860년에 이탈리아 상원의원으로 당선된 만초니가 사망했을 때 그의 장례가 국장으로 치뤄질 정도로 당시 사람들에게 존경을 받았습니다.

〈**약혼자**〉는 만초니가 남긴 유일한 소설로, 단테의 〈신곡〉과 더불어 이탈리아 문학 최고의 걸작으로 꼽힙니다. '17세기 밀라노의 역사' 라는 부제가 붙은 이 소설은 17세기 초의 롬바르디아를 무대로, 그 지방 태수와 비겁한 교구 사제들 때문에 쉽사리 결혼하지 못하는 두 농사꾼 연인 렌초와 루치아의 투쟁을 감동적으로 그려 낸 작품입니다. 두 사람은 폭력에 희생되어 처절한 운명에 처하지만, 하느님의 섭리로 마침내 행복한 결말을 맞게 된다는 이야기입니다. 1821년에 있었던 이탈리아 피에몬테 지방의 민중 봉기에서 영감을 얻어서 쓴 이 작품은 가톨릭적 윤리 의식을 바탕으로 이탈리아의 통일을 달성하려는 리소르지멘토 정신과 사회 구성원들 간의 이해, 믿음과 연대의식을 추구하고 있습니다. 또한 이탈리아인들의 조국관, 윤리관, 종교관은 물론 현실관에 대한 지침이 암시적으로 담겨 있어 이탈리아 국민들에게 애국심을 불러일으켰습니다. 1827년 초판이 나온 후, 피렌체 지방의 실제 언어에 가까운 명확하고 표현력 넘치는 산문으로 수정되어 1842년에 재간된 이 작품은 작가가 바라던 대로 광범위한 독자층을 확보하게 되었고, 이탈리아 문장어의 모범으로, 이탈리아 문학이 낳은 불후의 명작으로 꼽힙니다.

미국의 낭만주의

유럽의 문학과 마찬가지로 미국 문학 역시 미국의 역사 속에서 형성되었습니다. 새로운 국가가 만들어지면 새로운 특성을 지닌 문학이 탄생하는 것이 보통이지만, 150년 동안 영국의 식민지로 있었던 미국의 문학은 영국 작가들에 의한 식민지 문학에서 출발했습니다. 영국으로부터 독립을 쟁취하고 난 후 미국에서는 아메리카 신대륙의 때 묻지 않은 현실과 자연을 묘사하고 미국 특유의 경험과 사상을 표현하는 독자적인 문학을 요구하는 목소리가 높아졌지만 새로운 문학 양식은 어느 날 갑자기 불현듯 출현하는 것이 아닙니다. 그래서 미국 문학은 계속 문학적 표현의 기준을 18세기 영국의 시와 소설, 희곡, 수필에서 찾았고 그것들을 모방할 수밖에 없었습니다.

미국 문학이 문학다운 제 모습과 기틀을 잡기 시작한 것은 19세기에 들어서면서부터입니다. 이때 영국 문학은 낭만주의로 기울고 있었고 국민적 자각이 고조되어 가는 그 시기에 미국 대륙에 상륙한 낭만주의 운동은 유럽 대륙보다 한층 더 국민 의식을 고취시키는 국가주의 양상을 띠게 됩니다. 미국인들은 단순히 유럽 문화를 계승하기를 거부하고 미국 서부 미개척지의 때 묻지 않은 대자연과 서부 개척자들의 건강한 삶의 현실을 다룹니다.

이런 작업에서 많은 작가들이 두각을 나타냅니다. 미국 단편 소설과 수필에서 낭만적인 모델을 제시한 어빙Washington Irving(1783~1859), 개척 정신을 반영한 단순함과 환희의 정서로 미국 시를 해방시킨 브라이언트William Cullen Bryant(1794~1878), 원시림에 사는 인디언 같은 삶을 묘사해 낸 쿠퍼James Fenimore Cooper(1789~1851) 등이 중요한 업적을 남겼습니다. 롱펠로Henry Wadsworth Longfellow(1807~1882)는 미국인들이 듣기 원하는 것을 정확하고 아름답게 들려주며, 낙천적인 철학을 바탕으로 활동적이고 건강한 삶을 권장함으로써 많은 미국인들에게 사랑받았고, 에머슨Ralph Waldo Emerson(1803~1882)은 낭만적 상상력이라는 추상적 개념과 19세기 중엽의 미국의 현실을 실질적으로 융합시킴으로써 미국 문학이 나아갈 방향을 제시했습니다. 그의 비전과 표현에 대한 자유로운 정신은 휘트먼Walt Whitman(1819~1892)을 비롯한 다음 세대의 시인들에게 지대한 영향을 주었습니다.

롱펠로

1926년에 만들어진 영화 〈주홍글자〉의 한 장면
많은 번역본들이 〈주홍글씨〉를 제목으로 하고 있지만 원제목
〈The Scarlet Letter〉는 〈주홍글자〉라고 번역하는 것이 옳다.

호손

〈주홍글자〉(1850)로 잘 알려져 있는 **호손**Nathaniel Hawthorne (1804~1864)은 매사추세츠주 세일럼의 청교도 가문에서 태어났습니다. 그는 대학 졸업 후 고향으로 돌아가 12년이라는 기간 동안 책을 읽고 소설 작법을 익히는 작가 수련을 했습니다. 최초의 단편집을 펴냈을 때 그의 나이 33세였고, 명작으로 읽히는 〈주홍글자〉는 46세 때 쓴 작품입니다. 호손보다 15년 연하인 멜빌이 일찍이 작가가 된 것과는 대조적으로 호손은 오랫동안 무명 시절을 보냈습니다.

그의 고조부는 악명 높았던 세일럼의 '마녀 사냥' 때 재판관이었고 그 전대의 윌리엄 호손은 퀘이커교*도들을 이단으로 몰아 박해한 것으로 유명했습니다. 청교도들의 입장에서 보면 마녀들의 죄는 용서할 수 없는 것이었지만, 그들의 후손인 호손의 입장에서 볼 때 자신의 조상들이 다른 사람들에게 해를 끼쳤다는 사실은 떨쳐 버릴 수 없는 심리적 강박관념이 되었고, 이러한 가계家系의 유산이 훗날 호손 문학의 기본적인 테마, 즉 청교도들이 가지고 있는 죄의식의 문제를 이루게 됩니다. 그는 선조들의 죄악을 밝혀야 하는 입장인 동시에 한편으로 조상들의 비밀을 지켜 주어야 할 모순적인 입장이었기 때문에, 독단적인 청교도주의에 대해 비판적인 태도를 보이면서도 문학적 수단으로 극

퀘이커교

1647년 영국인 G.폭스가 창시한 프로테스탄트의 한 교파로 프렌드 협회라고도 하며, 1650년대 이후 미국에 포교가 적극적으로 행해졌다. '안으로부터의 빛'을 믿는 신앙을 내세웠고 인디언과의 우호友好, 흑인 노예무역과 노예제도의 반대, 전쟁 반대, 양심적 징병 거부, 십일조 반대 등을 내세워 일반 사람들과는 다른 입장을 취했다.

도의 상징과 도덕적인 알레고리*를 사용했습니다.

알레고리

우리말로는 '우의寓意'로 번역되며, '다른 이야기'를 뜻하는 그리스어 '알레고리아allegoria'에서 온 말로서 추상적인 개념을 직접 표현하지 않고 다른 구체적인 대상을 이용하여 표현하는 문학 형식이다. 중세의 〈장미 이야기〉나 버니언의 〈천로역정〉이 대표적인 알레고리 형식의 작품이다.

호손의 작품은 대부분 타락과 구원이라는 그리스도교적 도식을 바탕으로 그리스도교 신앙 속에서 인간성의 완성을 바라는 인물들을 그려 냅니다. 그가 그려 내는 인간의 모습은 단순히 자연 속의 인간이 아닌 사회 속에 있는 인간들로서, 은밀한 죄를 가지고 있거나 타인들과 거리를 유지하게 만드는 문제점을 가지고 있으며 오만, 시기심, 복수욕 등으로 시달림을 받는 사람들입니다. 인간의 마음속에 있는 어두운 부분들, 죄의 보편성과 인간의 선택이 지닌 복잡성과 모호성을 깊이 있게 그려 낸 그의 작품들은 미국의 상징 소설에 지속적인 영향을 미쳤습니다. 〈2번 들려준 이야기Twice-Told Tales〉(1837)나 〈낡은 저택의 이끼Mosses from an old Manse〉(1846) 등의 단편소설집과 〈주홍글자〉에서 보여 준 심리적·도덕적 통찰력은 어떤 미국 작가도 능가할 수 없는 깊이를 보여 줍니다.

〈**주홍글자**〉는 청교도 식민지 보스턴에서 일어난 간통사건을 다룬 작품입니다. 늙은 의사와 결혼한 헤스터 프린이라는 젊은 여인은 남편보다 먼저 미국으로 건너와 살고 있었는데 남편으로부터는 아무 소식조차 없었습니다. 그러는 동안 헤스터는 펄이라는 사생아를 낳게 되고 간통이라는 죄목으로 공개된 장소에서 간통을 의미하는 '어덜터리 adultery'의 첫 글자 'A'를 가슴에 단 채 일생을 살아야 하는 형을 집행당합니다. 간통한 상대를 고백하면 형을 면제해 주겠다고 하지만 그녀는 간통의 상대자를 끝내 밝히지 않습니다.

간통의 상대자는 그곳의 목사 아서 딤스데일이지만 그는 양심의 가책에 시달리면서도 다른 사람의 이목 때문에 진실을 숨기고, 사람들에게는 죄의 두려움을 설교하는 위선적인 생활을 계속합니다. 딤스데일은 이중적 생활에서 오는 양심의 가책으로 점점 몸이 쇠약해져 갑니다. 아내의 간통 사실과 그 상대자가 딤스데일인 것을 알게 된 헤스터

지금은 간통사건은!
사건으로 취급 안해!
하도! 총기사건이 많아서!

의 교활한 남편 칠링위스 때문에 결국 딤스데일은 사건 발생 7년 후인 새 주지사의 취임식 날 설교를 마친 뒤 스스로 죄를 고백하고 쓰러져 죽습니다.

이 작품은 17세기 미국의 어둡고 준엄한 청교도 사회를 배경으로 죄 지은 자의 심리를 치밀하게 묘사하면서 심오한 주제를 다룬 19세기 미국 문학 걸작 중의 하나로 꼽히고 있습니다. 심리 묘사나 상징, 교훈과 더불어 헤스터 프린의 정신적인 삶도 주목할 만한 것입니다. 그녀는 주홍글자에 의해 사회와 단절되어 변두리로 추방당해 고독하게 살면서도 청교도의 융통성 없는 신앙을 비판적으로 보는 여유를 가지고 있습니다. 자기 나름의 신학관 · 도덕관 · 사회관을 가진 헤스터 프린은 권위 앞에서 자신의 의지를 굽히지 않는 자유사상가이기도 합니다.

에드가 앨런 포 Edgar Alan Poe(1809~1849)는 두 살 때 배우였던 부모를 잃고 고아가 되어 존 앨런 부부의 양자로 들어가 에드가 앨런 포라는 이름을 받았습니다. 일찍이 어머니를 잃은 포는 감수성이 대단히 예민했고, 14세 때 친구의 어머니인 젊고 아름다운 제인 스타나드에게서 이상적인 여성상을 발견했다고 합니다. 17세에 버지니아 대학에 입학했으나 양아버지로부터의 학비 조달이 제대로 되지 않는 등 어려운 여건 속에서 도박과 음주 등 무절제한 생활에 빠져들어 1년도 못 되어 퇴학당했고, 웨스트포인트(미국 육군사관 학교)에도 들어갔으나 곧 퇴학해 버렸습니다. 그 이후 양부와의 불화와 화해라는 비참한 생활을 반복했습니다. 14세 연하인 사촌동생과 결혼했으나 아내가 불치의 병으로 사망하자 가난, 음주, 그리고 아편으로 건강이 악화되어 노상에서 쓰러져 마흔이라는 젊은 나이에 사망했습니다.

에드가 앨런 포

어려서부터 인생의 고난을 맛보며 자란 포는 현실과 몽상, 생활과 여행의 양극 사이를 방황했습니다. 방랑의 충동에 사로잡히면 일주일이고 한 달이고 쉬지 않고 유랑을 계속했다고 합니다. 보통사람으로서

세일럼의 마녀사냥

서양에서 마녀 이야기는 아주 오래된 것이다. 마녀라고 하면 동화책에 나오는 것 같은 뾰족한 턱에 매부리코를 가진 마귀할멈을 연상하게 되지만, 중세 때부터 가톨릭은 마녀 사냥에 몰두했다. 특히 십자군전쟁 실패 후 사회불안과 종교적 위기가 계속되자 권력층과 교회는 사람들의 관심을 다른 곳으로 돌리기 위해 멀쩡한 사람을 마녀 또는 악마의 사도로 몰아 대대적인 재판을 벌였다. 15세기 초부터 산발적으로 시작된 마녀사냥은 16세기 말에서 17세기가 전성기였는데, 초기에는 종교재판소가 마녀사냥을 전담했지만 세속 법정이 마녀사냥을 주관하게 되면서 광기에 휩싸이게 되었다. 종교재판에서 마녀로 판정되면 대부분 화형에 처해졌는데, 그 육신과 함께 악마의 영혼도 불타 없어지는 것으로 믿었기 때문이다. 백년전쟁 당시 프랑스의 국민적 영웅 잔다르크도 영국군에게 넘겨진 후 마녀로 몰려 화형에 처해졌다.

1691년 미국 매사추세츠주 세일럼에서는 150명이나 되는 여자들이 마녀로 몰려 이중 19명이 사형당하는 일이 있었다. 이것이 바로 유명한 '세일럼의 마녀사냥'인데 당시 뉴잉글랜드 지방을 휩쓸던 종교적 광신의 분위기를 잘 대변해 주는 사건이다. 당시 촉망받는 젊은 목사가 보스턴에서 한 노파가 마녀로 몰려 죽은 사건을 보고 이 노파가 억울하게 죽었으며 마녀 여부를 판단하는 데 신중한 태도를 가져야 한다는 내용의 책을 쓴다. 그런데 세일럼에 사는 십대 소녀 몇 명이 이 책을 읽고 그들이 평소 알고 지내던 한 인디언 여자가 마녀일 것이라고 생각하고, 그 여자가 빗자루를 타고 다니는 것도 보았다고 거짓말까지 덧붙이자 이 인디언 여자는 붙잡혀 재판을 받는다. 이 여자는 자신이 마녀가 아니고 진짜 마녀는

마녀사냥

다른 사람이라면서 자신이 알던 다른 여자 두 명을 끌어들였다. 이런 식으로 해서 무려 150명이 넘는 사람이 마녀 혐의를 받게 되고 이들을 재판하기 위한 특별재판소가 설치되었으며 여기서 분명히 '마녀'로 판정된 19명이 공개 교수형을 당했다.

이 소동은 거의 반년 이상을 끌다가 1692년 여름이 되어서야 진정되었는데 이런 광란의 분위기, 특히 종교적 광란의 분위기에서는 뭔가 이상하다고 생각하면서도 일단 휩쓸리면 쉽게 빠져나오지 못한다. 결국 세일럼시에서 존경받는 저명인사들까지 연루되는 지경에 이르러야 사람들은 광적인 분위기에서 깨어났고, 특별재판소는 해산되었으며, 투옥된 마녀 혐의자들도 풀려났다. 중세의 종교재판과 마녀사냥을 연상시키는 일이 신대륙인 미국에서 일어났다는 것은 그 당시 미국 신대륙이 중세적이고 유럽적인 종교관의 연속선상에 놓여 있었음을 보여 주는 것이다.

〈황금벌레〉의 삽화

고딕 소설

중세의 고딕 식 고성古城들을 배경으로 황폐한 저택, 어두운 숲, 구불구불한 계단, 비밀 통로, 고문실, 괴물의 형상, 저주 등이 나타나며 공포, 괴기, 음모 등을 주제로 한 소설을 일컫는 말로 〈프랑켄슈타인〉이 대표작이다. 이러한 고딕 소설은 19세기 억압된 사회에 대한 불만과 탈출 욕구를 반영하며 작가와 독자는 초자연적이고 기괴한 이야기가 주는 신비감과 공포를 통해 사회와 환경에 대한 분노를 분출하기도 한다. 독일의 호프만이나 포뿐만 아니라 후일 브르통 같은 초현실주의 작가에게도 영향을 끼쳤다.

는 이해할 수도 없고 상상조차 할 수도 없는 생활 속에서 그는 시, 단편, 평론 분야에서 〈**애너벨 리** Annabel Lee〉, 〈갈가마귀The Raven〉(1845), 〈어셔가 家의 몰락The Fall of the House of Usher〉(1839), 〈모르그가街의 살인사건The Murders in the Rue Morgue〉(1842), 〈**검은 고양이**〉(1843), 〈**황금 벌레The Gold Bug**〉(1843) 등의 명작을 만들어 냈습니다.

포는 단순한 낭만주의자 이상의 존재로, 새롭고 독창적인 단편소설의 창시자인 동시에 시인이자 평론가였습니다. 그의 단편소설들은 '효과의 단일성을 가장 중요한 것으로 삼는 단편소설의 이론'을 성공적으로 구상화해 냈고, 인간 영혼의 어두운 심연과 고뇌를 상징에 의해서 표현하는 새로운 형식을 창조했습니다. 그의 작품에는 합리와 비합리의 양면성이 그대로 드러나며, '고딕 소설Gothic novel'[*]에 입각한 공포 이야기들에는 초자연성이 넘쳐흐릅니다. 그의 소설의 주인공들은 대개 귀족적이며 부유하고 학식이 있으나 정신이상이라 할 정도로 신경쇠약에 시달리는 사람들이고, 작품 속에는 대개 환생을 찾는 망령이나 서둘러 매장한 시체, 죽음의 그림자들이 등장합니다.

미국 문학이 독자적인 예술로서 작품성을 얻게 된 것은 아마도 포에서부터 시작했다 할 것입니다. 이제까지 유럽 문학의 영향을 받았던 미국 문학은 포와 함께 문학 사상을 역수출하기에 이릅니다. 음악과 회화, 리듬과 이미지에 의해서 표현된 포의 시는 프랑스의 상징파 시인 보들레르에게 영향을 주었고, 〈모르그가의 살인사건〉 같은 작품들은 추리와 분석 능력을 활용하면서 탐정 뒤팽이라는 인물을 창조해 추리소설 장르를 개척했습니다. 보들레르는 포의 단편들을 읽고 놀라서 "여기에는 내가 쓰고 싶었던 작품의 모든 것이 있다."고 극찬했고 평생 동안 포의 작품을 번역했다고 합니다.

◀ 집필 중인 포의 캐리커처

영국이나 미국에서는 포의 작품의 내용과 방법이 어딘지 모르게 물과 기름처럼 섞일 수 없다고 하면서 비속한 것으로 몰아붙이기도 했고, 실용주의를 신봉하는 미국에서는 '시는 미美의 운율적 창조'라고 한 포를 이단자로 취급하기도 해서 포는 생전에도 사후에도 미국 내에서 제대로 평가받지 못했습니다. 그러나 1875년에 그의 기념비가 세워졌고 그 이후 점차 포의 명예가 회복되어 현재는 19세기 최대의 독창적인 작가 중 한 사람으로 손꼽힙니다. 그는 청교도적인 도덕률에 갇혀 있던 종래의 미국 문학에서 벗어나 진정한 미와 진실을 구하는 '세계문학가'가 된 것입니다.

휘트먼Walt Whitman(1819~1892)은 롱아일랜드의 농부의 아들로 태어났습니다. 11세 때 가정 사정으로 학교를 그만두고 변호사 사무실, 병원, 인쇄소 등에서 사환으로 일하면서 독학으로 교양을 쌓았습니다. 그는 고향의 초등학교 교사, 신문 편집인, 주필 등 저널리스트로 활약하기도 했습니다. 남북전쟁 중에는 부상병을 간호하는 병원 일에 전념했으며 전쟁이 끝난 후에는 고통과 죽음을 견디는 젊은 병사들의 모습을 직접 목격한 경험과 함께 미국의 미래에 대한 희망을 시로 써 내기도 했습니다.

휘트먼
토마스 어킨(1887)

〈**풀잎**Leaves of Grass〉(1855)은 휘트먼이 평생 동안 쓴 작품입니다. 여러 차례 재판을 거듭할 때 마다 미국의 성장과 변화와 더불어 작가의 심경의 변화를 느낄 수 있게 하는 새로운 시들이 첨가된 이 시집은 '그 자체로 결론지어진 것이라기보다는 어떤 것을 향해 가는 통로'라는 느

낌을 줍니다. 1855년 7월에 출판된 이 시
집의 표지에는 폭이 넓은 모자를 쓰고 턱수
염이 나고, 셔츠의 목 부분이 풀어헤쳐져
서 색깔 있는 속옷이 드러나 보이고,
오른손을 허리에 대고 왼손을 바지
주머니에 넣고, 오른쪽 다리에 무게중
심을 둔 한가로운 일꾼의 판화가 새겨
져 있습니다. 이런 사람이 시를 읽고
시를 쓰리라는 것은 예상할 수 없는 일
이었으며, 더욱이 그 안에 쓰인 시들이

〈풀잎〉의 표지에 실린 판화

종래의 전통적인 시의 형식을 크게 벗어나 미국의 적나라한 모습을 고
스란히 받아들이고 찬미한 것이어서 더더욱 사람들을 놀라게 했습니
다. 이 시집의 서문에서 휘트먼은 "미국 그 자체가 위대한 시다."라고
했을 정도로 모든 미국인들이 누구나 알아볼 수 있는 사물과 광경, 존
재하는 모든 것들의 소리와 냄새, 맛, 색채, 그리고 생활의 사소한 일들
에 대한 즐거움을 표현하고 있습니다. 또한 영혼의 시인이자 육체의
시인이기도 한 휘트먼은 대담하게 성性을 시의 영역으로 끌어들였습
니다.

영국적 전통에서 시의 형식을 해방시키고 자유시의 가능성을 개척
한 그의 시들은 19세기 미국인들에게 충격을 안겨 주었습니다. 당시
미국 비평가들에게는 악평을 들었고 독자들로부터는 외면을 받았지
만, 오늘날 미국 문학에서 중요한 업적으로 간주되고 있습니다.

휘트먼과 동갑내기인 **멜빌**Herman Melville(1819~1891)은 영화화된
〈백경白鯨, Moby Dick〉(1851)으로 유명한 소설가입니다. 〈백경〉은 오
늘날 '우리 미국의 유일한 서사시', 또는 '미국 소설에서 아마도 가장
위대한 소설'이라고 평가받고 있지만 멜빌이 살아 있는 동안에는 이렇

다 할 평가를 받지 못했습니다. 출판된 지 70년 후인 1920년대에 들어서, 즉 1차 세계 대전에 참전한 미국 청년들의 마음을 사로잡으면서 새로운 관심을 받게 되었습니다. 〈백경〉과 더불어 〈레드번Redburn〉(1849), 〈화이트 재킷White Jacket〉(1850), 〈피에르Pierre〉(1852), 〈사기꾼The Confidence-man〉(1857) 같은 작품들도 덩달아 인정받으면서, 그때까지 학교 교과서에서 겨우 명맥을 유지하던 멜빌은 하루아침에 '19세기 미국 6대 작가'의 한 사람으로 뽑혔습니다. 멜빌의 〈백경〉은 시대의 흐름에 따라 작가와 작품에 대한 가치 평가가 어떻게 달라지는지 여실히 보여 주는 경우라고 하겠습니다.

멜빌은 유복한 유년기를 보냈지만 아버지가 사업에 실패하고 세상을 뜨자 정규교육을 4년 정도밖에 받지 못한 상태로 학업을 포기하고 어려운 소년기를 보냈고, 여러 가지 직업을 전전하다가 21세 때 포경선 선원이 되었습니다. 그는 선장이 혹사하자 반항해 탈출했는데 식인종에게 붙잡히기도 하는 등 험난한 체험을 했으며 이러한 해상 체험을 바탕으로 작품 활동을 시작합니다. 그가 자신의 선원 생활을 "나의 하버드 시절, 나의 예일 시절"이라고 부르는 것은 선원 생활을 하면서 많은 것을 배웠다는 사실을 상징적으로 보여 주는 것입니다. 멜빌의 작품에 등장하는 주인공들의 항해는 결국 진실에 대한 탐색을 의미하는 것입니다.

1851년에 발표한 **〈백경〉**은 에이허브 선장이라는 강렬한 성격의 인물이 '모비 딕'이라는 머리가 흰 고래를 잡으려다가 결국 고래에 의해 죽게 된다는 내용을 유일하게 살아남은 선원 이스마엘이 전하는 형식으로 쓰였습니다. 고래잡이 어선 피쿼드호의 선장 에이허브는 고래에 대한 복수심으로 동료들의 충고를 무시하고 백경을 찾아 대서양에서 희망봉을 돌아 인도양으로, 태평양으로 항해를 계속합니다. 어느 날 돌연 백경이 나타나자 3일이나 사투를 계속한 끝에 선장은 작살을 명

멜빌

1956년에 영화화된 〈백경〉의 포스터

중시켰으나 결국 고래에게 끌려 바다 밑으로 빠져 들어가고 그의 배인 피쿼드호도 침몰하고 맙니다.

줄거리만으로 본다면 이 작품은 고래잡이에 대한 매우 강렬하고 사실적인 서술이 돋보이는 전율적인 모험소설이자 세계 최고의 해양 문학이라고 할 수 있습니다. 더 나아가서는 이교異敎적인 분위기를 만들어 내며 고래에 대한 복수전을 펼치는 에이허브 선장의 도착倒錯적인 위대함을 통해 인간 영혼의 패배와 승리, 창조적 충동과 파괴적 충동, 숙명과 자유의지 등의 문제를 철학적으로 고찰한 것이라고 볼 수도 있습니다. 일반적으로 〈백경〉을 선과 악의 싸움이라고 해석하는데 비록 백경이 악이라고 하더라도 에이허브 선장이 반드시 선이라고 단정할 수 없기 때문에 반드시 선과 악, 신과 악마의 싸움으로 볼 수만은 없습니다. 어쩌면 백경의 흰빛은 백인의 피의 본성을 상징하며, 따라서 에이허브가 싸우고 있는 대상은 자연이 아니라 자기 자신인지도 모릅니다.

02 사실주의 문학

우리말로 사실주의라고 옮겨지는 리얼리즘은 하나의 문예사조가 되기 이전에 넓은 의미에서 현실을 존중하거나 현실의 측면을 관찰한다는 것으로 어느 시대에나 그 나름의 양식으로 존재해 왔다고 볼 수 있습니다. 그러나 문예사조로서 사실주의 문학이 그 기반을 확고하게 다진 것은 19세기에 들어서면서부터입니다. 1830년대 낭만주의 전성기에 콩트Auguste Comte(1798~1857)가 주창한 실증주의의 영향을 받아 공상적이며 신비주의적 경향으로 치우친 낭만주의에 반대하면서, 현실의 문제를 있는 그대로, 더 나아가 과학적으로 탐구하고자 하는 문학 사상이 서서히 형성되기 시작합니다.

실증주의 철학을 확립시키고 '사회학'이라는 용어를 만들어 낸 오귀스트 콩트

실증주의는 자연과학의 방법을 철학에 도입해 철학의 방법이 과학의 방법과 다른 것이 아님을 주장하는 철학적인 입장을 말하지만, 보통 형이상학이나 종교를 그다지 중요시하지 않고, 오로지 검증이 가능한 증거에 의지해 여러 가지 문제를 풀려고 하는 경향을 말한다.

◀◀ 쿠르베의 자화상

◀ 돌 깨는 사람
귀스타브 쿠르베(1834)

　사실주의는 문학보다 회화 부분에서 먼저 시작되었습니다. 프랑스의 쿠르베Gustave Courbet(1819~1877)가 당시의 전통적이고 보수적인 아카데미즘 화풍에 반항해 돌 깨는 인부나 목욕하는 여인 등 지극히 현실적인 그림을 그렸고, 쿠르베의 친구인 샹플뢰리Champfleury (1821~1889)가 문학 영역에서 사실주의를 주장한 것이 프랑스 문학사에서 사실주의 투쟁의 시초라고 합니다.

　고전주의의 인습·제약·규칙을 거부하면서 개인 정서를 해방하고 주관주의와 개인주의를 지향한 낭만주의에 반해 사실주의는 과학에 대한 신념을 바탕으로 이상이나 환상보다는 현실을 중시하고, 역사나 현실의 사건들을 예술의 자료로 삼아 관찰하고 분석하며 묘사를 통해 현실을 충실히 모방하고자 합니다. 객관성과 보편성을 존중한다는 점에서 사실주의는 고전주의와 비슷하게 여겨지지만 고전주의가 '양식' 또는 '이성'을 숭배한 데 비해 사실주의는 '과학'에 의거한다는 차이가 있습니다. 또한 고전주의가 인간이라는 국한된 자연에만 주의를 기울이고 외적인 자연에 소홀했던 것에 반해 사실주의는 인간과 자연 모두를 대상으로 삼는 현실의 완전한 묘사를 지향합니다. 고전주의가 인간의 저속함이나 특수성을 피하고 보편적이고 고상한 면만을 대상으로 삼은 데 비해 사실주의는 그 전체의 모습을 그리려 했습니다. 심지어 점점 특수하고 저속한 묘사로 기울어지면서 현실을 왜곡하는 경향까지 드러냅니다. 작가의 주관은 최대한 배제되고 객관적·과학

적으로 엄격한 태도가 요구되며 표현의 정밀성을 통해 진실의 문학을
추구하고자 하는 것입니다.

사실주의 문학은 개인의 감수성이나 상상력보다 사회적인 경험을
존중하고, 현실을 객관적으로 묘사함으로써 문학에 과학적인 방법을
적용시키려 합니다. '현실의 재현'이라는 의미에서의 사실주의 문학
은 개인과 그 개인을 포함하고 있는 사회와의 관계 속에서 개인의 삶
을 사회적 현실로 다룬다는 점에서 낭만주의와 전혀 다른 양상을 보입
니다.

일반적으로 사실주의를 현실의 기계적 모방, 즉 사진사가 사람이나
사물을 사진으로 찍어 내는 것과 같은 객관적 세계 또는 사실의 빈틈없
는 복사複寫로 생각해서 인간의 주체적인 측면을 무시하는 황량한 예
술, 예술이 아닌 예술로 비난하기도 하지만, 진정한 사실주의는 현실
의 사상을 정확하게 관찰하고 사회 현실을 정직하게 반영해 인간 상호
간의 관계, 더불어 인간과 사회와 자연의 관계가 현실과 역사에서 전
개되는 본질적인 양상을 추구하는 것이라고 봐야 할 것입니다.

또한 낭만주의가 예술의 본질에 관한 이해를 심화시켰다고 한다면
사실주의는 예술의 임무, 예술과 삶의 관계를 제기했습니다. 저널리즘
의 발달로 현실에 적극적으로 참여할 수 있게 된 작가들은 개인과 사회
의 관계라든가 사회문제에 깊은 관심을 표명할 수 있게 됩니다. 갈피를
잡을 수 없이 점점 복잡해져만 가는 사회를 그리는 데는 산문으로 써
내려가는 소설이라는 양식이 가장 적합했고, 사실주의 시대에 이르러
소설은 부르주아 시대의 대표적인 표현 양식으로 자리 잡게 됩니다.

이러한 사실주의의 경향은 과학에 대한 신뢰가 더욱 커지면서 자연
주의로 발전합니다. 인간과 사회의 생태를 자연현상으로 간주하고 작
가는 과학자와 같은 태도로 그것을 파악하고 형상화해야 한다고 생각
했기 때문에 실험 과학, 특히 생물학의 방법을 문학에 적용시킵니다.

과학자가 실험실에서 실험하듯이 작가는 인물을 관찰하고 기록하며, 그 인물이 어떤 특정한 환경이나 직업, 우발적인 사건 등에 처했을 때 어떠한 반응을 나타내는가를 실험하는 것이 소설의 임무라고 생각하는 것입니다. 자연현상으로서의 인간은 생리적 본능과 필연성에 의해 지배당하는 것이라고 생각해서 특히 유전적 법칙이나 결정론 등에 초점을 맞추게 되었습니다. 프랑스의 작가 에밀 졸라를 기수로 내세운 자연주의는 문학을 응용 자연과학으로 변용시킴으로써 인간을 비인간적인 것, 동물적인 것으로 고정시켜 놓았다는 비판을 받게 됩니다.

프랑스의 사실주의

종교적 신앙에 대한 과학적 실증주의의 우월, 정신적 관심에 대한 물질적 관심의 우월, 실리주의로 특징지을 수 있는 19세기 후반 사실주의와 자연주의 시대에 프랑스 문학은 유럽 문학을 주도하게 됩니다. 이 시기에 이르러 문학비평과 역사학이 인문과학으로 정립되고, 고답파Parnassien 시인들은 역사학과 고고학을 토대로 그들의 시를 씁니다.

고답파는 낭만주의의 지나친 서정을 배제하고 객관적이고 몰개성적이며 무감동, 무감각한 조형적인 시를 예찬하는 데서 출발합니다. 본질적으로 반낭만주의이며 고전주의로의 복귀를 지향하며 객관성을 존중해 묘사의 조형미, 시적 형식의 완성된 아름다움을 숭배합니다. 이들의 '예술을 위한 예술' 이론은 더욱 발전되어 뒤에 나타날 상징주의의 토대를 구축합니다. 고답파의 성격은 결국 소설에 있어서의 사실주의와 자연주의의 성격과 상통하는 것입니다. 시대적으로 볼 때 고답파는 사실주의 소설의 출현보다 다소 늦게 형성되어 자연주의 소설의 붕괴에 약간 앞서서 상징파에게 자리를 넘겨주게 됩니다. 고답파 시인으로는, 작품 활동 초기에는 낭만파였던 고티에를 비롯해 르콩트 드 릴

Leconte de Lisle, 후에 상징주의로 기우는 베를렌, 말라르메 등이 있습니다. 사실주의와 자연주의 시대는 1850년경에 시작되는데, 사실주의와 자연주의의 시조로 불리는 발자크의 〈인간 희극〉은 이미 1829년부터 발표되기 시작했습니다.

샤토브리앙과 스탈 부인에게서 드러나기 시작한 개인주의적이고 분석적인 감정 소설의 경향은 서정을 기조로 하는 감정 소설과 심리 해부로 파고드는 분석 소설의 두 갈래로 나누어져 많은 작가와 작품이 탄생합니다. 특히 **스탕달**Stendhal(1783~1842)은 심리 분석 소설의 걸작들을 쏟아냅니다. 스탕달은 성격적으로는 낭만주의자였지만, 치밀한 심리묘사와 투철한 시대 의식에 입각해서 끊임없이 관찰하고 연구하는 과학자적 태도로 볼 때는 사실주의자입니다.

스탕달의 본명은 앙리 베일Henri Beyle이며 스탕달이라는 이름은 몰리에르처럼 필명입니다. 프랑스 남부 그르노블에서 태어났지만 일생의 절반 이상을 이탈리아에서 보냈고 또한 이탈리아를 무척 좋아했습니다. 나폴레옹을 따라 이탈리아, 프러시아, 러시아 원정 등의 전쟁에 종군하다가 1813년 군대를 떠났고, 나폴레옹 실각 후에는 왕정복고를 혐오하면서 마음의 고향 밀라노에 돌아가 그림과 연극, 음악을 즐기며 살았습니다. 그 후 파리로 돌아와 사교인으로 지내다가 1830년 7월 혁명이 일어난 후 이탈리아 주재 영사로 다시 이탈리아에 갔고, 1842년 파리에서 휴가를 보내던 중 길거리에서 뇌일혈로 쓰러져 죽었습니다.

스탕달은 생존 당시에는 문인으로 별로 인정받지 못했습니다. 그의 대표작 〈적과 흑Le Rouge et le Noir〉(1830)이 발표되었을 때 비평가들은 주제가 부도덕하고 문체 또한 무미건조하다고 혹평했는데, 그들은 이 소설이 훗날 명작의 대열에 오르리라고는 상상조차 못했던 것입니다. 스탕달은 낭만주의 시대에 살았고 그 자신도 어느 정도 낭만적인

스탕달

스탕달 신드롬, 베일리즘
그리고 복된 소수의 사람들

스탕달은 피렌체의 산타 크로체 교회에 진열된 미술 작품(미켈란젤로와 갈릴레오의 프레스코 벽화)을 관람한 뒤 계단을 내려오는 도중 심장이 뛰고 무릎에 힘이 빠지는 특이한 경험을 했던 일을 자신의 일기에 기록해 두었는데, 이를 치료하는데 1개월 이상이 걸렸다는 이야기가 전해진다. 전 세계에서 고전 미술품을 가장 많이 보유하고 있는 피렌체에서 수많은 관광객들이 집단적으로 이와 유사한 증상에 시달렸다는 보고서가 입수되자 심리학자들은 이와 같은 현상을 최초로 경험한 스탕달의 이름을 따서 '스탕달 신드롬'이라고 이름 지었는데, 탁월한 예술품을 접할 때 순간적으로 느끼는 정서적 압박감, 비이성적인 정서적 열광 상태를 일컫는다.

스탕달은 일생의 반을 이탈리아에서 살았고 또한 이탈리아를 좋아했다. 이탈리아어로 '밀라노인 베일레. 살았다, 썼다, 사랑했다'라는 묘비명을 마련해 둘 정도였다고 한다. 스탕달이 이렇게 이탈리아를 좋아했던 것은 그가 정열 예찬자였기 때문이다. 그는 나폴레옹을 인간의 정열이 한 개인 안에 응집된 표본으로 삼았고 열광적인 정열과 격렬한 행동의 저장고로서의 이탈리아에 열광했다.

이러한 정열 예찬에서 필연적으로 그의 철학이 탄생했다. 스탕달은 위험천만한 대담한 행위와 격렬한 애욕, 즉 어떤 인물이나 어떤 주의主義를 위해 생명을 내걸 때 느끼는 전율이나 연애에 도취되었을 때 느끼는 전율 속에 행복이 있다고 생각하고, 그것이야말로 생활에 가치를 주는 유일한 것이라고 보았다. 사람은 이 행복을 추구해야 하며, 그 밖의 일체의 사회적·도덕적 구속을 박차고 자유롭게 지성을 훈련하고 정열을 발산해야 한다고 주장했다. 이러한 경향을 스탕달의 본명 '베일'을 따서 '베일리즘'이라고 한다. 〈적과 흑〉의 줄리앙 소렐이나 〈파름므의 수도원〉의 파브리스 델 동고 같은 인물들이 바로 이런 베일리즘을 대표적으로 구현하는 인물들이다.

또한 스탕달은 남과 비슷해질까 봐 두려워했다고 한다. 자신은 다른 사람들과 다르고 나아가 남보다 더 우월한 사람이라고 믿었다. 그리하여 자신이 남에게서 이해받는 것을

피렌체의 산타 크로체 성당

산타 크로체 성당의 내부

원치 않았다. 자신의 작품이 동시대인들에게서 제대로 평가받지 못하는 것 역시 그들이 자신을 이해할 만한 능력이 되지 않아서라고 생각했고, 자신의 작품을 제대로 이해하는 사람들은 행복한 사람이라고 생각했다. 〈파름므의 수도원〉의 헌사에 '복된 소수의 사람들에게To the happy few'라고 쓴 것도 그런 연유에서 비롯된 것이다. 이와 같은 자아 숭배, 속물 배격, 정신적 귀족주의 속에서 타고난 낭만주의자로서의 스탕달의 모습을 볼 수 있다.

기질을 가지고 있었지만 역사적 운명에 관한 예리한 의식을 보여 주는 그의 작품들은 낭만주의 시대에 사실주의를 이끈 선구자적 위치를 가지고 있습니다.

'1830년대 사史' 라는 부제가 달려 있는 〈**적과 흑**〉은 역사와 정치에 대한 스탕달의 비극적인 인식이 잘 드러난 작품입니다. 목재소 집 아들로 태어나 아버지와 형의 학대를 받으며 자란 줄리앙 소렐은 나폴레옹을 숭배하고 출세의 야망에 불타는 청년입니다. 뛰어난 지성, 타고난 미모, 섬세한 감수성의 소유자인 동시에 출세를 향한 불굴의 의지를 가진 줄리앙은 나폴레옹이 실각하고 난 다음 군인으로 입신할 세상이 아님을 알아차리고 성직자가 되기 위해 신학교에 진학합니다. 신학교에서 배운 라틴어를 바탕으로 명문가인 레날 시장市長 집의 가정교사로 들어가 계급에 대한 증오심에서 신앙심이 두텁고 정숙한 레날 부인을 유혹하지만 그녀의 순정에 끌려 열렬한 사랑에 빠지게 되고 시내에 소문이 퍼지자 그 집을 떠나 파리의 대 귀족 라몰 후작의 비서로 들어갑니다. 자존심 강한 후작의 딸 마틸드를 유혹해 마틸드가 임신하게 되자 후작이 그들을 결혼시킬 결심을 하지만, 레날 부인이 진상을 알리는 바람에 성공을 눈앞에 둔 줄리앙의 신분 상승의 꿈은 좌절되고 맙니다. 격분한 줄리앙은 교회 미사에 참례 중인 레날 부인에게 두 발의 권총을 쏘지만 미수로 그친 채 체포됩니다. 부상 당한 레날 부인은 옥중의 줄리앙을 찾아가고 두 사람은 애정을 확인합니다. 줄리앙은 사형 전의 몇 달 동안을 평안과 행복 속에 지낸 다음 유유히 단두대에 오르고, 그의 처형을 전해들은 레날 부인도 그 충격으로 병사하며, 마틸드는 잘려진 줄리앙의 머리를 훔쳐다 화려하게 장례를 치릅니다.

귀족과 성직자와 부자만이 권세를 누리던 사회에서 아무것도 가진 것 없이 오직 자신의 야망과 열정을 바탕으로 사회에 도전하는 한 청년의 삶을 통해 권력과 재산과 명예를 얻고자 하는 부르주아 사회의 출세주의의 본질을 파악하게 하는 탁월한 소설입니다. 또한 정확하고 간결하며 냉정하게 묘사된 줄리앙 소렐을 통해 이지와 정열의 양면을 지닌 '에고티스트égotiste', 즉 자기 숭배자의 복잡한 성격을 분석했습니다. 이 소설의 제목에서 '적赤'은 그 당시 야심의 목표였던 군복(군인의 영광)을, '흑黑'은 성직자의 사제복을 나타낸 것으로 두 가지 모두 야망을 상징하는 것입니다. 왕정복고 시대의 프랑스 사회를 예리하게 비판한 프랑스 근대소설 최초의 걸작으로 평가되고 있습니다.

〈**파름므의 수도원**La Chartreuse de Parme〉(1839)은 〈적과 흑〉과 더불어 스탕달 2대 소설로 불립니다. 이탈리아에서 태어난 줄리앙 소렐이라고 할 수 있는 정열의 소년 파브리스 델 동고의 사랑과 모험의 파란만장한 생애를 다룹니다. 16세기적 정열과 에너지에 넘치는 자연아自然兒가 타산적인 19세기 사회에 어떻게 살아 나갈 수 있는가 하는 가능성을 추구했으며, 사랑하는 이탈리아에 대한 향수와 이탈리아에서 경험한 모든 감동을 쏟아 넣음으로써 파브리스를 불멸의 청춘상으로 만들어 놓고 있습니다. 이 작품에서 파브리스가 참전한 워털루 대전의 묘사는 위고의 〈레 미제라블〉의 전투 장면 묘사와 흔히 비교되는데, 위고가 장렬하고 웅대한 전쟁 모습을 서사시처럼 전개하는 반면 스탕달은 한 병사의 실전기實戰記로, 국한된 지점에서의 전투를 평범하고 사실적으로 기록하고 있습니다.

발자크Honoré de Balzac(1799~1850)는 낭만주의 시대를 살았지만 사실주의를 대표하는 작가입니다. 투르의 한 부르주아 가정에서 태어나 14세까지 수도사들 밑에서 학교 생활을 한 후에 아버지가 바라는 대로 법률 사무소의 서기가 되었는데 1819년부터 작가가 되기로 결심하고 아버지의 허락을 받아 파리에서 작품을 쓰기 시작합니다. 그러나 그의 첫 번째 작품인 운문 희곡 〈크롬웰Cromwell〉(1819)이 실패한 다음 소설

발자크의 초상화
제라르 세갱

쪽으로 방향을 전환합니다. 또한 경제적 여유를 얻으려고 시작한 사업에서 실패한 이후 빚을 갚기 위해 창작에 전력을 기울였습니다.

〈인간 희극La Comédie Humaine〉(1842~1848)은 발자크가 평생 동안 제작한 137편의 장·중·단편을 총괄해서 붙인 명칭이며, 이 가운데 41편은 쓰이지 않았고 96편만 남아 있습니다. 〈풍속 연구〉, 〈철학 연구〉, 〈분석 연구〉 등 3부로 나누어지는 〈인간희극〉은 애초 계획에 의해 이루어진 것이 아니라 일생 동안 써 놓았던 작품들을 발자크가 세상을 떠나기 2~3년 전에 정리하고 구분한 것입니다. 〈인간 희극〉안에 들어 있는 모든 소설은 1810년부터 1835년까지 왕정복고 시대의 프랑스 사회의 모든 양상과 풍속을 묘사할 뿐만 아니라, 한 작품에 등장하는 인물이 다른 작품에도 반복해서 등장하고 있다는 점에서 그 많은 소설들이 하나의 전체를 이루며, 내밀한 인간 심리를 통해 인간의 욕망이 만들어 내는 인간 드라마를 재현하고 있습니다. 그래서 〈인간 희극〉은 당시 프랑스의 현실을 통찰한 백과사전인 동시에 요술 만화경 같은 작품입니다.

〈풍속 연구〉에서는 적나라하게 파리 생활을 기록해 놓은 〈고리오 영감Le Père Goriot〉(1835), 〈사촌누이 베트La Cousine Bette〉(1846), 〈사촌 퐁스Le Cousin Pons〉(1847) 등이 유명한데, 악착스럽게 출세하기 위해 벌어지는 악랄하고 비열한 술책, 그리고 '거인'이 되어 버린 금전의 위력과 잔인한 배금拜金주의를 여실히 그리고 있습니다.

지방 생활에 소재를 둔 몇몇 작품인 〈골짜기의 백합Le Lis dans la vallée〉(1836), 〈외제니 그랑데Eugénie Grandet〉(1833) 등에서는 발자크가 사랑하던 고향을 무대로 흐뭇한 정서를 보여 주며 〈신비로운 도톨가죽La Peau de Chagrin〉(1831)이나 〈추방당한 사람들〉 등에서는 생활을 향락하려는 당대 청년들의 의욕을 그리면서 그러한 향락에 깃든 공허와 조소를 그려 냅니다.

발자크 소설에서 가장 두드러지게 부각되는 것을 든다면 돈과 여자에 관한 것인데, 그의 작품에서 돈 문제가 드러나지 않는 작품은 하나도 없습니다. 돈은 '구체제'가 붕괴된 후 근대 자본주의의 발달을 가져온 원동력이지만 급속하게 등장한 부르주아 사회의 정신세계, 심지어 연애에 있어서까지도 지배적인 위치를 차지하게 되었고, 발자크의 소설은 그런 세태를 반영하는 것이라고 하겠습니다. 발자크는 인간의 본성을 인간이 살고 있는 사회 환경과 결부시켜 그것이 인간 내부에 끼친 영향을 탐구합니다. 그의 작품의 특징이기도 한 세밀한 외부 묘사는 주변 환경에 대한 관심이기도 합니다. 그러면서도 발자크 작품에는 자연에 관한 묘사는 거의 드러나지 않습니다. 그의 모든 관심은 사회와 인간에게 집중되어 있어서 자연과 사물은 인간에게 속하는 부수적인 것으로 간주합니다.

발자크는 마치 해부학자처럼 왕정복고 시대의 프랑스 부르주아를 가장 정확하고 탁월하게 그려 내고 파헤칩니다. 농민, 노동자, 상류사회의 묘사는 사실적인 설득력이 떨어지고 귀부인이라든가 정숙한 여인상의 묘사도 좀 떨어지지만 이들 전 계층의 상호 관계를 드러내는 데 성공함으로써 19세기 최대의 사실주의 작가가 되었습니다.

〈**외제니 그랑데**〉는 발자크 작품 중에서 가장 인기 있고 널리 읽히는 소설입니다. 청순한 소녀 외제니의 헌신적인 사랑과 무식한 구두쇠 술통장수 아버지 그랑데의 고집과 탐욕, 그리고 외제니의 사랑을 저버린 샤를르의 배신과 야망 등이 그려져 있습니다. 외제니의 부친인 그랑데는 몰리에르의 〈수전노〉의 주인공 아르파공을 연상시키는 편집적이고 탐욕적인 인물인데, 발자크는 이 지방 지주를 초기 자본주의 사회에서 거부가 된 사회적 전형으로 만들어 놓고 있습니다.

〈**골짜기의 백합**〉은 인간의 사랑의 감정을 완벽하게 그려 낸 사실주

작가와 돈, 발자크와 도스토예프스키

글쓰기의 동기는 작가마다 각각 다르겠지만 문학사를 살펴보면 꽤 많은 작가들이 생활고를 해결하기 위해 글을 썼고, 그중 몇몇 작가들은 이런저런 이유로 진 빚을 갚기 위해 정열적으로 작품을 쓰는 경우가 있다. 영국의 낭만주의 시대 역사소설가로 유명한 월터 스콧도 그랬고 프랑스의 낭만파 시인 라마르틴도 그랬다.

사치를 즐겨 막대한 빚을 졌던 라마르틴은 그 빚을 갚기 위해 정열도 감격도 없이 원고료를 얻기 위해 글을 써야만 하는 상황을 "사람들이 해면을 쥐어짜듯이 내 마음을 쥐어짠다."고 표현했는데, 그렇게 해서 만들어지는 작품 속의 인물에는 감정이 단 한 방울도 흐르지 않는다는 말을 덧붙이고 있다.

발자크는 소년 시절 신동이었다고 한다. 조숙하여 손에 집히는 대로 책을 읽었는데, 특히 사전을 처음부터 끝까지 읽는 독서광이었다고 한다. 사물에 대한 비상한 호기심과 지칠 줄 모르는 탐구심에 빠져 학교 선생님에게 해답을 얻어 낼 수 없는 질문을 해 오히려 바보 취급을 받기도 했다고 하는데 예를 들면 '자연 속에 초록색이 그처럼 두드러지게 나타나는 이유는 무엇인가?', '모든 생물체는 곡선인데, 그 생물체가 살고 있는 세계에서 거의 찾아볼 수 없는 직선을 인간이 어떻게 해서 발명했는가?' 등이다.

발자크는 20대 중반에 접어들어 어느 정도 작가로서 인정받게 되자 자신의 낭비벽을 충족시키기 위해 출판업, 인쇄업, 활자 주조 등 여러 가지 사업에 손을 댔지만 사업가로서의 재능은 없었는지 엄청난 빚을 짊어지고 파산선고를 받았다. 이때부터 발자크는 도저히 해결할 수 없는 빚을 갚기 위해 책을 썼다.

30세 때부터 발자크는 전설이 되어 버린 정력적인 창작 활동을 시작한다. 자신의 방에 틀어박혀 커튼을 치고 수도사 같은 가운을 입고 마치 수도사처럼 촛불을 켜 놓고 몇 주간이고 계속 글을 썼다고 한다. 다량의 커피를 마시고 잠을 쫓아 가며 하루 14~15시간씩 20년에 걸쳐 한 해 6편에 해당하는 작품을 쓰는 초인적인 창작 활동을 했고, 그런 노역의 결과로 탄생한 것이 바로 19세기 최대의 작품 〈인간 희극〉이다. 일설에 의하면 발자크의 작품에서 묘사가 많은 분량을 차지하는 것은 원고료를 늘리기 위한 것이었다고

하기도 한다. 18년 동안 사랑의 편지를 주고받았던 폴란드의 백작부인 한스카와 1850년에 결혼해 생애 처음으로 경제적인 걱정에서 벗어날 수 있었지만, 과중한 창작 활동으로 몸이 상한 발자크는 비교적 건장했었음에도 불구하고 결혼한 지 5개월만에 세상을 뜨고 만다.

발자크는 나폴레옹이 '검劍'으로 이룬 것을 '펜'으로 이룩하고자 결심했고, 실제로 그렇게 해서 성공을 거둔 인물이다. 발자크의 집안은 귀족적인 혈통이 전혀 없었는데도 귀족의 뜻이 담긴 '드de'를 성에 덧붙여 스스로 '드 발자크de Balzac'라고 부른 것도 따지고 보면 출세욕의 표시라고 할 수 있다.

한편 러시아의 대문호인 도스토예프스키는 그 자신의 표현을 빌면 생활을 위해 항상 선금을 받아 글을 쓰는 이른바 '프롤레타리아 작가', 즉 직업 작가였다. 그는 고질병이었던 간질로 육체적인 고통을 겪었던 동시에 떨쳐 버릴 수 없는 도박벽에 대한 자책감에 시달렸다고 한다. 1863년 빚을 얻어 이탈리아로 여행했을 때도 베를린에 들르자마자 함부르크의 카지노로 달려갔다는 일화가 있다. 형이 남긴 거액의 빚과 자신의 도박벽에서 생긴 빚 때문에 채권자들의 등쌀을 피해 외국에 나가 있기도 했고, 만년에 가서야 생활의 안정을 찾았을 뿐 거의 언제나 빚에 내몰려 창작을 해야 하는 상황이었다. 그래서 그는 원고를 여덟 번이나 고쳐 쓸 정도로 시간과 생활의 여유가 있었던 톨스토이와는 달리, 자신의 문장을 정성껏 다듬을 시간적 여유가 없었다고 한다. 하지만 그렇다고 해서 도스토예프스키의 문장이 꼭 거친 것만은 아니고 충동적인 힘이 느껴지는 것을 보면, 문장을 다듬는다고 해서 좋은 문장과 작품이 탄생하는 것만은 아닌 것 같다.

의 심리소설의 걸작이라'고 할 수 있습니다. 소년 시절 어머니의 사랑을 모르고 자란 다정다감한 청년 귀족 펠릭스는 사교계 무도회에 처음 나갔다가 정숙한 백작부인 앙리에트를 만나 사랑에 빠지고 두 사람은 온 정성을 다하여 사랑합니다. 병적일 정도로 성격이 비뚤어진 남편에게 시달리던 백작부인은 자신의 정절 외의 모든 것을 다 펠릭스에게 주고, 펠릭스가 다른 여자와 육체관계를 맺은 것까지도 용서합니다. 앙리에트는 죽음을 앞두고 "당신에 대한 추억 속에 영원한 백합처럼 살고 싶었다."면서, 펠릭스와 육체적 관계를 가지지 못하고 죽는 것을 후회한다고 고백하고 죽습니다.

이 작품은 에로틱한 대화가 오가지만 교묘하게 지킬 것을 지키며 고차원적인 사랑으로 승화되는 간절한 사랑의 심리 묘사가 탁월하고, 이루지 못하는 꿈을 꾸는 30대 여인의 마음과 청년의 감정이 정열적인 필치로 잘 표현되어 있습니다. 발자크는 이 소설에서 정신과 물질의 갈등, 육욕의 감정과 그것을 다스리는 위대한 정신의 힘을 보여 줍니다.

귀스타브 플로베르 Gustave Flaubert(1821~1880)는 루앙에서 외과의사의 아들로 태어나 처음에는 파리에서 법학 공부를 하다가 신경병으로 중단하고 루앙 근처에 정착해 어머니를 모시고 살았습니다. 가산이 넉넉했던 덕분에 유럽 여러 곳을 여행했고, 여행을 제외하고는 대부분 자기 집에 틀어박혀 지냈습니다. 자신보다 13세 연상인 루이즈 콜레 Louise Colet와 8년이나 연애를 했지만 결혼하지 않고 일생을 독신으로 살았습니다.

플로베르

많은 평론가들은 플로베르의 작품을 낭만적 경향의 작품과 사실적 경향의 작품으로 구별합니다. 〈살랑보Salammbô〉(1863), 〈성 앙투안의 유혹La Tentation de Saint-Antoine〉(1874)처럼 과거 역사에서 소재를 가져온 작품들은 낭만주의 작품으로, 〈보바리 부인Madame Bovary〉, 〈감정 교육L'Éducation sentimentale〉, 〈부바르와 페퀴셰〉(1881) 등은 사실주의 경향의 작품으로 구분하지만, 사실 그 두 가지 경향은 모든 작품에 드러나고 있습니다. 어떤 사람은 〈보바리 부인〉을 낭만과 사실의 결합에서 이루어진 중간적 작품으로 보기도 합니다. 플로베르의 기질 자체는 다분히 낭만적이었지만 작품을 창작하는 과정에서는 냉철하고 면밀한 관찰과 자료 수집을 통해 그 기질을 통제하고, 풍부한 상상력과 환상적인 꿈을 사실주의적 터전 위에서 살려 냈습니다. 특히 작가의 주관이나 선입견을 작품 속에 반영하지 않으려 애썼습니다. 작가는 몰개성적 태도를 취하고 객관적이어야 한다는 것이 그의 문학관이었고, 그럼으로써 또 하나의 세계를 만들어 내는 신神이 될 수 있다고 믿었습니다. 그가 '몰개성의 사도'라고 불리는 이유가 여기에 있습니다. 그러나 고백이 금지된 작가의 자아自我는 오히려 더욱 깊이 침잠된 진실한 모습을 작품 속에 나타내는 결과가 되는 것이므로, "보바리 부인은 나였다."고 전해지는 그 자신의 말에는 거짓이 없었을 것입니다.

〈**보바리 부인**〉(1857)은 평범한 시골 의사의 아내가 되어 다소 어수룩하고 둔한 남편과 단조로운 시골 생활에 진력이 난, 사치를 좋아하고 몽상적인 젊은 여자 엠마Emma를 중심으로 한 비화입니다. 엠마는 다정다감하고 몽상적인 성격의 소유자로 남편에게 만족하지 못하고 홀아비 지주인 로돌프, 공중인 사무소 서기인 레옹 등과 정사를 거듭하다 남편 몰래 빚이 늘어나 진퇴유곡에 빠지자 비소를 먹고 자살한다는 이야기입니다. 플로베르는 아버지의 옛날 제자였던 들라마르라는 사람이 자신의 부인이 부정을 저지르고 음독자살하자 그도 슬픔으로 죽었다고 하는 실화에서 영감을 받아서 이 작품을 썼다고 합니다.

이 작품은 〈르뷔 드 파리〉라는 잡지에 연재되는 동안 계속해서 화제를 불러일으켰고, 무죄 판정을 받기는 했지만 풍기문란 죄로 기소되기까지 해서 플로베르의 이름을 유명하게 만든 작품입니다. 당시로서는

그럼! 영화 "애마부인" 원작이 "플로베르"의 "보바리부인"?..!

놀랄 만큼 노골적인 묘사로 여주인공의 행동을 서술했을 뿐만 아니라, 투철한 성격 연구와 환경의 정밀한 관찰, 간결하고도 정확한 묘사, 그리고 정연한 형식을 갖춘 사실주의의 모범적 소설입니다. 특히 약제사 오메Homais의 묘사에는 부르주아에 대한 그의 혐오와 경멸이 여실히 드러납니다. 이 작품의 진가는 '알맞은 말'을 찾아내기 위해 애쓰면서 1페이지를 쓰기 위해 1주일이나 애썼다고 할 정도로 정확하고 엄격하면서도 힘찬 문체의 연마와 긴밀한 구성에 있으며, 이 작품이 프랑스 사실주의 소설의 첫 걸작으로 꼽히는 까닭도 거기에 있습니다.

〈**감정 교육**〉(1869)은 고등학교를 나오고 문학에 소질을 가졌다고 자부하는 어느 시골 청년이 파리에 올라와서 자기의 길을 터 보려 하지만, 나이와 더불어 야심도 꺾이고, 공허하고 평범한 인간이 되고 말며, 사랑마저 열매를 맺지 못한다는 슬픈 이야기입니다. 시종일관 가혹할 정도의 객관적인 관찰로 이어지는 사실적 소설이지만, 꿈과 현실과의 어긋남 속에 짓눌려 찌들어 가는 주인공 모로에게는 젊은 날의 플로베르 자신의 영상이 느껴집니다.

사실주의에서 자연주의로

이폴리트 텐

프랑스 사실주의는 졸라에 이르러 자연주의로 이어지는데, 이 과정에서 이론적으로 큰 역할을 담당한 것이 텐Hippolyte-Adolphe Taine(1828~1893)의 비평 작업입니다. 텐은 파리 고등사범학교 출신으로 19세기 후반의 시대정신이라고 할 수 있는 실증주의와 유물주의唯物主義를 대표하는 인물입니다. 철학, 역사, 문학, 미술 등 다방면에 걸친 저술을 통해 모든 정신과학에 자연과학적 방법을 적용하는 일관된 태도를 보였습니다. 어떠한 존재에는 반드시 그것이 생성하게 되는

보 바 리 즘

　플로베르는 처음에 자기가 쓴 작품을 출판사 편집장으로 있던 친구에게 보여 주었는데 그 친구에게서 "이따위 글 쓰려면 다시는 글을 쓰지 말라."는 충격적인 말을 들었다. 그 후 7년 동안 절치부심하여 쓴 소설이 바로 〈보바리 부인〉이다. 플로베르는 자기가 쓴 소설을 직접 큰 소리로 읽으며 귀에 들리는 청각적 효과까지 따져 가면서 단어 하나하나를 골랐다고 하니 그가 자신의 작품 창조를 두고 '단말마의 고통'이라는 표현을 썼던 것이 이해가 된다. 이렇게 해서 탄생된 간결하고 정제된 〈보바리 부인〉의 문체는 타의 추종을 불허하는 하나의 전형이 되었다.

　〈보바리 부인〉의 주인공 엠마는 수녀원에서 소녀 시절을 보내면서 소설들, 특히 낭만적인 연애를 다룬 소설들을 닥치는 대로 읽는다. 그 영향으로 엠마는 연애와 사랑에 대한 지나친 환상을 간직하게 되었고, 현실 생활과 자신의 환상 사이에서 큰 차이를 느끼면서 현실 부적응 상태에 이르게 된다. 일상의 권태로부터 거짓말로, 불륜으로, 결국은 자살로 내닫게 되는 과정을 거치고, 이 과정에서 그녀의 성격상의 결점들과 상황들이 상호작용을 일으킨다. 엠마 보바리는 그녀 자신이 자기 자신에 대해 가지고 있는 환상의 희생자가 된 것이다.

　플로베르는 이 개인적인 경우를 관찰하면서 여주인공을 하나의 '보편적인 유형'으로 만들어 냈고, 주인공 엠마 보바리의 이름을 따 스스로 자신이 바라는 사람이 되었다고 믿으려는 경향, 도달할 수 없는 환상적 행복을 꿈꾸는 경향을 '보바리즘'이라고 부르게 되었다. 이 단어는 상상 과잉의 증세, 더 나아가 여성의 현실 부적응 상태를 일컫는 뜻으로 보통명사화되어 프랑스어 사전에 새로 추가되었다.

영화화된 〈보바리 부인〉의
포스터(1991년 작)

파리 고등사범학교
국가 엘리트 양성 코스인 그랑제꼴의 하나로, 처음에는 교사 양성을 목적으로 설립되었으나 정부의 전폭적인 지원을 받는 가운데 프랑스 지성의 산실이 되었다.

원인이 있고, 모든 현상은 필연적인 인과의 법칙을 따르게 마련이라는 유물론적 결정론에 근거하여 인간 정신도 출생지와 시대, 환경에 의해서 결정되는 것이지, 자유의지나 우연성에 의해 결정되는 것이 아니라고 보았습니다. 그는 인간을 분석하는 요소로서 '인종·환경·시대'의 세 가지 요인을 내세우고, 작가와 작품을 그 세 가지 요인과의 영향 관계로 해석하는 '발생학적 설명 비평'을 확립합니다.

졸라Emile Zola(1840~1902)는 사실주의 이론을 더욱 극단화해서, 실험과학, 특히 생물학의 방법을 소설에 적용하는 이른바 자연주의 문학 이론을 세우고 또 실천한 대표적 작가입니다.

졸라는 파리에서 태어났는데 아버지는 그리스·이탈리아 계系였고 어머니는 프랑스 여성으로, 결혼할 당시 아버지는 45세, 어머니는 20세였다고 합니다. 아버지의 일 관계로 프랑스의 남부의 엑상프로방스에 정착했고 이곳에서 훗날 유명한 화가가 된 세잔Paul Cézanne(1839~1906)과 아주 친하게 지냈습니다. 고등학교는 다시 파리에서 다

서재에 앉아 있는 졸라

에콜 폴리테크니크
그랑제꼴의 하나로 파리 공과대학, 국립 이과학교라는 이름으로도 불린다. 1805년 나폴레옹 1세에 의해 설립된 이래 수많은 고급 국가 공무원, 간부급 경영인들을 배출했다.

▶ **생 빅투아르 산**
세잔

넜는데 에콜 폴리테크니크Ecole Polytechnique[*] 입시에서 두 번이나 떨어지고 문학가의 길을 걷기로 합니다.

젊은 시절의 졸라는 이렇다 할 학력도 없는 데다가 작품 구성 능력이 떨어지고 작품의 소재 선택이나 경험을 형상화하는 데 실패했기 때문에 사회의 주목을 끄는 작가가 아니었습니다. 그래서 스스로 많은 경험을 쌓은 다음 1871년부터 1893년까지 22년간 총 20권으로 된 〈**루공 마카르**Rougon-Macquart〉를 썼습니다. 이 작품은 아델라이드 푸크라는 정신병에 걸린 여자가 건강한 농부 루공과 결혼해서 낳은 자식과 루공이 죽은 뒤 만난 알코올중독자 마카르와의 사이에서 낳은 자식들, 그리고 그 자식들의 자손들이 제2제정 시대의 여러 방면에 진출해 어떻게 생활하였는가를 기록한 것으로서 〈제2제정하의 일가족의 자연적·사회적 역사〉라는 부제가 붙어 있으며, 졸라의 문학론을 실천에 옮긴 작품이기도 합니다.

졸라에 의하면 소설의 임무는 과학자처럼 인물을 관찰, 연구, 기록하고, 그 인물이 어떤 특정한 환경, 직업, 교우 관계, 우발적인 사건 등에 처했을 때 어떠한 반응을 나타내는가를 실험하는 것이라고 말합니다. 이런 문학론은 텐의 환경 영향설과 생물학자 베르나르Claude Bernard(1813~1878)[*]의 실험 의학론, 다윈 Chanles Robert Darwin(1809~1882)의 진화론 등에 근거하고 있습니다.

그의 작품은 출간되자마자 큰 논

베르나르

처음에 극작가가 되고 싶어 했던 베르나르는 실험 의학과 일반생리학의 창시자로 여겨지고 있으며, 그의 실험 생물학 방법론은 사상계에도 큰 영향을 끼쳤다.

◀ 다윈

영국의 생물학자이자 박물학자다. 생물의 진화를 주장하고, 자연 선택에 의해 종種이 기원한다는 진화론을 주장해 당시의 과학 및 종교에 많은 영향을 주었으며, 인간의 생각에 혁신을 가져왔다.

나는 고발한다

졸라는 작가로도 유명하지만 인권 투사로도 이름을 날렸다. 1897년 프랑스 전국에 일대 충격을 가하며 프랑스 사회를 양분시키는 사건이 발생하는데 그 사건이 바로 '드레퓌스Dreyfus 사건'이다.

1894년 10월 유태계 프랑스인 알프레드 드레퓌스 대위가 군사기밀을 독일에 팔아넘겼다는 누명을 쓰고 비공개 군법회의에서 종신형의 판결을 받았다. 파리의 독일 대사관에서 몰래 빼내 온 정보 서류의 필적이 드레퓌스의 필적과 비슷하다는 것 외에는 별다른 증거가 없었으나 그가 유대인이라는 점 때문에 군부 세력과 반反유대인자들은 그에게 유죄를 선고했다. 그 후 진범이 드레퓌스가 아니라 헝가리 태생의 에스테라지 소령임이 드러났지만 군은 그 사실을 은폐하고 에스테라지에게 무죄를 선고했다.

재판 결과가 발표된 직후 졸라는 분연히 일어나 대통령에게 보내는 공개서한인 〈나는 고발한다J'accuse.〉를 〈오로르L'Aurore〉 지에 기고한다. 드레퓌스에게 유죄판결을 내린 군부의 의혹을 신랄하게 공박한 이 글 때문에 졸라는 기소되어 법정에 출두했고 징역 1년, 벌금 3천 프랑이라는 형을 선고 받아 영국으로 망명했다가 드레퓌스의 무죄가 밝혀진 이듬해 프랑스로 돌아왔다.

졸라의 글을 계기로 사회 여론이 끓어오르고 프랑스 전체가 두 진영으로 나뉘게 되었다. '정의 · 진실 · 인권 옹호'를 부르짖으며 드레퓌스 사

1898년 1월 13일자 〈오로르〉 지에 실린 졸라의 글 〈나는 고발한다〉

건의 재심을 요구하는 드레퓌스파와 '군의 명예와 국가 질서'를 내세우는 반드레퓌스파로 분열되었던 것이다. 전자는 자유주의적 지식인을 비롯해 사회당과 급진당이 가담한 인권 동맹이었고 후자는 국수주의파, 교회, 군부가 결집한 프랑스 조국 동맹이었는데, 결국 이 사건은 한 개인의 석방 문제라는 차원을 넘어 정치적 쟁점으로 확대되면서 제3공화정을 극도의 위기에 빠뜨렸다.

1898년과 1899년에 열린 재심 군법회의에서 드레퓌스는 재차 유죄를 선고받았으나 대통령의 특사로 석방되었고, 무죄 확인을 위한 법정 투쟁을 계속한 끝에 결국 1906년 최고 재판소로부터 무죄판결을 받고 복직 후 승진도 했다. 자유주의적 재심파의 승리로 끝난 이 사건은 프랑스 공화정의 기반을 다지고, 좌파 세력의 결속을 촉진하는 계기가 되었다.

란을 일으켰으며 그중 많은 작품들이 극으로 각색되었고 그때마다 다시금 거센 논쟁의 대상이 되었습니다. 졸라의 소설들은 출간 당일에 이미 매진 상태가 되고 수십만 부가 팔렸는데, 특히 〈루공 마카르 총서〉속에 들어 있는 〈목로주점L'Assomoir〉으로 큰 수입을 올려 파리 근교의 메당Médan에 있는 별장을 샀고 여기서 그는 모파상, 위스망스 등의 문우와 후학들과 회합을 가졌는데 이 모임을 '메당의 야회Les soirées de Médan'라고 부릅니다.

졸라의 소설 중에서 가장 널리 알려진 것은 〈목로주점〉(1877), 〈나나Nana〉(1880), 〈제르미날Germinal〉(1885) 등인데 〈제르미날〉은 노동 문제를, 〈나나〉는 창녀의 삶을 다룬 것입니다.

발자크의 〈인간 희극〉이 왕정복고 시대와 7월 혁명 시대의 사회상을 낱낱이 그렸듯이, 졸라는 제2제정하의 종합적인 사회 묘사를 시도했습니다. 〈인간 희극〉의 수법을 더욱 생물학적으로 진전시켜 작중인물들의 수대에 걸친 혈통을 연구하면서 유전의 법칙을 적용했습니다. 〈목로주점〉의 알코올중독자 쿠포와 제르베즈 사이에서 난 아들 랑티에Etienne Lantier가 〈**제르미날**〉의 주인공이고, 딸 나나가 〈**나나**〉의 주인공이 됩니다. 발자크가 경험, 즉 체험과 관찰에 의거했다면 졸라는 과학적이고 실증적인 방법, 즉 실험과 해부, 분석에 의거합니다.

졸라는 사회의 건강을 유지 또는 회복시키기 위해 사회의 병적 근원을 낱낱이 들추어내는데, 알코올중독, 히스테리, 창부, 매독 같은 하층 사회의 추악한 면을 실제 이상으로 비참하게 왜곡시키는 결과를 낳았습니다. 그래서 일찍이 졸라에게 동조했던 작가들마저 너무나도 야수적이고 잔인한 인간관에 반발하며 그의 곁을 떠나게 되었고, 이것은 자연주의의 종말을 고하는 사건이 되었습니다.

작가로서의 졸라는 조잡한 문체와 완숙되지 못한 소설 이론, 세련된 취미의 결핍 등 많은 결점을 가지고 있음에도 불구하고, 강렬하고 폭넓은 역량과 진실을 추구하려는 진지함, 그리고 천재적 상상력으로 문

학사에서 큰 자리를 차지하고 있습니다.

〈목로주점〉의 금발의 미인 제르베즈는 돈을 벌기 위해 애인 랑티에와 함께 파리로 이사합니다. 모자 제조 기술자인 랑티에는 게으르고 술만 마시는 생활로 일관하다가, 결국 그녀를 버리고 다른 여자에게로 가 버립니다. 그녀는 두 아이와 함께 세탁부 일을 하다가 다락방에 사는 함석공이 쿠포와 결혼하고 그럭저럭 생활을 꾸려 나갑니다. 어느 날 쿠포가 지붕에서 일을 하다 떨어져서 부상당하자 그는 그후 알코올 중독자가 되고 맙니다. 모아 두었던 돈은 모두 동이 나버리고, 거기에 전 애인 랑티에가 찾아와 세 사람이 추악한 동거 생활을 시작합니다. 희망을 잃은 일가의 생활은 점점 악화되어 가고, 그녀 자신도 가게를 팔아 술만 마셔 댑니다. 결국 쿠포는 알코올중독으로 죽고, 뒤이어 그녀도 굶어 죽습니다. 파리 노동자들의 삶에 대한 풍자와 알코올중독의 폐해를 그려 낸 소설입니다.

모파상Guy de Maupassant(1850~1893)은 어머니가 플로베르와 어렸을 때부터 친구였기 때문에 플로베르에게서 소설 작법을 배울 수 있었습니다. 소설집 〈메당의 저녁〉에 수록된 처녀작 〈비계덩어리Boule de suif〉(1880)로 문단에 혜성처럼 등장해서 〈여자의 일생Une vie〉(1883), 〈벨 아미Bel Ami〉(1885), 〈피에르와 장Pierre et Jean〉(1888) 등의 6편의 장편 소설과 300여 편의 단편 소설을 남겼습니다.

모파상

모파상은 모든 자연주의 소설가들 중에서 가장 객관적인 작가로 평가되는데, 그의 단편소설들은 가장 완벽한 작품의 모범으로서, 빈민, 소녀, 하층민, 학생 등 작품의 모델이 된 사람들이 항의까지 했다는 일화가 남아 있을 만큼 그 묘사가 명확하고 박진감이 있습니다.

모파상은 근본적으로 비관적인 성격의 소유자로서 신의 섭리를 부정하고, 종교를 사기라고 공격했습니다. 사회생활은 어리석음으로 가득한 왕국이고, 사랑과 우정도 인간을 근본적인 고독으로부터 구원해

내 주인… "모파상"도,
주인공 "잔" 만큼이나!
불행한 삶을 살다가…

여자의 일생
-모파상-

주지 못한다고 생각했습니다. 희망에 대한 거부는 그의 단편 작품 속에 나타나는 강박관념에 사로잡힌 사람들, 신경증 환자들을 통해 드러나고 있습니다.

37세가 되던 해부터 신경성 질환이 발작해서 불안과 염세관에 사로잡히기 시작했고, 결국 43세 되던 해에 정신병원에서 사망했습니다.

'어떤 인생' 이라는 원제목을 달고 있는 〈**여자의 일생**〉은 모파상의 대표작입니다. 노르망디 귀족의 외동딸로 청순하고 꿈 많은 처녀 잔 Jeanne의 비참한 일생을 그린 작품인데, 신문지상에 연재하다가 1883년에 출판되었고, 그 이듬해 초에 25판을 거듭할 만큼 호평을 얻으며 작가의 명성을 일약 전 유럽에 떨치게 만든 작품입니다. 잔은 행복한 소녀 시절과 약혼기를 거쳐 결혼하게 되지만, 첫날밤 남편의 난폭한 야수성을 보게 되자 환멸과 비애를 느낍니다. 난봉꾼인 남편 줄리앙은 하녀 로잘리에게 아이를 낳게 하고, 백작의 부인과 간통해 결국 그 남편에게 살해되고 맙니다. 잔은 남은 외아들인 폴에게 모든 희망을 걸지만, 이 아들마저 감당할 수 없는 방탕아가 되어 집을 떠나면서 그녀를 절망에 빠트립니다. 잔은 아들과 창녀 사이에서 태어난 손녀와 하녀 로잘리와 함께 "인생이란 사람들이 생각하는 것처럼 그렇게 즐거운 것도 불행한 것도 아니다."라고 생각하며 여생을 살아갑니다.

불쌍한 여인 잔은 졸라의 〈목로주점〉에 나오는 여주인공 제르베즈, 플로베르의 〈보바리 부인〉에 나오는 엠마 보바리 등과 여러 점에서 닮았습니다. 이들은 아무리 발버둥쳐도 환경의 지배에서 벗어나지 못하고 별수 없이 감각 세계의 포로가 되어 살 수밖에 없는 '자연주의' 적 여성의 전형들입니다. 이 작품이 자연주의 소설의 전형인 것은 사실이지만, 작품의 이면에는 인생에 대한 애수와 아름다운 시정詩情이 흐릅니다. 러시아의 대문호인 톨스토이는 모파상의 재능을 인정하면서도 창부를 주인공으로 한 그의 작품에서 볼 수 있는 너무나도 자연주의적

인 경향을 못마땅하게 생각했습니다. 그러나 이 작품을 읽고는 종래의
생각을 고쳐 진심으로 아낌없는 찬사를 보냈다고 합니다.

모파상의 유일한 소설론으로 알려져 있는 〈피에르와 장〉 서문에서
그는 "문학은 도저히 과학과 완전히 일치될 수 없다."는 주장을 폅니
다. 사실주의 소설가가 아무리 인생의 진실을 그린다고 해도 그 진실
은 '작가에 의해서 선택된 특별한 진실' 이기 때문에 몰가치하고 무선
택적인 과학적 진실과는 다르다는 것입니다. 결국 사실주의 작가들은
현실 자체를 보여 주기보다는 더욱 완전하고 감동적인 비전을 주려고
하는 것이며, 개개의 작가들에게 현실이 각기 다른 모습으로 나타날
수밖에 없다고 결론 내립니다. 이것은 사실주의와 자연주의의 결정적
인 결함을 지적한 발언으로 자연주의를 완성시킨 작가의 눈에 비친 자
연주의의 한계를 명시한 것이라고 하겠습니다.

알퐁스 도데

프랑스 남쪽 님Nimes에서 태어난 **알퐁스 도데**Alphonse Daudet
(1840~1897)는 '프랑스의 디킨스' 로 불리는 작가입니다. 흔히 자연주
의 작가로 취급되지만 면밀한 관찰과 자료, 기록 등의 수집을 존중하
는 창작 태도에 있어서 사실주의 내지는 자연주의 작가들과 공통성을
가질 뿐, 기질로 보아서는 자연주의와 거리가 있고 차라리 자신의 느
낌과 인상을 그대로 받아 옮기는 인상파 작가라고 하는 편이 더 적절합
니다. 현실이나 인간의 어두운 면을 냉혹하게 과학적으로 관찰하기보
다는 인간의 애환을 다정하게 바라보는 시인적인 기질을 가진 소설가
로 동정심이나 명랑한 환상, 유머가 뛰어납니다.

우리에게 잘 알려져 있는 〈별〉을 비롯해 남 프랑스를 중심으로 코르
시카 섬, 프랑스 령 알제리 등을 소재로 한 단편소설 24편이 수록되어
있는 **풍차 방앗간 편지**Lettres de mon moulin〉(1869)는 그의 대표작입
니다. 충실한 관찰과 정확한 묘사 뒤에 기쁨과 애수, 웃음과 눈물, 악

의 없는 풍자와 세련된 해학이 융합되어 남 프랑스의 자연을 담담한 시정으로 그려 낸 작품입니다. 어떤 비평가는 "도데는 많은 군중을 그려 내는 기량도, 풍부함도, 넓이도 가지지 않았지만 각별한 정과 고귀한 천성, 그리고 해학을 세련되게 해 주는 라틴의 전통을 가졌다."라고 평가합니다. 그의 또 다른 작품 〈타라스콩의 허풍장이〉(1872)는 자기 자랑을 잘하는 익살스러운 허풍쟁이지만, 마음은 순박하고 선량한 남 프랑스인의 전형을 그려 내면서 문학사상 가장 뛰어난 농담 중의 하나로 꼽히고 있습니다.

러시아의 사실주의

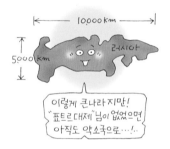

이렇게 큰나라지만! "표트르대제"님이 없었으면 아직도 약소국으로…!..

농노
세습 농토와 영주에 예속되어 있던 중세 유럽의 소작 농민 신분. 노예보다는 자립적이고 자유적이지만 독립 자영 농민보다는 자립성이 낮고 부자유한 존재였다.

러시아는 표준 시간이 11개나 되고 동서의 길이가 1만 킬로미터, 남북의 길이는 5,000킬로미터에 달하여 지구의 $\frac{1}{6}$에 해당되는 면적을 가진 거대한 나라지만 오랫동안 서양사에 등장하지 않은 채 베일에 싸여 있었습니다.

러시아는 오랜 기간 서양세계와 단절되어 황제와 귀족, 그리고 농노*만이 존재하는 낙후된 상태로 머물러 있었으므로 르네상스, 종교개혁, 고전주의, 계몽주의가 뚜렷한 문예사조로 표출되지 않았고 문학 작품도 미미한 상태였습니다. 러시아에서 문학의 여러 현상은 18세기에 나타나기 시작해 19세기에 절정에 이릅니다.

러시아가 오랫동안 낙후된 상태로 남아 있었던 까닭은 교회에서 라

◀ **표트르 대제(1672~1725)**
키가 2미터나 되는 힘이 센 장사였으며 아무리 술을 마셔도 취하지 않았다고 한다. 러시아가 터키에 패한 후 1697년 250명의 서양 사절단 속에 익명으로 참가해 네덜란드의 조선소에서 직공으로 일한 것으로 알려져 있다. 서양의 근대문명을 시찰하고 돌아와 서양으로 향하는 통로에 도시를 세우고 자신의 이름을 따서 페테르부르크라고 불렀다.

틴어를 쓰지 않았기 때문이라고 합니다. 러시아 정교회에서 슬라브어만을 쓰게 했던 것은 독립적이고 자주적인 발상이었지만 러시아를 서양세계와 단절시켜 모든 라틴어로 된 문화유산과의 접촉을 막아 버렸습니다. 중세의 지식 체계는 거의 대부분 라틴어로 되어 있었는데, 이러한 라틴어와의 단절은 곧 문화 후진국이 되게 하는 역할을 했던 것입니다.

또한 몽고 계통의 타타르 족이 러시아에 들어와 거의 전 러시아를 정복해 키예프를 파괴하고 많은 사람들을 모스크바까지 몰아냈던 것도 러시아를 서양 세계와 절연시킨 요인이기도 합니다. 1480년 모스크바의 이반 3세가 타타르 인을 몰아낼 때까지 러시아는 거의 250년간을 서양 문명·문화와 절연된 상태로 있다가 표트르 대제 이후부터 서양 세계에 문호를 열기 시작했습니다.

사실 18세기까지 러시아에는 세계문학에 내놓을 만한 작품이 없었습니다. 러시아 문학의 황금 시기는 푸슈킨이 처음으로 작품을 출판한 1802년부터 투르게네프가 죽은 해인 1883년까지입니다. 1840년까지는 낭만주의의 시기, 1840년대 초반부터는 사실주의 문학 시대라고 할 수 있습니다. 고골리의 〈죽은 혼〉이 나온 1842년부터 1883년까지 고골리, 투르게네프, 도스토예프스키, 톨스토이 등의 거장들이 세계적인 명작을 쏟아 냈습니다.

푸슈킨Aleksandr Pushkin(1799~1837)은 '러시아의 국민 시인', '러시아어의 연금술사'로 불리는 현대 러시아 문학의 선구자입니다. 그는 모스크바의 귀족 가문에서 태어났으며, 그의 조상은 표트르 대제가 총애한 흑인이었다고 합니다. 어렸을 때 가정교사에게서 프랑스어를 배웠는데 8세 때 프랑스어로 극작劇作을 시도할 만큼 총명하고 어학에 재능이 있었습니다. 러시아 낭만주의자들의 영향을 받으며 자랐고, 학생 때부터 문학적인 재능을 인정받았지만 졸업 후에는 페테르부르크

푸슈킨

푸슈킨의 동상

에서 외교관계의 일을 보았습니다. 그때 〈농촌〉이라는 시 안에 아름다운 자연 속에 사는 농민의 고통을 애석해 하는 한편 그들의 노동과 재산을 착취하고 횡령하는 지주 귀족의 야비함에 분노하는 혁명적인 내용을 담아 남부 러시아로 유배되었습니다. 6년 후에 모스크바에 돌아와 1831년에 18세의 아름다운 여성과 결혼했으나 그녀를 짝사랑하던 프랑스의 망명 귀족에게 결투를 신청해 결투 이틀 후 그때 입은 부상으로 사망했습니다. 일설에 의하면 이것은 그의 진보적 사상을 미워하는 궁정이 짜 놓은 함정이었다고 하기도 합니다.

푸슈킨을 유명하게 만든 것은 그의 첫 서사시 **〈루슬란과 류드밀라〉** (1820)입니다. 이 시는 고대 러시아의 역사를 바탕으로 하는 영웅 서사시인데, 초원의 약탈자로부터 키예프를 구원한 루슬란을 통해 애국심, 용맹, 인간의 힘과 같은 러시아적 영웅의 특성을 그려 낸 작품으로, 후기 낭만주의의 영향을 강하게 드러내고 있습니다.

푸슈킨의 가장 유명한 작품은 운문으로 쓴 소설 형식의 작품 〈예브게니 오네긴Yevgeny Onegin〉(1833)이고, 〈대위의 딸〉(1836)은 한국에서도 많이 읽히는 작품입니다. 시에서도 그의 작품은 뛰어나 '러시아의 바이런'이라고 불리기도 합니다. 푸슈킨은 러시아 근대문학의 아버지로서 문학의 모든 장르에 걸쳐 근대 문학의 초석을 놓은 작가입니다. 러시아 후기 낭만주의 문학을 예술적으로 완성시켰고, 또한 러시아 사실주의 문학의 길을 열었습니다. 그의 작품은 모두 농노제하의 러시아 현실을 정확히 그려 내는 것을 지향했으며, 깊은 사상과 높은 교양으로 일관되어, 러시아 문학을 오랫동안 관통해 온 국민성 · 사상성 · 현실성의 원칙과 이후 러시아 문학의 모든 작가와 유파流派는 모두 푸슈킨에서 비롯되었다고 해도 과언이 아닙니다.

〈예브게니 오네긴〉(1833)은 서사와 전체 8장으로 구성되어 있으며 장편 운문소설 형식을 취하면서 동시대의 현실적인 대중의 삶을 예술적으로 재현한 작품입니다. 오네긴은 성실하고 재능이 있는 청년으로 상류사회의 허식과 위선을 증오하며 어두운 회의에 사로잡혀 순진한 소녀 타티야나의 사랑을 받아들이지 못합니다. 마음이 내키지 않는 결투로 친구 렌스키의 목숨을 잃게 되자 정처 없이 여행을 떠나고, 몇 해가 지난 후 페테르부르크에 왔을 때 사교계에서 타티야나를 다시 만나 새삼스럽게 열렬한 사랑을 고백하지만 타티야나는 이미 늙은 장군과 결혼한 후이기 때문에 그의 사랑을 받아들이지 못합니다.

　오네긴은 훗날 러시아 문학에서 '쓸모없는 사람無用者'또는 잉여 인간의 전형이 되는 인물입니다. 푸슈킨은 오네긴을 통해 평범한 사람들의 생활과 동떨어진 귀족 인텔리겐치아*의 운명을 보여 줍니다. 이상은 높아도 데카브리스트*와 같은 정열과 행동력을 갖지 못한 귀족 청년들이 현실 속에서 목표를 찾지 못한 채 무의미한 삶을 괴로워하며 도락에 빠진 경우가 주인공 오네긴 속에 형상화된 것입니다.

　오네긴이라는 허무주의적 인간상과는 달리, 타티야나는 매력과 지성을 갖춘 여성입니다. 그녀는 타고난 진실함과 청순함, 민족적 양심을 끝까지 지키며 러시아의 자연과 민중의 삶을 깊이 깨달은 인물로서 오네긴보다 훨씬 사려 깊고 현명한 러시아 여인상을 구현하고 있습니다. 바이런의 〈돈 주안Don Juan〉을 모델로 했다고 전해지는 이 작품은 약 8년간에 걸친 노력의 결정체이며 정밀하고 간결한 산문의 장점을 드러냄과 동시에 러시아인의 감수성을 조화롭게 담아냈습니다.

　〈**대위의 딸**〉(1836)은 유명한 푸가초프의 반란을 배경으로 전개되는 역사 · 가정 · 연애소설입니다. 국경 지방인 키르기스 요새에 파견된 청년 장교 그리뇨프는 사령관 미로노프 대위의 딸 마리아를 사랑하게 됩니다. 때마침 러시아 전국을 공포 속에 몰아넣은 푸가초프의 반란 (1773~1775)이 일어나 그는 포로가 되고 마리아는 고아가 됩니다. 그러나 전에 어떤 여관에서 토끼 가죽으로 만든 옷을 준 것이 인연이 되

인텔리겐치아

지적 노동에 종사하는 사회 계층, 지식층을 뜻하는 러시아어. 좁은 의미에서의 인텔리겐치아는 19세기 중엽에 시작되었다.

데카브리스트

12월 당원이라고도 하며 러시아어로 12월을 데카브리dekabri라고 하는 데서 유래한다. 나폴레옹 전쟁 당시 서유럽을 원정한 젊은 장교들과 귀족 인텔리겐치아들이 공화제 실현, 헌법 제정, 농노제 폐지 등을 내걸고 1825년 니콜라이 1세의 황제 즉위 선서식장에서 반란을 일으켰다. 반란은 곧 진압되었고 주모자 5명이 교수형에 처해지고 100여명이 시베리아로 유배되었으나 러시아에 혁명의 기운을 전파한 계기가 되었다.

◀ 사로잡히는 푸가초프

문맹이었던 푸가초프는 세 차례 전쟁에 종군해 병을 얻고 귀국한 뒤 각지를 방랑한
끝에 카자크의 지도자가 되어 스스로 표트르 3세라고 칭하면서 농노제에 반대하는
농민운동을 조직했다. 푸가초프군은 지주의 재산이나 토지를 농민에게 나눠줌으로
써 환영을 받기도 했으나 1774년 정부토벌군에게 패하고 1775년에는 푸가초프 자신
이 모스크바에서 처형되었다. 러시아의 대표적인 농민반란이다.

제법이야!

"푸카초프"?···!!!
1894년 "전봉준"의
"동학혁명"이생각나네!

어 푸가초프와 친근한 사이가 되고 마지막으로 마리아와의 사랑도 이
루어지게 됩니다.

푸슈킨은 이 작품에서 지금까지 약탈자, 악당의 두목으로 알려진 푸
가초프의 인간적인 면모를 부각시킵니다. 푸가초프의 인간미가 반란의
잔인성과 대비되어 조명되고, 데카브리스트가 붕괴된 이후 강화되어
가는 반동 정치 속에서 진보적 사상과 인민과의 관계에 대한 깊은 통찰
력이 드러납니다. 간결한 문체와 정확한 표현으로 18세기 후반의 귀족
과 민중의 생활과 두 계층의 관계 등을 생생하게 재현해 내면서 진보적
귀족과 인민과의 정신적 유대와 참다운 귀족 정신의 방향을 제시하는,
19세기 러시아 사실주의 문학의 선구적 작품이라 할 수 있습니다.

니콜라이 고골리

고골리Nikolai Vasilievich Gogol'(1809~1852)는 러시아 문학사에서
'고골리의 시대' 라고 불리는 시대가 있을 만큼 한 시대의 상징이 된 작
가입니다. 러시아 사실주의 문학은 고골리에 이르러 확고한 기틀을 잡
게 됩니다. 우크라이나의 지주 귀족 출신으로 고골리가 15세 때 세상
을 떠난 아버지는 문학에 상당한 재능이 있어 몇 편의 희곡까지 썼던
아마추어 연극 작가였고, 어머니는 감성적이면서 신앙심이 깊은 여성
이었다고 합니다. 아버지의 문학적 재능과 어머니의 감성을 이어받은
고골리는 우크라이나의 매혹적인 자연과 민요, 전설에서도 큰 영향을
받아 소년 시절부터 예술적인 소양을 키워 나갔습니다. 고등학교를 마

친 후 공무원으로 일하면서 우크라이나 민간 생활을 소재로 쓴 단편소설집 〈디카니카 근교의 야화夜話〉(1831~1832)가 성공해 당대의 문학가들과 교류할 수 있게 되었고, 잠시 페테르부르크 대학의 역사학 교수로 있기도 했으나, 마치 연극을 공연하는 듯이 중세사 강의를 진행했던 그의 교수 생활은 실패로 돌아갑니다.

고골리는 두 번째 작품집 〈죽은 혼〉 1부를 발표한 이후로는 거의 외국에서 살았습니다. 〈죽은 혼〉 2부를 쓰다가 끝내 도덕적인 인간을 그려 낼 수 없어 완성 직전의 원고를 불태워 버렸으며, 마지막에는 착란 상태에 가까운 정신으로 단식에 들어가 거의 자살하다시피 이 세상을 떠나고 말았습니다.

고골리는 독일 낭만주의 작가들의 영향을 가장 많이 받은 러시아 작가입니다. 그의 작품에서 이 세계는 빛과 선이 지배하는 세계와 인간을 파멸로 이끄는 악령의 세계와의 싸움이며, 정기의 세계와 광기의 세계가 서로 밀접한 관계를 맺고 있다는 것을 일관되게 보여 줍니다.

〈**광인 일기**〉(1835)는 말단 관리 포프리시친이 상사의 딸을 사랑하다 끝내는 미쳐 정신병원에 수용된다는 줄거리로, 광기의 정점에서 인간적 외침을 토로하는 서정성이 돋보이는 작품입니다. 희곡 작품 〈**검찰관**〉은 '언어로 쓴 극작품 가운데 가장 위대한 작품'이라는 평을 받는 우수한 작품으로 '식자공*이 너무 웃어서 일을 할 수 없을' 정도였다고 합니다. 이 작품은 지방에 검찰관의 시찰이 있다는 소식을 전해들은 시장을 비롯한 공무원들이 부정이 탄로날까봐 걱정하던 중 잘 차려입은 건달인 홀레스타코프를 암행 검찰관으로 오인하고 융숭한 대접을 한 후 돌려보내고 성공했다고 좋아하는 사이에 진짜 검찰관이 도착했다는 소식이 알려진다는 이야기입니다. 관리들의 부패와 무능을 통렬하게 풍자하는 이 희극은 '눈물을 통한 웃음'을 자아내면서 자유주의자들에게는 환영을 받았고, 관료와 보수주의자들에게는 불만의 대

식자공
활자를 원고대로 조판하는 사람

러시아 '검찰관'들도… 우리 나라 '암행어사'처럼 "마패" 가 있었을까?… ㅋㅋㅋ

상이 되었습니다.

〈죽은 혼〉(1841)은 '러시아인의 삶의 백과사전', '러시아의 신곡'이라 불리는 작품입니다. 단테의 〈신곡〉의 형식을 빌려 '지옥', '연옥', '천국'의 3부작으로 할 예정이었으나 결국 1부만 완성되었고 2부는 고골리가 자신의 원고를 태워 버림으로써 단편적으로 남아있을 뿐입니다. 〈죽은 혼〉의 1부는 〈신곡〉의 〈지옥편〉에 해당하는데, 실제로는 이미 죽었으나 호적상에는 살아 있는 농노를 사들여 이것으로 은행 담보를 해 전국을 돌아다니며 돈을 빌리는 사기꾼에 관한 이야기입니다.

러시아 지주들아! 농노들을. 가축처럼 대하면! 영혼 (농노)들 노한다

옳소!

주인공 치치코프는 몇 번의 우여곡절을 겪은 뒤 벼락부자가 되기를 꿈꾸는 세련된 사기꾼입니다. 여러 지주들에게서 죽은 지 얼마 되지 않아 사망자 명부에 등록되지 않은 채 살아 있는 것으로 되어 있는 농노(러시아어로는 '영혼'을 뜻하기도 함)들을 사들일 영악한 계획을 세웁니다. 지주들은 다음 인구조사 때까지 죽은 농노 몫으로 부담해야 할 재산세가 줄어들게 되어 매우 좋아합니다. 치치코프는 죽은 '영혼'들을 담보로 은행에서 돈을 마련한 뒤 먼 곳으로 가서 존중받는 귀족으로 살 작정이었습니다. 그가 처음 들른 지방 사람들은 그의 정중한 몸가짐에 반하고, 지주들은 부정한 거래인 줄 알면서도 기꺼이 죽은 농노를 팔려 합니다. 사업의 비밀이 드러나자 치치코프는 서둘러 그 마을을 떠납니다.

그로테스크할 정도로 해학적인 거래를 통해 농노들이 가축처럼 팔리는 러시아의 슬픈 현실이 뚜렷하게 드러나고, 치치코프가 찾아다니는 지주들은 무지, 탐욕, 난폭함, 무기력의 화신과 같은 모습으로 등장하는데, 이렇게 부정적인 형상과 인생에 잠재된 비속함을 보여 주는 데서 고골리의 천재적 재능이 드러납니다.

2부는 '연옥편'에 해당하는 것으로, 주인공의 정서 속에 악의 혼이 약화되어 긍정적인 인간상이 부각되고, 1부에서와는 달리 작가도 인간의 타락에 대해서 인도주의적인 태도를 취합니다. '천국편'에 해당되는 3부에서는 러시아 민중의 영혼 속에 내재해 있는 온갖 선善을 보여줄 계획이었으나 결국 고골리는 3부를 이루지 못하고 세상을 떠났습니다.

1842년에 발표된 〈**외투**〉는 외투를 새로 장만하는 것을 유일한 희망으로 삼고 모든 것을 아끼며 살아가는 가난한 말단 공무원의 이야기입니다. 노력 끝에 외투를 장만한 주인공 아카키예비치는 새로 산 외투를 입고 축하하는 날 강도에게 외투를 빼앗기고 맙니다. 그것을 찾으려고 경찰서에도 가고 여기저기 돌아다녀 보지만 모두 헛수고일 뿐이고 결국에는 추위로 얼어 죽고 맙니다. 죽은 아카키예비치의 귀신이 돌아다니며 거만한 관료를 잡고 코트를 벗겨간 후로는 다시는 귀신이 나타나지 않는다는 이야기입니다. 의미심장한 여러 사건을 통해 전개되는 보잘것없는 남자의 비극은 하찮은 서민에게 시선을 주는 작품으로 인정되어 많은 아류 작품들을 낳았고, 훗날 도스토예프스키는 이를 두고 모든 러시아 사실주의 작가는 "고골리의 외투 자락 속에서 나왔다."고 선언했습니다.

고골리의 작품에서 빛을 발하는 익살의 대부분이 번역 과정에서 사라진다고 할 정도로 그의 작품은 거짓과 위선에 대한 경멸과 풍자, 해학으로 가득 차 있습니다. '사진을 찍는 듯한 리얼리즘과 유쾌한 유머, 깊은 동정심이 혼합된' 그의 작품 이후로 러시아 문학은 본격적인 사실주의 산문 시대로 옮겨 갑니다.

투르게네프Ivan Sergeevich Turgenev(1818~1883)는 러시아 중부지방에서 부유한 지주였던 퇴역 대령의 아들로 태어났습니다. 어머니는 방이 40개나 되는 저택에 남녀 하인을 40명이나 거느리고 농노를 5천 명이나 둔 대지주의 딸이었으며 남편보다 6살 연상이었습니다. 귀족

투르게네프

의 아들로서 투르게네프가 체험한 지주의 횡포는 다정다감한 소년의 마음에 비인간적인 농노제에 대한 강한 비판 의식을 심어 주었던 것 같습니다.

1827년 모스크바로 이사하여 모스크바 대학과 페테르부르크 대학을 다닌 다음 그 시대의 유행에 따라 유럽에 유학하여 베를린 대학을 다니면서 괴테를 연구했고 그 후 페테르부르크에서 관리직을 얻었으나 문학에 전념하기 위해 2년 후 사직했습니다. 〈사냥꾼의 수기〉(1852)로 작가로서의 명성을 얻었지만 이 작품 속에 담긴 농노제 비판으로 당국의 미움을 사게 되었고, 당시의 규정을 어기고 고골리의 죽음을 애도하는 추도문을 발표한 것이 빌미가 되어 1년 반 동안 추방당해 영지에서 연금 생활을 했습니다. 일생을 독신으로 보냈던 투르게네프는 1865년 이후에는 거의 유럽에서 머물다가 파리에서 죽었습니다.

그는 왕성하게 작품 활동을 했던 여러 해 동안 파리에 살면서 플로베르, 공쿠르, 졸라, 도데 등의 프랑스의 작가들과 교류하면서 유럽과 러시아를 초연하게 비교해 볼 수 있었습니다. 어떤 비평가는 투르게네프를 두고 "러시아에서 '서구화된 사람들'의 문학적 목소리이자 동시에 유럽에 러시아의 천재들을 알려 주는 교량"이라고 표현한 바 있을 정도로 서구적인 시각과 정서를 가진 동시에, 뛰어난 서정성과 러시아 민중에 대한 사랑을 간직해 서유럽에서 대소설가로 인정받은 최초의 러시아 작가입니다.

투르게네프는 도스토예프스키처럼 슬라브 정신*을 열렬하게 토로하지는 않았지만 그의 작품의 주제나 소재는 언제나 러시아 안에 들어 있었습니다. 그는 러시아 인텔리겐치아에 깊은 동정을 가지고 있는 동시에 평민 출신 인텔리겐치아가 미래의 러시아 문화 건설에 필요한 힘을 가지고 있음을 이해하고 있었습니다. 투르게네프 문학의 매력은 그 시대정신에 대한 통찰력과 서유럽과 러시아 문학에 대한 넓은 이해와 비판력을 겸비하고 있다는 데 있습니다.

슬라브 정신
유럽에 비해 광대한 자연과 친숙한 슬라브들의 오염되지 않은 정신문화의 우월감을 과시하는 것

투르게네프는 시인으로 출발해 만년에 다시 시로 돌아왔지만, 깊은 서정성을 바탕으로 아름답고 세련된 문체를 구사한 소설에서 더 빛나는 작품을 남겼습니다. 1847년부터 1852년에 이르는 5년 동안 25편의 단편 시리즈로 발표된 〈**사냥꾼의 수기**〉는 투르게네프에게 일류 작가의 명성을 가져다 준 작품입니다. 러시아의 아름다운 자연을 배경으로 농노제하에서 농민들이 겪는 비참한 운명을 보여 주는 한편 그들의 마음속에 얼마나 훌륭한 인간성이 간직되어 있는가를 서정미 넘치게 묘사하고 있습니다. 농노제의 폐단을 일부러 강조하지 않으면서도 인간의 존엄성을 부각시킴으로써 강한 감동을 불러일으킵니다. 알렉산드르 2세도 이 작품을 읽고 농노 해방에의 의욕을 갖게 되었다고 하고, 이 작품의 출판을 허가해 준 검열관이 해고당했다는 일화도 있습니다.

〈루딘Rudin〉(1856)과 〈귀족의 보금자리〉(1859)에서는 우수한 두뇌와 능변의 재능을 가지고 있으면서도 의지와 행동력이 결여되고 현실의 부조리에 맞설 정신력이 결여된 귀족 인텔리겐치아를 다루고, 〈전날 밤〉(1860)에서는 터키의 지배로부터 조국을 해방시키는 것을 자신의 삶의 유일한 목적으로 삼는, 고매한 이상과 숭고한 행동을 겸비한 인물을 보여 줍니다. 특히 해박한 지식과 서구적 교양, 높은 이상을 가지고 있으면서 주체적으로 사회와 어울리지 못하고 이상과 현실의 틈바구니에서 무료하게 살아가는 루딘은 예프게니 오네긴과 더불어 '잉여인간'*의 전형을 보여 줍니다.

잉여인간

19세기 러시아 문학에 자주 등장하는 인물 유형으로, 교육 수준이나 신분이 높고 이상주의에 가득 차 있지만 여러가지 이유로 자신의 이상을 행동으로 옮기지 못하고 사회의 방관자적 입장을 고수한다.

아마도 투르게네프의 최대 걸작은 러시아의 구세대와 신세대를 탁월한 필치로 묘사한 〈**아버지와 아들**〉(1862)일 것입니다. '니힐리즘 nihilism', 즉 허무주의라는 말이 처음으로 쓰인 이 작품은 시대의 전환기에 흔히 나타나는 니힐리즘을 테마로 삼아 부자 세대 간의 갈등이라는 영원히 변하지 않는 문제를 통해 농노해방 전후의 낡은 귀족 문화와 새로운 민주적 문화의 대립을 드러낸 작품입니다.

의과대생 바자로프는 잡계급 출신으로 일체의 묵은 도덕이나 관습, 종교를 거부하는 1860년대의 급진적인 청년 지식인입니다. 친구 아르카디의 집에 머물러 있는 동안에 1840년대의 점진적인 자유주의자이자 귀족주의자인 니콜라이(아르카디의 아버지)와 영국풍에 빠져 있는 그의 형 파벨 등과 사사건건 의견 대립을 일으킵니다. 우연한 일로 결투를 받아들여 파벨을 부상시키고 아버지가 사는 시골로 가서 티푸스 환자의 시체 해부에 입회했다가 실수로 얻은 상처로 인해 병을 얻고 병상에 달려온 미모의 미망인에게 이마에 키스를 받으면서 죽습니다.

작가는 체르니셰프스키Chernyshevski(1828~1889)[*] 등 혁명적 민주주의자를 바자로프의 성격에 투영시켜서 '아버지와 아들'의 사상적 대립을 묘사합니다. 주인공 바자로프는 투르게네프가 창조한 가장 인상적인 인물입니다. 그는 자연과학의 법칙을 제외한 모든 법칙을 부정하고 투박하면서도 솔직하게 자신의 견해를 말하는 허무주의자이지만 사랑에 쉽게 흔들리고 이 때문에 불행해집니다. 사회적·정치적 관점에서 볼 때 이 주인공은 평민 출신의 혁명적 인텔리겐치아가 귀족 인텔리겐치아에 대해 거두게 될 승리를 상징합니다. 그런 이유로 이 작품은 보수파들의 비난을 받았고, 주인공 바자로프가 기성 권위를 부정하면서도 새로운 사회의 이상과 목적을 파악하고 있지 않다는 점과 혁명운동에 가담한 사람들을 조소한다는 점에서 당시 진보주의적 청년에게서도 비난받기도 했습니다.

도스토예프스키Fyodor Mikhailovich Dostoevsky(1821~1881)는 톨스토이와 더불어 러시아를 대표하는 세계적인 대문호입니다. 모스크바의 빈민구제병원 의사의 7남매 중 둘째 아들로 태어나 아버지와 어머니, 가정교사에게서 교육을 받으면서 성경, 실러, 셰익스피어, 스콧, 디킨스, 위고, 푸슈킨 등의 작품을 읽었습니다.

체르니셰프스키

1860년대 러시아의 문학과 사상, 혁명운동에 커다란 영향을 미친 문학비평가이자 저널리스트, 사상가다. 잡지 〈동시대인〉을 편집해 혁명적 민족주의자들의 대표가 되었고 최초의 실직적인 나로드니키 조직이며 혁명 세력인 '토지와 자유당'을 조직해 '아래로부터의 혁명에 의한 농노 해방'을 주장했다. '나로드니키'란 러시아어로 '인민주의자'를 뜻하며 19세기 후반 러시아에서 사회주의 혁명운동을 실천한 세력을 말한다. 농노 소유자들로부터의 인민해방과 봉건성 타도를 목표로 삼았다. 마르크스주의의 영향력이 커짐에 따라 혁명운동의 주류는 나로드니키에서 볼셰비키에게로 옮겨갔다.

도스토예프스키

도스토예프스키는 니콜라이 1세의 탄압 정치가 강화되던 시절, 사회주의의 이상을 러시아에 실현시키려는 꿈을 꾸며 비밀결사에 참가했다가 1849년 체포되어 사형선고를 받고 사형집행 직전 황제의 특사로 형 집행이 면제되어 4년간의 수감과 4년간의 병역兵役이라는 형을 받아 시베리아로 유배된 경험이 있는데, 사형선고라는 극한상황의 경험과 풍부한 독서는 도스토예프스키의 작가로서의 저력을 키워 주었다고 할 것입니다. 〈**죽음의 집**〉(1860)은 도스토예프스키의 옥중 생활을 여실히 묘사한 자서전적인 작품입니다.

도스토예프스키

톨스토이

러시아 문학을 세계 정상에 올려 놓으신 분들이셔 ♪

모든 형을 다 마친 도스토예프스키는 사회주의와 무신론을 버리고, 그의 문학은 현실을 재현하고 비판하는 대신 형이상학적인 주제와 내용을 다루게 됩니다. 도스토예프스키도 톨스토이처럼 종교에 귀의했지만 톨스토이가 인간의 한계 내에서 완성을 기하려고 한 것과는 다르게 도스토예프스키는 훨씬 더 형이상학적으로 인간의 불행의 원인과 불행으로부터의 탈출구를 추구합니다.

도스토예프스키는 고통에 찬 정신적·심리적 갈등과 연옥에 갇힌 듯한 인간의 고뇌를 예술 속에 형상화했다는 점에서 러시아 문학뿐만 아니라 세계문학에서도 유래를 찾기 힘든 특별한 작가로서 '고뇌의 찬미자'로 불리기도 합니다. 〈죄와 벌〉(1866), 〈백치〉(1868), 〈악령〉(1871~1872), 〈미성년〉(1875), 〈카라마조프의 형제들〉(1877~1880) 등 그의 작품에는 선과 악, 신과 인간, 미덕과 악덕, 운명과 자유의지 같은 우주적인 이원성二元性에서 비롯되는 고뇌가 항상 등장합니다. 이런 고뇌는 〈카라마조프의 형제들〉에서의 신과 인간, 〈죄와 벌〉의 이론과 사랑 등에서 알 수 있듯이 도스토예프스키의 작품에 등장하는 모든 주인공의 비극을 만들어 내는 원천이 됩니다.

팽팽한 긴장과 충동적인 힘이 넘치는 문장으로 인간 심리의 내면에 깃든 병적이고 모순된 세계를 밀도 있게 해부하는 도스토예프스키 문학은 동시대에는 정당한 평가를 받지 못했지만, 20세기에 들어서면서

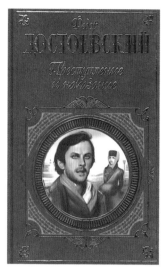

〈죄와 벌〉 책 표지

재평가된 이후 러시아뿐만 아니라 세계문학의 귀중한 보고寶庫가 되고 있습니다.

〈**죄와 벌**〉은 아무데도 갈 곳이 없는 사람들로 가득 찬 페테르부르크 뒷골목에서 살고 있는 가난한 법대 중퇴생 라스콜리니코프가 병적인 사색에 빠져 백해무익한 사람의 돈을 빼앗아 훌륭한 사람을 위해 사용한다면 죄가 되지 않는다는 이론을 정립하고, 나폴레옹처럼 선택된 강자는 인류를 위해 보통의 사회 도덕률을 무시하고 넘어설 권리가 있다는 결론에 도달한 데서 시작합니다. 그리고 그는 악의 상징으로 여겨지는 고리대금업자 노파를 살해함으로써 자신의 이론을 실천에 옮기지만 노파 살해 현장을 목격한 죄 없는 노파의 동생까지 살해하게 되고, 양심의 가책을 느끼기 시작합니다. 자신을 의심하는 형사의 추궁에는 논리적으로 맞서지만 결국 창녀 노릇으로 생계를 꾸려 가는 소냐에게 자신의 죄를 고백하고 맙니다. 광장에서 "나는 살인자입니다."를 큰 소리로 외치라는 소냐의 충고에 따라 그는 자수하고 시베리아로 유형의 길을 떠나는데 소냐가 그의 뒤를 따릅니다.

〈죄와 벌〉에서 라스콜리니코프는 "나는 내 의지대로 살고 싶다."는 오만한 무신론을, 소냐는 "모든 것은 하느님의 손에 달려 있다."고 믿는 온유한 그리스도교 신앙을 대변하면서 서로 대립하는데, 결국 소냐의 사랑이 라스콜리니코프의 무신론을 이기고 그리스도교적 사랑에 의해서만 인간의 구원은 가능하다는 것을 역설합니다.

〈**카라마조프의 형제들**〉은 도스토예프스키의 마지막 장편소설이면서 그의 가장 위대한 작품으로 시베리아에서 돌아온 후의 도스토예프스키의 종교적 사상과 인간의 본질에 대한 사색이 집약되어 있는 미완성 작품입니다. 음란과 탐욕의 화신인 아버지 표도르, 러시아인적인 야성적 정열과 순수함이라는 상반된 성향 속에서 방황하는 장남 드미트리, 서구적 합리주의 정신의 소유자이면서 철저한 무신론자이며 허무주의적 지식인 차남 이반, 신앙심 깊고 누구에게나 사랑과 동정을 베푸는 진실한 그리스도교 신자인 삼남 알료샤, 아버지와 백치 여자 거지에게서 태어난 막내 스메르자코프로 이루어진 카라마조프 가문에서 일어난 살인 사건, 그것도 친부親父 살해 사건을 다루고 있습니다.

소설의 외면적 줄거리는 아버지 표도르의 살해를 둘러싼 심리적 갈등 위에서 이루어지며, 추리소설을 연상시키는 긴밀한 구성이 뛰어납니다. 드미트리는 부친 살해의 혐의를 받고 재판도 그에게 유죄를 선고하지만, 실은 간질병의 특성을 알리바이로 이용한 스메르자코프의 범행이었고 그 살인의 지적 배경을 제공한 사람은 바로 이반이었습니다. 스메르자코프는 자살하고, 이반은 스메르자코프 속에서 자기 자신의 모습을 발견하자 고뇌 끝에 미쳐버리며, 드미트리는 20년 형을 선고 받아, 알료샤를 제외한 모든 사람들이 파멸을 맞이하는 것으로 이야기는 끝이 납니다.

작가는 이 장편의 속편에서 알료샤가 수도원을 나온 13년 후, '러시아 민중의 아버지'인 황제를 암살하고 십자가에 매달리는 구상으로 추측되는 알료샤의 운명을 그릴 예정이었으나 뜻을 이루지 못하고 미완성으로 남고 말았습니다.

톨스토이Lev Nikolayevich Tolstoy(1828~1910)는 도스토예프스키와 더불어 러시아 문학을 세계 정상에 올려놓은 작가입니다. 러시아 문학이 갖는 교훈적 경향은 톨스토이에 이르러 정점에 달했다고 할 것입니다. 톨스토이는 백작의 아들로 태어나 두 살 때 어머니를, 아홉 살 때 아버지를 잃고 고모 손에서 자랐습니다. 귀족 출신 대지주의 아들이었음에도 불구하고 러시아 사회의 비참한 현실 앞에 깊은 양심의 가책을 느끼고, 농민 교육과 농노해방 운동에 적극 참여했습니다. "자연으로 돌아가라."는 루소의 사상에 깊이 감명 받아 카프카즈라는 벽지에서

톨스토이

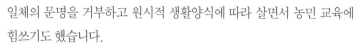

"톨스토이"가 "세계의 아버지"라고?! 나! 살짝 기분나쁘지만! 절대공감!

"우주의 아버지"야

일체의 문명을 거부하고 원시적 생활양식에 따라 살면서 농민 교육에 힘쓰기도 했습니다.

그는 위대한 예술가였을 뿐더러 국교인 러시아 정교의 박해 때문에 국외로 추방된 8,000명을 캐나다로 이주시키고, 〈부활〉의 전 원고료를 그들을 위해 희사할 만큼의 종교가이자 사회개혁가이기도 했습니다. 반정부적인 톨스토이의 비판에도 불구하고 러시아 정부가 그를 체포하지 못했던 것은 "그를 잡아넣을 만큼 큰 감옥은 러시아 땅에 없다."고 농민들의 항의했을 정도로 그가 러시아 민중의 사랑을 받았기 때문입니다. 그에 대한 찬사는 그치지 않고 이어지는데, 프랑스의 작가 로맹 롤랑은 그를 '세계의 아버지' 라고 불렀고, 도스토예프스키는 그를 '예술의 신' 이라고 격찬했으며, 인도의 간디도 '나의 생애를 만들어 준 교사' 로, 레닌마저도 '만국 근로 대중의 친구' 라고 부를 정도였습니다.

톨스토이는 그의 시대를 날카롭게 인식하고 소외당한 민중의 삶을 문학 속에 훌륭하게 반영했습니다. 또한 자연과 인간에게서 볼 수 있는 일체의 형이하학적인 특질을 세밀하게 관찰하고 그것을 구체적이고 감각적으로 표현했습니다. 러시아 문학에 있어서 톨스토이만큼 철저한 사실주의자는 없었고, 이 세상의 존재가 가지는 다양한 색조에 애착을 가진 작가도 드물 것입니다. 이것이 바로 그의 소설에 생명감을 부여하는 원동력이며, 육체의 세밀한 변화를 포착해 묘사해 내는 방법은 프랑스 자연주의 작가 에밀 졸라의 기법을 연상시킵니다.

톨스토이는 인간이 불화와 위선과 폭력을 버리고 자유로운 협조와 형제애를 소중히 여기려고 애쓴다면 이 지상에서도 신의 왕국을 건설할 수 있다고 믿었으며 "어떠한 악이라도 거기에 항거하지 말라."는 설교를 믿었습니다. 이런 믿음에서 그의 독특한 '무저항주의' 와 '무교회주의' 가 발생하는데 이것이 러

톨스토이와 막심 고리키

시아 정신 생활의 중심이 되었고, 전 세계에 새로운 사상적 파문을 불러일으켰습니다. 톨스토이의 이러한 비폭력 무저항주의는 20세기 인도의 간디, 미국의 마틴 루터 킹 목사에게까지 영향을 미쳤다고 볼 수 있습니다.

〈**전쟁과 평화**〉는 1805년의 1차 나폴레옹 전쟁 직전부터 데카브리스트들의 혁명운동을 낳게 한 자유주의적 사회 분위기가 팽배하기 시작한 1820년까지의 15년 동안에 걸친 러시아 역사상 중요한 시기의 사회상을 그린 작품입니다. 그 양이나 질, 그리고 규모에 있어서 호머의 〈일리아드〉에 비견되는 소설로 '러시아의 〈일리아드〉', '러시아의 국민 소설'이라고 불리는 대하소설입니다.

상류 귀족에 속하는 로스토프, 볼콘스키, 베주호프, 세 가족의 생활 기록이 중심을 이루고 있는 것처럼 보이지만 전편을 통해 실제 행동하고 있는 것은 민중입니다. 러시아의 알렉산드르 1세와 나폴레옹을 비롯한 수많은 역사상의 실재 인물과 창작해 낸 인물을 포함해 모두 559명에 이르는 등장인물이 나오는 이 소설은 〈전쟁과 평화〉가 아니라 〈전쟁과 민중〉이라고 해야 옳다는 주장이 나올 만큼 민중의 힘, 민중의 운명과 생활을 역동적으로 그려 내고 있으며, "역사의 참된 동력은 개인이 아니라 비록 자각하지 못하나 힘찬 민중의 집단정신 속에 있다."는 톨스토이의 브나로드v narod* 사상을 그대로 반영하고 있습니다.

〈**안나 카레니나**〉는 카레닌이라는 귀족 남편을 가진 안나와 남자답고 잘생긴 청년 장교 브론스키 사이의 불륜을 통해서 귀족과 서민의 관계, 연애, 결혼, 가정에 관한 문제를 제기합니다. 톨스토이의 여러 작품 중에서 예술적 완성도에서 첫째로 꼽아야 할 작품입니다. 브론스키와 은밀하게 불륜 관계를 지속했던 안나는 관계가 드러나자 남편에게 사실을 고백하고 브론스키와 외국으로 도피했다가 다시 러시아에 돌

브나로드

'민중 속으로'라는 뜻으로 독자적인 농민자치 공동체(러시아어로 '미르 mir')를 기초로 자본주의 단계를 거치지 않고 사회주의로 이행이 가능하다고 믿은 지식계층이 펼친 농민계몽운동의 슬로건이다.

아오지만 사교계의 냉대 속에 브론스키가 다른 여자와 결혼하지 않을까 노심초사하며 결국 정신적 불안에 휩싸여 사랑을 잃었다고 단정 지은 채 철도에 투신자살한다는 내용입니다.

남편과 자식을 버리고 세상의 평판을 외면한 채 브론스키와의 사랑 속에서만 살려 했던 안나는 기존의 도덕이나 사회의 통념을 어겼다기보다는 신의 법도를 어긴 것이기에 그녀를 심판할 수 있는 것은 오직 신뿐이라는 의미를 가지고 있습니다.

톨스토이 만년의 대작 〈**부활**〉(1899)은 〈전쟁과 평화〉, 〈안나 카레니나〉와 더불어 그의 3대 작품의 하나로, 작품의 제목이 시사하듯이 타락한 인간의 정신적 회생回生을 그리고 있습니다.

이 작품은 그의 친구이자 저명한 법률가인 코니에게서 들은 실화에서 힌트를 얻은 것이며 당초에는 〈코니의 수기〉라는 제목이 붙어 있었습니다. 젊은 귀족 네플류도프는 하녀 카추샤를 유혹해 임신시키고 아무런 죄의식 없이 군대로 떠나갑니다. 카추샤는 그 때문에 공작의 집에서 쫓겨나 매춘부가 되고, 끝내는 부유한 상인의 돈을 훔치고 살인의 누명을 뒤집어쓴 채 법정에 서게 됩니다. 배심원으로서 법정에 서게 된 네플류도프는 눈앞에 있는 여죄수 마슬로바가 바로 자신이 유혹했던 카추샤라는 것을 알고 놀라움과 함께 양심의 가책을 받게 되고 카추샤를 구원하기 위해 모든 노력을 기울입니다. 그는 자신의 과오를 뉘우치고 자신의 더럽혀진 '영혼의 대청소'에 착수해 약혼녀를 포함한 모든 여자와의 관계를 정리하고 카추샤에게 청혼을 하지만 카추샤는 이런 그를 비웃습니다. 그는 토지 소유의 특권도 포기한 채 유형수가 된 카추샤의 뒤를 좇아 시베리아로 떠납니다. 가는 도중 그는 여러 가지로 그녀를 보호하고, 형사범에서 정치범으로 옮겨 노동량을 줄여 주기도 합니다.

톨스토이 박물관
톨스토이 사망 1주기를 맞이해 작은 전시회를 마련한 것이 계기가 되었다. 톨스토이의 집을 방문한 레닌이 명령해서 소련 정부가 그의 유작들을 모아서 1939년 개관했다. 톨스토이가 쓴 자필 원고와 편지 외에도 초상화 및 육성이 녹음된 레코드 등이 전시되어 있다.

유형지에서 알게 된 다른 남자와 결혼하고 싶어 하는 카추샤를 떠나보내고 자신의 토지를 농노들에게 나누어 준 네플류도프는 어느 날 밤 여관방에서 성경을 펴놓고 그 복음서 속에서 자신의 갱생의 길잡이를 발견하고 성서의 가르침대로 살아갈 것을 결심하게 됩니다.

톨스토이는 〈부활〉에서 자신의 방종했던 젊은 시절을 반성하는 동시에 신앙과 도덕을 다시 검토하고 사색합니다. 만년의 톨스토이가 인간의 갱생이라는 주제에 사로잡혀 나름대로 '성경' 쓰기를 시도하게 한 작품이기도 합니다. 순결한 인간성을 상실하고 타락으로부터 그 순결을 회복하는 것으로 정신적인 부활이 필요한 것이라고 보았던 것입니다.

체호프Anton Pavlovich Chekhov(1860~1904)는 러시아 남부에서 상인으로 성공한 농노 집안에서 태어났는데, 16세 때 아버지가 파산하여 중학교를 고학으로 마쳤습니다. 모스크바 대학 의학부에 진학하면서 생계를 위해 단편소설을 오락 잡지에 기고하기 시작했습니다. 대학 졸업 후 의사가 되었는데, 재능을 낭비하지 말라는 동료 작가의 충고를 받아들여 문학작품을 계속 써 나가게 되었습니다.

안톤 체호프

톨스토이는 체호프를 '산문에서의 푸슈킨'이라고 불렀는데, 이것은 그가 푸슈킨 시에 나타난 극도의 간결성을 산문 영역에서 계승했음을 의미합니다. 체호프에게 간결성은 예술성의 동의어로서 구성 자체도 대단히 단순화되어 작품 전체가 한 가지 에피소드로 이루어지는 경우도 있습니다. 또한 그의 작품에 등장하는 인물들은 단순하고 평범해서 일상에서 흔히 발견할 수 있는 사람들이며, 그런 인물들이 평범한 일상에서 겪는 생활의 비극적 모순과 부조화를 절제된 묘사로 표현합니다. 그의 작품 속에는 세상의 중대한 투쟁이나 사회문제, 민중의 문제 같은 것이 별로 부각되지 않는 이유로 '냉소적 사진사', '세상사에 무관심한 작가'라는 평을 받기도 했습니다. 그것은 아마도 체호프가 재판관으로서의 작가가 아닌 사실의 객관적인 증인으로서의 작가가 되기를 지향했기 때문일 것입니다. 체호프는 독자가 자기 자신으로부터 결론을 끌어낼 때 한층 효과가 크고, 묘사는 객관적일수록 강한 인상을 심어 준다고 생각했기 때문에 톨스토이의 교훈적 태도나 도스토예프스키의 강한 자기 주장과는 다른 세계를 구현합니다.

7년 동안 〈하급 관리의 죽음〉, 〈카멜레온〉 등 400여 편의 작품을 안토샤 체혼테라는 필명으로 발표했고, 그 후의 작품들인 〈등불〉(1888), 〈지루한 이야기〉(1889), 〈귀여운 여인〉(1899) 등은 본명으로 발표했습니다.

체호프의 마지막 소설 〈**약혼녀**〉(1902)는 평범한 외동딸로 자라온 나쟈가 낡은 생활을 버리고 미래를 개척해 나가는 의식의 발전을 묘사합니다. 결핵을 앓고 있던 체호프가 자신에게 다가온 죽음을 예감하면서 쓴 작품임에도 불구하고 이 작품이 명랑함을 잃지 않는 것은, 미래의 인간 생활이 아름다워질 것을 확신하고 있는 체호프의 낙관주의를 잘 보여 주는 것이라고 하겠습니다.

체호프는 연극 영역에서도 개혁자의 역할을 했습니다. 주제와 줄거리를 생략하고 극의 외면적인 요소와 무대효과를 노린 작위성을 배격하며, 사소한 일상사를 재현해 눈에 보이지 않는 인생의 진실과 미를 시의 경지까지 끌어올립니다. 귀족계급의 몰락과 새로운 사회 세력의 등장을 다룬 〈**벚꽃 동산**〉(1904 초연)과 〈갈매기〉(1898 초연), 〈바냐 아저씨〉(1899 초연), 〈**세 자매**〉(1901 초연) 등이 그의 대표적인 극작품인데, 이 작품들은 러시아뿐만 아니라 세계의 극작 및 연극사에 전환기를 맞이하게 합니다.

영국의 사실주의

영국의 사실주의 시대인 19세기 후반은 빅토리아 여왕이 재위(1837~1901)했던 시기로 공리주의와 실용주의가 사회 전반을 지배하기 시작한 시대입니다. 산업의 발달로 국가는 더욱 부강해졌고 국민의 의식은 도덕 정신과 함께 물질주의화되어 갑니다. 빅토리아 시대의 자본주의와 도덕주의, 민주주의를 통틀어 빅토리아 왕조풍, 즉 '빅토리아니즘victorianism'* 이라고 부르는데, 이 사상은 인생과 사회에 관한 문제를 도덕적으로 다루려는 다양한 문학적 배경을 제공합니다.

영국의 사실주의는 뚜렷한 특징을 보이지 않고 사실주의라는 기치를 내건 뚜렷한 문학 운동도 없습니다. 어떤 면에서 사실주의는 이론을 기피하고 경험을 중시하는 영국의 특수한 전통이기도 합니다. 영국은 18세기에 이미 디포, 리처드슨, 필딩이 사실주의적 작품을 내놓았고, 19세기 중엽에는 디킨스, 조지 엘리엇 등이 산업혁명국의 현실을 소재로 삼은 이야기들을 사실적으로 펼쳐 보여 주는 작품을 잇달아 내놓습니다.

제인 오스틴 Jane Austen(1775~1817)은 햄프셔의 시골 교구장의 일곱째 딸로 태어나 25년간을 고향에서 평온하게 살았습니다. 가족 모두 소설 낭독하기를 좋아했고, 그녀는 어려서부터 구석방 책상에서 소설을 쓰기 시작해서 열다섯 살 때 벌써 〈사랑과 우정〉이라는 소설을 썼습니다. 21세에 〈첫인상〉이라는 작품을 쓰기 시작해 이듬해에 완성해 아버지가 런던의 출판사에 보냈으나 거절당했는데 이것이 그녀의 대표작 〈오만과 편견Pride and Prejudice〉의 바탕이 되었습니다. 그녀는 작가로 알려지기를 싫어했으며 어머니와 자매들과 미혼으로 살다가 42세에 세상을 떠났습니다.

오스틴이 작품 활동을 시작하던 시대는 낭만주의 사조가 휩쓸던 시대였지만 그녀는 낭만파 시인들에 대해 무관심했고, 〈센스 앤 센서빌리티Sense and Sensibility〉(1811), 〈오만과 편견〉, 〈에마Emma〉(1816)

빅토리아니즘
빅토리아 시대 문화를 지배한 사상 또는 풍조를 말하는 것으로 개인주의와 자유주의, 전통과 그리스도교 정신에 입각한 도덕적 이상주의가 특징이다.

제인 오스틴

무지막지 오만해도 좋아
나를 사랑만 한다면!

같은 작품을 통해서 가정생활을 배경으로 한 사건들을 사실적으로 다룹니다. 과거를 동경하거나 미래의 이상을 제시하지 않고, 자신과 마찬가지로 평범한 삶을 살아가는 작은 집단의 평범한 생활, 즉 큰 사건도 없는 가정생활과 평범한 인물을 자신이 본 그대로, 그러나 날카로운 관찰력으로 재치 있고 정교하게 재구성해 그려 냅니다. 담담한 필치로 인생의 분위기를 포착하고 은근한 유머를 담은 그녀의 작품은 특히 20세기에 들어서면서 높이 평가되었고, 영국의 한 여류 작가로 머물지 않고 세계문학의 대표적 작가 중 한 사람으로 평가되고 있습니다.

〈오만과 편견〉 1권 24장에 들어 있는 삽화

〈**오만과 편견**〉(1813)은 당시의 사회현상을 다섯 딸을 가진 베넷Bennet 집안의 가정생활로 축소시켜 결혼을 둘러싸고 일어나는 애정과 인간관계를 사실적으로 표현한 작품입니다. 주인공은 작가 자신을 방불케 하는 시골 중류 지주의 딸 엘리자베스이며, 그녀에게 구혼해 오는 한 청년 신사의 자부심과 오만한 태도에 대한 그녀의 편견이 점차 해소되어 두 사람이 결혼하게 된다는 내용입니다.

작가 자신이 작중 인물 엘리자베스를 '귀여운 어린이'라고 부를 정도로 지극히 사랑했다고 합니다. 이 작품은 줄거리나 배경 묘사에 중점을 두기보다는 인물들의 성격 묘사에 초점을 맞추고, 예리한 인간 관찰과 교묘한 구성, 그리고 재치 있는 유머로 다듬어져 그의 작품 중에서뿐만 아니라 세계문학 작품 중에서도 최고의 작품 중 하나로 손꼽힙니다.

디킨스Charles Dickens(1812~1870)는 아마도 19세기 영국 소설가들 중에서 가장 사랑받은 작가일 것입니다. 영국 남부의 항구도시 포츠머드에서 가난한 말단 공무원의 아들로 태어난 디킨스는 열두 살 때 사립

학교에 들어가서 2년 동안 공부한 것이 그가 받은 학교 교육의 전부일 정도로 정규교육을 받을 기회가 없었습니다. 아버지가 빚을 지고 투옥되었기 때문입니다. 런던에 올라와 한때 구두 공장에 들어가 일하기도 했고, 15살 되던 해에는 변호사 사무실의 급사로 일했으며, 그 후 몇년 동안 독학으로 속기술을 배워 의회의 보도원과 지방신문의 통신원으로 일했습니다. 기자 생활을 하면서 알게 된 런던 서민들의 생활상에 대한 묘사를 모아서 책으로 출판했고, 이것이 그가 소설을 계속 쓰게 된 동기가 됩니다.

찰스 디킨스

스물네 살 때 첫사랑인 마리아와 헤어지고 소박한 캐더린과 결혼해 20년 동안 열 명의 자녀를 낳았지만 엘렌이라는 미모의 영화배우와 깊은 사랑에 빠져 마침내 아내와 별거하게 됩니다. 가난한 집안 출신이었던 디킨스는 상류사회를 전혀 알지 못했지만 자신이 속해 있던 노동자와 직공 같은 빈민들과 사무원 같은 런던 중산층의 삶을 묘사하는 데는 천재적인 자질을 가지고 있었습니다. 이전의 영국 어느 작가도 디킨스만큼 중산층 이하 계급의 삶을 그처럼 광범위하고 솔직하게 그려낸 사람은 없을 것입니다. 그는 관찰자의 입장에서가 아니라 자신이 속한 계층, 즉 몸소 체험해 알게 된 사회 밑바닥의 생활상과 그들의 애환을 생생히 그려 내는 동시에, 세상의 모순과 부정을 용감하게 지적하면서도 유머를 섞어 비판합니다.

디킨스는 가난 때문에 내면적으로 많이 고뇌했고, 청소년 시절에 겪었던 쓰라린 경험과 삶의 굴욕적인 상처들을 평생 간직하고 있었습니다. 하지만, 그런 가난의 기억 때문에 물질적인 자주성을 확보해야겠다는 의지를 가지고 많은 작품을 썼습니다. 그의 소설은 빈민을 다루지만, 그 안에 들어 있는 명랑함과 진실성은 영국의 어느 시대에나 가장 적절하게 어울리는 전형이며, 활기가 넘치는 일상적인 삶의 모습은 보편적인 영국인의 기질을 잘 나타냅니다. 또한 샘물이 흐르는 것처럼 막힘없이 유연한 화법을 구사하는 그의 문체는 읽는 즐거움을 느끼게

올리버…양육원…학대!!
우린 왜?…"올리버 트위스트"
같은 대작이 없는거야?

합니다.

〈올리버 트위스트Oliver Twist〉(1837~1839) 같은 멜로드라마적인 작품 속에는 사회 개혁의 의지를, 〈골동품 가게The Old Curiosity Shop〉(1840~1841), 〈크리스마스 캐럴A Christmas Carol〉(1843)에서는 빅토리아 왕조 시대의 한 국면인 청교도 사상, 즉 사회적 도덕 사상을 찾아볼 수 있습니다. 1850년에 완결된 자서전적인 작품 〈데이비드 코퍼필드 David Copperfield〉를 쓸 무렵부터 그의 작품 경향은 조금씩 변하기 시작해 디킨스 후기의 특징이 두드러지게 나타납니다. 〈황폐한 집Bleak House〉(1853)이 그 좋은 예인데, 한 명의 주인공의 성장과 체험을 중심으로 쓴 것이 아니라, 상당히 많은 인물들을 등장시켜 사회의 여러 계층을 폭넓게 바라보는 이른바 '파노라마적인' 사회소설의 경향을 보여 줍니다. 개인의 힘으로는 어찌할 수 없는 사회의 벽에 직면해 그가 즐겨 사용하던 유머도 그 빛을 잃고 무력감과 좌절감이 작품 전체에 흐르게 됩니다.

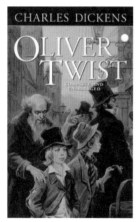

올리버 트위스트의 표지

〈**올리버 트위스트**〉는 빈민들에 대한 동정과 인도주의로 가득 찬 소설입니다. 양육원에서 태어난 올리버가 그곳에서 심한 학대를 받다가 도망쳐 장의사의 심부름꾼이 되고, 다시 런던으로 도망쳐서 유대인을 두목으로 한 도적 떼에 잡혀서 갖은 고생을 하다가 아버지의 친구에게 구출된다는 올리버의 이야기는 웃음으로 시작되어 눈물로 바뀌어 가는 감동적인 장면으로 독자들의 감정을 뜨겁게 합니다. 특히 굶주린 아이들의 심리적인 묘사는 탁월합니다. 아이들이 기대감에 식탁에 모여 앉아 주인이 주는 죽을 순식간에 다 먹어치우고, 허전한 기분으로 서로 중얼거리다 올리버에게 눈짓을 하면 그때 올리버가 배고픔을 참지 못해 사발과 스푼을 들고 주인에게 나아가 "주인님, 배가 고프니 제발 무엇이든 조금만 더 주세요."라고 간청하는 장면에서 독자들은 눈물을 흘리게 됩니다.

▶ 〈크리스마스 캐럴〉
월트 디즈니사가 만화로 제작하고 도널드 덕이
스크루지 영감 역으로 등장한다.

〈**크리스마스 캐럴**〉은 물질주의의 전형적인 인물인 스크루지 영감의 이야기로 우리나라에도 잘 알려져 있습니다. 지독한 구두쇠로 돈을 벌어 모으는 것이 인생의 최고 목적이었던 스크루지는 성탄절의 축하 행사까지 싫어하고 이날이 되면 자기 상점의 점원들을 더욱 혹사시키는 인물입니다. 그런데 성탄절 전날 밤 혼자 난로 앞에 앉아 있을 때 지금은 죽은 옛날 친구 마레의 유령이 나타나고, 자신의 과거·현재·미래의 성탄절의 유령들이 나타나 스크루지를 끌고 다니면서 이기적이고 돈만 아는 생활의 추하고 냉정한 모습을 깨닫게 해 줍니다. 완고하고 이기적인 마음을 남에게 열면 어떠한 행복이 자신에게 돌아오게 되는지 알게 된 스크루지는 꿈에서 깨어나 마음씨 좋고 인정 많은 인간으로 돌아갑니다.

?...!! 저 돼지가
새우젓 먹었나?

돈을 돼지같이 모으는 것보다,
어떻게 쓰느냐가 더 중요해!
요즘 귀신들은 뭘 하는거야

〈**데이비드 코퍼필드**〉에서 고아인 주인공 데이비드는 충직한 유모 페고티에게 정이 들지만 계부의 명령으로 런던의 어느 공장에서 일하면서 낙천적인 가난뱅이 미코버의 집에 하숙을 하게 됩니다. 그러나 얼마 뒤에 공장을 뛰쳐나와 항구도시 도버로 가서 큰어머니의 후원으로 학교에 다니고, 마침내 저술가로 입신합니다. 첫사랑 도라와 결혼했으나 그녀는 죽고 그 후 어릴 적부터 소꿉동무였던 아그네스와 재혼해 행복하게 살아갑니다.

자서전적인 요소가 짙은 이 장편소설은 등장인물들의 성격 묘사도 뛰어나지만 일상생활의 정감과 순수한 진실성, 감상적인 장면 등으로 따뜻한 인간미를 보여 주면서 독자들을 울리고 웃깁니다. 이야기의 구성과 전개도 뛰어나고, 생활과 자연의 묘사에서도 정확성과 탁월함을 보여 주어 디킨스의 최대 걸작으로 평가되고 있습니다.

조지 엘리엇

19세기 영국 문단에는 제인 오스틴, 샬롯, 에밀리, 앤 브론테 세 자매 같은 아주 뛰어난 여류 작가들이 있었는데, 특히 **조지 엘리엇** George Eliot(1819~1880)은 빅토리아 여왕 시대의 가장 위대한 여류 작가라고 할 수 있습니다. 엘리엇은 필명이며, 본명은 메리 앤 에번즈 Mary Ann Evans입니다. 어려서부터 책 읽기를 아주 좋아했는데, 일찍이 어머니를 여의었기 때문에 14년 동안 아버지를 섬기며 가정 일을 돌보면서 독학으로 교양을 쌓아 나갔습니다. 프랑스와 이탈리아를 여행하고 돌아와 런던으로 나간 후 스펜서를 비롯한 작가, 평론가들과 사귀게 되었습니다.

오늘날에 이르러서는 이슬람 국가들을 제외하고는 어느 나라나 위대한 여류 문인들이 그 특유의 감수성으로 훌륭한 작품을 쓰는 것이 보편적인 현상이지만, 그 시대에 영국 사람들은 여자들에게 훌륭한 소설을 쓸 능력이 없다고 믿는 경향이 있었습니다. 19세기 유럽에도 여성을 차별하는 사회적 분위기가 존재했던 것입니다. 그래서 여류 문인들은 흔히 남자 이름을 빌려서 작품을 쓰곤 했는데 조지 엘리엇이라는 이름은 프랑스의 여류 작가 조르주 상드를 본뜬 필명일 것이라는 이야기가 있습니다.

독일의 슈트라우스의 〈예수의 삶〉을 번역하는 것으로 문학 활동을 시작했던 그녀는 아내와의 이혼에 합의하지 못한 이유로 24년 동안 동거한 G. H. 루이스의 권유로 철학에서 소설가로 방향을 전환했고 〈성직자의 생활〉(1858)과 〈애덤 비드Adam Bede〉(1859)로 성공을 거두었습니다.

소박한 전원과 평범한 시골 사람들의 생활을 익살과 애수로 묘사하는 점에서는 오스틴의 소설과 비슷한 점이 보이지만, 엘리엇은 평범한 시골 사람들의 표면적인 생활의 묘사에 덧붙여 그 이면에 잠재해 있는 비극의 동기가 되는 인간의 욕망과 갈등을 소설의 주제로 다룹니다. 그와 함께 쓸데없는 욕망과 방종을 버리고 절제와 경건한 생활이 구원을 가져다준다는 종교적 도덕성을 제시합니다. 그녀는 소설에서 사실주의를 의식적으로 시도해 소설의 발전에 기여했고, 특히 지방의 사회 상황과 인물들에 대해 정밀하게 조사해 그려 냄으로써 '심리적·사회학적인 소설'의 일류 작가라는 평가를 받고 있습니다.

샬롯, 에밀리, 앤 브론테 세 자매는 그들이 묘사한 소설이나 시의 배경처럼 쓸쓸하고 황량한 곳에서 문학에 열정을 쏟았습니다. 세 자매의 아버지는 캠브리지 대학에서 교육을 받고 요크셔의 하워드라는 시골에 와서 목사로 지내며 7남매를 낳았는데, 샬롯이 셋째, 에밀리가 다섯째, 앤이 여섯 째 딸입니다. 이 자매들은 샬롯이 5살 때 어머니가 돌아가신 후 엄격한 아버지 밑에서 가난하고 고독하게 자랐습니다. 세 자매는

브론테 세 자매

1846년에 합작으로 쓴 시집을 세 남자의 이름을 빌려 출판했으나 1년 동안 2권밖에 팔리지 않는 실패를 경험하고 소설을 쓰기 시작했습니다. 동생 에밀리와 앤이 각각 30세와 29세 되던 해 집안의 유전인 폐결핵으로 죽은 뒤 충격을 받은 샬롯은 아버지 밑에서 일하던 부목사와 결혼했지만, 결혼한 지 9개월도 못 되어 병으로 39세의 나이로 세상을 떠나고 말았습니다.

샬롯 브론테Charlotte Bronte(1816~1855)의 〈제인 에어〉는 모두 38장으로 된 그녀의 자서전적인 소설입니다. 순진하지만 못생기고 고집 세고 반항적인 고아인 제인 에어는 숙모 집에서 학대받으며 살다가 로우드 기숙학교로 쫓겨 오고, 그곳에서 편견과 부당한 차별을 받으며 비참한 생활을 합니다. 유일하게 마음을 터놓던 친구 헬렌이 폐결핵으

◀◀ 브론테 세 자매 중 가장 큰언니 샬롯 브론테

◀ 30세의 나이로 요절한 에밀리 브론테

로 죽은 후 제인은 열심히 공부해 무사히 학교 생활을 마치고 에드워드 로체스터 집안의 가정교사로 들어갑니다. 말이 없고 야성적인 로체스터에게 사랑을 느끼게 된 제인은 그의 청혼을 받아들여 결혼하려고 하나, 로체스터의 집 다락방에 그의 미친 아내가 감금되어 살고 있는 비밀이 폭로되어 결혼식은 중단되고, 제인은 그를 사랑하고 이해함에도 불구하고 그를 떠나 젊은 목사가 경영하는 학교에서 교사로 일합니다. 젊은 목사 존 리버스의 청혼을 받아들이려 할 때 갑자기 로체스터가 자신을 부르는 소리를 들은 제인은 다음 날 새벽 리버스를 떠나 로체스터 저택에 돌아옵니다. 로체스터의 미친 아내가 불을 질러 저택은 모두 타 버리고, 아내는 죽고, 화상을 입어 실명한 로체스터를 보며 제인은 그를 향한 자신의 사랑을 확인하고 그와 결혼합니다.

'커러 벨'이라는 필명으로 발표된 이 작품은 영국에서 선풍적인 인기를 끌었고, 샬롯은 하루아침에 유명해졌습니다. 어둡고 강렬한 이미지를 주는 이 소설이 많은 여성들의 사랑을 받은 까닭은 억눌린 여성의 지위와 자유의 향상을 대담하게 묘사했기 때문일 것입니다. 아름답지도 않고 가난하고 가문도 없는 평범한 여성 제인 에어는 영국 소설의 주인공 중 독특한 인물로서, 사랑할 때와 불의와 싸울 때 조금도 주저하지 않고 자신의 열정을 다하는 능동적인 여성이며, 외모의 아름다움보다 성격의 아름다움이 더 중요하다는 것을 보여 줍니다.

샬롯보다 두 살 아래인 **에밀리 브론테**Emily Bronte(1818~1848)는 몇 편의 시와 〈**폭풍의 언덕**Wuthering Heights〉(1847)을 남기고 폐결핵으로 30세의 나이에 요절했습니다. 에밀리는 샬롯보다 거칠고 억압적인 환경에 대한 반항심이 더 강했으며, 거의 평생을 하워드에서 살았습니다. 거센 폭풍과 가난한 목사 집안의 삶, 홀아버지와 신경질적인 친척 아주머니의 억압 등은 그대로 〈폭풍의 언덕〉의 배경이 되었습니다.

〈폭풍의 언덕〉은 괴기적이고 악마적인 독특한 분위기와 침울한 시적 상상력이 풍부한 소설입니다. 폭풍이 휘몰아치는 황야를 배경으로 오래 살아온 가정부 넬리 딘이 '나'라고 이야기하는 형식으로 되어 있습니다.

주인공 히드클리프는 떠돌이 고아였는데 폭풍의 언덕에 있는 안쇼 일가에게 구출되지만 맏아들 힌들리는 그를 몹시 박대합니다. 힌들리의 누이동생 캐더린과 영리하고 야성적인 히드클리프는 서로 사랑하게 되지만, 아버지가 죽고 힌들리가 가장이 된 후 학대는 더욱 심해지고, 캐더린은 근처의 지주 린튼 가의 아들 에드거의 청혼을 받게 됩니다. 캐더린이 자신을 배신한 것으로 오해한 히드클리프는 집을 뛰쳐나가고 온갖 고생 끝에 재력가가 되어 돌아와 복수를 꾸밉니다. 부인이 죽은 후 슬퍼하는 힌들리를 술과 도박으로 끌어들여 폐인이 되게 만들고, 에드거의 누이동생을 유혹해 결혼하고는 그녀를 학대합니다. 캐더린은 임신 7개월 만에 자기와 같은 이름을 가진 딸 캐더린을 낳고 죽습니다. 캐더린의 죽음에 절규하면서도 히드클리프의 복수는 계속되고, 마침내 히드클리프는 양쪽 집안의 영지를 모두 소유하게 되지만 캐더린에 대한 열정을 가라앉힐 수 없어서 그녀의 망령과 완전한 결합을 꿈꾸며 일부러 나흘 동안 굶은 채 황야를 헤매다 눈을 뜨고 죽고 맙니다.

이 소설에는 인간의 보편적인 갈등 요소인 문명과 야성, 이성과 열정의 처절한 투쟁이 전개됩니다. 황량한 자연을 배경으로 거칠고 악마

토마스 하디

적이라고 할 만한 격렬한 인간의 애증을 강력한 필치로 묘사한 이 소설은 작자가 가명으로 발표한 당시에는 완전히 묵살되었지만 한 세기가 지난 오늘날, 인간의 정열을 극한까지 추구한 고도의 예술 작품으로 평가되고 있습니다.

〈테스〉의 작가로 널리 알려진 **토마스 하디**Thomas Hardy(1840~1928)는 빅토리아 시대 후기의 시인이자 자연주의 소설가입니다. 잉글랜드 남쪽의 작은 마을에서 태어났는데 어머니는 예술에 취미가 있는 여성이었고 아버지가 벽돌공 겸 석공으로 건축 관계 일을 해서인지 하디 자신도 건축 부문에 재능이 뛰어났습니다. 어릴 적 꿈은 목사가 되는 것이었지만 몸이 약해 정규교육을 8년밖에 받지 못했고, 독학으로 그리스 고전과 영문학 및 불문학, 철학, 신학 등을 공부했으며 고급 건축술을 배우기 위해 런던에 왔다가 문학 공부도 병행했습니다.

하디는 사회의 밑바닥에 깔린 서민 생활의 비참함을 깊이 있게 묘사했습니다. 그의 작품에서는 인간의 의지로는 감당할 수 없는 운명과 사회 환경이 큰 작용을 합니다. 그는 다윈의 〈종의 기원〉을 읽고 진화론의 영향을 받았으며, 고대 그리스 비극과 쇼펜하우어에 심취했고, 인간은 환경의 압력과 운명의 장난에 의해 파멸될 수도 있다는 것을 보여 주는 자연주의적 문학 작품에 영향을 받았습니다. 그의 작품에 나오는 주인공들이 운명 앞에서 무기력한 모습을 보여 주는 것이 바로 이런 영향들 탓일 것입니다.

1871년 추리소설 경향의 〈최후의 수단〉을 발표한 이후 잇따라 발표한 〈녹음 아래서〉(1872)와 〈광란의 무리를 떠나서〉(1873)로 영국 문단에서 확고한 위치를 차지하게 되었고 〈귀향〉(1878), 〈테스〉(1891) 등의 작품에서는 비극적인 완성미를 보여 줍니다.

〈**테스**〉의 원제는 〈더버빌가의 테스Tess of the d'Urbervilles〉이며 '순결한 여성'이라는 부제가 붙어 있습니다. 주인공 테스는 몰락한 농가의 딸로 순진하고 예쁜 처녀입니다. 나태하고 술에 빠져 사는 아버지 덕분에 집안이 점점 곤경에 빠지자 테스는 이웃에 사는 같은 선조의 후손이라는 가짜 친척의 집에 하녀로 들어가게 되고 그 집 아들 알렉의 꼬임에 빠져 사생아를 낳지만 아이는 곧 죽어 버립니다. 테스는 죽은 아이를 남몰래 매장한 다음 타향으로 도망가 농장에서 젖 짜는 일을 하며 갱생의 길을 찾습니다. 몇 년이 지나, 농장 경영을 지망하는 목사의 아들 엔젤 클레어와 사랑하게 되어 그와 결혼하는데 결혼 첫날밤, 남편이 자기의 과오를 고백하자 "절대로 불행한 과거를 입 밖에 내지 말아야 한다."는 어머니의 충고를 잊고 테스도 자신의 과거를 고백하고 맙니다. 엔젤은 이를 용납하지 못하고 브라질로 떠나 버립니다. 테스는 모진 고난을 무릅쓰고 남편이 돌아오기를 기다리면서 열심히 살려고 애쓰지만 불운이 겹치고 겹쳐 부모 형제가 마을에서 쫓겨나자 이들을 구하기 위해 알렉을 다시 만나 동거하게 됩니다. 그때 뜻하지 않게 남편 엔젤이 돌아오고 격정에 사무친 테스는 알렉을 살해하고 엔젤과 도망치지만 얼마 가지 못해 체포되어 처형됩니다.

테스의 비극은 운명적인 것도 아니고 대자연의 힘에 의한 것도 아닙니다. 그것은 인간들이 만들어 낸 사회의 조직과 그 조직을 유지하기 위한 도덕과 종교의 혹심한 편견에서 비롯된 것입니다. 당시의 법률은 가난 때문에 마음에도 없는 하녀 생활을 하고 살인까지 저지르게 된 테스의 정상을 전혀 참작하지 않고 무조건 사형 언도를 내렸습니다. 알렉이 아무런 죄책감 없이 테스의 정조를 유린하는 것은 지주 집안의 아들은 하녀의 정조를 유린해도 좋다는 사회적 편견을 보여 주는 것이며, 테스에게 사랑을 강요하고 결혼한 엔젤이 그녀의 과거에 대한 고백을 들은 순간 혐오감을 느끼고 동침을 거부한 것은 여자의 순결에 대한 남자의 편견인 동시에 사회의 편견을 보여 주는 것이라고 하겠습니다.

〈테스〉뿐만 아니라 하디의 작품은 영국에서는 물론 미국에서도

미숙하고 편견어린 판결은!
죄를 짓는것과 같아!!

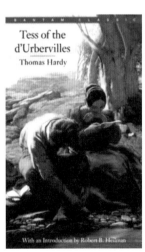

Tess of the d'Urbervilles
Thomas Hardy

With an Introduction by Robert B. Heilman

1984년에 발간된 〈테스〉의 표지

인기가 대단해 미처 책을 공급하지 못할 정도였다고 합니다. 〈테스〉는 처음에 출판사에서 부도덕하며 반종교적인 소설이라는 이유로 출판을 거절해서 잡지에 연재했다가 나중에 삭제 · 수정된 부분을 보완해 완전한 하나의 단행본으로 출판할 수 있었습니다. 당시 이 소설에 대한 평가는 극과 극으로 치달아서 독자와 평론가들로부터 찬사와 비난을 동시에 받았습니다. 특히 테스의 성생활을 문제 삼는 경우가 많았는데, 단순히 이 소설이 테스의 애정 편력을 보여 주는 통속소설에 불과했다면 오늘날까지 〈테스〉가 고전의 반열에 오르지 못했을 것입니다. 〈테스〉는 변해 가는 시대의 사회상과 가치관을 반영하고 전통의 편견 속에 억압받던 사회적 약자를 주인공으로 내세움으로써 낡은 전통을 비판하고 주인공의 몰락을 통해 현대적 비극을 창조해 낸 작품입니다.

독일의 사실주의

독일의 사실주의 문학 운동은 작품에서나 이론적인 면에서나 프랑스와 러시아에 비해 상대적으로 미약했고 괄목할 만한 업적을 남기지 못했다는 것이 일반적인 평가입니다. 독일 사실주의 문학은 프랑스나 러시아의 그것과 달리 사회 전체의 변화와 인식 관계의 본질을 다루지 못하고 현실의 한 단면이나 지방적인 것, 또는 역사적인 것에 집착하는 경향을 보입니다. 이것은 19세기 전반 독일의 진보적인 자유주의 세력이 주축이 되어 일어난 혁명들이 거듭 실패하면서 지방 분권적인 특징이 강한 독일의 소시민적 지식인 계층에게 현실도피적인 분위기가 만연하고 독일의 근대적 발전이 늦어졌기 때문입니다. 또한 사실주의 문학은 무엇보다 현실 문제의 깊은 내용을 형상화해야 하는데 독일 문학의 경우 개인적인 요소는 강하게 드러나는 반면 개인적인 요소와 사회적인 요소의 유기적인 관계가 제대로 표현되지 않는 경향이 있기 때문입니다.

독일에 사실주의가 문학 전체의 풍조로 등장하기 시작한 것은 1830년대 후반부터고, 1850년 무렵부터 자연주의가 등장하게 된 1885년경까지를 전성기로 보는데, 문예사조의 측면에서 본다면 그 앞의 시대와 두드러지는 차이를 보이지 않습니다. 독일 사회에는 이 기간 동안 사실주의 작가와 다른 입장의 작가들이 함께 활동했고, '교양소설'이라는 장르도 계속 발달했습니다.

독일 사실주의는 보통 3가지 경향으로 구분됩니다. 첫째는 정치에 적극적으로 관여하여 작품 속에서 정치적 견해를 밝히는 소위 '청년 독일파'*고, 둘째는 정치로부터 도피하고 검열에 순응하여 고전적 가치관으로 돌아가려는 경향, 셋째는 자연을 노래하며 소시민의 생활을 사실적 또는 시적으로 묘사한 '시적 사실주의'가 그것입니다.

청년 독일파
19세기 독일의 혁명적인 젊은 시인들을 중심으로 전개된 문학 운동. 문학과 정치의 관계를 중요시하여 문학의 정치 참여를 전면에 내세웠으나 프로이센을 중심으로 한 독일반동세력들의 정치적 승리로 결국 좌절되고 말았다.

하이네Heinrich Heine(1797~1856)는 '청년 독일파'의 기수입니다. 뒤셀도르프에서 가난한 유대인 상인의 아들로 태어나 삼촌의 도움을 받아 괴팅겐 대학에서 법학을 공부한 뒤 베를린에서 거주하면서 문학 서클에서 문인들과 교류했습니다. 독일에서 필화筆禍로 탄압을 받게 되자 이듬해 파리로 이주해 그곳에 정착했습니다. 말년에는 척수결핵에 걸려 계속 누워 지냈으며 결국 파리에서 사망해 그의 유해는 몽마르트르 묘지에 매장되어 있습니다. 생시몽의 공상적 사회주의 모임에도 나갔고, 1844년부터는 파리에 와 있던 칼 마르크스와 교류하기도 했습니다.

하이네는 스스로를 '낭만주의의 마지막 기수'라고 불렀는데, 그의 말 그대로 그의 작품에는 본질적으로 공상적이고 몽상적인 정감이 느껴집니다. 실연의 슬픔에서 비롯되는 청년 시절의 시집 〈노래책

몽마르트르 묘지
페르 라셰즈와 몽파르나스에 이어 파리에서 세 번째로 넓은 묘지이며 졸라, 베를리오즈, 밀레, 드가 등 수많은 문인과 화가, 음악가들이 잠들어 있다.

하인리히 하이네

Buch der Lieder〉(1827)에서 느껴지는 우수에 잠긴 감미로운 분위기는 하이네의 시가 본질적으로 낭만적 감정에 바탕을 두고 있음을 잘 보여 줍니다. 이 시집에는 우리에게도 잘 알려진 〈로렐라이〉, 〈노래의 날개 위에〉 등의 아름다운 민요풍의 시들이 실려 있으며 이 시에 슈베르트, 슈만 등이 곡을 붙여 더욱 잘 알려져 있습니다.

그러나 그의 후기 작품들은 청년 독일파로서의 하이네의 성향을 잘 보여 줍니다. 〈독일, 겨울 동화〉(1844)는 아직도 정치적이나 종교적으로 자유스럽지 못하고 시대에 뒤떨어진 독일의 현실을 한탄한 혁명적인 장편 운문 서사시로서, 하이네가 서정 시인일 뿐만 아니라 참여 시인이기도 했음을 보여 주는 작품입니다.

하이네는 낭만주의와 고전주의 전통을 잇는 서정 시인인 동시에 또 다른 한편으로는 반反전통적이고 반혁명적 저널리스트이기도 합니다. 그는 유대인으로 태어나 그리스도교로 개종했고, 독일에서 태어나 프랑스에서 살았습니다. 그의 일생은 긍정과 부정, 형성과 파괴의 분열로 점철되면서 내적 모순과 비극을 만들어 냅니다. 독일에서의 하이네에 대한 평가는 많은 변천을 겪었습니다. 나치 시대에는 분서焚書의 재난을 당하기도 했으나 2차 세계 대전 이후에는 다시 자유 투사적인 면이 높이 평가되었고, 또한 독일 시인 중에서 누구보다도 많은 작품이 작곡되어 오늘날에도 널리 애창되고 있습니다.

하이네의 청년 독일파 운동이 좌절된 후 독일 문학은 현실의 정치적 상황에 대한 관심에서 벗어나 오로지 예술 활동에 전념하게 됩니다. 이 시대의 문학을 한데 묶어 '시적 사실주의Poetisch Realismus'라고 부르기도 하는데, 현실을 사실적으로 묘사하되 예술에서 공리적인 면을 배제하는 특성을 갖습니다. 사실 '시적詩的'이라는 말이 '사실주의'의 특성과 어긋나는 것처럼 보이기도 하는데, 이것은 독일 사실주의가 프랑스적인 사실주의보다 덜 사실적이라는 의미에서 붙여진 수

"몽마르트르"묘지에선 밤마다 '밀레' '드가' 등등의 예술활동이 많이 열려!

식어이기도 합니다. 시적 사실주의는 주관과 객관의 동일성, 정신과 자연의 동일성을 표현하기 위해 일상적인 사건을 작품화하면서도 내면적인 깊이와 아름다움을 중시하고, 외면적 묘사나 내면적인 묘사에서 세부까지 파고드는 섬세한 구상성을 굳게 지킵니다. 또한 현실적 삶과 투쟁하지 않고 유머를 통해 표현하며, 뒷날의 자연주의처럼 현실의 재현을 위해 미적 감흥을 희생시키는 일도 없습니다.

슈토름Theodor Storm(1817~1888)은 북부 독일 슐레스비히의 항구 도시 후줌에서 변호사의 맏아들로 태어났습니다. 법학을 공부하고 변호사 개업까지 했으나 홀슈타인이 덴마크에 편입된 이후 변호사직을 포기하고 1853년부터 1856년까지 포츠담 군사재판소에서 시보試補로 일했습니다. 학생 시절에 괴테, 하이네, 아이헨도르프 등의 세계에 접해 문학에 눈뜨고, 서정 시인으로 출발합니다. 이룰 수 없던 젊은 시절의 사랑이야기를 회상 기법으로 풀어낸 액자소설* 형식의 〈임멘 호湖 Immensee〉(1850)나 〈시집〉(1852)에는 후기 낭만주의자들에게서 흔히 볼 수 있는 우수와 체념의 관조가 잘 드러납니다. 1880년에는 관직에서 물러나 창작에 몰두했고, 그의 마지막 역작 〈백마의 기수Der Schimmelreiter〉(1888)는 그의 대표작입니다.

슈토름의 문학적인 특색은 고향 슐레스비히 홀슈타인의 자연과 생활과 역사가 그의 작품 속에서 깊이 숨 쉬고 있다는 점입니다. 그가 쓴 500여 편의 시와 50여 편의 단편소설, 그리고 동화는 모두 고향 땅에 뿌리박은 자신의 체험을 바탕으로 씌어진 것으로, 바람이 몰아치는 북부 독일 해변의 강인함과 억셈이 부드러움과 우울함과 기묘하게 어우러져 있습니다. 초기의 애수가 서린 서정의 세계에서 서사적인 심리적 갈등으로, 그리고 최후에는 입체적인 비극적 세계로 이르는 시적 사실주의를 완성한, 사실주의 시대의 가장 뛰어난 작가 중 한 명입니다.

테오도르 슈토름

액자소설

액자의 틀 속에 사진이 들어 있듯이 하나의 이야기 속에 또 다른 이야기 구조가 들어 있는 것을 말한다. 외부 이야기 속에 내부 이야기가 들어 있는 구성 방식으로, 외부 이야기가 액자의 역할을 하고 내부 이야기가 핵심 이야기가 된다. 흔히 주인공이 과거를 회상하는 형식을 취하는데, 이러한 형식은 객관적인 사실 전달과 사건의 총체적인 모습을 객관적으로 묘사하게 해 준다.

슈토름이 사망하던 해인 1888년에 발표된 〈**백마의 기수**〉는 프리즈 란드 해안의 굳건한 사람들과 바다에 대항하는 그들의 끊임없는 도전을 그린 향토 소설입니다. 폭풍이 부는 어느 날 밤, 한 노인의 회상이 시작됩니다. 북해北海의 바람과 파도, 그리고 고독을 벗 삼아 성장해 온 청년 하우케 하이엔은 독학으로 수학과 측량술을 배워 제방堤防 감독관 밑에서 일하다가 그의 딸 엘케와 결혼합니다. 그는 뛰어난 제방 감독관으로서 미신을 믿는 마을 사람들의 몰이해와 대결하면서 100년이 되어도 무너지지 않을 만큼 튼튼한 제방을 세우는데 격심한 해일이 몰려와 구舊제방을 끊어 버립니다. 하우케는 무서운 자연의 힘과 민중의 악의에 대한 자기 역량의 한계를 느끼며 고민하다가 사랑하는 처자와 함께 격랑에 휩쓸려 죽고 맙니다. 그러나 하우케는 해일이 몰아칠 때마다 밤이면 백마를 타고 나타나 제방 위를 질주한다는 전설로 살아남습니다.

하우케 하이엔은 폭풍우와 사람들의 미신에 대항해 용감히 싸우는 의지적이며 행동적인 인간의 원형이 되고, 슈토름은 이 작품에서 온화하고도 강력한 자연과 인간의 열정과 비극을 훌륭하게 묘사하고 있습니다.

고트프리트 켈러

켈러Gottfried Keller(1819~1890)는 시적 사실주의 경향을 대표하는 작가이며 독일어권 스위스의 가장 위대한 작가이기도 합니다. 스위스의 취리히에서 선반공의 아들로 태어났고, 15세 때 취리히 공업 학교에서 교사 배척 사건에 관계해 퇴학당한 후에는 독학으로 공부했습니다. 처음에는 그림을 공부하려고 했으나 재능이 부족함을 깨닫고 작가가 되었습니다. 그는 시민 의식이 투철한 작가였습니다. 여러 단편소설에서 소시민적인 이기심이나 속물근성에 대해 조롱을 퍼붓고, 활달한 현실감각을 토대로 예리한 비판 정신을 발휘하면서도 유머와 인간미 넘치는 작품을 써서 대중적인 인기가 높았습니다. 일생을 독신으로 지낸 그는 유언으로 자신의 작품에서 나오는 인세의 제1상속인을 취리히 주州 정부로 정함으로써 자신이 취리히로부터 받은 은혜에 보답했습니다.

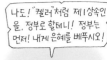

그의 대표작은 〈**녹색의 하인리히**Der grüne Heinrich〉(1855)입니다. 이 장편소설은 자전적 성격의 교양소설로서, 1855년에 씌어졌으나 만년에 문인 친구들의 조언을 듣고 고쳐 쓴 다음 25년 후인 1880년에 총 4권으로 출간되었습니다.

〈녹색의 하인리히〉는 주인공 하인리히가 시민으로서의 의무를 다하고 봉사 활동에 몸 바치며 살아가게 되는 육체적·정신적 성장 과정을 그린 작품입니다. 주인공의 어린 시절, 학교로부터의 제적, 예술가가 되려는 희망, 실패, 의심, 탐색, 귀환, 그리고 어머니의 죽음 등 그의 자전적 요소 외에도 스위스를 모델로 한 지방자치제 같은 민주적 요소도 잘 반영되어 있습니다. 하인리히는 괴테의 〈빌헬름 마이스터〉처럼 인생의 목적을 찾으려고 노력하며, 한 개인이 국가의 구성원임을 자각하고 올바른 시민이 되어 가는 과정을 보여 줍니다. 괴테의 작품에 비해 시야는 좁지만 현실을 날카롭게 객관적으로 묘사하면서도 유머가 풍부한 이 작품은 19세기 독일 사실주의 소설의 최고 걸작이자 독일 교양소설의 대표작으로 꼽힙니다.

폰타네Theodor Fontane(1819~1898)는 독일의 사회 현실을 본격적으로 다룬 사회소설들을 써서 사실주의와 자연주의 사이에 다리를 놓은 작가입니다. 노이루핀의 망명자 가문의 아들로 태어나 1855~1859년에는 영국에서 기자 생활을 했고, 비스마르크 시대에는 종군기자로 활동했습니다. 영국에서 신문기자로 생활하면서 영국과 스코틀랜드의 대중적 담시의 영향을 받아 베를린으로 귀환할 때에는 19세기의 위대한 담시 작가 가운데 한 명이 되어 있었습니다.

산문작가로서의 폰타네는 〈마르크 브란덴부르크 기행〉(1862)으로

폰타네

두각을 나타냈지만 본격적으로 그가 소설가로 이름을 날리게 된 것은 59세 되던 해에 쓴 〈폭풍 앞에서Vor dem Sturm〉(1878)입니다. 나폴레옹 패망 전 최후의 날을 그린 〈폭풍 앞에서〉 이후로 폰타네는 프로이센 시대의 베를린을 무대로 신분 의식에 의한 인간관계를 풍자적이고 심리 분석적으로 묘사한 이른바 '베를린 소설'들인 〈간통녀L'Adultera〉 (1882), 〈미로Irrungen〉(1888), 〈에피 브리스트Effi Briest〉(1898) 등의 작품을 씁니다. 이 작품들로 그의 문학적 경력은 절정에 다다르고 독일 사실주의 소설 역시 최고 수준에 이르게 됩니다.

1995년에 출판된 〈에피 브리스트〉의 표지

　〈**에피 브리스트**〉는 1894년과 1895년에 발표된 2권의 소설로 가정 비극을 다룬 작품입니다. 귀족의 딸 에피는 17세 되던 해에 부모의 권유로 스무 살 연상인 지방 장관 인슈테텐 남작과 결혼합니다. 남편은 예의 바르고 활동적인 사람이었지만 부부 간의 관계에 대해서는 별 감흥이 없는 사람이어서 에피는 남편의 무관심 속에 곧 권태에 빠지게 됩니다. 딸 애니를 출산한 후에도 에피는 내면의 고독에서 빠져나오지 못하고 그 지방 사령관인 크람파스 소령과 애정 행각을 시작합니다. 크람파스와의 관계는 끝났지만 그 사실을 알게 된 남편은 자신의 명예를 실추시켰다는 이유로 크람파스와 결투하고 결국 결투 끝에 크람파스를 죽입니다. 남편이 딸 애니를 데려가자 에피는 다른 사람의 눈을 두려워하는 친정 부모에게 돌아가지 못하고 하녀를 데리고 베를린에서 살다가 병이 든 다음에야 친정으로 돌아가 죽습니다.

　명예와 의무를 중시하는 시민 가정의 비극을 다룬 이 작품은 폰타네의 소설 중에서 내용과 형식이 가장 원숙한 장편소설로 꼽힙니다. 폰타네는 에피라는 인물을 통해 기존의 사회질서와 도덕규범의 모순, 그것에 대한 체념적인 태도를 보여 줍니다. 인습적인 결혼, 권태, 간통, 결투 등을 통해 한 여성이 파멸될 때까지의 과정을 담담한 필치로 묘사하고, 인습에 사로잡혀 인간성을 잃어버린 프로이센 귀족 사회의 위기를 잘 부각시키고 있습니다.

이 작품은 유럽 심리소설의 걸작 중 하나로, 플로베르의 〈보바리 부인〉에 필적하는, 이른바 '독일의 보바리 부인의 이야기'로 불리고 있습니다.

게오르그 뷔히너

뷔히너Georg Büchner(1813~1837)는 사실주의 희곡의 선두주자로, 패혈증으로 23세에 요절한 재능을 타고난 작가입니다. 의사의 아들로 태어나 프랑스의 스트라스부르 대학에서 의학을 공부하다가 자유사상을 접하게 되었고, 기센 대학에 들어가서부터 정치 활동에 참가했습니다. 혁명적인 책자 〈헷센 급전Der Hessische Landbote〉을 발행한 혐의로 당국에 쫓기게 되자 망명 비용을 마련하기 위해 희곡 〈당통의 죽음 Dantons Tod〉(1835)을 집필했습니다.

당통
프랑스혁명 당시 혁명운동을 주도했던 한 사람. 혁명적 독재와 공포정치의 완화를 요구하다가 공화정을 주장하는 급진파 로베스피에르에게 숙청당했다.

〈당통의 죽음〉은 프랑스혁명기 공포시대를 배경으로 '민중 호민관'이었던 당통Georges Jacques Danton(1759~1794)의 최후를 그린 뷔히너의 대표작입니다. 자유인 당통과 폭력으로 도덕적 이상을 관철하려는 로베스피에르와의 대립 속에서 몰락하는 당통을 그려 냈는데, 당통은 그의 정적들에 의해서라기보다 그 자신의 무모함에 의해 희생

-원훈-
의술은 금술!!

아ー 아아!
의사 아버지도 어쩔수 없었던
"뷔히너"의 안타까운! 요절!

되는 것으로 그려집니다. 혁명사의 연구에서 얻은 환멸과 더불어 근대인의 허무한 생존 감정을 드러내 보여 준 작품입니다.

그의 희곡은 헌법 개정을 요구하는 정치 운동에 투신했던 정치적인 색채 때문에 한동안 별로 인정받지 못하다가 19세기가 끝날 무렵인 자연주의 시대에 와서 주목받기 시작했으며, 자연주의자와 표현주의자들은 그를 선구자로 삼았습니다. 냉철한 사실주의, 섬뜩한 비전과 리드미컬한 극작법, 그로테스크, 허무주의, 부조리, 소외 등 모든 요소들을 내포한 그의 희곡에 대해 다양한 해석이 내려져 있으며, 현대연극의 여러 과제를 가장 많이, 그리고 가장 먼저 다룬 극작가로 불립니다.

유작으로는 상관에게 놀림당하고 자신이 사랑한 소녀에게 속아서 살인자가 되어 결국 자살하고 마는 순진한 병사의 삶을 그린 비극 〈**보이체크**Woyzeck〉(1836)가 있습니다.

프리드리히 헤벨

헤벨Friedrich Hebbel(1813~1863)은 독일 사실주의 문학의 최고 극작가인 동시에 독일 근대극의 선구자입니다. 북부 홀슈타인 지방에서 가난한 미장공의 아들로 태어나 14세 때 아버지를 여의고 교회 관리인의 일을 도와주면서 독학으로 교양을 쌓았습니다. 1842부터 1843년까지 2년간 덴마크 왕실의 여행 보조금으로 프랑스와 이탈리아를 여행하고 코펜하겐에 체류하기도 했습니다.

그의 희곡은 전체적으로 관념적인 면이 강하게 느껴지기 때문에 반드시 사실주의적이라고 하기는 힘들지만, 인물의 심리 묘사나 개인과 전체의 대립 관계를 철저히 밝혀낸 점은 매우 사실적입니다. 또한 그의 작품에는 시대에 맞지 않는 성격을 가진 주인공의 욕망이 시대와 갈등을 빚는 비극적 양상이 전개됩니다. 개인과 집단, 개체와 전체, 여성과 남성의 대결 양상을 보이며, 자아와 세계 전체는 변증법적으로 대립하고, 서로 대립하는 개체와 전체는 개체가 전체에 매몰됨으로써 전체의 전진을 도와야 한다는 '범비극주의'로 전개됩니다.

유대의 위기를 구하기 위해 여주인공이 목숨과 정조를 희생하는 내용의 처녀작 〈유디트Judith〉(1840), 남자에게 배신당하고 연인에 의해 구제될 희망마저 잃은 채 질서 전체를 위해 자살하는 마리아의 이야기 〈마리아 막달레나Maria Magdalena〉(1844), 남편으로부터 두 번이나 애정을 의심받고 복수하려다 남편의 손에 죽는 내용의 〈아그네스 베르나우어Agnes Bernauer〉(1852), 남편에게 모욕당한 아내가 자신을 불신한 남편과 가신家臣에게 복수하기 위해 자살한다는 내용의 〈기게스와 그의 반지Gyges und sein Rings〉(1914) 등이 모두 그러한 '범비극주의'적 체계로 그려져 있습니다.

중세 독일의 전설을 토대로 한 3부작 **〈니벨룽겐 3부작Die Nibelungen Trilogie〉**(1862)은 지크프리트의 사랑을 차지하기 위해 서로 충돌하는 두 여성, 브룬힐트와 크림힐트의 영혼을 묘사하는 헤벨의 섬세한 재능이 드러나 있는데, 절망에서 비롯된 크림힐트의 잔인한 복수로 한 시대가 끝나고 새로운 시대가 시작되었음을 암시합니다.

독일 자연주의의 대표 작가 **하우프트만**Gerhart Hauptmann (1862~1946)은 슐레지엔에서 호텔 소유주의 아들로 태어났습니다. 경건한 종교적 환경에서 자라나 실업학교를 졸업하고 처음에는 농장 경영자 수업을 받았으나 예술학교를 다니면서 조각가가 되었습니다. 조각가로 활동하면서 동시대의 문학을 접하게 되었고, 처녀작 〈해 뜨기 전〉(1889)으로 이름을 알리며 자연주의 문학의 중심인물이 되었습니다. 신여성과 구식의 아내와의 삼각관계로 파멸하는 인텔리 청년을 묘사한 〈외로운 사람들Einsame Menschen〉(1891)에 이어 독일 최초의 사회주의 드라마로 간주되는 〈직조공들Die Weber〉(1892)로 극작가로서의 입지를 굳건히 다졌습니다. 그리고 1894년에 쓴 〈하넬레의 승천 Hanneles Himmelfahrt〉을 기점으로 종래의 자연주의 기풍을 떠나 초자연적인 영역과 꿈을 도입하는 낭만주의적이고 상징주의적인 경향을

하우프트만

띠기 시작합니다.

하우프트만은 자연주의에서 출발해 그것을 완성시킨 동시에 넘어선 작가입니다. 독일 문학에 공통적으로 등장하는 관념적인 묘사를 피하고 하층민에서 영웅에 이르기까지 살아 있는 인간과 생의 고뇌 그 자체를 사실적이면서도 구상적으로 부각시킨 점에서 독일 작가로서는 보기 드물게 독자적인 문학 세계를 개척한 작가입니다. 1912년 노벨문학상을 수상했는데 작가로서의 국제적인 명성은 1890년대 후반에 창작한 희곡들에서 얻은 것입니다.

〈**해 뜨기 전**〉은 탄광 지대 노동자와 청년 사회주의자를 통해 인간의 운명을 좌우하는 환경과 유전의 문제를 다룬 작품입니다. 악의 유전과 알코올중독을 사회에서 추방하고 심신이 건강한 아이를 낳는 것을 이상으로 삼고 있는 사회 개혁주의자 로트는 학생 시절의 친구 호프만을 찾아간 시골에서 그의 사촌누이인 귀엽고 순진한 헬레네와 사랑에 빠집니다. 그러나 그녀의 집안이 대대로 대단한 음주가이며 탄광으로 벼락부자가 된 탄광주의 딸인 것을 알게 되자 자신의 신념에 충실하기로 결심하고 그녀의 곁을 떠나 버리자 절망한 헬레네는 자살하고 맙니다. 톨스토이, 입센, 졸라의 영향이 뚜렷이 느껴지는 작품이며, 정밀한 환경 묘사와 사투리를 활용해 순純독일적인 자연주의의 표본이 되었습니다. 이 작품이 처음 공연되었을 때에는 보수적인 일부 관객들이 소동을 일으켜 당국으로부터 상연 금지령을 받기도 했습니다.

〈**직조공들**〉은 처음에 순수한 슐레지엔 사투리로 집필되었으나, 후에 표준어에 가깝게 개작되었습니다. 비인간적인 공장주의 인권유린 때문에 굶어 죽기 직전에 이른 직조공들이 자연발생적인 소동을 일으켜 공장과 공장주의 저택을 파괴하자 군대가 출동해 수십 명의 사상자를 내고 진압되었던, 1844년에 슐레지엔에서 일어난 '직조공들의 봉기투쟁'이라는 실제 사건을 극화한 작품입니다. 특정한 주인공 없이 40명의 등장인물들의 복잡하고 다양한 심리와 성격이 집단 주인공의 역할을 하는 '군중극'의 선구적 작품이며 노동쟁의를 연극 무대에 올린 최초의 연극이기도 합니다.

북유럽의 사실주의

북유럽에는 핀란드족을 제외하고는 게르만족이 살고 있었기 때문에 이 지방에는 게르만 전설과 신화가 가장 많이 남아 있었습니다. 르네상스나 종교개혁 후에도 북유럽인들은 남쪽의 문화를 주로 받아들이기만 하고 생산은 적었습니다. 18세기에 들어와 독일의 낭만주의가 덴마크를 통해 유입되어 북상하기 시작했고, 이때부터 북유럽 문학은 융성기를 맞게 됩니다.

북유럽 문학은 러시아 문학이 그렇듯이 19세기 사실주의와 자연주의 시대에 와서 독자적인 흐름을 이루면서 위대한 작가를 배출했습니다. 어떤 비평가는 "인구 3백만 명의 노르웨이가 일억이 넘는 미국보다 지적으로는 더 가치가 있다."고 평하기도 했는데, 노르웨이는 1870년대에 입센과 비외른손이라는 두 위대한 극작가를 출현시켜 세계를 놀라게 했습니다.

앞서 말한 두 사람보다 먼저 유럽에 알려진 북유럽 작가는 덴마크의 **안데르센**Hans Christian Andersen(1805~1875)으로, 북유럽 문학의 기초는 그가 뿌려 놓은 것인지도 모릅니다. 안데르센은 덴마크의 코펜하겐 근처 오덴세에서 가난한 제화공의 아들로 태어났습니다. 어린 시절 가난했으나 많은 책을 읽을 수 있었고 인형놀이를 즐겨 했다고 합니다. 정규교육도 제대로 받지 못했던 안데르센은 15세 때 배우가 되려

안데르센

선물은 주로 "안데르센
동화집"으로 하는데!..
책 무게가 장난아냐!

고 코펜하겐으로 갔으나 자신의 목적을 이루지 못했는데, 당시 유명한 정치가의 도움으로 대학을 졸업하게 되었습니다.

대학 시절부터 시를 쓰기 시작해서 1835년에 〈즉흥 시인〉이라는 작품과 함께 유명한 〈동화집〉을 내놓습니다. 이 작품으로 그의 문명文名이 유럽에 알려지게 되었으나 그 당시 덴마크에서는 그의 동화를 별로 알아주지 않았다고 합니다. 평생을 독신으로 살면서 대부분의 생애를 해외, 특히 독일과 이탈리아에서 보냈으며 국내외의 시인, 문학자, 미술가는 물론 왕후王侯와 저명한 정치가에 이르기까지 광범위한 사람들과 교제하며 지냈습니다. 동화집은 물론이고 〈가난한 바이올리니스트〉(1837), 〈**그림 없는 그림책**〉(1840) 등은 현재까지도 널리 읽히고 있습니다. 1867년에는 고향 오덴세의 명예시민으로 추대되었고, 안데르센이 죽었을 때는 덴마크 전 국민이 상복을 입고 국왕과 왕비도 장례식에 참석할 만큼 국민적인 사랑을 받았습니다.

〈미운 오리새끼〉, 〈벌거숭이 임금님〉, 〈인어 공주〉등 아동문학의 최고봉으로 꼽히는 수많은 그의 걸작 동화는 서정적인 정서와 아름다운 환상의 세계, 그리고 따스한 휴머니즘이 깃들어 있습니다. 안데르센이 동화집을 내놓은 이후

안데르센 동화 중의 하나인
〈성냥팔이 소녀〉의 삽화

로 전 세계 어린이들이 매년 크리스마스에 크리스마스트리와 함께 〈안데르센 동화집〉을 선물로 기다리게 되었다고 합니다.

입센Henrik Ibsen(1828~1906)은 노르웨이의 대표적인 극작가이자

세계적인 극작가로 산문극을 창시한 극작가입니다. 여성해방 문제나
사회문제를 다룬 극작품을 발표해 작은 나라의 문학이 세계문학의 조
류에 합류한 계기를 마련한 작가입니다. 입센은 부유한 선주船主의 아
들로 태어났으나 8세 때 아버지가 사업에 실패해 더 이상 정규교육을
받을 수 없게 되었고, 약국 점원으로 일하면서 의과대학 시험 준비를
하다 라틴어 명문집 속에서 로마시대의 웅변가 키케로의 연설을 읽고
영감을 받아 운문극 〈카틸리나Catiline〉(1850)를 쓰게 됩니다. 이 작품
은 큰 주목을 받지 못했고 그 후 단막극 〈전사의 무덤〉(1850)이 극장에
채택되어 상연되자 대학 진학을 단념하고 작가로 나설 것을 결심합니
다. 23세 되던 해부터 11년 동안 베르겐에서 개관한 국민 극장과 노르
웨이 극장에서 전속 작가 겸 무대감독으로 일했는데, 이때 무대 기교
를 연구한 것이 훗날 극작가로 대성하는 밑거름이 되었습니다. 노르웨
이 극장이 재정난으로 파산하자 입센은 가족과 함께 고국을 떠나 덴마
크, 독일을 거쳐 로마에 정착했으며 그로부터 64세에 고국으로 돌아오
기까지 28년에 걸쳐 해외 유랑 생활을 했습니다.

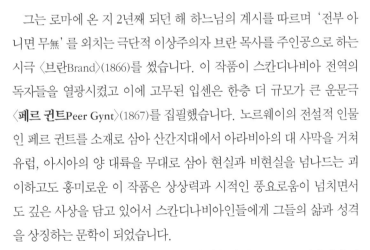

헨릭 입센

그는 로마에 온 지 2년째 되던 해 하느님의 계시를 따르며 '전부 아
니면 무無'를 외치는 극단적 이상주의자 브란 목사를 주인공으로 하는
시극 〈브란Brand〉(1866)를 썼습니다. 이 작품이 스칸디나비아 전역의
독자들을 열광시켰고 이에 고무된 입센은 한층 더 규모가 큰 운문극
〈**페르 귄트Peer Gynt**〉(1867)를 집필했습니다. 노르웨이의 전설적 인물
인 페르 귄트를 소재로 삼아 산간지대에서 아라비아의 대 사막을 거쳐
유럽, 아시아의 양 대륙을 무대로 삼아 현실과 비현실을 넘나드는 괴
이하고도 흥미로운 이 작품은 상상력과 시적인 풍요로움이 넘치면서
도 깊은 사상을 담고 있어서 스칸디나비아인들에게 그들의 삶과 성격
을 상징하는 문학이 되었습니다.

그는 10년의 세월 동안 〈황제와 갈릴레아 사람들〉(1873), 〈사회의 기

연극으로 공연되는 〈페르 귄트〉의 한 장면
페르 귄트는 작곡가 그리그의 '페르 귄트 모음곡'으로도 유명
하다.

연극 〈인형의 집〉의 한 장면

등〉(1877), 〈유령〉(1881), 〈민중의 적〉(1882) 등 사실주의 경향의 '사회
극'들을 통해 사회의 허위와 인습을 가차 없이 파헤쳤는데, 뭐니 뭐니
해도 입센의 대표작은 〈인형의 집Et dukkehjem〉(1879)입니다.

  〈인형의 집〉은 여주인공 노라가 남편의 위선적인 행동에 반발하고
여성의 독립을 주장하는, 이를테면 여성해방을 주제로 삼은 가정극입
니다.

  노라는 가정적인 변호사 헬머와의 사이에 3남매를 둔 행복한 가정주
부입니다. 신혼시절 노라는 요양 중인 헬머를 위해 부친의 서명을 위
조해 고리대금업자 크로그시타트에게 돈을 빌려 썼는데, 남편에게는
비밀로 했습니다. 은행장으로 부임하게 된 헬머가 그 은행에 근무하던
크로그시타트를 평판이 좋지 않아 해임하려 하자 크로그시타트는 예
전의 증서를 미끼로 노라를 협박하고, 이 사실을 알게 된 남편은 그로
인해 손상될 자신의 사회적 체면만을 생각해 노라에게 욕설을 퍼붓습
니다. 그러나 크로그시타트가 마음을 바꿔 협박을 취소하자 남편은 노
라를 용서하고 다시 화해하려고 하는데, 노라는 그동안 남편의 위선에
염증을 느끼고 자신의 삶이 인형 같은 삶이었다고 결론짓습니다. "아

뭐야?…"인형의 집"
에서 아낙네"노라"가
가출해? 말세로다

청학동

신여성

　〈인형의 집〉이 발표되고 나서 작품 속 여주인공 노라는 근대적 자아의식을 가진 '신여성'의 대명사가 되었다. 노라가 자신의 삶이 인형 같은 삶이었다고 결론짓고 집을 뛰쳐나가는 대목에서 당시의 독자와 관객들은 경악했다고 한다. 여성이 집을 뛰쳐나가는 것을 용납할 수 있는 사회적 공감대가 이루어져 있지 않았기 때문이다. 독일에서 〈인형의 집〉이 공연될 때 마지막에 노라가 집을 뛰쳐나가는 데 대한 반대가 너무 심해서 극장 측이 입센에게 노라가 집을 나가려다가 포기하는 쪽으로 결말을 고쳐 써 달라고 부탁하기까지 했다고 한다.

　입센은 이 작품으로 여성해방운동의 전사戰士로 대접받았는데 나중에 노르웨이 여권동맹이 그를 환영한 자리에서 이렇게 말했다고 한다.

　"나는 여러분의 축배에 대해서는 감사하지만, 여권운동을 위해 의식적으로 노력한다는 명예는 받아들일 수 없다. 나는 여권운동이 어떤 것인지 분명히 알지 못한다. 나는 이것을 널리 '인간의 문제'라고 봤을 뿐이다."

　남성과 여성의 '성'의 구별을 넘어서 두 성을 동등한 인간으로 봤다는 사실 자체가 입센의 근대성을 입증하는 것이라 하겠다. 〈인형의 집〉의 입센의 자필 원고는 유네스코 세계 기록 유산에 지정되어 있다.

　입센은 일에 대한 집중력이 대단해서 작품을 쓸 때는 1주일 이상 말을 하지 않을 만큼 침묵 속에서 일했으며, 이러한 침묵벽癖으로 만년에는 실어증에 빠지기까지 했다고 한다. 그는 정확하게 2년에 1편씩 작품을 써 냈으며 작품을 쓰는 동안에는 절대 다른 글을 쓰지 않았다고 한다.

내이며 어머니이기 이전에 한 사람의 인간으로 살겠다."고 남편과 자식을 버리고 가출하는 새로운 유형의 여인 노라의 각성 과정을 그려 냄으로써 온 세계의 화제를 모았습니다. 이 작품에서 입센은 결혼이라는 사회적 제도가 신성불가침이 아니며, 아내도 남편의 권위에 도전할 수 있고, 여성도 남성과 마찬가지로 자기를 발견하고 자신을 발전시킬 권리가 있음을 역설해 19세기 여성운동에 크게 공헌했습니다. 입센을 명실상부한 근대극의 1인자라고 부르는 것도 그에 기인한다 할 것입니다.

비외른손

비외른손Bjornstjerne Bjornson(1832~1910)은 입센보다 4살 어리지만 입센보다 더 일찍 작가로 유명해졌고 입센이 외국에 머물면서 작품을 쓴 것에 반해 노르웨이에 머물면서 작품 활동을 했기 때문에 노르웨이 국내 대중들에게는 더 인기가 높았습니다. 목사의 아들로 태어나 농촌에서 자란 그는 〈양지바른 언덕〉(1857)나 〈아르네〉(1859)처럼 아름다운 전원적 모습을 다룬 농촌 소설과, 인간성을 타락시키는 황금의 마력을 다룬 〈파산En fallit〉(1875), 종교와 사회 개혁의 문제를 취급한 〈인간의 힘이 미치지 않는 곳 Over Ævne ll〉(1895) 같은 사회극을 썼습니다.

그는 자연과 문학을 일치시키려는 새로운 리얼리즘을 구가했습니다. 노르웨이의 전통 설화와 신화 등을 작품 속에 구현하고 농촌의 전원적인 모습을 아름답게 담아냄으로써 노르웨이 국민의 애향심을 고취시켰습니다. 노르웨이 국가의 가사도 그가 붙인 것입니다. 1903년 노벨문학상을 수상했으며, 스칸디나비아 연합 운동과 노르웨이 독립 운동에 가담한 것은 물론, 프랑스의 드레퓌스 사건과 폴란드 피압박 민족을 위해서도 활약하는 등 교육가와 정치가, 휴머니스트로 활동하면서도 소박한 서정성을 간직해 노르웨이 국민들의 '민족 시인'으로 추앙받습니다.

스트린드베리Johann August Strindberg(1849~1912)는 스웨덴의 사
실주의와 자연주의를 대표하는 작가입니다. 사업에 실패한 증기선
중개인과 그 집 하녀 사이의 사생아로 스톡홀름에서 태어난 스트린드
베리는 항상 매와 굶주림의 공포 속에서 불우하게 성장했습니다. 9세
때 첫사랑을 경험하고 15세 때 30세의 여인을 사랑할 만큼 조숙했으
며, 결혼에 세 번 실패하고 59세 때 19세의 아가씨에게 구애했다고
합니다. 이런 비정상적인 연애는 어린 시절 사랑의 굶주림, 미에 대한
동경에서 비롯된 것인지도 모릅니다. 몇 차례의 자살 기도와 발작 같
은 이상 증세 역시 불우한 유년기에서 비롯된 반항과 조소와 관계가
깊습니다.

스트린드베리

스웨덴의 사실주의 문학은 덴마크나 노르웨이보다 늦게 일어났을
뿐만 아니라 국민의 낭만적·이상적인 기질이 강한 편이어서 자연주
의적인 문학이 오래 지속되지 않았습니다. 스트린드베리는 여러 가지
사상적인 변천을 겪어 가면서 극단에서 극단으로 흐른 사람입니다. 초
기에는 낭만주의적인 작품을, 자연주의 시대에는 철저히 무신론적이
고 자기중심적이며 허무주의적인 작품을, 후기에는 신앙심을 회복하
고 신비주의 경향의 작품을 썼습니다.

대표작이라 할 수 있는 〈붉은 방Röda rummet〉(1879)이나 〈백치의
고백Die Beichte eines Thoren〉(1888)에서 스트린드베리는 입센과는 대
조적인 여성관을 펼쳐 보입니다. 입센의 희곡에 등장하는 여성은 자기
자신을 완성시키려는 독립적인 존재로 부각되는 반면, 스트린드베리
에게 있어 여성은 처음에 맑고 깨끗하며 성스러운 모습으로 나타나지
만 점차 음탕하고 사악하며 추한 모습으로 변해 가고 남자를 파멸시키
는 존재로 그려집니다. 스트린드베리가 왜곡된 여성관을 가지고 있었
던 것은 유년 시절 어머니의 사랑에 굶주렸던 것과 자신의 결혼 생활이
불행했던 데서 연유했을 것입니다.

자서전적인 소설 〈하녀의 아들Tjänstekvinnans son〉(1886)과 〈**아버지**〉(1887) 등의 희곡에서 사물을 있는 그대로 보고 거침없이 표현하는 자연주의로 '스웨덴 산문의 대표자'로 불립니다.

미국의 사실주의

미국의 "사실주의'가! 나를 서양으로 내모는구나!…

카우보이

미국 문학은 1865년 남북전쟁이 끝나는 것과 함께 큰 변화를 겪습니다. 급속한 자본주의의 발달과 공업화로 인한 대량생산과 더불어 미국인의 낙천주의와 낭만주의적 기질 또한 혼란을 겪으면서 그 이전에 주로 탐험가, 나무꾼, 카우보이, 인디언을 소재로 한 이야기들이 자취를 감추고, 미국의 현실 생활을 편견 없이 냉철하게 눈에 비치는 그대로 그려 내려는 작업이 시작됩니다.

마크 트웨인

마크 트웨인 Mark Twain(1835~1910)의 본명은 새뮤얼 랭혼 클레멘스Samuel Langhorne Clemens이며 마크 트웨인이라는 필명은 미시시피 강을 항해할 때 물길의 수심을 표시하는 '두 길two fathoms'(한 길은 약 6피트)을 의미하는 뱃사람들의 용어에서 가져온 것입니다. 트웨인은 12세 때 아버지가 사망하자 인쇄소 견습공, 떠돌이 인쇄공, 기선 파일럿, 미시시피 강을 왕래하는 기선의 풋내기 신문기자 등 닥치는 대로 일했고, 자신이 미시시피 강에서 일했던 기억에서 필명을 이렇게 정했던 것입니다. 그는 미국 각지를 떠돌면서 인간성에 관해 많은 지식을 얻었고 터무니없이 과장된 이야기와도 친숙하게 되었습니다.

마크 트웨인의 작품을 읽다 보면 유쾌한 웃음이 저절로 나옵니다. 그는 미국 사회의 겉으로 드러나는 고상함과 사이비 도덕주의에 맞서 미시시피 강 유역에 사는 사람들의 건강한 생활을 어린아이와 같은 유쾌한 대중 언어로 표현해 냅니다. 에드워드 6세 시대를 배경으로 한

〈왕자와 거지The Prince and The Pauper〉(1881)도 우리에게 익숙한 작품이지만, 그의 걸작은 〈톰 소여의 모험The Adventures of Tom Sawyer〉(1876), 〈미시시피 강의 생활Life on the Mississippi〉(1883), 〈허클베리 핀의 모험The Adventures of Huckleberry Finn〉(1884)이라는 세 편의 소설로 말썽꾸러기 악동들의 모험과 생활 속에 고향과 가정에 대한 그리움을 표현하고 있습니다.

특히 **〈허클베리 핀의 모험〉**은 앞의 두 편을 긴밀하게 연결한 속편으로, 헤밍웨이로부터 "미국 문학은 〈허클베리 핀의 모험〉에서 출발했다."라는 찬사를 들은 작품입니다. 또한 미국이라는 다인종 국가가 지속적으로 안고 있는 인종 문제라는 주제를 최초로 다룬 작품이기도 합니다. 이 작품은 더글러스라는 미망인에게 맡겨져 살고 있는 허크가 흑인 소년 짐과 함께 숨 막힐 것 같은 평범한 일상생활과 주정뱅이 아버지에게서 벗어나려고 미시시피 강을 따라 뗏목을 타고 내려가면서 겪는 여러 모험을 다루고 있습니다. 때때로 육지에 올라가서 본 젊은 이들의 비련의 이야기, 불량배들의 싸움, 악당들의 사기 등에서 허크의 활약이 펼쳐지며, 톰 소여의 큰어머니에게 팔려간 짐을 허크가 톰의 도움으로 구출하는 데서 끝납니다.

웅대한 자연을 배경으로 미국 서부의 자유인으로서의 의식을 가진 허크라는 인물을 통해 당시 남북전쟁 이전의 미국 남부 사회의 위선을 마크 트웨인 특유의 유머로 풍자한 이 작품은 소년의 이야기이면서도 결코 소년들만을 위한 것이 아닌, 문명에 오염되지 않은 자연아의 정신과 프론티어 정신

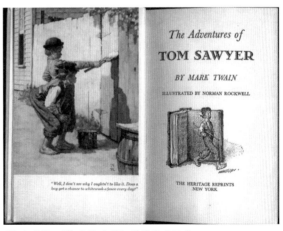

〈톰 소여의 모험〉에 들어 있는 삽화와 속표지
1936년판

을 노래한 미국적 서사시라고 해야 옳을 것입니다. 이 작품이 발표된 당시에는 허크가 사용하는 남서부 지방의 사투리와 주인공이 쓰는 비어, 속어, 상스러운 표현들이 문제가 되어 청소년들이 읽기에는 부적절하다는 판정을 받으며 '하수구의 리얼리즘'이니 '천박하고 지루한 농담'이라는 혹평을 들었으나 20세기에 와서 새롭게 조명 받게 되었습니다.

마크 트웨인은 역사가 짧은 미국에서 태어나 자란 사람으로서 유럽의 역사와 예술을 대수롭지 않게 여겼고, 그것을 모른다고 해서 스스로를 낮출 필요는 전혀 없다는 입장을 고수했습니다. 그는 미국인들이 갖고 있는 이상과 금욕 사이의 갈등을 보았고, 자신이 본 것을 마치 신문기자가 기록하듯이 작품을 썼습니다. '아름다운 문체의 억압에서 미국 산문을 해방'시켜 헤밍웨이, 스타인벡, 포크너 같은 20세기 위대한 작가들의 길을 터놓았습니다.

헨리 제임스
서전트(1913)

헨리 제임스 Henry James(1843~1916)는 국제적 관점에서 자신의 문학을 생각하게 된 최초의 미국 작가입니다. 뉴욕에서 태어났고, 그의 아버지는 부유한 철학자이자 종교적 몽상가였으며, 그의 형 윌리엄 제임스는 미국 최초의 유명한 심리학자이자 지금까지 미국에서 가장 영향력 있는 철학자 가운데 한 사람입니다. 아이들이 다양한 '심미적 교육'을 받기를 원했던 아버지 덕택에 어릴 때부터 여러 차례 아버지를 따라서 유럽을 여행하면서 영국, 스위스, 프랑스의 수없이 많은 미술관, 도서관, 박물관, 극장 등을 구경했고 그 결과 그는 유럽의 복잡한 문단의 전통 등에 대해 깊은 안목을 지니게 되었습니다. 1875년 파리로 가서 플로베르, 투르게네프 등과 알게 되었으며 1876년에 영국으로 가서 본격적인 작품 활동을 시작합니다. 일생 동안 독신으로 지낸 그는 사교를 몹시 즐기고 빈번히 밖에서 만찬을 드는 것으로 유명했습니다.

그는 유럽적 의미에서 문학의 대가가 되려고 했지만 지나치게 자의식이 강했습니다. 어른이 되어 대부분 세월을 영국에서 보냈으며 죽기 한 해 전인 1915년에 영국으로 귀화했습니다. 자신의 작품에 교양 있는 인물을 등장시키고 난해한 문체를 구사한 점 등으로 마크 트웨인에 의해 시작된 지배적 미국의 전통과 정면으로 위배되어, 살아 있는 동안에는 상류사회의 약간의 숭배자를 얻었을 뿐입니다. 미국의 문학적 취미 수준이 높아진 1, 2차 세계 대전 사이의 시대가 되어서야 비로소 소설가 및 비평가로서의 영향력과 중요성을 인정받게 되었습니다.

그의 사실주의는 특별한 종류의 사실주의, 즉 '심리적 사실주의' 라고 말할 수 있습니다. 그는 소설에는 큰 사건이나 흥미진진한 행동이 들어 있지 않고, 정치나 사회 조건 등에 대한 흥미도 드러나지 않습니다. 시대를 기록하기보다는 차라리 시대정신을 관찰한다고 하는 편이 옳습니다. 그의 만년의 작품들에 등장하는 인물들은 거의 아무것도 하지 않습니다. 여러 사건들이 그들에게 일어나지만 그 사건들은 그들의 행동의 결과로 일어나는 것이 아니며, 그들은 살아간다고 하기보다는 오히려 그냥 삶을 지켜보는 쪽입니다. 등장인물들의 의식의 변화가 진정한 이야기를 이루는데, 그의 형 윌리엄 제임스는 이런 유의 문학에 '의식의 흐름' 이라는 이름을 붙였습니다. 19세기 말 독자들은 이런 새로운 방법론을 받아들일 준비가 되어 있지 않았고, 따라서 헨리 제임스의 소설들은 인기를 얻지 못했습니다. 그러나 20세기에 이르면 이 '의식의 흐름' 기법은 아주 보편적인 것이 됩니다.

헨리 제임스는 주로 유럽 내의 미국인이나 미국 내의 유럽인들의 문제 같은 세계주의적 주제, 그리고 예술가와 사회의 관계, 예술의 본질 등을 다뤘습니다. 위험할 정도로 순진한 미국인 소녀가 유럽의 사회적 풍습을 이해하지 못해 목숨을 잃고 만다는 이야기인 〈데이지 밀러 Daisy Miller〉(1879)는 많은 인기를 얻었고, 젊고 영리한 미국 소녀가 인생을 탐구하기 위해 유럽으로 갔다가 남자를 잘못 선택하고 자신의 실수를 깨닫게 되는 이야기 〈어떤 부인의 초상The Portrait of a Lady〉 (1881)은 '영어로 쓴 가장 뛰어난 소설' 중의 하나로 평가받고 있습니다. 또한 자신의 작품들에 대해 스스로 해설해 모은 〈소설의 기법The Art of the Fiction〉(1934년, 사후 간행)은 소설의 도덕적 특성과 형식적·심미적 특성의 관계를 파헤친 소설 이론의 명저로 알려져 있습니다.

03 상징주의 문학

  과학에 대한 절대적 신념을 가지고 유전과 환경이라는 과학적 결정론에 의거해 인간의 조건을 탐구하던 자연주의는 인간 현실의 비정함, 추악함, 잔인성 등을 싸늘하게 드러냈고, 객관적이다 못해 기계적이고 무미건조하고 비관적인 작품들은 오히려 대중에게 염증을 불러일으키며 이런 작품들을 기피하는 현상을 낳았습니다.

  1880년대 몇몇 프랑스 문인들, 특히 시인들의 주도하에 문학 작품은 자연주의의 논리와 과학을 거부한 채 주관적이고 형이상학적이며 신비적인 것, 즉 꿈과 음악, 영혼과 신비, 무한, 이상, 계시 등을 탐구하기에 이르는데 이것이 상징주의의 발단입니다. 바그너Wilhelm Richard Wagner(1813~1883)의 음악, 인상주의 미술, 칸트의 관념철학 등에서 영향을 받은 시인들은 고답파에 대한 반동으로 낭만주의적인 경향으로 다시 돌아섰고, 자아를 구속하는 이성적 규범과 사고의 통제, 사회과학적이거나 윤리적인 문제들을 거부하며 예술은 도덕적, 사회적 책임을 떠나 꿈과 신비, 아름다움과 정감을 노래해야 한다고 주

리하르트 바그너
〈탄호이저〉, 〈로엔그린〉 등의 작품으로 잘 알려져 있는 독일의 작곡가다. 음악가로서는 보기 드문 명문가로서 음악 작품의 대본 이외에도 〈독일음악론〉 같은 예술론 저서를 남겼다.

장합니다. 이런 면에서 상징주의는 낭만주의와 상통하는 면이 있지만, 그 전개 과정은 사뭇 다릅니다. 낭만주의가 무엇보다 '감정'의 표현에 치중했다면 상징주의는 '감정'을 거부하고 논리적 유추를 바탕으로 하는 은유와 이미지, 상징 등을 주된 시학으로 삼기 때문입니다.

'상징symbol'이라는 말의 어원에는 '하나로 만들다', '비교하다'라는 의미가 함축되어 있습니다. 상징의 원리는 둘로 나누어진 것을 하나로 결합하는 것입니다. 사전에 보면 상징이란 "유형의 사물을 이용하여 무형의 주관적인 것을 표현한 것을 가리킨다."고 되어 있는데, 이것은 곧 가시적인 것을 통해 불가시적인 것을 표현한 것이 상징이라는 의미입니다. 결국 하나의 이미지는 그 이미지가 지시하는 관념과 하나가 되어 의미를 점차 넓혀 가고 기호와 의미, 곧 형식과 내용의 합일을 추구하는 것입니다.

상징주의는 외관적으로 드러나는 세계를 유일한 현실로 보는 과학적 실증주의에 반대합니다. 우리 눈에 보이는 현실 세계는 '다른 세계'의 상징이며 암호이고 시인이란 이 세상의 상징과 암호를 판독하고 해명해 내는 임무를 부여받은 사람들이라고 생각합니다. 따라서 상징파 시인들은 대상을 정확하고 세밀하게 묘사하기를 거부하고 내면생활과 생존의 신비 속으로 파고들어 그것과 비슷한 세계의 이미지를 간접적인 표현, 특히 상징을 통해 전달하기를 추구합니다. 이 과정에서 시각·청각·후각 등의 상호 교감, 즉 공감각적 표현을 통해 물질과 영혼이 교감하는 효과를 자아냅니다. 따라서 상징파 시인들에게는 '교향곡을 책으로 옮겨 놓는 기술'에 견줄 만한 '연금술사'의 기술이 필요합니다. 약속된 기호로서의 언어의 뜻에 의심을 품고, 암시나 주문을 통해, 매개물 없이 대상을 전치轉置하려는 생각이 상징파의 근본적인 정신인데, 이것은 인간과 인간 사이의 완전한 이해마저 부정하는 데서 비롯된 극단적 개인주의의 산물이기도 합니다.

상징파 시인들은 자신들이 자연주의자들처럼 과학자가 아니라 '천리안seer'을 가진 사람, 또는 신비주의자로 생각했고, 눈으로 볼 수 없고 알 수 없는 세계를 만들어 내기 위해 '주문' 작성에 힘을 기울였습니다. 시인과 독자와의 직접적인 교류를 도모하려 한 것이지만, 이런 시도들이 가져온 애매하고 난삽한 표현으로 인해 오히려 해독 불가 현상을 가져오면서 독자와의 거리감을 증대시키고 말았습니다.

사실주의나 자연주의의 영역이 주로 소설이었다면 상징주의는 주로 시 영역에서 두드러집니다. 내면의 무의식적 세계를 탐색하는 데는 소설보다 시가 더 적합했기 때문입니다. 상징주의는 소설, 연극, 회화, 음악 등으로 그 영향력이 확대되었고 유럽뿐만 아니라 우리나라의 홍사용, 이상화 등의 시인에게도 영향을 끼친 것으로 보입니다.

1880년을 전후해 고답파를 비롯한 모든 전통적 시에 대한 불신을 표명하면서 새로운 시 세계와 새로운 표현을 모색하던 상징파 시인의 선구자로 보들레르를 들 수 있습니다. **보들레르**Charles Baudelaire (1821~1867)는 파리 태생으로 6세 때 부친을 잃고, 다음 해에는 오피크라는 장군을 새아버지로 맞았는데, 조숙한 보들레르는 어머니의 재혼에 크게 불만을 품고 반항적인 소년이 되었습니다. 어려서부터 문학을 즐기던 그는 새아버지의 반대에 대해 더욱 반발적으로 방종한 생활을 했고 다소의 유산이 손에 들어오게 되자 문단의 룸펜lumpen[*]들과 어울려 다니며 그 태반을 탕진해 버렸습니다. 혼혈 흑인 여인인 잔 뒤발Jeanne Duval과 사귄 것도 이때의 일입니다. 미국의 작가 포Poe를 깊이 사랑해서 그의 작품 번역에 몰두하면서 자신의 시와 미술 평론을 썼습니다.

1851년에 그동안 썼던 몇 편의 시를 발표하고 1857년에 그의 최초이자 최후의 시집 〈**악의 꽃**Les Fleurs du mal〉을 출판했는데 위고로부터 "새로운 전율을 창조했다."는 찬사를 들었습니다. 지성과 감성 두

룸펜

원래는 자본주의 사회의 가장 하층 계급인 빈민층을 뜻하는 말인데, 일을 하지 않으며 취업할 의사도 없고 거주지도 일정하지 않은 실업자들, 나아가서 고학력이면서도 실제 생활에서 활용하지 못하고 시대에 적응하지 못하는 사람들을 지칭하기도 한다.

〈악의 꽃〉을 쓰는 보들레르
쿠르베(1855)

◀ 잔 뒤발
보들레르의 영감의 근원이 된 여인으로
이 작품은 보들레르가 직접 그린 것이다.

풍속이 뭐라고… 과태료…
까지! 난! 주인님에게…
"악의꽃"이 되어버린거야!

악의꽃
-보들레르

측면에서 모두 현대적이라고 불릴 모든 요소와 상징주의의 모든 정수
가 들어 있는 이 시집은 풍속을 어지럽힌다는 이유로 6편의 시가 삭제
당했고, 과태료까지 물게 되어 경제적 파탄이 가중된 보들레르는 채권
자의 등쌀에 벨기에로 피신하기도 했습니다. 결국 불행과 비참한 고뇌
속에 마약까지 복용했고, 실어증에 걸려 46세의 나이로 세상을 떠났습
니다.

시인으로서 천재적 직관과 명철한 이지를 가졌던 보들레르는 내면
생활의 심연을 파고듭니다. 그는 그 안에서 원죄의 계시라고밖에는 설
명할 수 없는 우주의 지저분하고 더러운 모습들, 죄악과 부패만을 발
견합니다. 그래서 보들레르는 자연을 혐오하고, '인공낙원'으로의 도
피를 꾀합니다. 현세의 평범함, 위선, 부패, 죄악을 직시하고 그러기
에 오직 피안의 세계, 미지의 세계의 아름다움을 동경하는 것입니다.
시인의 내부에서 전개되는 온갖 투쟁을 통일의 감정, 즉 예술로써 승
화시키고, 권태에서 환상으로, 우울에서 이상으로 이르는 일종의 도박
같은 여정旅程을 계속하는 것이 그의 임무였습니다. 그는 이 임무를
'향과 색과 음이 서로 응답하는' 교감을 나타내는 식의 상징과 환기의
방법을 통해 수행합니다.

자연은 하나의 사원寺院, 거기 살아 있는 기둥들이
이따금씩 알 수 없는 말들을 낸다.
인간은 친근한 시선으로 자신들을 바라보는
상징의 숲을 통해 그곳을 지나간다.

밤처럼 그리고 밝음처럼 거대한
어둡고 깊은 통일 속에서
서로 혼합하는 긴 메아리처럼
향기와 색과 소리가 서로 화합한다.

아이들의 살처럼 신선하고,
오보에처럼 부드럽고, 초원처럼 푸르른 향기들,
또한 썩고 풍요롭고 당당한 다른 향기들,

정신과 감각의 열광을 노래하는
호박향, 사향, 안식향, 분향처럼
무한의 사물들을 퍼뜨린다.

- 〈상응〉 (최석 역)

　천상계와 지상계, 그리고 인간의 감각으로 이루어진 만물들 사이에
서로 조응 관계가 성립함을 보여 주는 그의 시 〈**상응**〉은 상징주의 미학
의 근간을 이루게 되며, 시각과 청각, 후각이 교류하는 보들레르의 시
는 낭만파의 시와도, 고답파의 시와도 그 질을 달리하며 상징파의 진
정한 창시자이자 선구자가 되었습니다. 보들레르 사후에 발간된 산문
시집 〈**파리의 우울**Le Spleen de Paris〉(1869)은 〈악의 꽃〉과 쌍벽을 이
루는 중요한 작품으로 장단長短 50편의 산문시로 구성되어 있습니다.

말라르메
마네(1876)

'말라르메'! 부인이 1004라고?..
부럽소! 난..1004 반대와 사요!

소크라테스

보들레르에 의해 열린 상징주의는 **말라르메** Stéphane Mallarmé(1842~1898)에 의해 완성되고 문학사적으로나 철학적으로 의미를 확고히 하게 됩니다.

말라르메는 시에 있어서도 완벽주의자였고, 자신의 현실 생활에서도 완벽주의자였습니다. 자신의 아내를 '천사'라고 부르며 아끼고 사랑했고 아이들에게도 정성을 쏟았으며 주위 사람들에게 극도로 예절 바르고 온화하게 대했을 뿐만 아니라 생계유지를 위해 영어 선생을 했던 경력을 제외하고는 거의 모든 생애를 시 창작에 바쳤습니다. 완벽한 순수시를 창조해 내기 위해 언어에 대한 과도한 실험을 시도하다가 스물여섯 살에 실어증에 걸리기도 했습니다.

그는 일찍이 고답파 시인들의 작품집인 〈현대의 파르나스〉(1869)에 자신의 시를 발표했었지만 보들레르와 정신적으로 연계되는 시인입니다. 청년기의 그의 시 〈바다의 미풍〉에서 추하고 단조로운 현실이 괴로워 "육체는 슬퍼라, 오오, 나는 모든 책을 읽었건만, 빠져나가자, 저 멀리로……."라며 여행과 죽음, 불가능의 이상으로서의 창공을 동경하는데, 이 모든 것은 보들레르풍의 불안, 우울, 이상, 향수, 도취, 현실 도피 등과 연결되는 것입니다. 스무 살이 되면서 자신만의 독자적인 시 세계를 추구하게 된 말라르메는 이 시집에 실렸던 시들을 모아 **〈목신의 오후**L'Après-midi d'un Faune〉(1876)라는 이름의 시집으로 출판했는데, 이 시집은 보들레르의 〈악의 꽃〉, 발레리의 〈젊은 파르크〉와 더불어 프랑스 시의 극치로 꼽히고 있습니다.

말라르메는 1891년 〈파리의 메아리〉지에서 상징시에 대해 다음과 같이 간단한 정의를 내렸습니다.

　　　"고답파 시인들은 사물을 전체적으로 포착해서 그것을 그대로 보여 준다. (중략) 사물에 뚜렷한 이름을 붙이는 것은 시흥의 4분지 3을 말살하는 것이다. 시의 묘미는 조금씩 조금씩 터득해 가는 데 있다. 암시가 바로 꿈이다. 이러한 신비의 능란한 활용이 곧 상징이다."

보들레르가 미리 일련의 영상을 파악해서 이를 지배하고 감정과 논리로 배열해 가는 데 반해서 말라르메는 순전히 '유추*'에 의해서 서로 암시하고 환기하는 영상들을 쌓아 나갑니다. 그는 완벽한 순수시를 창조하기 위해 단어나 문장의 구조가 갖는 결함을 제거하려고 프랑스어 문법을 파괴하기도 했고, 외부에 의한 영감에 의존하지 않고 시의 내부로부터 주도권을 확보하려는 '시의 현상학적 전환'을 시도합니다. 이러한 상징적 수법은 후기 작품에서 더욱 강조되는데, 기질상 평범함을 지극히 싫어했던 말라르메는 너무나 새로운 시어를 만들어 내는 데 탐닉한 나머지 '언어의 완벽한 연금술사'라는 평가와 함께 '프랑스 문학 사상 가장 난해한 시인'으로 평가받습니다.

유추

두 개의 사물이 몇몇 성질이나 관계를 공통으로 가지면서, 한 쪽의 사물이 어떤 성질 또는 관계를 가질 경우, 다른 사물도 그와 같은 성질 또는 관계를 가질 것이라고 추리하는 것. 언어학에서는 말하는 사람의 마음 속에 서로 관계가 깊은 일군의 언어형식을 하나로 통일하려는 움직임을 말한다.

말라르메가 상징주의의 지성적인 면을 계승하고 완성했다면 **베를렌** Paul Verlaine(1844~1896)은 섬세한 음악성으로 상징주의의 감성적인 면을 훌륭하게 살려낸 시인입니다. 자기 자신에 대해서나 가족에 대해서 완벽주의자였던 말라르메와 달리 무절제하고 방랑으로 점철된 생애를 보냈습니다. 공병장교의 외아들로 태어나 양친의 사랑을 독차지하며 행복한 유년 시절을 보냈고, 파리에서 보험회사 직원으로 근무하다가 플로베르, 고티에 등과 같은 문인들과 교제하면서 시인으로 변모했습니다.

젊은 소년 시인 랭보와 우정 이상의 감정을 유지하는 동거 및 방랑 생활로 부부 생활은 불화를 일으켰고 예술적 감각을 자극하기 위해 마약을 복용했으며 랭보와의 논쟁 끝에 권총을 발사한 사건으로 1년 반 동안 감옥에서 복역하기도 했습니다. 복역 중에 친구의 노력으로 자신

베를렌
으젠느 카리에르(1891)

의 네 번째 시집이자 상징주의적 시상이 최고조에 달한 〈**무언가 Romances sans Paroles**〉(1874)가 출판되었고, 아내와 이혼했습니다. 출소 후에는 가톨릭교도로서 평온한 전원생활을 보내며 종교 시집 〈예지Sagesse〉(1880)를 출판했지만 프랑스 어느 시골의 사립 중학교에서 교사로 있으면서 제자인 한 미소년과 동성애에 빠진 데다가 주사酒邪가 되살아나 면직을 당한 후로는 추문과 빈궁 속에서 비참한 만년을 보냈으며 동거하고 있던 창녀가 지켜보는 가운데 52세의 나이로 세상을 떠났습니다. 생전에 간행한 시집이 20권, 시편은 840편이나 되며 이밖에도 랭보, 말라르메 등 근대시의 귀재들을 소개한 평론집 〈저주받은 시인들Les poètes maudits〉(1884), 회상록인 〈나의 감옥 생활Mes prisons〉(1893), 〈**참회록Confessions**〉(1895) 등의 저서도 유명합니다.

"베를렌! 당신의 무절제와 방랑이란 바람이! 당신을 쓸어 간거요!!"

가을날의
바이올린의
　　긴 흐느낌이
단조로운
나른함으로
　　내 마음 아프게 하네

시간을 알리는 종소리에
숨 막히고
　　창백해져
옛 시절의
추억에
　　눈물흘리네

그리하여

여기저기 쓸리는
　　낙엽처럼
짓궂은 바람에
쓸려
　　나도 간다네.

- 〈가을의 노래〉 (최석 역)

가을의 우울한 애상을 단순하고 유연한 음악성으로 그려 낸 〈가을의 노래〉에서 단적으로 볼 수 있듯이 베를렌의 시는 무엇보다도 음악성을 추구합니다. 고답파에 반대하여 시에서 '색채'를 배제하고 음영陰影을 찾았으며, 막연한 불안과 형체 없이 떠다니는 우울, 알쏭달쏭하고 어렴풋한 느낌, 몽롱한 관념, 신비롭고 냉소적인 기분 등이 음악적인 시행과 암시와 환기, 상징을 통해 전달됩니다. 베를렌은 현실의 상징을 통해 이상 세계를 암시하기보다는 자신의 내면적 감정을 상징하는 개인적 상징을 많이 사용했습니다.

프랑스 문학 사상 최고의 천재, 초현실주의의 선구자, 반항아, 견자見者, voyant, 이것이 **랭보**Arthur Raimbaud(1854~1891)에게 붙여지는 수식어들입니다. 그리고 그 수식어들이 16~19세(1870~1873) 사이 불과 3년간의 문학 생활과 그 동안에 쓴 2편의 시집 〈일뤼미나시옹Illuminations〉과 **〈지옥에서 보낸 한 철**Une saison en enfer〉로 얻어진 것이어서 그의 삶이 얼마나 드라마틱했는지 짐작할 수 있습니다. 어려서 아버지가 집을 나간 후 광신적인 어머니 밑에서 자란 랭보는 일찍부터 인습과 그리스도교를 혐오하게 되었습니다. 12세 때부터 벌써 신동으로 불렸던 랭보는 16세 때 프로이센-프랑스 전쟁이 일어나자 대학 입학 자격시험을 포기한 채 가출했고, 젊은 랭보의 시에 호기심을 가졌던 베를렌과 함께 유랑하기도 했지만, 반항아이고 자유인이었던

랭보

랭보는 베를렌을 떠나 '바람구두를 신은 사나이' 처럼 바람을 벗 삼아 20세에 붓을 꺾고 36세의 나이로 마르세이유의 병원에서 세상을 떠날 때까지 방랑의 포로로 진흙길을 걸어야 했습니다.

랭보는 '미지의 것' 을 찾아, 모든 감관을 해방하고, 방탕, 연애, 고뇌, 광란 등 생활의 온갖 소용돌이의 한복판에서 인생 그 자체를 가장 동적인 상태에서 봅니다. 그리고 감각의 고의적인 교란을 통해서 시적 상징을 탐구하려 했습니다.

교란과 현기증을 통한 드넓은 자유와 광명의 새 세계에 대한 비전은 그의 초기 시 〈취한 배Le Bateau ivre〉에 잘 나타나 있습니다. 바다에 한 번도 가 본 적 없던 17세 소년 랭보가 잡지의 삽화를 보고 영감을 얻어 오직 상상에 의거해 쓴 이 시에서는 의인화된 배가 시의 화자話者가 되어 있습니다.

"랭보"는.. 바닷물에
출렁이는 내가!
술 취한줄 알았나봐?!
아직 어린애야 ㅋㅋ

나는 안다, 번개에 찢기는 하늘을, 바다의 회오리를
산더미 같은 파도 뒤집는 조수를, 나는 알고 있다 저녁을,
날아오르는 비둘기 떼처럼, 드높이 붉게 밝아 오는 새벽을,
사람이 보았다고 생각되는 것을 나는 가끔 이 눈으로 보았다.

나는 보았다, 신비로운 공포로 얼룩진, 낮은 태양을
(중략)
나는 꿈꾸었다, 바다의 눈으로 서서히 올라오는 입맞춤을
눈부시게 눈 내리는 초록의 밤을
전대미문의 정기의 순환을
노래하는 인광燐光들의 노란, 그리고 푸른 눈뜸을!

- 〈취한 배〉 중에서

베를렌이 그린 랭보

랭보의 낙원은 중첩된 영상의 무리로 이루어져 있으며, 이것을 보는

독자는 흥분과 도취감을 느끼게 됩니다. 랭보의 낙원의 이미지는 현실 자체보다 더 사실적인 느낌을 주는데, 이것은 시인이 현실의 배후에 있는 이상 세계를 더욱 현실감 있게 투시하고 있기 때문일 것입니다.

상징주의의 유산

프랑스의 상징주의는 다른 어떤 사조들보다도 더 강력하고 풍요로운 영향을 서양 각지에 미쳤습니다. 프랑스의 발레리와 프루스트, 영국의 시인 예이츠와 토마스 엘리엇, 미국의 에즈라 파운드, 독일의 라이너 마리아 릴케 등은 상징주의의 큰 영향을 받은 작가들입니다. 그러나 한 세대를 풍미하고 후세까지 큰 영향을 끼쳤던 상징주의는 너무도 심오한 사상과 난해한 시적 기교를 추구함으로써 독자들로부터 멀어지게 되었습니다. 설명과 묘사를 완전히 배제하고 유추, 암시, 환기에만 의존했던 나머지 프랑스어의 명확하고 논리적인 어법과 충돌하게 되었고, 1890년경부터 1차 세계 대전에 이르기까지 유달리 격동이 심했던 정치적·사회적 분쟁으로 인해, 순수 미학, 꿈, 신비에 몰두하던 상징주의는 모더니즘, 다다이즘, 초현실주의에 자리를 내주게 됩니다.

베를렌과 랭보

〈어떤 테이블의 모퉁이〉

팡탱 라투르(1872). 왼쪽 앞줄 첫 번째가 랭보, 두 번째가 베를렌이다.

열여섯 살에 가출한 랭보는 방황하던 중 우연한 기회에 베를렌을 소개받고 정성껏 손질한 자신의 시를 편지와 동봉해 베를렌에게 보낸다. 랭보의 시를 접하는 순간 첫눈에 그의 시에 반해 버린 베를렌은 랭보를 파리로 불러들인다. 그때부터 시작된 랭보와 베를렌의 인연은 참 복잡하다.

결혼한 지 1년밖에 되지 않은 베를렌은 처가살이를 하고 있었고, 베를렌의 부인은 대단한 미소년인 랭보를 질투했다. 부부 싸움이 잦아진 베를렌 부부는 별거하고 랭보와 베를렌은 브뤼셀로, 런던으로 도피 행각을 벌인다. 결국 아내에게 돌아가겠다는 베를렌과 랭보는 다투게 되고 옥신각신 실랑이 끝에 광분한 베를렌이 랭보에게 권총을 겨눠 두 발을 발사했는데 그중 한발이 랭보의 손목에 박히는 불상사가 발생한다.

랭보가 고소를 취하했음에도 불구하고 베를렌은 2년 형을 언도 받고 복역한다. 랭보는 부상으로 입원했던 브뤼셀의 병원에서 퇴원해 어머니의 고향 로쉬로 돌아가 그간의 고통과 사랑, 갈등과 고뇌를 담아 〈지옥에서의 한 철〉을 집필하기 시작한다.

이 시집에 수록된 〈미친 마돈나〉는 베를렌을 상징적으로 지칭한 시다. 여기서 그는 2년간 베를렌과 나눈 동성애의 찌꺼기들을 정화되어야 할 치욕이자 혹독한 지옥으로 그려 내고 있다.

베를렌과 헤어진 후 절필하고 신기루와 같은 일탈을 찾아 헤맨 자유인 랭보는 무기 밀매, 마약 거래, 인신매매, 흑인들과의 동성애, 방탕에 가까운 자유를 즐기다 얻은 매독 등의 병으로 인해 사망한다.

보통 사람들이 하지 않는 경험이 보통과 다른 시를 만들어 내는 것일까?

거리에 비가 내리듯

폴 베를렌

거리에 비가 내리듯
내 가슴속 눈물 흐르네
가슴속에 스며드는
이 슬픔은 무엇일까

땅 위에도 지붕 위에도
오, 부드러운 빗소리!
답답한 가슴에
오, 비의 노래여!

울적한 이 가슴에
까닭 없는 눈물 흐르네
버림받음도 없는데
이 슬픔은 무엇일까

까닭 모를 슬픔이
가장 괴로운 것을,
사랑도 없고 미움도 없는데
내 가슴 한없이 괴로워라!

감 각

랭보

여름 야청빛 저녁이면 들길을 가리라
밀잎에 찔리고, 잔풀을 밟으며
하여 몽상가의 발밑으로 그 신선함 느끼리
바람은 저절로 내 맨머리를 씻겨 주겠지

말도 않고 생각도 않으리
그러나 한없는 사랑은 내 넋 속에 피어오르리니
나는 가리라, 멀리, 저 멀리, 보헤미안처럼,
계집애 데려가듯 행복하게, 자연 속으로

Sensation

Par les soirs bleus d'été, j'irai dans les sentiers,
Picoté par les blés, fouler l'herbe menue:
Rêveur, j'en sentirai la fraîcheur à mes pieds.
Je laisserai le vent baigner ma tête nue.

Je ne parlerai pas, je ne penserai rien:
Mais l'amour infini me montera dans l'âme,
Et j'irai loin, bien loin, comme un bohémien,
Par la Nature, heureux comme avec une femme.

Arthur Rimbaud

Mars 1870.

랭보가 쓴 이 시의 자필원고

2부

20세기 문학

20세기 문학의 흐름과 역사적 배경

1900년, 프랑스 파리에서 열린 만국박람회를 시작으로 20세기는 적어도 외관상으로는 태평성대의 시대를 열었습니다. 지난 세기 산업의 확장과 시장의 확보를 가져온 자본주의 생산양식은 20세기 초에도 그대로 유지되었고 식민지 쟁탈전과 제국주의 역시 계속되었지만 세기 말의 인간의 의식 세계는 변화합니다. 과학과 기술의 유용성에 대한 신뢰, 진보의 원리와 이성에 대한 숭배 속에 확립되었던 사회적·역사적 근대성의 후면에 부르주아적 가치척도에 대한 반감과 혐오, 현실 거부 같은 자아의식의 변화가 일어납니다.

선진 자본주의 열강들이 자국의 이익을 추구하는 과정에서 벌어진 제국주의 식민지 패권 쟁탈전인 1차 세계 대전(1914~1918), 1917년 제정 러시아를 종식시킨 러시아 볼셰비키혁명[*], 경제대공황, 파시즘[*]이라는 전체주의 이데올로기가 빚어낸 2차 세계 대전(1939~1945), 2차 세계 대전 종결 후 약 30년간에 걸친 냉전, 1980년대 말 소련과 동유럽 국가들의 공산주의 체제 붕괴 등의 역사적인 사건을 겪으며 20세기가 흘러온 것처럼, 문학과 문화의 근대적 감수성 역시 여러 가지 변화를 겪으며 현재에 이르게 됩니다.

볼셰비키혁명

1917년 10월 러시아에서 발생한 프롤레타리아혁명. 일반적으로는 1905년의 1차 러시아혁명과 1917년의 2월혁명을 포함하는 러시아의 사회변혁 혁명을 말한다. 볼셰비키는 소련공산당의 전신인 러시아사회민주노동당 정통파를 가리키는 말로 멘셰비키에 대립된 개념이며, 다수파라는 뜻으로 과격 혁명주의자 또는 과격파의 뜻으로도 쓰인다.

파시즘

'묶음', '결속'을 뜻하는 이탈리아어 '파쇼fascio'에서 온 말로 1919년 이탈리아의 무솔리니가 주장하고 조직한 국수주의적이고 반공적인 정치운동을 말한다.

◀ 폴란드 아우슈비츠 강제수용소 제1캠프의 정문
2차 세계 대전 중 '홀로코스트(유대인 대학살)'의 대명사가 된 아우슈비츠 강제수용소. 1945년 1월 27일 해방될 때까지 600만 명에 이르는 유대인이 인종청소라는 명목 아래 나치스에 의해 학살되었다.

프로이트의 무의식, 마르크스의 유물론적 역사관, 아인슈타인의 상대성 이론 등이 만들어 낸 지적 · 정치적, 그리고 과학적 혁명의 충격하에서 문학적 원칙과 흐름들은 천천히 형성되어 공식화되는 절차를 거치는 대신에 대단히 다양하고 서로 간에 반대되는 경향과 운동이 꼬리를 물고 나타나며, 기라성 같은 문학의 대가들이 등장하고, 사상의 방향도 각양각색이며, 전통을 고수하는 동시에 파괴하는 장르들이 등장해 대혼란을 이룹니다.

사실 20세기를 어느 사조로 분류하여 말하는 것은 어려운 일입니다. 사람들은 20세기라는 한 세기의 백 년 동안에 일어났던 변화가 그 이전 세기 전체에 걸쳐 일어났던 변화보다 질적 · 양적인 면에서 더 크고, 급속하고, 다양하다고 말합니다. 꿈속에서나 가능했던 인간의 달 정복(1969)이 현실이 될 정도로 풍요롭고 급속한 변화와 발달은 한두 가지 세계관에 의존해서 세계를 이해하던 양상을 바꿔 놓았습니다. '모더니즘'과 '포스트모더니즘'이라는 용어로 크게 분류할 수 있는 20세기의 문예 경향들은 백 년이나 오십 년 단위로 진행되던 이전의 문예사조들과 달리, 10년 단위로 분류해도 어려울 정도로 다양하고, 변화무쌍합니다. 유럽의 어느 나라를 막론하고, 연대를 따라 사조의 교체를 중심으로 문학의 흐름을 정리하기가 어려워지는 이유가 거기에 있습니다. 따라서 이 책에서는 각 작가가 속한 세대에 따라 그의 문학 활동 전체를 알아보는 무난한 방식을 택했습니다.

20세기의 문을 연 세 명의 유대인

20세기에는 정말 많은 사람들이 등장했고, 많은 영향력을 행사했지만, 20세기의 바탕을 이루는 지적 근간을 마련하는 데 가장 큰 영향을 끼친 사람들을 들자면 프로이트, 마르크스, 아인슈타인, 이 세 명의 유대인이라고 해도 과언이 아닐 것이다.

프로이트

마르크스

변증법적 유물론을 역사에 적용시켜 유물사관唯物史觀을 확립했고 〈공산당선언〉을 발표해 각국의 혁명에 불을 지폈다.

아인슈타인

아인슈타인은 어릴 때 아주 늦게 말을 시작했다고 한다. 아인슈타인뿐만 아니라 각 분야에서 남다른 능력을 발휘하는 사람들 중에 늦게 말을 시작한 사람이 많은데, 지능이 일찍 발달한 어린이들의 말하는 능력이 늦은 현상을 가리켜 '아인슈타인 증후군'이라고 부르기도 한다.

　　오스트리아의 심리학자이자 정신분석학자인 프로이트Sigmund Freud(1856~1939)는 정신분석학 이론과 요법을 창조해 '무의식' 속에 자리 잡은 자아의 개념을 새로 내놓았다. 프로이트는 인간의 삶의 동력이 '이드id'라고 해 이제까지 감추어져 있던 성과 무의식이 의식의 세계 위로 떠오르게 만들었고, 그와 더불어 인간 정신의 어둡고 숨겨진 깊숙한 부분, 즉 사회적·도덕적 '금기'들에 의해 억압되었던 잠재의식과 욕망이 새롭게 주목받게 된다. 그는 우리들에게 무의식이라는 창문을 제공했고, 우리들이 우리 자신을 다시 보게 만드는 방법을 제공했다.

　　독일의 경제학자 마르크스Karl Marx(1818~1883)는 소련이 붕괴할 때까지 세계의 모든 일에 관여했다고 해도 과언이 아니다. 그는 인간의 모든 행동의 근본 원인은 경제적인 것이고, 경제생활의 주요한 특징은 생산수단을 둘러싼 관계에 의해 사회가 서로 적대시하는 계급으로 분할되는 것이라고 믿었다. 그의 견해에 의하면, 산업혁명은 생산자에 의한 잉여 자본의 축적에 달려 있고, 어떤 특별한 사회의 사상과 이상은 지배계급의 이해관계를 나타낸다는 것이다. 마르크스주의에서 사람들은 자아의 외부에 있는 사회·경제적 힘에 지배되기 때문에, 어떻게 보면 마르크스는 프로이트의 분석과는 완전히 반대되는 인간의 태도에 대한 분석을 제공한 셈이다. 마르크스주의는 사회와 역사를 기술하는 이론적 방법이 되기도 했고, 격렬한 정치 활동을 합리화시키는 이론이 되기도 했다.

　　독일 출신의 유대인이며 나중에는 미국에서 활동했던 물리학자인 아인슈타인Albert Einstein(1879~1955)은 1905년에 '특수상대성이론'을 발표해 물리학에 혁명을 일으켰다. 이 이론은 당시까지 지배적이었던 갈릴레이나 뉴턴의 역학을 송두리째 흔들어 놓았고, 종래의 시간과 공간 개념을 근본적으로 변화시켰으며, 몇 가지 뜻밖의 이론, 특히 질량과 에너지의 등가성等價性의 발견은 원자폭탄의 가능성을 예언한 것이기도 했다. 이 상대성 이론은 현대물리학에 혁명을 일으켰지만 그보다 더한 영향은 새로운 우주관, 즉 절대 진리는 없고 모든 것이 상대적이라는 근본적인 가치관의 변화를 가져왔다는 것이다. 이제는 그 어떤 것도 확고한 가치를 가지지 못하게 되었고, 따라서 영속적으로 영원한 가치도 없으며, 주관적인 견해에 따라 가치는 변하는 것이라고 생각하게 되었다.

01 모더니즘 문학

　모더니즘modernism이라는 말은 '근대와 현대'를 의미하는 '모던 modern'이라는 말과 '주의와 사조'를 뜻하는 '이즘ism'이 결합된 것으로 근대적인 것, 근대성을 추구하는 성향이나 흐름을 가리키는 말입니다. 문학에 있어서는 자본주의적 생산양식과 그에 따른 정치적·사회적 제도의 변화에 따르는 외적 현실과 인간의 주체적 조건의 변화들을 근본적인 새로움으로 포착해 표현하고, 종래의 문학을 극복·쇄신하고자 하는 문학 운동 전반을 모더니즘이라는 이름으로 포괄해 부릅니다. 모더니즘은 현대주의나 근대주의로 번역될 수 있는 용어로서 그 어원적으로 이미 근대화modernization의 경험을 표현하는 모든 문예 형식을 가리킵니다.

　넓은 의미에서 보면 16세기 이후에 나타난 모든 문예 형식은 기존의 문예 형식에 대해 근대화된 것으로 간주할 수 있기 때문에 '모더니즘'이라고 부를 수도 있겠지만, 현대문학의 주류적인 사조로서의 모더니즘은 19세기 말 상징주의 이후, 특히 1920년대에 일어난 근대적인 감각을 나타내는 예술상의 여러 가지 경향을 모더니즘이라는 말로 부릅니다.

물론 이러한 한정에도 불구하고 모더니즘은 부정의 정신을 바탕으로 하는 다양한 여러 가지 조류들의 이합집산이라는 특징을 가지고 있습니다. 따라서 모더니즘이라는 명칭 아래에 인상주의, 미래주의, 표현주의, 다다주의, 초현실주의 등의 '아방가르드avant-garde'* 운동과 영국, 미국을 중심으로 한 주지주의 계열의 모더니즘, 1940년 이후의 모더니즘 등 매우 이질적인 성격을 갖는 문학 활동들을 모두 포함합니다. 그러나 그 명칭이 어떠한 것이 되었든 간에 모더니즘은 주체의 붕괴, 형태에 대한 집착, 예술의 공간화, 예술의 자기반성적 성격이라는 공통점을 가지고 있습니다.

모더니즘 일반에 나타나는 미학적 형태와 사회적 전망은 이성과 법칙을 중요시하면서 우주와 자연 및 사물을 객관적이고 변하지 않는 것으로 보는 대신 주관과 상대성을 강조하고 객체보다는 주체를, 외적인 경험보다는 내적인 경험을, 집단의식보다는 개인의식을 더 가치 있는 것으로 봅니다. 미학적인 자의식, 자기 반영성이 강하게 나타나기 때문에 언어의 본질에 집착하기도 하고, 물리적 시간이 아닌 심리적 시간에 따라 경험의 동시성을 추구하며, 서술적 시간의 구조가 약화되고 공간적 형태가 강화되는 양상으로 나타납니다. 이에 따라 사건들의 인과관계가 제거되고 지각을 자극할 수 있는 이미지에 관심이 쏠리게 됩니다.

모더니즘은 근대사회의 성립과 불가분의 관계를 가지고 있습니다. 모더니즘이라는 용어의 의미는 그것이 사회가 근대화의 과정을 밟아가는 속에서 개인들이 겪게 되는 경험의 표현으로 이루어진 것임을 말해 줍니다.

아방가르드

원래 군대 용어로, 전투할 때 선두에 서서 적진을 향해 돌진하는 부대를 뜻한다. 러시아혁명 전야에는 계급투쟁의 선봉에 서는 정당과 그 당원을 지칭하기도 했고, 예술에서는 끊임없이 미지의 문제와 대결해 이제까지의 예술 개념을 변화시킬 수 있는 혁명적인 예술 경향 또는 그 운동을 뜻한다. 전위 예술운동이라고 하기도 한다.

모더니즘의 여러 갈래

〈인상, 해돋이〉
'인상주의'라는 표현의 유래가 된 클로드 모네의 작품(1872)

인상주의

인상주의 문학은 자연주의와 표현주의의 중간 단계에 나타난 경향으로 인상파 회화의 영향을 많이 받았습니다. 1850년대 이후 사진기의 발명은 대상에 대한 정확한 재현 가능성이라는 회화의 중요한 존재 이유 중 하나를 박탈해 버렸습니다. 이제 대상이라는 존재 그 자체가 아니라 그 존재를 '어떻게' 표현하고 이해할 것인가가 중요한 문제가 되었고, 그것이 인상주의 회화를 촉발시킨 계기가 됩니다. 이러한 인상주의 회화의 영향을 받은 인상주의 문학은 인식 대상과 인식 주체 사이의 관계를 뒤틀어 놓음으로써 인식 대상보다 인식 주체에 무게중심을 두는 모더니즘의 사고를 잉태했습니다. 자연주의에서 기록자의 역할을 하던 인식 주체가 탐험가로 변모한 것입니다. 인상주의는 '현실의 재현'이라는 측면에서 현실을 묘사하지만, 관찰되는 대상 그대로가 아니라 대상을 바라보는 사람들이 느끼는 인상印象, impression을 강조합니다. 이야기하는 주체의 내면 의식에 대한 분석적 연구에 초점을 맞추고, 외부 세계에 대한 영혼의 반응을 미세하게 연구하는 세련되고 정교한 예술적 소설이나 퇴폐주의적인 작품들이 많이 생산되었습니다.

표현주의

표현주의는 1차 세계 대전 전후에 걸친 10여 년(1910~1920년대) 동안 특히 오스트리아와 독일을 중심으로 펼쳐진 모더니즘의 대표적인 흐름 가운데 하나입니다. 세기말 이후 합리성에 의해 꾸준히 억눌려 온 인간성의 표출, 불안과 초조, 위기의식 같은 시달림 으로부터의 자아의 해방을 부르짖습니다. 외계로부터 받은 인 상을 소극적으로 재현하는 것에서 한 걸음 더 나아가 내면의 부 르짖음을 폭발적으로 표현해 그러한 주관이 객관적 세계를 압 도해 버리는 '감정 표출의 예술'을 지향합니다. 주관적인 강렬 성을 기반으로 대상을 표현하기 위해 왜곡까지 마다하지 않으 며, 형식에 있어서도 객관적 서술을 피하고 정상적인 대화 형 식보다 각자의 내면의 고백, 단편적인 어구의 나열, 문법에 어 긋나는 용어 등을 더 많이 사용합니다. 대상에서 가장 중요한 것을 극도로 첨예화시키고 독특한 방법으로 왜곡하는 경향을

〈절규〉
뭉크(1893)

보이기도 하며, 분노의 부르짖음, 절규, 신음, 비명, 환성, 황홀경, 강 렬한 색채(특히 검은색과 붉은색), 공포, 충격 같은 과장된 감정 표현 등 이 과포화 상태를 이루기도 합니다. 이러한 경향은 전시戰時, 전후 시 기의 정신 상황을 극단적으로 표현하려는 시도였으며 표현주의 작가 중 소설가들이 많지 않았던 이유는 산문의 서술 기법 안에 비합리성과 추상성 같은 개념을 담아내는 것이 쉽지 않았기 때문일 것입니다.

미래주의

미래주의는 현재의 기반에서 과거를 전면적으로 부정하고 미래를 지향한다는 명확한 이념과 방법에 대한 의식을 가지고 등장한 최초의 전위예술 운동입니다 이탈리아의 시인 마리네티Filippo Tommaso Emilio Marinetti(1876~1944)가 1909년 프랑스의 〈피가로〉지에 "우리 는 박물관과 도서관을 파괴할 것이며 도덕주의, 여성다움, 모든 공리 주의적 비겁함에 대항해서 싸울 것"이라는 요지의 미래파 선언을 발표 하면서 이탈리아와 러시아를 중심으로 진행되었습니다. 테크놀로지,

◀ 문자의 시각적 기능을 강조한 아폴리네르의 시 〈비가 내리네〉

Il pleut

〈자전거 타는 사람〉
보초니의 작품. 미래파 화가들은 "질주하고 있는 말의 다리는 4개가 아니라 20개다."라고 주장하며 잔상殘像, 보고 있는 것, 기억하고 있는 것을 종합해서 표현한다.

역동성, 힘, 속도, 에너지를 미적으로 숭배한 미래파 시인들은 현대의 역동적인 삶을 표현하기 위해서 완결된 구조를 창조하는 기존 예술의 방법을 완전히 버리고, 소리, 빛, 운동 등의 모든 것을 예술 작품 속에 함께 표현하려고 합니다. 따라서 신조어를 창조하거나 구문의 파괴도 주저하지 않았고, 단어들을 변형시키고, 구두점을 창조적으로 활용하며 문자의 시각적 기능을 강조하기도 합니다. 당시에 '미래파'라는 용어는 새롭고 괴상한 모든 것을 가리키는 말로 쓰이기도 했는데, 이것은 미래파가 대담한 현대 예술의 근원적 해방을 시도한 데 따른 것이기도 합니다.

미래주의는 전통에 대한 거부라는 점에서 모더니즘과 공통적 성질을 가지고 있지만, 특히 기계문명을 예찬하고 인류의 황금시대를 기대한 점에서 다른 운동과 차별성을 가집니다. 이런 과거에 대한 부정과 문화적 재탄생의 시도는 필연적으로 정치적 혁명과 맞물리게 되었습니다. 강한 힘, 초인적 인간에 대한 지향은 국수주의와 전쟁에 대한 열광을 가져왔는데, 그 힘들 사이의 갈등이 표출된 결과인 전쟁에 의해 이탈리아 미래주의는 소멸되었고, 과거를 부정하고 유토피아적 미래를 구상했던 러시아 미래주의는 볼셰비키혁명으로 인해 예술의 활동 자체도 보장받지 못하는 비극적인 결과를 낳았다는 것은 참으로 아이러니한 일입니다.

다다이즘

다다이즘은 1차 세계 대전이 진행되던 1916년, 스위스 취리히에서 루마니아 시인 차라Tristan Tzara의 주동으로 일어난 예술운동입니다.

'다다dada'는 프랑스어와 루마니아어로는 목마를, 이탈리아어로는 입방체나 어머니, 독일어로는 소박성을 뜻하기도 하지만, 자음과 모음의 동음반복으로 이루어진, 아무 뜻 없이 하는 옹알이를 의미하기도 해서, 모든 것을 의미하는 동시에 의미하거나 지향하는 것이 아무것도 없음을 나타내기도 합니다.

오! "다다이즘"… 난! 더 현대화 된 샘(?)인데! 여기서 이게 뭐야?

다다는 "예술은 죽었다."를 외치며 절대 선을 소유할 수 없는 시대를 살아가는 불감증자들에게 그것을 향한 예술적 노력이 무의미함을 깨닫게 하고, 논리를 배격하고, 감각의 즉각성과 직관력, 주체의 자각을 강조해 감각을 느끼고 향유하는 주체만이 예술의 진정한 주인이 될 수 있다고 주장합니다. 삶의 생생한 경험이 관습적인 형식들에 의해 왜곡되는 것에 대해 항거한다는 의미에서 기존의 표현 방법을 전면적으로 파괴할 것을 주장한 다다의 부정 정신은 예술의 가치뿐만 아니라 인생의 가치 자체를 의심하는 허무주의로 이어지고, 무정부주의, 탈신성화, 비합리, 비윤리 등의 성격을 띠게 됩니다.

일체의 부정과 철저한 반항적 파괴를 주장하고 실천한 다다는 그 부정의 대상에 예술의 존재 의미 자체가 포함되는 자기모순에 빠지게 되었고, 결국 예술 자체, 시 자체를 부정하지 않을 수 없는 궁지에 몰려 스스로 소멸합니다.

〈샘〉

마르셀 뒤샹(1917). 실제 생활에서 사용되는 '기성품(레디메이드ready-made)'인 소변기를 전시회에 출품해 기존의 가치 체계에 정면 도전하며 일대 센세이션을 일으켰다. 예술적 노력의 무의미함이라는 다다의 미학을 잘 보여 준다.

초현실주의

초현실주의surrealism라는 말은 1917년 프랑스의 시인 아폴리네르가 처음 사용했으나, 1924년 앙드레 브르통이 〈초현실주의 선언〉을 발표하면서 체계를 갖춘 전위예술운동으로 1930년대 말까지 지속되었습니다. 어떤 면에서는 다다이즘과 프로이트 학설을 결합시킨 예술 운동이라고 말할 수 있습니다. 논리적 사고와 합리성이 지배하는 표면적인 의식 세계를 파괴하고 잠재의식 내지 무의식의 세계를 드러냄으로써 숨겨진 신비로운 생명력과 본능의 힘을 해방시켜 '총체적 인간'을 회복시키고 완전한 해방을 목적으로 합니다.

실용성의 법칙이 지배하는 이성적 세계를 벗어난 자유로운 상상력을 표현하기 위해 잠재의식과 무의식에서 튀어나오는 이미지들을 어법이나 논리, 의미의 연관 등 일체의 이성의 통제를 가하지 않고 그대로 옮겨 놓는 자동기술법(오토마티즘automatism), 신문이나 잡지 등을 닥치는 대로 아무렇게나 오려 붙이는, 즉 콜라주나 몽타주 수법이 창안되었습니다.

무의식 내지는 꿈의 세계의 표현을 지향하며 미학적, 논리적, 도덕적 제약을 벗어나려 했던 초현실주의는 비합리적이고 비윤리적인 에로티시즘이 그들의 강력한 무기가 되기도 했습니다. 인간의 정신과 사고를 혁신하려는 초현실주의자들은 사회적 혁신까지 함께 추구함으로써 정치적으로 공산주의에 동조하기도 했으나 결국 예술의 자율성을 포기할 것을 요구하는 공산당의 입장과 충돌합니다.

초현실주의는 그 자체로서는 이렇다 할 걸작을 남기지 못했지만 1차 세계 대전 이후 대시인이라는 영예를 차지한 시인들 대부분이 한때 이 진영의

〈기억의 고집〉
달리(1931)

세례를 받은 시인들이라는 점만으로도 그 지대한 영향력을 짐작할 수 있을 것입니다.

이미지즘

'주지주의主知主義, intellectualism'나 '이미지즘imagism'은 통상 모더니즘으로 불리는 20세기 영미 문학의 문예사조에 붙이는 이름입니다. 문학에서 '주지주의'는 감정이나 정서를 중시하는 주정주의主情主義와 대립되는 것으로써 여기서 '주지'라는 말은 작품 세계가 지적이라는 것이 아니라 대상을 대하는 작가의 태도가 지적이라는 뜻입니다. 흄, 파운드, 엘리엇 등이 중심이 된 이 운동은 막연하고 신비스러운 정서 과잉의 시를 거부하고 주관적이든 객관적이든 사물을 다루되 정확한 시어詩語를 사용해 시각적이고 함축적인 심상image에 치중할 것을 주장합니다. 감정을 드러내지 않고 시각적 이미지가 시적 표현의 중심이 되는 명료한 형식의 시들은 프랑스 상징주의의 영향이 느껴지지만, 상징주의가 음악적이라면 이미지스트들은 조각과의 유사성을 추구한다는 차이가 있습니다.

영국과 미국의 모더니즘은 유럽 대륙의 모더니즘과는 다른 모습을 띠면서 진행되었는데, 이것은 영국과 미국의 모더니즘을 이끌었던 대표자들 중 상당수가 미국에서 활동을 시작하지만 귀화 과정을 거쳐 영국에서 활동한 사람들이었던 까닭에, 그들의 자기 정체성을 가장 우선적으로 문제 삼았기 때문입니다. 또한 영국과 미국의 모더니즘은 교양으로서의 예술과 과거 전통의 답습에 대해 큰 적대감을 느끼지 않았고, 질서를 중요한 가치의 하나로 여기고 있다는 점에서도 대륙의 모더니즘과는 다릅니다. 대륙의 전위예술운동이 작품의 유기적 구조를 파괴하려 들었던 반면, 영국과 미국의 모더니즘은 그 유기적 구조를 강조합니다.

02 포스트모더니즘 문학

모더니즘이 언제부터 발생했는가를 정확하게 규정할 수 없는 것과 마찬가지로 포스트모더니즘도 언제 등장했는지 한마디로 규정할 수 없는 복잡한 사정을 안고 있습니다. 포스트모더니즘은 모더니즘의 논리적 계승이며 발전인 동시에 그것에 대한 비판적 반작용이며 단절이고, 야누스처럼 두 개의 상이한 얼굴을 지니고 있습니다. '모던', 즉 현대라는 말이 동시대를 뜻하는 것이라면 포스트모던은 '포스트post'를 해석하는 시각에 따라 그 의미가 달라집니다. '나중', '후後, post'를 뜻하는 말로 해석하면 현대 후기, 후기 현대를 지칭할 수도 있고, '벗어남', '탈脫'을 뜻하는 말로 해석하면 '탈현대'를 지칭하기도 하므로 포스트모더니즘의 뜻을 더욱 애매모호하게 만듭니다. 프랑스어로는 '포스트poste'가 텔레비전 수상기를 뜻하기 때문에 영상 문화의 우위를 뜻하는 용어가 될 수도 있다는 우스갯소리까지 나오는 실정입니다.

포스트모더니즘은 자신의 안에 '내부의 적'을 지니고 있는 문예사조라는 말을 듣기도 합니다. 자신이 반대하고 그와 차별성을 부각시키고자 했던 '모더니즘'을 자기 이름에 꼬리표처럼 달고 다니기 때문입니다.

포스트모던이라는 표현은 1934년 페데리코 데 오니스가 출판한 〈스페인과 남아메리카 시선집〉이란 책에서 맨 처음 사용되면서 중남미 시들의 어떤 특질들을 가리키는 용어로 사용되기 시작한 것으로 알려져 있습니다. 이후 모더니즘 운동에서 떨어져 나간 분파를 지칭하는 데 사용되었고, 1960년대 엘리트 문학에 도전한 대중문학을 가리키는 뜻으로 사용하면서 현재 포스트모더니즘의 의미에 가까운 의미로 자리 잡게 됩니다.

포스트모더니즘을 구체적으로 말하면, 지난 20세기 동안 서양의 예술과 삶과 사고를 지배해 온 모더니즘에 대한 반동으로 1960년대 중반부터 나타나기 시작한, 1960년대 이후의 새로운 시대정신, 패러다임을 통틀어 말합니다. 특히 모더니즘을 통해 수립된 고급문화와 저급문화의 엄격한 구분과 예술의 각 장르 간의 폐쇄성에 대해 반발해 작품의 유기적 통일성과 일관성을 부정하고 임의성 또는 유희성을 예술적 원리로 삼습니다. 따라서 개성, 자율성, 다양성, 대중성을 중시하며, 이념과 중심을 벗어나는 경향이 강하게 나타나는 동시에 주변적인 것, 즉 대중문화, 제3세계 문학, 페미니즘 문학 등이 부상합니다.

대량생산과 대량소비가 이루어지는 고도로 발달한 자본주의 사회, 전 세계를 하나로 이어주는 대중매체가 발달한 정보화 시대를 배경으로 한 포스트모더니즘은 주로 유럽 대륙을 중심으로 이루어졌던 문예사조에 반해서 사상 처음으로 유럽 이외의 지역, 특히 중남미와 미국이 주도권을 잡고 전개한 문학예술운동입니다.

포스트모더니즘의 간추린 특징

▨ 근본적으로 상대적 세계관을 바탕으로 하고 있다. 따라서 그 어느 것도 확실하고 절대적이지 않다.

▨ 종합적이고 총체적인 인식을 거부한 결과 표현 양식은 단편적이 된다.

▨ 서양의 전통적인 형이상학 체계인 진리, 주체, 초월적 이성 등을 거부한다. 규범과 경전에 도전하며, 그 결과 엘리트주의와 남성 우월주의를 부인하게 되고, 대중문화, 여성 문화, 제3세계 예술, 소수민족 예술, 민중예술, 이방인의 문화에 대해 관심을 가진다.

▨ 예술 고유의 재현 양식을 문제시해 예술의 본질은 본질적으로 재현할 수 없는 것이라고 믿는다. 따라서 반反사실주의의 성격을 가지며 무형태성을 강조한다. 또한 예술을 놀이 개념으로 보고 행위와 참여를 강조한다. 독창적 글쓰기가 어려워짐으로 '다시 쓰기'나 장르를 파괴하는 '혼성 모방'과 '패러디'*가 창작의 주요 모티브가 된다. 대중문화에 관심을 갖고 대중의 참여와 비평을 유도한다.

이게… "마귀할멈" 패러디야♪

패러디
'원전의 풍자적 모방' 또는 원전의 '희극적 개작'을 말한다. 패러디가 원본에 있는 고의적인 기벽들을 체계적으로 흉내 내면서 자기주장을 하는 희극적이고 비판적인 장르, 또는 과장과 왜곡 등에 의해 원본을 조롱하는 풍자 장르를 말하는 데 반해 혼성 모방은 패러디의 창조적 측면이 사라지고 다양한 스타일을 모방하는 흉내 내기를 중성적으로 수행한다.

03 영국 문학

빅토리아 여왕이 사망하고 에드워드 7세가 즉위(1901)하면서 20세기를 맞게 된 영국은 유럽 대륙의 모든 국가들과 마찬가지로 정치적으로나 사회적으로 복잡하고 다양한 변화를 겪습니다. 빅토리아 시대의 화려했던 번영은 쇠퇴하고, 영국의 경제와 산업은 새로이 부상하는 유럽 다른 국가와 미국에 추격을 당하게 되었으며, 지나친 물질주의와 과학의 발달로 전통적인 가치관은 붕괴되기 시작했습니다. 또한 수많은 사람들의 목숨을 앗아간 1, 2차 세계 대전은 황폐함과 고통, 절망과 허무, 단절의 세계로 변화하게 만들었습니다. 이러한 시대정신이 문학의 주제가 되는 것은 당연하다고 할 것입니다.

특히 20세기 초, 성서를 근원으로 인간이나 사회의 종교 사상, 도덕을 주제로 다루어 오던 전통을 대신해, 내용보다는 형식을 강조하는 '예술을 위한 예술'*의 경향으로 전환되었으며, 이후 '모더니스트'로 불리는 작가들은 언어, 문체, 형식, 기교 등의 대담한 실험을 통해 형이상학적이고 상징적인 기법으로 사회와 인간의 내면적 · 외면적 생활

예술을 위한 예술

예술지상주의라고도 하며 심미주의, 탐미주의, 유미주의 등과 연결된다. 예술의 유일한 목적은 예술 자체 및 미美에 있으며, 도덕적 · 사회적 또는 그 밖의 모든 효용성을 배제하고 예술의 자율성과 무상성無償性을 강조한다. 이런 점에서 종종 악을 절대적 목적으로 해서 모든 것을 없애 버리고 신도 부정하는 악마주의Satanism, Diabolism로 연결되기도 한다. 예술상의 심미적 태도가 실생활에 영향을 미치게 되면, 개인주의나 귀족주의와 결부되어 이른바 '댄디dandy'를 이상으로 삼아 생활 자체를 미화시키려는 댄디즘이 나타난다. 그 자체로 문학적 방법을 획득한 사조라기보다 다른 사조와의 연관 속에서 변화해 간 사조라고 볼 수 있다.

을 묘사하면서 미래의 희망을 제시합니다. 이와 더불어 종교와 예술과 사회를 함께 조화시키려는 시도 역시 계속됩니다.

아일랜드 더블린에서 출생한 **오스카 와일드**Oscar Wild(1854~1900)는 심미주의와 떼어놓을 수 없으리만큼 밀접하게 연결되어 있는 작가입니다. 특이한 복장과 기이한 행동으로 악명 높은 인기를 얻었고, 작가로서의 명성이 최절정에 있을 때 동성애 사건으로 감옥에 간 뒤 몰락의 길을 걸었으며, 마지막에는 파리의 빈민굴에서 객사하는 비운의 삶을 살았습니다.

오스카 와일드
미국을 방문했을 때 신고할 것이 없냐고 묻는 세관원에게 "나의 천재성밖에는 신고할 것이 없다."고 대답한 일화는 유명하다.

"예술이 인생을 모방하는 것이 아니라 인생이 예술을 모방한다."고 주장한 와일드는 자신의 참모습에 대한 탐구로서 예술 행위를 이해했고 그런 입장에서 심미주의를 주장했습니다. 그의 대표작은 〈**도리언 그레이의 초상**The Picture of Dorian Gray〉(1891)인데 악마적 심미주의 사상을 바탕으로 도리안이라는 미모의 청년이 사랑과 환락의 생활을 거듭하며 타락해 마침내 자살하게 되는 과정을 추적한 작품입니다. 주인공 도리안은 작가의 사상적 분신이라고 할 수 있는 헨리 워튼경卿의 유미적 쾌락주의에 영향을 받아 악과 관능의 세계에 탐닉하고 여기에서 생기는 '추함'과 '노쇠'는 모두 그의 초상에 새겨집니다. 그럼에도 불구하고 그 자신은 언제까지나 아름다움과 젊음을 잃지 않고 계속해서 죄를 짓습니다. 그러나 결국 잘못을 뉘우치고 새로운 삶을 위해 그 초상을 파기하려고 단검으로 찌르지만, 그것은 또한 자신을 찌르는 것이 되어 도리안은 쓰러지고 그의 시체에는 초상화에 새겨졌던 노쇠함과 추악함이 몰골사납게 나타난다는 내용입니다. 미와 인간의 운명을 연관 지어 파악한다는 점에서 와일드의 주장을 실천한 작품입니다.

〈**살로메**Salomé〉는 그의 소설 중에서도 가장 심미주의적인 작품입니

▶ **프랑스 파리의 페르 라 셰즈 묘지 내의 와일드의 묘**
동성애가 범죄였던 당시 영국에서 동성애자임을 공개적으로 밝혔던
오스카 와일드는 결국 영국을 떠나 파리의 빈민굴에서 사망했다.

다. 이것은 1892년 프랑스어로 씌어진 것을 1894년 영어로
번역해 출판한 것으로 마태복음에 기록된 헤롯왕의 의붓딸
살로메의 설화를 변형해 악마적인 유미주의의 주제를 완성한
작품입니다. 살로메의 아름다운 춤에 매혹된 헤롯왕은 살로
메의 소원은 모두 들어주겠다고 약속하고 살로메의 요구대로
세례 요한의 목을 잘라 줍니다. 어둠 속에서 피가 뚝뚝 떨어
지는 요한의 목에 입 맞추는 살로메의 광적인 정열에서는 황
홀한 악마적 아름다움마저 느껴집니다. 그런 살로메의 모습을 보고 질
투심을 느낀 헤롯왕이 병사들에게 명령을 내려 방패로 쳐 죽인다는 이
이야기는 섬뜩함마저 느껴집니다. 와일드의 동화〈행복한 왕자〉(1888)
도 널리 알려져 있습니다.

　예이츠William Butler Yeats(1865~1939)는 아일랜드 더블린 출신입
니다. 아버지는 화가였는데 어려서부터 셰익스피어의 희곡과 블레이
크의 시 등을 열심히 읽어 주었다고 합니다.

　메트로폴리탄 미술학교에서 신비주의자였던 조지 러셀을 만난 뒤
신비술에 열중하게 됩니다. 유럽의 신비 철학과 동양의 신비 종교를
공부하고 신비 시극을 쓰기도 하면서 신비 종교 연구 모임의 회장으로
활동하다가, 1886년부터는 시작에 전념하기 위해 미술 공부를 포기하
게 됩니다. 1887년 런던으로 돌아온 후 런던의 심령과학 협회에 가입
해 심령과학과 접신론接神論에 깊이 빠졌습니다.

예이츠

　1891년 동지들과 더불어 아일랜드 문예 협회를 창립, 당시 팽배하
던 아일랜드 문예부흥운동에 참가했으며, 이어 그레고리 부인 등과 협

력해 1899년에 아일랜드 국민극장(후의 애비극장)을 더블린에 창립했습니다. 〈캐서린 백작부인〉(1899년 초연)을 비롯해 몇 편의 뛰어난 극작품을 발표해 아일랜드 극劇 발전에도 기여했고, 아일랜드 독립운동에 참가해 아일랜드가 자유국이 된 후에는 원로원 의원이 되었으며 (1922~1928) 1923년에 노벨문학상을 받았습니다.

초기에 프랑스 상징주의 시의 영향을 많이 받았던 예이츠의 대부분의 시들은 신비사상과 상징주의에 의해 종교와 예술과 실생활을 조화시킨 미묘한 상징적 문학의 세계를 이루고 있어서 한마디로 정의하기 힘든 독자적인 세계를 형성하고 있습니다. 그는 현실과 육체의 세계는 고통과 절망이 있을 뿐이고 그 고통과 절망이 주는 비극을 극복할 수 있는 것은 아름다운 예술뿐이라고 믿었습니다. 따라서 그에게 있어서 예술 세계는 영원한 기쁨의 세계인 동시에 현세에서 갈망하는 정신적인 천국의 비전이라고 할 수 있습니다.

예이츠는 그의 시와 희곡에서 인생을 '슬픔과 기쁨의 융합'이며 '비극적 기쁨Tragic Joy'이라고 표현합니다. 물질만능주의에 찌든 인간은 개인적으로나 사회적으로 타락해 위선적인 가면을 쓴 채 현실을 살아간다고 본 예이츠는 위선의 가면을 쓴 생활 속에 발생하는 비극적인 상황에서 순간적인 슬픔과 공포가 기쁨으로 바뀔 수 있는 영원한 천국을 지향하게 된다고 말합니다.

나는 지금 일어나 가리, 이니스프리로.
흙과 나뭇가지로 오막살이집 한 채 짓고,
아홉 이랑 콩밭 갈고, 꿀벌 한 통 치며,
벌 소리 요란한 숲 속에 살리라.

거기에는 평화가 있으리, 밤이나 낮이나
저 아침 안개에서 귀뚜라미 우는 곳으로.

한밤중에도 희미하게 빛나고, 대낮에는 보랏빛 광채,

저녁이면 홍방울새 가득히 나르는 곳.

나는 지금 일어나 가리, 밤이나 낮이나

호숫가에서 출렁거리는 낮은 물소리를 듣나니,

큰길 위나 회색 포장도로 위에 서 있을 때에도,

그 소리를 가슴속 깊이 듣나니

- 〈이니스프리 호수 섬〉

그의 대표시라고 할 수 있는 〈**이니스프리 호수 섬**〉은 리듬, 음운, 직유, 은유 등의 수사적인 어구들이 종합하여 기본적인 심상을 형성합니다. 대자연의 평화와 고요는 모든 감각적인 자극을 통해 구현되고, 또한 자연의 평화를 열망하는 모든 인간에게 이상 세계가 됩니다.

버나드 쇼 Georges Bernard Shaw(1856~1950)는 더블린의 신교도 부모 아래 외아들로 태어났습니다. 부모는 아일랜드 지주 계급에 속했지만 현실 물정에 어두운 아버지가 곡물상을 하다 실패해 가난하면서도 귀족행세를 하는 가정환경 속에서 성장했습니다. 15세 때부터 더블린 토지 중개소의 급사로 일했는데 20세가 되던 해 어머니는 그에게 음악을 가르치기 위해 런던으로 데려왔습니다. 공식적인 교육은 받지 못했지만 음악, 그림, 글쓰기에 재능이 있었던 그는 여러 편의 소설을 썼는데 그의 소설들은 대부분 실패했습니다.

1884년에는 영국 중류 계급 출신의 사회주의자들이 새롭게 창설한 페이비언 협회*에 가입해 확고한 사회주의자가 되었고, 철저한 채식주의자로서 인체에 주사를 놓거나 수술하는 등의 행위를 일체 반대했습니다.

1890년 영국에서 입센의 연극이 상연되면서, 영국 무대에 새로운

페이비언 협회
1884년 영국 런던에서 결성된 영국의 사회주의 단체. 시기가 도래하는 것을 끈질기게 기다리고, 때가 오면 과감히 돌진한다는 것을 모토로 삼고 점진적 사회주의를 추구하는 사람들의 모임이다.

1923년도의 버나드 쇼
깡마른 체구, 무성한 턱수염, 멋진
지팡이는 그의 희곡만큼이나 전 세
계적으로 유명했다.

자유와 진지함의 가능성이 엿보이기 시작했습니다. 쇼는 1891년 런던 빈민가의 악명 높은 지주제를 '입센풍'으로 다룬 희곡 〈홀아비의 집 Widowers' Houses〉을 발표해 인정받았고, 1893년 매춘부 여성의 입장을 변론한 〈워렌 부인의 직업Mrs. Warrens' Profession〉을 써서 극작가로서의 지위가 완전히 확립되었습니다.

쇼는 총 53편의 희곡을 썼습니다. 그의 희곡은 빈민 착취, 군국주의, 현대 정치, 역사, 국민성과 개인의 성격, 구사회의 모순, 자유연애, 매춘, 남편 사냥, 양심 문제 등 인간의 현실 사회와 관념적인 여러 가지 주제를 다룹니다. 쇼는 자신의 희곡 안에 인류 사회의 개혁에 대한 강한 의지, 즉 인류는 더 높은 삶의 형태를 향해 끊임없이 진화하는 '생명력' 운동의 최종 단계라는 자신의 철학을 피력합니다.

20세기 영국 희극의 최대 걸작으로 꼽히고 있는 〈**인간과 초인간Man and Superman**〉(1903)은 쇼의 철학을 잘 보여 주는 작품입니다. 주인공 존 테너는 사회주의 사상가로, 초인간을 지향해 구도덕의 굴레를 벗어나 완전한 자유의지에 따라 살려고 하는 남자입니다. 그 때문에 테너는 자신을 사랑하는 앤의 집요한 구혼을 뿌리치지만, 그녀의 구혼이 연애나 쾌락을 추구하기 위한 것이 아니라 어머니가 되려는 본능적 생명력에서 기인한 것임을 알게 되자 마침내 결혼한다는 내용입니다. 이 극의 3막은 비현실적인 꿈이 주된 내용으로 〈지옥에 빠진 돈 주안 Don Juan in Hell〉이라는 이름으로 따로 공연되기도 합니다.

〈**피그말리온Pygmalion**〉(1913 공연)은 쇼의 희곡 중에서 가장 흥미진진하고 인기 있는 작품입니다. 그는 이 작품이 음성학에 관한 교훈극이라고 주장했지만 실제로 이 작품은 영국의 계급제도와 사랑을 다룬 인간적인 희극입니다. 주인공 헨리 히긴스는 음성학자로, 런던 토박이인 꽃 파는 소녀를 훈련시켜 귀부인 행세를 하도록 합니다. 정확한 억

양은 익혔지만 예의 바른 대화술은 배우지 못한 엘리자 둘리 틀이 상류사회에 등장하는 장면은 영국의 극 중 가장 재미있 는 부분으로 꼽히고 있습니다. 이 작품은 1938년에 영화화되 어 아카데미 각본상을 쇼에게 안겨 주었고, 뮤지컬 〈마이 페 어 레이디My Fair Lady〉(1956)로도 각색되어 엄청난 인기를 끌었습니다.

풍속희극, 상징적 소극, 이단적인 극 등을 과감히 시도하 고, 진지함과 수려함을 갖춘 문체, 도덕적 열정과 지적 갈등 및 논쟁이 담겨 있는 고급 희극을 통해 종교적 자각을 탐구하 고 사회와 사회악의 결탁을 파헤친 버나드 쇼는 17세기 이후 영국의 가장 중요한 극작가로 꼽히고 있으며 1925년에 노벨 문학상을 받았습니다.

영화 〈마이 페어 레이디〉의 한 장면 (1964)

시인이자 극작가이고 비평가이기도 한 **토마스 스턴 엘리엇**Thomas Sterns Eliot(1888~1965)은 미국 미주리 주의 영국계 청교도 가정에서 7남매 중 막내로 태어났습니다. 종교적으로나 문학적으로나 화려하다 고 할 수 있는 환경에서 소년 시절을 보내고 1906년에 하버드 대학에 입학해 천재적인 재능을 보이며 문학학사 학위를 받고 프랑스 파리 소 르본 대학에서 1년간 유학, 다시 하버드에서 박사 학위를 마쳤으나 전 쟁으로 인해 수여받지 못했습니다. 1915년 미모의 발레리나 비비안 헤이우드Vivien Haigh-Wood와 결혼해 그 후부터 영국에 정착했고, 1927년에는 영국 국교로 개종하고 영국으로 귀화했습니다. 비비안이 정신질환에 걸리자 엘리엇은 그녀와 별거하고 68세 되던 해 8년간 데 리고 있던 겨우 30세인 미모의 개인 비서 발레리 플레처Valerie Fletcher와 재혼해 주위 사람들을 놀라게 했습니다.

엘리엇은 한 평론집의 서문에서 자신이 문학적으로는 고전주의, 정 치적으로는 왕당파, 종교적으로는 영국성공회라고 자신의 입장을 밝

"엘리엇" 38세 연하의 비서와 결혼?! ...시방!! 농촌 노총각들 놀리는겨

노벨문학상

다이너마이트를 발명해 유럽에서 가장 큰 부자가 되었던 스웨덴의 과학자 알프레드 노벨Alfred Nobel(1833~1896)의 유언에 따라 창설된 상이다. 과학의 발전과 세계의 평화를 염원했던 노벨은 스톡홀름 은행에 예치해 두었던 기금을 스웨덴 한림원에 기증했고, 1900년 설립된 '노벨 재단'이 스웨덴 한림원에 심사를 의뢰해 1901년 물리학, 화학, 생리·의학, 문학 및 평화 등 5개 부문에서 첫 회 수상자를 내는 것으로 시작했다. 나중에 경제학 분야가 추가되

40세 때의 노벨

어 현재는 6개 부문에서 수상하고 있다. 스웨덴 국왕이 시상한다는 외형상의 권위가 덧붙여져 세계에서 가장 권위 있는 문학상으로 간주되고 있지만, 실제로 노벨문학상은 사설 단체가 주관하는 셀 수 없이 많은 문학상 중 하나일 뿐이다.

노벨문학상은 초기에 대단히 보수적이고 귀족적인 성향을 보여서, 20세기 전반기의 수상 작가들을 보면 대부분이 유럽권의 작가들인 데다가 제임스 조이스나 마르셀 프루스트, 카프카, 콘래드, 헨리 제임스 등 문학의 전위를 이끈 사람들은 이상하게도 외면되었다. 그래서 1984년 미국의 비평가 조지 슈타이너는 노벨문학상을 가리켜 "비판적 정신에 대한 모독"이라는 독설을 내뱉기도 했다.

그러나 노벨문학상 심사위원회가 자신들의 취향을 끊임없이 혁신해 온 것도 사실이다. 1912년 인도 시인 타고르에게 상이 수여됐고, 비록 정치·외교적 이유가 작용한다고는 해도 1960년대 이후에는 비 유럽권 작가들에게로 그 수상자들을 다변화해 왔다.

현재까지 한국 문학가 중에는 노벨문학상을 수상한 작가가 없다.

한림원!..노벨이 우리덕에...큰 부자가 됐으니! 노벨상 수여는 우리가·

아! 억울해! 터지겠다

다이너마이트

토마스 스턴 엘리엇
타임지가 선정한 20세기 100명의 인물에 선정되기도 했다.

힌 바 있습니다. 그의 초기 시는 영국의 형이상학 시와 프랑스 상징시에서 많은 영향을 받았고, 신화를 바탕으로 현대 문명의 퇴폐상을 그려 냈습니다.

1915년에 처음 시를 발표했지만 그를 유명하게 만든 시는 1922년에 자신이 창간하고 편집한 문화평론지 〈크라이티어리언Criterion〉에 발표한 〈황무지The Waste Land〉입니다. 〈황무지〉는 '다이얼Dial상'을 수상한 작품으로 1차 세계 대전 후의 신앙의 부재, 정신적 황폐함과 공허한 정신 상태를 상징적으로 표현한 것으로서 일부 보수적 시인들의 공격을 받기도 했지만, 20세기 시 가운데서 가장 중요한 작품의 하나로 자리를 굳혔습니다.

"4월은 가장 잔인한 달 / 죽은 땅에서 라일락을 키워 내고 / 기억과 욕망을 뒤섞고 / 봄비로 잠든 뿌리를 일깨운다."로 시작되는 이 시에는 이전의 엘리엇 시에서 느껴지던 미온적인 낭만주의가 자취를 감추고 여러 가지 상징들이 단편적이고 함축적으로 구사되어 있습니다. 그는 이 시를 구성하기 위해 고대 원시 문화 연구서를 탐독했는데 여기서 성배 전설과 고대 종교와 제사에 등장하는 곡물신, 특히 오시리스Osiris 신화를 바탕으로 식물이 철을 따라 소생하는 신화, 인간의 재생을 믿는 신화, 그리스도교의 부활 신화 등을 그의 시의 상징적인 주제로 사용했습니다. 또 '의식의 흐름*'과 같은 방법을 쓴 점과 단테, 셰익스피어, 보들레

의식의 흐름
심리학에서 윌리엄 제임스가 처음 사용한 용어(1884). 한때 개인의 의식에 감각·상념·기억·연상 등이 계속적으로 흐르는 것을 가리킨 말이다. 소설에서는 일반적으로 내적 독백의 서술 기법을 사용한다.

오시리스 신화
오시리스는 그리스식 발음이고 이집트어로는 우시르Usire라고 한다. 오시리스는 땅의 신 게브Geb와 하늘의 신 누트Nut의 아들로 누이동생 이시스Isis와 결혼했다. 후에 형의 지위를 노린 아우 악의 신 세트에게 살해되어 몸이 갈기갈기 찢겨졌는데, 이시스가 이 조각을 모아 신비한 방법으로 부활시켜 저승에 가서 왕이 되었다. 이집트의 신들 가운데 제1신으로 불리며 제5왕조(기원전 2400년경?) 때부터는 파라오도 죽은 후에는 오시리스로 간주되었다. 이집트에서는 사람이 죽은 후에는 모두 오시리스가 된다고 믿었으며 메마른 땅에서 작물을 키워 내는 작물의 신으로도 여겨졌다. 오시리스와 이시스는 로마 등지에서도 신봉되었는데, 그리스 신화에서는 술의 신 디오니소스와 동일하게 간주되었다. 실제로 오시리스가 머리에 쓴 깃털 장식 사이에는 술병이 놓여 있다.

르 등 고전 시구에 대한 암시가 많은 것도 특징이라 할 수 있습니다.

전체를 5부로 나눈 이 시는 사랑도 식어 버리고 권태와 허무가 지배하는 세계, 물질문명으로 인한 현대의 불모성을 묘사하면서도 마지막에는 황무지에 단비가 내릴 때가 가까워진다는 것에 대한 암시로 우렛소리가 울리는데, 이것은 절망의 밑바닥에서도 종교적인 구원, 정신적인 생명의 회복의 가능성이 있음을 보여 주는 것입니다.

〈황무지〉 이후 1930년에 발표한 〈재의 수요일Ash Wednesday〉에서는 종교적 색채가 한층 더 짙어졌으며, 2차 세계 대전 전부터 쓰기 시작해 전쟁이 끝난 후 완성한 〈4개의 4중주Four Quartets〉(1944)는 시인으로서의 절정에 선 엘리엇의 시들이 실려 있습니다. 이 작품으로 현존하는 가장 위대한 영국의 시인이자 문학가로 인정받아 1948년 메리트 훈장[*]과 노벨문학상을 받았습니다.

〈바위The Rock〉(1934), 〈성당의 살인Murder in the Cathedral〉(1935), 〈가족의 재회The Family Reunion〉(1939), 〈칵테일 파티The Cocktail Party〉(1949) 등의 시극 외에도 〈시의 효용과 비평의 효용〉(1933), 〈문화 정의론〉(1948) 등의 문예비평을 남겼습니다.

20세기 가장 위대한 소설가와 시인 중 한 명으로 꼽히는 **대빗 허버트 로렌스**David Herbert Lawrence(1885~1930)는 영국의 공업도시 노팅엄 이스트우드의 탄광촌에서 광부의 다섯 남매 중 넷째 아들로 태어났습니다. 교양 없는 주정뱅이 아버지와 교사이며 청교도적 교양을 가진 어머니는 격렬하게 대립하는 일이 잦았고, 이것이 사춘기 시절 그의 여성 관계에도 영향을 끼쳤으며, 이후 그의 문학 주제의 한 가지 원형을 이루기도 합니다.

왕실 장학금을 타서 노팅엄 대학을 졸업한 후 1909년부터 3년간 런던 교외의 초등학교에서 교편을 잡았습니다. 1910년 12월에 어머니를 여의고 1912년 봄에는 노팅엄 대학 시절의 은사 E. 위클리의 부인인

메리트 훈장
영국의 문화훈장으로 문화예술 발전에 공을 세워 국민 문화 향상과 국가발전에 기여한 공적이 뚜렷한 사람들에게 수여한다.

로렌스

프리다와 사랑에 빠져 독일과 이탈리아 등으로 도피했다가 1914년 프리다가 이혼한 후 영국으로 돌아와 정식으로 결혼했습니다. 〈아들과 연인Sons and Lovers〉(1913)은 이때에 쓴 작품입니다. 로렌스와 그의 아내의 생활은 원만치 못했지만 그녀는 로렌스의 문학 활동에 적지 않은 도움을 주었습니다. 그의 아내가 독일계 여자였던 탓에 1차 세계 대전 동안 주위로부터 알게 모르게 박해를 받은 그는 전쟁의 광기를 저주하며 아내와 함께 이탈리아, 오스트레일리아, 미국, 멕시코 등을 여행하면서 소설을 썼습니다. 45세 되던 해, 지병이던 폐결핵이 악화되어 프랑스의 니스 근처에서 세상을 떠났습니다.

그의 작품은 현대의 물질문명과 인간의 관계에서 일어나는 사회현상을 심층적으로 표현합니다. 현대사회가 인간의 개성과 자유를 위축시키고 지성과 과학의 발달이 인간을 불건전하게 만든다고 주장하면서, 문명을 벗어나 순수한 원시와 본능으로 돌아가 건전한 동물 상태가 된 남녀의 양성 관계에서 느끼는 신비경이야말로 '더 좋은 세계'라고 말합니다. 이러한 그의 원시적 생명주의와 개인주의는 도덕성을 중시하는 그리스도교 사상에 파문을 던졌지만, 사회에 대한 불만으로 독특한 문학 세계를 형성합니다. 그의 개인주의는 의식적이고 타산적인 이기주의가 아니라 '참된 인생의 태도는 자아의 욕구에 충실한 것'이라는 인생관을 바탕으로 한 개인주의입니다.

로렌스 자신의 경험을 바탕으로 한 것으로 여겨지는 〈**아들과 연인**〉은 남녀의 사랑이란 합리성이나 이성뿐만 아니라 정열이나 힘의 본능적 수준에서도 합일을 이루어야 한다고 본 로렌스 특유의 애정관이 반영되어 있는 작품입니다. 난폭한 남편에게서 애정을 느끼지 못하는 아내는 둘째 아들 폴을 연인처럼 사랑하고, 그 아들은 성장한 후에도 어머니와 자신의 애인 사이에서 정신적으로 갈등하게 됩니다. 어머니와 아들의 애정 관계를 프로이트의 오이디푸스 콤플렉스 정신분석이론에 입각해 다루었을 뿐만 아니라, 어머니의 강압적인 사랑으로 인한 폴의 빗나간 인간관계는 로렌스 작품의 핵심 문제인 좌절된 욕망의 원형을 보여 주고 있습니다.

나도 볼래!!

애들은 가라!!

채털리 부인의 사랑

만년에 피렌체에서 완성한 〈채털리 부인의 사랑Lady Chatterley's Lover〉(1928)은 〈무지개The Rainbow〉(1915)나 〈사랑하는 여인들 Women in love〉(1920)에서 충분히 나타내지 못했던 그의 성철학性哲學을 펼친 작품입니다. 전쟁으로 하반신 불구가 된 남편과의 관계에서 우울증에 빠진 채털리 부인이 산지기에게서 따뜻한 애정을 느끼고 삶의 즐거움을 깨닫게 되어 새로운 삶에 눈뜨게 된다는 내용인데, 로렌스는 이 작품에서 중산층 사람들의 위선과 하층민들의 비애를 묘사하는 동시에 현대 문명과 일상성 속에 묻혀 버린 '사랑'의 원초적인 의미를 회복하려고 했습니다. 대담한 성 묘사로 외설시비에 말려들어 오랜 기간 재판을 겪은 후 미국에서는 1959년에, 영국에서는 1960년에야 비로소 무삭제 출판이 허용되었습니다.

윌리엄 서머셋 몸

윌리엄 서머셋 몸 William Somerset Maugham(1874~1965)은 파리에서 영국 대사관 소속 변호사의 여섯 아들 중 막내로 태어났습니다. 여덟 살 때 어머니가, 열 살 때 아버지가 세상을 떠나 고아가 된 그는 1884년 영국으로 와서 목사인 숙부 밑에서 살았는데, 어려서부터 영어와 프랑스어를 동시에 배우면서 심한 말더듬이가 되었습니다.

한동안 독일 하이델베르크 대학에서 유학하며 독일어와 철학을 공부했고, 런던의 의과대학에서 의사 면허를 받았습니다. 병원에 근무하면서 경험한 런던 빈민들의 생활을 묘사한 소설 〈램버스의 라이자Liza of Lambeth〉(1897)를 쓰면서 작가가 되기로 결심하고 1898년 파리에 정착해 1907년까지 소설과 희곡을 쓰면서 문학 활동을 했습니다.

1차 세계 대전 직전에 완성한 장편소설 〈**인간의 굴레**Of Human Bondage〉(1915)는 작가가 고독한 청소년 시절을 거쳐 불가지론적不可知論的이며 유미주의적인 인생관을 확립하기까지 정신적 발전의 자취를 더듬은 자서전적 작품으로 몸의 대표적 걸작이기도 합니다. 그러나 출간 당시에는 별로 인정을 받지 못했습니다. 그는 1차 세계 대전 때에는 군의관으로 근무하다가 첩보부원이 되었으며 1917년에는 중요 임무를 띠고 혁명하의 러시아에 잠입하여 활약하기도 했습니다.

몸은 세기말적 현상의 심미주의와 프랑스 자연주의의 영향을 받아, 인간성은 사회 환경에 의해 지배당하고 변화해 간다는 인생관과 세계관을 표현합니다. 그의 유미주의적인 태도는 화가 폴 고갱의 전기에서 암시를 얻어 쓴 소설 〈달과 6펜스The Moon and Six pence〉(1919)에서 더욱 뚜렷이 나타났는데, 이 작품으로 그의 작가적 지위는 확고부동해졌습니다.

〈**달과 6펜스**〉는 프랑스 후기 인상파 화가 고갱의 생애에서 힌트를 얻어 쓴 소설로 사회 인습에 대한 개인의 반항을 묘사하고 있습니다. 런던의 주식 중개인으로 있는 평범한 40대 가장이 돌연 무엇에 홀린 듯 처자를 버리고 파리로 가서 화가가 되고, 자신에게 호의를 보이는 선량한 친구의 부인과 정을 통하고 그 일가를 파멸하게 만들며, 마지막에는 타히티 섬으로 이주해 나병에 걸려 고통의 나날을 보내며 강렬한 그림을 그리다가 그 섬에서 죽는다는 이야기입니다. 여기서 '달'은 광기狂氣와 예술의 극치를 뜻하고, '6펜스'는 재산과 세속적인 명성을 갈망하는 감정의 상징이라고 볼 수 있습니다.

몸은 긴 생애에 걸쳐 많은 소설과 극작을 남겼는데, 극작에서는 기지와 해학이 넘치는 수법으로 영

타히티의 여인들
고갱(1891)

국의 풍속 희극의 전통을 살렸고, 스스럼없는 문체로 이야기를 재미있게 엮어 나가는 소설은 복잡한 인생과 이해하기 힘든 인간존재의 모습을 날카롭게 도려내 보입니다.

제임스 조이스
20세기 문학에 커다란 변혁을 가져온 세계적인 작가다.

제임스 조이스 James Joyce(1882~1941)는 아일랜드의 더블린에서 태어나 대부분의 아일랜드 가정이 그러하듯이 엄격한 가톨릭적인 환경에서 자랐습니다. 한때 가톨릭 성직자가 되려는 생각을 가졌지만 종교에 대한 강박관념 때문에 성직자의 길을 포기하고 예술의 세계를 추구하기로 결심했습니다. 그는 자신의 천재성을 확신하는 자존심이 강한 성격을 가졌고, 성장 과정에서 그의 주위의 종교, 정치, 조국, 심지어 가족까지도 인간의 굴레라고 느낍니다. 독립운동으로 소란했던 조국과 가족을 떠나 대륙으로 방랑의 길을 떠나, 이후 37년간이나 망명자로 살았습니다. 젊은 시절 한때 신문 발행과 영화관 경영을 계획한 적도 있었지만 둘 다 성공하지 못했습니다. 1차 세계 대전을 스위스에서 겪고 난 후 1920년 파리에 정착하면서 비교적 안정된 생활로 창작에 열중할 수 있었지만 2차 세계 대전으로 독일군이 파리에 진주하자 다시 취리히로 갔고, 그곳에서 59세의 나이로 세상을 떠났습니다.

제임스 조이스는 빈곤과 고독 속에서 눈병에 시달리면서, 이전의 작가들이 시도하지 않았던 새로운 문학작품을 계속 집필했는데, 작품의 대부분이 아일랜드와 더블린, 그리고 더블린 사람들을 대상으로 한 것이었습니다. 고전적 정취가 느껴지는 연애시 모음집인 〈실내악Chamber Music〉(1907)을 포함한 두 권의 시집, 유일한 극작품 〈유인Exiles〉(1918), 더블린 시민들의 어두운 생활상을 묘사한 15편의 단편 모음집 〈더블린 사람들Dubliners〉(1914)이 있고 그의 소설 〈젊은 예술가의 초상A Portrait of the Artist as a Young

더블린에 있는 제임스 조이스의 동상

Man〉(1916), 〈율리시즈Ulysses〉(1922), 〈피네건의 경야經夜Finnegans Wake〉(1939)는 걸작으로 높이 평가받고 있습니다.

〈젊은 예술가의 초상〉은 조이스가 10년에 걸쳐 쓴 자서전적인 소설로 주인공 스티븐 디달러스가 자유와 새로운 예술을 추구하기 위하여 그리스 신화에 나오는 다이달로스[*]의 도움을 기원하면서 예술의 도시 파리로 떠나게 될 때까지 발전해 가는 의식을 다룬 소설입니다. 조이스는 이 소설에서 신화적 구조와 독특한 문체, 그리고 '의식의 흐름' 기법을 사용해 주인공 스티븐이 주위 환경으로부터 고립되고 소외당하면서도 정신적으로 성장해 가는 과정을 효과적으로 표현합니다. 의식의 흐름은, 과거가 차례대로 제시되는 기존의 연대기적 시간관과는 구별되는 새로운 시간, 즉 과거와 현재, 회상과 예상이 교차하기도 하고 동시에 진행되기도 하는 다층적인 시간을 통해 인간의 의식에 관한 새로운 관점을 제시합니다. 이 작품을 통해 조이스는 사실주의 소설 속에 인상주의적 심리소설을 시도했습니다.

다이달로스

크레타의 미궁을 만든 거장. 나중에 자신도 자신이 만든 미궁에 갇혔고, 날개를 만들어 아들 이카로스와 함께 미궁을 빠져나오지만 이카로스는 너무 높이 날아 추락하고 말았다.

〈율리시즈〉는 7년에 걸쳐 쓴 20세기 최대의 걸작으로 꼽히고 있는 작품이며 대단히 난해한 소설입니다. 18개의 에피소드로 구성된 산문체의 서사시 형식을 취하고 있으며 1904년 6월 16일 오전 8시부터 다음 날 새벽 4시까지 20시간 동안 더블린에 살고 있는 스티븐 디달러스와 레오폴드 블룸, 그리고 그의 아내 몰리를 비롯한 평범한 시민들의 생활을 묘사한 소설로 죽음과 탄생, 사랑과 육욕, 간통, 지적 토론, 술집에서의 잡담, 매춘부 소굴, 정치, 음악, 고독, 고민 등 더블린에서 일어나는 모든 일들을 외적 현상이 아닌 작중 인물 내면의 '의식의 흐름'을 통해 묘사한 것입니다.

작품의 전체적 구성은 호메로스의 〈오디세이아〉를 모방한 것이고, 블룸은 오디세우스, 몰리(마리온)는 페넬로페, 디달러스는 텔레마코스에 해당합니다. 18개의 에피소드 또한 〈오디세이아〉와 마찬가지로 구성된 것이고 각각의 에피소드도 〈오디세이아〉의 그것과 대조됩니다. 대담하고 솔직한 묘사는 외설과 부도덕으로 간주되어 영국과 미국에서는 오랫동안 발행금지 조치를 당했지만, 수많은 언어로 번역되면서 유럽과 미국에 큰 영향을 끼쳤습니다.

어느 문학사가는 제임스 조이스를 두고 "가장 위대하고, 가장 어렵고, 가장 자극적이며, 가장 화가 나게 하는 혁신적 소설가"라는 평가를 했는데, 과거에서 미래에 이르는 역사의 흐름을 꿈꾸는 것처럼 움직이는 인간 원형의 모습을 다양하고 독창적인 문체와 언어, 신화와 상징을 사용해 표현한 그의 작품들은 20세기 문학에 커다란 변화를 초래했습니다.

버지니아 울프

버지니아 울프Virginia Woolf(1882~1941)는 런던에서 철학자이자 〈영국 인명사전〉의 편찬자인 레슬리 스티븐Leslie Stephen의 4남매 중 셋째 딸로 태어났습니다. 어려서부터 빅토리아 왕조 시대 최고의 지성知性들이 모이던 아버지의 거대한 서재에서 교육을 받으며 학구적인 분위기 속에서 자랐습니다. 부모가 죽은 뒤로는 남동생 에이드리언을 중심으로 케임브리지 출신의 학자, 문인, 비평가들이 그녀의 집에 모여 '블룸즈버리 그룹'이라고 하는 지적知的 집단을 만들었으며, 1905년부터는 〈타임스〉지 등에 문예비평을 기고했습니다. 1912년 정치학자이며 경제 전문가인 레너드 울프와 결혼했고, 1917년 재미삼아 출판사를 인수해 문인들의 작품을 출판했는데 의외로 성공했습니다. 1941년 〈막간Between the Acts〉을 완성한 후 우즈 강에서 투신자살했는데, 원인은 소녀 시절부터 겪어 온 심한 신경증이 재발한 데 있었던 것으로 알려지고 있습니다.

1915년 처녀작 〈출항〉을, 1919년에는 〈밤과 낮〉을 발표했는데 이 작품들은 전통적 소설 형식을 따른 것이었지만 1922년에 나온 〈제이

안돼! 버지니아!

콥의 방Jacob's Room〉에서는 주인공이 주위 사람들에게 주는 인상과 주위 사람들이 주인공에게 주는 인상을 대조시켜 그리는 새로운 소설 형식을 시도합니다.

이와 같은 수법을 좀더 완숙시킨 작품이 〈**댈러웨이 부인**Mrs. Dalloway〉(1925)입니다. 하원의원 댈러웨이의 부인 클라리사가 겪은 6월 어느 날 하루 동안의 의식 흐름과 내밀한 세계를 파악함으로써 감수성이 풍부한 한 여성의 경험의 총체성을 전달하고 있습니다. 1927년에는 소녀 시절의 원초적 체험을 서정적으로 승화시킨 작품이라고 할 수 있는 〈등대로To the Lighthouse〉를 발표했으며, 이 작품은 '의식의 흐름' 과 상징을 독창적으로 사용하여 인간 심리의 가장 깊은 곳까지를 추구하며 시간과 '진실' 에 대한 새로운 관념을 제시한 울프의 대표작으로 꼽히고 있습니다. 제목의 '등대' 는 창문을 통해서 볼 수 있는 외계, 마음의 창, 빛 등을 상징하며 더 나아가 영원한 진리나 이상, 또는 인생의 목적으로 향해 가는 과정을 의미합니다.

조이스와 마찬가지로 '의식의 흐름' 의 기법을 사용하여 인간의 내면 묘사를 강조한 그녀의 소설들은, 사람들의 일상생활을 통해 마음으로 느끼는 것을 다루는, '인생이란 무엇인가?' 에 관한 의식의 탐구라고 할 수 있습니다.

엘더스 헉슬리 Aldous Huxley(1894~1963)는 영국 서리 주 고덜밍 명문 집안의 셋째 아들로 태어났습니다. 아버지 레너드 헉슬리는 차터하우스 학교 부교장이자 유명한 전기 작가였고, 할아버지는 저명한 동물학자 토마스 헉슬리이며, 시인이자 문예비평가인 매튜 아놀드와 소설가 햄프리 워드 부인은 그의 외가 쪽 친척이 되고, 생물학자 줄리앙 헉슬리는 그의 형입니다. 이튼 학교를 다니던 중 실명할 정도로 심한 각막염을 앓아 원래 하고 싶어 했던 의학 공부를 포기하고 옥스퍼드 대학

헉슬리

에서 영문학을 배웠습니다. 1938년에는 미국으로 건너가 캘리포니아에 정착했고 그곳에서 초기의 풍자소설과 같은 신비주의적 풍자소설을 썼습니다.

1915년 대학을 졸업하고 출판사에 근무하면서 1916년에 첫 시집 〈불타는 수레바퀴〉를 냈으나, 소설가로서 위치를 확립하게 해 준 책은 당시 영국의 문인과 지식층의 허식을 신랄하고도 재치 있게 비꼰 〈크롬 옐로Crome Yellow〉(1921)와 〈어릿광대춤Antic Hay〉(1923)이었습니다. 1928년에 발표한 〈연애 대위법Point Counter Point〉은 보통 그의 대표작으로 간주되는 작품으로서 온갖 유형의 1920년대 지식인들이 풍자적으로 묘사된 작품이며 이 소설로 그는 20세기를 대표하는 작가 중 한 사람이 되었습니다.

헉슬리는 현대인과 현대사회가 물질주의와 기계문명으로 위험한 상태에 놓여 있다고 생각했고, 특히 자연과학에 의해 인간이 억압되고 사회가 통제되는 데 대해 강한 거부감을 가지고 있었습니다. 그의 작품들에는 이러한 현대사회의 정신적 · 도덕적 혼란에 대한 신랄한 풍자가 다양한 문체, 풍부한 어휘, 백과사전적인 지식 등을 통해 드러납니다. 그의 소설은 인물과 사건들이 일관성 있게 구성되어 있지 않고, 인물들의 대조적인 의견과 행동의 충돌로써 성격보다 관념이 두드러지는 관념소설의 경향을 보입니다.

20세기의 정치와 과학기술에 대한 헉슬리의 깊은 불신감은 〈**멋진 신세계Brave New World**〉(1932)에 잘 드러나 있습니다. 이 작품은 과학문명을 맹목적으로 신뢰하면서도 과거의 변하지 않는 신분제도를 유지하고 있는 악몽 같은 미래 사회의 모습을 표현한 반유토피아적 풍자소설입니다. 소설에 등장하는 사람들은 부모가 누구인지도 모른 채 인공수정에 의해 대량으로 생산되어 유리병 속에서 자라난 사람들로, 지능의 우열만으로 장래의 지위가 결정됩니다. 물질문명 체제의 통제 아래

태아 때부터 지도자가 될 사람에서 하수구 청소부에 이르기까지 여러 가지 신분으로 나뉘는 것입니다. 과학적 장치에 의해 개인은 할당된 역할을 자동적으로 수행하도록 규정되고, 고민이나 불안은 신경안정제나 기억상실용 알약으로 해소됩니다. 옛 문명을 보존하고 있는 나라에서 온 야만인은 이러한 문명국에서 살 수 없어 자살하고 맙니다.

진보하는 과학기술이 전체주의와 결합할 때 인간이 어떻게 노예화되는가를 극명하게 드러내 보여 준 이 작품은 자유와 안정이라는 이율배반적인 모순을 물질문명의 진보가 해결해 주는 것처럼 보이지만 그것이 오히려 인간성을 파괴해 버릴 위험을 안고 있음을 희화적으로 그려 내고 있습니다.

조지 오웰George Orwell(1903~1950)의 본명은 블레어Eric Arthur Blair이며 인도 벵골에서 하급 관리의 아들로 태어났지만 그 얼마 후 영국으로 돌아왔습니다. 1911년 수업료 감액의 조건으로 사립 기숙학교에 입학했는데 그곳에서 상류계급과의 심한 차별감을 맛보았습니다. 장학금으로 이튼 학교를 졸업했으나 진학을 포기하고 미얀마의 경찰관이 되었다가 식민지 내의 해악을 통감하고 사직해 1927년 유럽으로 돌아왔고, 불황 속의 파리 빈민가와 런던의 부랑자 생활을 실제로 체험하면서 그것을 바탕으로 그의 처녀작 〈파리, 런던의 밑바닥 생활〉(1933)을 썼습니다. 이 작품에 등장하는 아름다운 오웰 강의 이름을 따서 조지 오웰이라는 필명을 쓰게 되었습니다.

조지 오웰

식민지 백인 관리의 잔혹상을 묘사한 소설 〈버마의 나날〉(1934)을 발표한 이후 사회주의로 전향했으며 1937년 말 스페인으로 건너가 공화제를 지지하는 의용군에 투신해 바르셀로나 전선에서 부상당했습니다. 좌익 내부의 격심한 당파 싸움에 휘말렸다가 박해를 벗어나 귀국했고 이 환멸의 기록이 〈카탈루냐(카탈로니아) 찬가〉(1938)입니다.

오웰에게 명성을 안겨 준 작품은 러시아 혁명과 스탈린의 배신에 바탕을 둔 정치 우화 **〈동물농장Animal Farm〉**(1945)입니다. '모든 동물이 평등한 이상사회'를 건설한다는 목표 아래 농장의 동물들이 합심해 착취하는 주인인 인간들을 무너뜨리고 그들 자신의 평등주의 사회를 세우지만, 결국 동물들 중 영리하고 권력지향적인 지도자 돼지가 혁명을 뒤엎고 독재정권을 세워 동물들은 인간이 주인이었던 옛날보다 더 억압받고 무력하게 된다는 내용입니다. 스탈린주의를 비판한 최초의 문학작품으로, 정치 풍자소설로는 〈걸리버 여행기〉 이후 가장 훌륭한 작품으로 꼽히고 있습니다.

기지와 상상력, 훌륭한 문체를 바탕으로 한 뛰어난 작품 〈동물농장〉보다 더 오웰을 유명하게 만든 작품은 오웰이 결핵에 걸려 투병하면서 작업해 죽기 1년 전에 발표한 마지막 소설 **〈1984년〉**(1949)입니다. 끊임없이 적대적인 세 전체주의 경찰국가들에 의해 세계가 지배된다는 가상적 미래를 설정하고, 전체주의의 논리가 필연적으로 불러올 결과를 냉철히 파헤친 작품입니다. 소수당 당원인 주인공 스미스는 진실을 왜곡하는 정부에 대항해 반역을 하지만 '사상경찰'에게 체포되어 고문과 재교육을 통해 그가 증오해 온 당의 지도자 '빅 브라더'를 사랑하도록 세뇌당합니다. 결국 스미스는 인간의 자주적 정신적 실체와 영혼의 존엄성을 포기하고, 교도관의 가공할 만한 세뇌 기술에 굴복하고 맙니다.
전체주의의 가상적 위험에 대한 그의 경고는 동시대 사람들과 후세의 독자들에게 깊은 감명을 주었고, 이 책의 제목과 그가 만들어 낸 구절들은 현대 정치의 폐해에 대한 격언이 되었습니다.

베케트

사무엘 베케트Samuel Beckett(1906~1989)는 아일랜드 출신의 프랑스 작가입니다. 더블린에서 신교도인 부모의 아들로 태어나 트리니티 칼리지에서 프랑스어와 이탈리아어를 공부하고 2년 동안 프랑스 파리 고

등 사범학교에서 영어를 가르치다 다시 더블린으로 돌아와 모교에서 프랑스어를 가르쳤습니다. 처음에는 시집 〈호로스코프Whoroscope〉(1930), 에세이 〈프루스트론〉(1931), 소설 〈머피Murphy〉(1938) 등을 영어로만 발표했지만 1938년 이후에는 프랑스에 정착해 영어와 프랑스어로 작품을 썼습니다. 그는 자신의 작품을 영어로 쓴 것은 프랑스어로, 프랑스어로 쓴 것은 영어로 각각 번역해 명성을 얻었습니다.

2차 세계 대전 중에는 프랑스의 레지스탕스에 가담해 활동하다가 동지들이 살해되자 얼마 동안 비시로 피난 가서 그의 아내와 같이 농사를 지으며 작품을 쓰기도 했습니다. 산문 소설 〈몰로이Molloy〉(1951), 〈말론 죽다Malone meurt〉(1951), 〈이름 붙이기 어려운 것L' Innommable〉(1953)과 희곡 〈고도를 기다리며〉 등 많은 작품을 썼는데 이러한 작품들은 1951년이 되어서야 빛을 보게 되었습니다.

1953년 1월 파리에 있는 소극장에서 공연된 〈**고도를 기다리며**〉는 놀랄 만한 성공을 거두었고, 베케트에게 세계적인 명성을 가져다주었습니다. 이 작품은 '희망' 또는 '절대자'를 상징하는 '고도 Godot'를 만나기 위해 황폐한 길에서 막연하게 기다리고 있는 두 방랑자의 절망과 무의미함을 묘사한 부조리극입니다. 주인공 에스트라공과 블라디미르는 황폐한 시골길에 쓸쓸히 서 있는 나무 옆에서 고도를 만나기 위해 아무런 의미 없는 대화를 나누며 시간을 보냅니다. 그때 주인과 노예 관계인 포조와 럭키가 찾아와 두 사람과 대화를 나누고, 포조와 럭키가 떠난 후 고도의 사자使者가 와서 고도가 내일 올 것이라는 메시지를 전하고 사라집니다. 다음 날 두 사람은 또다시 고도를 기다리고, 장님이 된 포조와 벙어리가 된 럭키가 찾아왔다 다시 떠나고, 그들이 떠난 뒤 다시 고도의 사자가 와서 내일은 고도가 올 것이라는 메시지를 전하고 사라집니다. 관객은 고도가 누구인지

전 세계에서 끊임없이 공연되고 있는 〈고도를 기다리며〉의 한 장면

갈수록 알 수 없게 되지만, 두 사람은 여전히 고도를 기다리면서 막이 내립니다.

1969년에 노벨문학상을 수상한 이 작품은 구성이나 이야기 수법을 무시한 추상적인 희비극으로서, 소위 '앙티테아트르'[*]라고 불리는 반연극의 선구적 작품입니다. 이 작품 속 등장인물에게는 과거도 없고 미래도 없습니다. 그들이 주고받는 비논리적인 대화는 황폐한 사회에서 비인간화된 인간존재의 무의미한 행동의 반복일 뿐이고, 불확실한 기다림은 끊임없는 인간의 고뇌를 반영하는 것이며, 럭키와 포조의 행동은 자유의지와 행동 능력을 상실한 기계화된 인간의 모습을 상징합니다.

베케트의 소설은 이 세상에 존재하면서도 존재의 이유를 알지 못하는 인간이 지닌 내면세계의 허무적 심연深淵을 추구하며, 그의 희곡들은 인물의 움직임이 적고 대화가 없는 드라마로 형식화되어 세계의 부조리와 그 속에서 아무 의미도 없이 죽음을 기다리고 있는 절망적인 인간의 조건을 일상적인 언어로 허무하게 묘사합니다.

2차 세계 대전 후 영국 문단에는 냉소적 기지와 뛰어난 기교로 당대 최고의 풍자 작가로 손꼽히던 이블린 워Evelyn Waugh(1903~1966), 다분히 영국적인 세련된 사회 희극 연작소설 〈시간의 음악에 맞춰 춤을 A Dance to the Music of Time〉(1951~1975)의 작가 앤서니 파웰Anthony Powell(1905~2000), 학벌 덕분에 신분 상승을 이룩한 중하류 노동자 계급 출신의 주인공 짐을 통해 2차 세계 대전 후 영국 사회의 기성 제도와 가치관을 날카롭게 비판한 〈행복한 짐Lucky Jim〉(1954)의 작가 킹즐리 에이미스Kingsley Amis(1922~1995), **윌리엄 골딩**William Gerald Golding(1911~1993) 등의 작가들이 활동합니다. 윌리엄 골딩은 오랫동안 교직에 있어서 문단 데뷔가 늦었으나 1954년에 발표한 〈**파리대왕**Lord of the flies〉으로 1983년에 노벨문학상을 받으면서 많은 독자

앙티테아트르

전통적 극작법을 외면하고 참된 연극 고유의 수법으로 인간존재에 접근하는 연극을 지칭하는 것으로 2차 세계 대전 후 프랑스를 중심으로 유럽과 미국 각국에 퍼진 하나의 공통적 경향을 말한다. 전통적 연극에서 중요시하는 인물의 성격이나 내용의 전개가 무시되고 주제까지도 거부하며 명칭이나 시간, 장소는 임의로 결정하고, 극히 일상적인 대화나 동작이 반복되고 난센스와 코믹한 색조가 강하게 나타난다. 이러한 비현실적인 이미지의 연속을 통해 인간의 보편적인 고뇌, 인간존재의 부조리, 그로 인한 불안감 등을 표현하려고 한다.

층을 얻었습니다. 〈파리대왕〉은 어느 무인도에 표류한 25명의 소년들이 공포와 폭력, 악에 물든 사회로 전락해 가는 과정을 사실적이면서도 상징적으로 표현해 냄으로써 인간에게 내재해 있는 악의 문제에 접근하고 있습니다.

04 미국 문학

　남북전쟁(1861~1865)의 결과는 미국 역사에 하나의 '분수령'을 이룹니다. 그 전까지 전원적인 미국은 도시적인 미국으로 변해갔고, 19세기 말에는 쿠바, 괌, 필리핀, 하와이를 합병하는 제국주의로 기울었습니다. 우여곡절 끝에 1차 세계 대전에 참전한 미국은 연합군의 승리에 결정적인 역할을 했고 이것을 기점으로 세계 강국으로 발돋움했습니다. 콜럼부스의 신대륙 발견 이후 20세기에 이르도록 미국은 이민의 홍수를 이루었고, 이 이민들과 함께 들어온 정신적인 것과 문화적인 것을 유럽의 여러 나라에서 받아들인 셈이었는데, 2차 세계 대전 후 유럽뿐만 아니라 세계의 여러 나라들이 소위 '미국적 가치'를 받아들이는 위치로 역전되었습니다.

　문학의 측면에서 보자면, 1차 세계 대전 이전의 미국 문학은 안정된 상태에서의 사회를 묘사함으로써 보편적인 인간의 현실을 기록하는 경향이 강했고, 1차 세계 대전과 2차 세계 대전 사이에는 '잃어버린 세대'들과 사회주의 리얼리즘 경향의 작가들이 붕괴되는 사회의 모습을 전하는 동시에 문학상의 기교를 발전시켰습니다. 2차 세계 대전 이후에는 문학이 어떤 실재를 나타낼 수 있다는 신념, 즉 문학에 대한 확신을 가지지 못하는 경향을 보이고 있습니다.

드라이저Theodore Dreiser(1871~1945)는 19~20세기에 이르는 자본주의 상승기에 있어서 미국의 적나라한 모습을 보여 준 미국의 가장 위대한 자연주의 작가입니다. 드라이저는 가난하지만 신앙심이 남달리 두터운 모직물업자의 열두 번째 아들로 태어나, 복잡한 가정환경과 곤궁한 생활 때문에 어린 시절을 힘겹게 보냈습니다.

드라이저

인디애나 대학을 중퇴한 이후 시카고에서 기자 생활을 하면서 첫 작품 〈**시스터 캐리**Sister Carrie〉(1900)를 썼는데, 캐리 미버라는 가난한 여자의 물질적 성공과 허스트우드의 비참한 몰락을 다루고 있습니다. 캐리가 자신의 욕망에 대해 전적으로 솔직하게 행동하면서 더 나은 삶, 즉 옷, 돈, 그리고 사회적 지위를 추구하는 과정을 그린 이 작품은 반도덕적이라는 이유로 1912년까지 발매가 금지되었습니다.

'욕망의 3부작'으로 불리는 〈**자본가**The Financier〉(1912), 〈**거인**The Titan〉(1914), 〈**금욕주의자**The Stoic〉(1947년 출판)를 통해서 드라이저는 힘없는 주인공들의 비애로부터 실업계와 사회에서 지배적 역할을 하는 비범한 사람들의 능력으로 초점을 옮겨 갔고, 그의 대표작 〈**미국의 비극**An American Tragedy〉(1925)은 좀더 사회적인 의식을 드러냅니다. 이 작품은 〈젊은이의 양지〉라는 제목으로 영화화되어 한국에서도 상영되었습니다.

주인공 클라이드 그리피스는 가난한 전도사 부부의 아들로 태어났지만, 성공의 꿈을 안고 도시로 뛰어나가 호텔 보이가 됩니다. 그 후 부유한 큰아버지를 만나서 뉴욕 주에 있는 그의 공장에서 일자리를 얻

"미국의비극"을 영화로 만들땐! 제목을 "젊은이의 양지"로 해

고 여공 로버타와 가까이 지내게 됩니다. 그가 사장의 조카라는 사실 덕분에 부호의 딸 손드라와도 가까워지는데, 로버타가 임신 중임을 알리자 클라이드는 고민하다가 로버타를 산중의 호수로 꾀어내어 그녀를 죽이려고 계획합니다. 하지만 그는 결단을 내리지 못하고 마지막 순간에 마음을 바꾸어 먹는데, 우연히 보트가 뒤집혀 로버타가 익사하자 그는 곧 체포되어 재판을 받습니다. 재판이 진행되는 동안 주된 문제는 클라이드가 로버타의 죽음에 책임이 있는가 하는 것입니다. 재판 그 자체는 공정하지 않고 신문은 그를 향한 대중의 분노를 선동합니다. 결국 클라이드는 유죄를 선고받고 전기의자에서 처형됩니다. 작가는 이 작품을 통해 사실 죄는 클라이드에게 있는 것이 아니라 입신 출세주의에 물든 사회와 사회의 그릇된 도덕률에 책임이 있으며 이것이야말로 미국의 비극이라는 것을 보여 주고자 합니다. 이 작품은 미국 자본주의 상승기의 사회와 개인의 모순을 현대의 어두운 면으로 표현함으로써 미국 문학의 〈죄와 벌〉이라고 할 수 있습니다.

에즈라 파운드

에즈라 파운드 Ezra Pound(1885~1972)는 20세기 초 영미 시에 지대한 영향을 준 미국 시인입니다. 아이다호 주 헤일리에서 태어난 그는 해밀턴 대학과 펜실베이니아 대학에서 철학과 비교문학을 전공한 후 잠시 교직에 머무르다가 23세 때 유럽으로 갔으며 이후 런던에서 10여 년을 살았고, 그 후 파리에서 4년, 이탈리아에서 20여 년을 살았습니다. 2차 세계 대전 중 로마에서 무솔리니를 지지하는 선전 방송을 한 죄로 체포되어 재판을 받았는데, 정신이상자로 판정되어 13년간 병원에 감금되었고, 이후 시인들의 석방 운동으로 석방되어 1972년 베니스의 시민 병원에서 사망했습니다.

1909년 런던의 시인 클럽에서 문학비평가이자 시인인 흄Thomas Ernest Hulme을 만났는데, 윤곽이 명확한 표현을 주장하는 그의 반낭만주의에 동조해 '이미지즘' 운동을 전개하면서 신문학 운동의 중심이 됩니다. 그는 주관적이든 객관적이든 '사물'에 대해서는 직접적으로 처리할 것, 묘사에 기여하지 않는 언어는 절대 쓰지 말 것, 리듬에 관해서는 메트로놈의 흐름에 따르지 말고 음악적인 어구의 흐름에 따를 것 등, 이미지즘의 기초가 되는 세 개의 원리를 주장합니다. 상징파와 같은 애매한 표현을 피하고 조각처럼 구상적인 언어를 구사한 〈페르소나이Personae〉(1909), 〈휴 셀윈 모벌리Hugh Selwyn Mauberley〉(1920), 〈칸토스The Cantos〉(1917~1970) 등의 시를 발표합니다.

〈**칸토스**〉는 엘리엇의 〈황무지〉(1922)와 마찬가지로, 과거와 현재를 자유롭게 동시에 구사한 신화적 방법으로 쓴 장시입니다. 그리스어, 라틴어, 산스크리트어, 한자 등 온갖 외국어와 방언, 속어 등이 들어있습니다. 역사, 과학, 정치, 경제 등의 각종 지식과 이백, 이탈리아 13세기 시인 카바르칸티, 중세 프로방스 문학 등이 나타나며 사고와 감정, 시간과 공간이 분방하게 교차되어 대단히 난해하고 현학적인 작품입니다. 과거의 어떤 문화 양상을 현대 생활의 양상과 대조시킴으로써 현대사회의 타락상을 보여 주려는 의도를 가지고 있습니다. 그의 시는 엘리엇의 시와 더불어 현대 시의 개혁에 지대한 영향을 끼쳤습니다.

파운드는 뛰어난 번역가이기도 해서 이탈리아의 카바르칸티, 로마의 시인 프로페르티우스 이외에도 페놀로사의 번역을 토대로 이백李白의 작품을 영어로 번역한 〈더 타 히오The Ta Hio〉(1928) 등 다방면에 걸쳐 우수한 번역을 남기기도 했습니다.

프로스트Robert Frost(1874~1963)는 뉴잉글랜드의 자연과 소박한 농민들을 노래함으로써 현대 미국 시인 중에서 가장 순수한 고전적 시인으로 꼽히지만, 실제로 태어난 곳은 샌프란시스코입니다. 남부 옹호파인 아버지가 남군의 로버트 리 장군의 이름을 그대로 아들에게 붙여 주었다고 전해집니다. 10세 때 아버지가 사망하자 그 유해를 아버지의

로버트 프로스트

고향 뉴잉글랜드로 운반해 매장하면서 그대로 뉴잉글랜드에 눌러 살게 되었습니다. 그 후 교사, 신문기자를 전전하다가 1912년 영국으로 건너가 영국 시인들과 친교를 맺으면서 그들의 추천으로 처녀 시집 〈소년의 의지A Boy's Will〉(1913)를 출판해 시인이 되었고, 이어 〈보스턴의 북쪽North of Boston〉(1914)으로 시인으로서의 지위를 확립했습니다.

그는 에즈라 파운드나 엘리엇 등이 주도한 신시新詩운동과 기교 혁신에 반대하고, 전통적인 형식적 제약 속에서 시 쓰기를 좋아했습니다. '새로운 것을 옛날식으로' 표현하려 한 것입니다. 그의 시는 일상 용어를 능숙하게 구사하고 놀라운 운율법을 구사해 서정적인 이미지들을 표현하는 동시에 인생의 의미를 깨닫게 하는 교훈적인 내용을 담고 있습니다. 많은 서정시들이 현대의 부조리한 상황에 대해 노골적인 비판을 가하지만 그 속에서 늘 새로운 의미가 발견되고 참신한 맛이 나타나기 때문에 그는 '시인 철학가' 면서 순수 시인으로 성공할 수 있었습니다. 그의 전원시가 그려 내는 자연은 낭만적인 자연, 인간을 치유하는 힘이 있는 자연이라기보다는 비극적이거나 아이러니한 인간의 연극이 진행되는 배경과도 같은 것입니다. 만년의 프로스트의 시는 미국인들에게 '지나간 즐거웠던 시절'을 생각나게 했으며 그런 연유로 일종의 '민중 영웅' 같은 존재로 받아들였습니다. 프로스트는 케네디 대통령 취임식에서 자작시를 낭송하는 등 미국의 계관시인적 존재였으며 퓰리처상*을 네 번 수상했습니다.

퓰리처상
저명한 언론인 퓰리처의 유산을 기금으로 해 1917년 창설된 상으로 미국에서 가장 권위있는 보도, 문학, 음악 상이다. 문학 분야는 5개 부문으로 나누어 시상한다.

유진 오닐 Eugene O'Neill(1888~1953)은 미국 최초의 일류 극작가일 뿐만 아니라 연극에서 진지한 주제를 개발하고 여러 가지 무대 기법을 실험한 첫 번째 예술가입니다. 그가 쓴 희곡은 각국의 언어로 번역되어 전 세계에서 상연되었고, 퓰리처상을 네 번, 극작가로서는 처음으로 1936년에 노벨문학상을 받아 미국 문학을 세계적 수준으로 끌어올리는 데 크게 공헌했습니다.

아버지는 유랑극단의 배우였고 어머니는 성공한 실업가의 딸이었는데, 그녀는 남편을 사랑하면서도 무대 뒤의 생활을 증오했고 모르핀 주사를 맞으며 자신의 개인적인 불행을 잊으려고 했습니다. 그의 부모는 매년 일정 기간 순회공연을 했고 다른 기간에는 뉴욕의 호텔에서 살았습니다. 오닐은 프린스턴 대학에 입학한 1년 후 학교를 그만두고 5년간 떠돌이 생활을 하다가 폐결핵에 걸리기도 했는데, 이때 요양소에서 스트린드베리의 작품을 읽고 근대극의 본질을 깊이 이해하게 되어 극작가를 지망하게 되었습니다.

유진 오닐

오닐의 초기 작품들은 대개 단막극으로 냉혹한 자연주의적 기법을 사용하지만 그 바탕에는 낭만적인 정서가 흐릅니다. 1920년경에는 내면의 심리, 회상, 공포 등의 세계를 표현하기 위해 무대에서 여러 가지 기교를 실험하게 됩니다. 장scene과 막act의 구분을 무시하고 연극 작품에 통용되는 '길이'에도 주의를 기울이지 않습니다. 등장인물에게 가면을 쓰게 하고, 한 인물을 두 배우로 갈라놓기도 하고, 유령, 합창대, 셰익스피어식 독백, 관객을 향한 연설 등을 다시 도입합니다. 강박관념으로 인해 문명의 허식이 원시적 공포에 굴복한다는 것을 보여 주는 〈황제 존스The Emperor Jones〉(1920), 〈털복숭이 원숭이〉(1922), 늙은 아버지와 세 아들, 그리고 젊은 계모를 중심으로 가족 간의 끝없는 욕망과 갈등을 그린 〈느릅나무 밑의 욕망Desire under the Elms〉(1924), 〈기묘한 막간극〉(1927), 〈상복이 어울리는 엘렉트라Mourning Becomes Electra〉(1931) 등이 이 시기의 작품으로 기법이나 사상적으로 원숙기에 해당하는 작품들입니다.

〈**밤으로의 긴 여로**Long Day's Journey into Night〉(1940년 집필, 1956년 초연)는 오닐의 자전적인 작품입니다. 늙은 무대 배우인 아버지 제임스 티론, 마약중독자 어머니 메리, 알코올중독의 형 제미, 병약한 시

〈밤으로의 긴 여로〉 공연의 한 장면

인 기질을 가진 동생 에드먼드(청년 시절의 작가)로 이루어진 가족 4명이 애정과 증오의 교차 속에서 서로 공격하고 마음을 상하게 하면서도 이해하고 용서하는 어느 하루 동안의 허무한 심리적 갈등을 묘사하고 있습니다. 오전 중의 일상적인 가정생활의 모습에서 비참한 사실이 드러나는 밤으로 옮겨 가면서 관객들은 과거 티론가家 생활의 '실제' 하루를 목격하며 그 집안 식구들의 죽음을 향한 일생의 여로를 관찰하게 됩니다. 작가는 자신의 부모와 가족의 비참한 과거를 폭로한 이 작품을 '피와 눈물로 점철된 오랜 슬픔의 연극'이라고 부르며 생존 당시에는 발표하지 않았습니다. 그러나 일단 이 연극이 상연되자 무시무시한 긴박감이 관중들에게 감동을 불러일으켰고, 오닐이 죽은 지 3년 후인 1956년 그에게 네 번째 퓰리처상을 안겨 주었습니다.

피츠제럴드

피츠제럴드Scott Key Fitzgerald(1896~1940)는 미국 중서부의 부유한 가정에서 태어나 프린스턴 대학에서 교육을 받았고 이런 환경으로 인해 상류사회의 일원이 되었습니다.

1차 세계 대전 중에 육군 소위로 임관되었던 피츠제럴드는 전쟁이 끝난 후인 1920년 처녀작 〈낙원의 이쪽This Side of Paradise〉을 출판했고, 24세의 나이에 유명한 소설가가 되었습니다. 이 작품은 '새로운 세대의 선언'이라고도 할 정도로 문학 비평가들의 인정을 얻었고, 많은 독자를 얻어 경제적으로도 크게 성공했습니다. 그의 소설이 20년대에 굉장히 인기를 끌었던 것은 그 소설이 현대적이었고 읽기 쉬웠기 때문입니다.

피츠제럴드의 대표작 〈**위대한 개츠비**The Great Gatsby〉(1925)는 상징주의와 심리적 사실주의를 결합시킨 작품입니다. 많은 비평가들이 20세기 걸작들 중의 하나로 간주하는 이 작품은 화자인 닉 캐러웨이의 관점을 통해 1920년대의 매력과 도덕적 추악함을 그대로 보여 줍니다. 닉의 이웃 개츠비는 부유하고 성공한 사람으로 보입니다. 하지만 개츠비는 대단한 낭만주의자이기도 해서 젊은 시절 가난 때문에 잃어버린 애인에 대한 꿈을 접지 못하고 지금은 남의 아내가 된 옛 애인 데이지를 자신의 여자로 만들려는 생각으로 호화로운 파티를 자신의 저택에서 자주 엽니다. 그는 데이지가 다시 그와 사랑에 빠지기를 바라면서 데이지에게 접근해 가지만 끝내 사살되고 맙니다.

개츠비는 돈으로 사랑과 행복을 살 수 있다는 미국적 신념을 상징합니다. 주인공은 물질만능의 세계와 물질만능을 신봉하는 사람들을 그의 환상적 이상의 세계로 변화시키려고 노력하지만 결국 실패하고 맙니다. 상징적인 이미지의 구사 등을 통해 과거의 위대한 '미국의 꿈'이 오늘에 이르러 얼마나 큰 비극으로 바뀔 수 있는가 하는 것을 보여 주려는 작가의 의도가 감춰져 있습니다.

1930년대 경제 불황을 맞아 자신의 작품의 인기가 급속히 떨어지자 피츠제럴드는 알코올중독과 병고에 시달리며 시나리오 작가로 불운한 나날을 보내다 1940년 45세의 젊은 나이에 심장발작으로 세상을 떠났습니다.

헤밍웨이Ernest Hemingway(1899~1961)는 '잃어버린 세대'*를 대변하는 작가입니다. 시카고에서 태어난 헤밍웨이의 아버지는 수렵 등 야외 스포츠를 좋아하는 의사였고 어머니는 음악을 사랑하고 신앙심이 돈독한 여성이었는데, 이러한 부모의 기질이 그의 인생과 문학에 미묘한 영향을 주었습니다. 1차 세계 대전 동안 적십자 야전병원의 수송차 운전병이 되어 이탈리아 전선에 종군 중 다리에 중상을 입고 밀라노 육

잃어버린 세대

1차 세계 대전 이후의 세대를 의미하지만 특히 전쟁 중에 성인이 되어 1920년대에 문학적 명성을 얻은 미국 작가들을 일컫는 말로, 피츠제럴드, 더스 패서스, 헤밍웨이, 포크너 등을 들 수 있다. 거트루드 스타인이 헤밍웨이에게 "당신들은 모두 길 잃은 세대"라고 한 말에서 비롯되었다고 한다. 자신들이 물려받은 가치관이 더 이상 전후 세대와 연결되지 못했고, 편협하고, 물질주의에 물들고, 정서적으로 황폐해 보이는 미국이라는 나라에 정신적 소외를 느끼기 때문에 '길을 잃은' 세대인 것이다.

어네스트 헤밍웨이

군병원에 입원했다가 휴전이 되어 1919년 귀국했습니다. 전쟁이 끝난 후 유럽으로 옮겨가 그곳에서 작가가 됩니다.

1953년 아프리카 여행을 하던 헤밍웨이는 두 번이나 비행기 사고를 당해 중상을 입고 이후 전지요양轉地療養에 힘쓰다가 1961년 7월 갑자기 엽총사고로 죽었는데, 자살로 추측되고 있습니다.

그의 첫 소설 〈**태양은 다시 떠오른다**The Sun Also Rises〉(1926)는 파리와 스페인을 무대로 찰나적이고 향락적인 삶을 살아가는 미국 젊은 이들을 그리고 있습니다. 조국을 위해 용감히 싸웠지만 평화가 찾아오자 아무런 소용이 없게 되어 버린 주인공들은 '국적 이탈자'가 되어 희망과 포부도 없이 절망 속에서 그저 하루하루를 즐기려고 합니다. 이소설의 화자인 제이크 번즈는 전쟁의 부상으로 성불구자가 되었지만, 어떤 면에서 보면 이 소설의 등장인물들은 모두 '정신적인 불구자'를 상징하며, 희망을 상실한 채 공허한 세상을 어떻게 살아가야 할지 알고 싶어 몸부림치는 사람들입니다.

1928년 아버지가 권총 자살하고 그 이듬해 완성한 반전 애정 소설 〈**무기여 잘 있거라**A Farewell to Arms〉(1929)는 잔인한 전쟁의 소용돌이 속에서도 사랑으로 삶의 의지를 불태우는 사람들의 이야기를 그린 전쟁문학의 걸작으로 국외에서도 반향을 불러일으켰고, 1940년에는 스페인 내란을 배경으로 파시즘에 대항해 싸우는 미국 청년 로버트 조던을 주인공으로 한 최대의 장편 〈**누구를 위하여 종은 울리나**For Whom the Bell Tolls〉를 발표해 〈무기여 잘 있거라〉 이상의 반향을 불러일으킵니다.

〈**노인과 바다**The Old Man and the Sea〉(1952)는 대어大魚를 낚으려고 분투하는 늙은 어부의 불굴의 정신과 고상한 모습을 간결하고 힘찬

문체로 묘사한 단편인데, 이 작품으로 1953년 퓰리처상을 받고, 1954
년 노벨문학상을 받았습니다. 나이 많은 쿠바인 어부가 길고 끈질긴
투쟁 끝에 거대한 물고기를 잡아 배에 매달고 항구로 돌아오다가 상어
들이 따라와 그 물고기를 뜯어 먹는 바람에 뼈만 남게 된 것을 보고 관
광객들은 웃지만, 노인은 불평하지 않습니다. 노인은 투쟁에서 용기를
보여 주었고, 패배에서 극기주의를 보여 주었던 것인데, 이것이 바로
헤밍웨이가 보내고자 했던 최후의 위대한 메시지라고 하겠습니다. 또
한 〈킬리만자로의 눈The Snow of Kilimanjaro〉(1936) 등의 단편에서는
심리적 사실주의와 상징주의를 면밀히 혼합시켜 쉽게 읽히면서도 삶
에 대한 은유로 가득 찬 단편소설들을 만들어 냅니다.

　헤밍웨이의 소설은 간결한 문체와 면밀한 구성으로 유명합니다. 짧
고 간결하며 형용사 사용이 극히 절제된 그의 문체는 '최소의 것으로
최대한을 얻어 내는 것'을 목표로 하고 있습니다. 그의 작품에서는 언
어가 감정을 통제하는 느낌을 받는데, 그것은 헤밍웨이가 일종의 극기
주의를 추구한 결과로 나타난 것으로 보이며, 그러한 극기주의가 헤밍
웨이 소설의 주제를 이루기도 합니다. 지성과 문명의 세계를 속임수로
보고, 가혹한 현실에 의연히 맞섰다가 패배하는 인간의 비극적인 모습
을 간결하고도 힘찬 문체로 묘사하고 있습니다.

　시카고 출생인 **존 더스 패서스**John Dos Passos(1896~1970)는 '잃어
버린 세대'의 대표 작가로, 특히 저항소설가로서 주목을 끌었습니다.
하버드 대학을 졸업한 후 헤밍웨이와 마찬가지로 1차 세계 대전 동안
에 야전 위생병으로 앰뷸런스를 운전했고, 그의 처녀작 〈어느 사나이
의 인생에의 자각One Man's Initiation〉(1917)은 1차 세계 대전을 다룬
최초의 미국 소설입니다. 1921년에 발표한 〈3명의 병사Three
Soldiers〉(1921) 역시 1차 세계 대전을 다룬 반전 소설이며, 〈북위 42°
선〉(1930), 〈1919년〉(1932), 〈거금The Big Money〉(1936)으로 이루어진

존 더스 패서스

▲ '잃어버린 세대'의 대표 작가 더스 패서스와 헤밍웨이
왼쪽에서 두 번째가 헤밍웨이고 오른쪽에서 두 번째가 더스 패서스다.

3부작 〈유에스에이U.S.A.〉는 1900년부터 1920년대 말의 경제공황기를 배경으로 그 시대를 대표하는 남녀 12명의 생애를 그린 급진적 사회소설입니다. 좌익적인 관점에서 현대의 사회경제 체제를 폭넓게 고발했을 뿐만 아니라, 소설의 보편적인 서술 외에 '뉴스영화newsreel', '역사적 중요인물의 소묘', '카메라의 눈camera-eye'이라고 하는 세 가지의 실험적 기법을 효과적으로 구사해 20세기 소설의 문제작으로 꼽히고 있습니다.

〈**북위 42°선**〉이 처음 출판되었을 때 프랑스의 철학자 사르트르는 "나는 더스 패서스가 현대의 가장 위대한 작가라고 생각한다."고 말했을 정도로 이야기 전개 방식이 신선했습니다. 전문 노동조합 조직책 맥의 파업과 혁명을 그린 이 작품에서 그가 사용한 몽타주 기법*은 이야기 자체의 흥미에, 전개 방식의 새로움을 덧붙여 주었습니다. 더스 패서스의 작품에는 너무 많은 인물들이 등장해서 독자가 작품을 모두 읽기 전에 등장인물들을 잊어버리게 되는데, 이것은 개인의 이야기가 아닌 전 시대의 이야기를 들려 주려는 작가의 계획적인 의도로 보입니다.

〈유에스에이〉이후 더스 패서스는 스탈린주의에 환멸을 느끼고 자유민주주의를 옹호하는 입장으로 바꾸었고 만년에는 반공적 보수주의자가 되었습니다.

더스 패서스가 한 국가 전체를 나타내기 위해 수많은 인물들을 등장시킨 반면 **윌리엄 포크너**William Faulkner(1897~1962)는 비교적 적은 수의 인물, 특히 남부라는 단일 지역에서 여러 계층을 대표하는 인물

몽타주 기법

원래 '조립하는 것'을 의미하는 프랑스어 '몽타주'는 특히 영화감독들이 사용하면서 영화와 텔레비전의 화면 조립 기법 또는 편집 방법의 하나를 말하는 영화 기법 용어가 되었다. 따로따로 촬영된 필름의 단편을 창조적으로 접합해서 현실과는 다른 영화적 시간과 공간을 만들어 내는 기법이다. 영상 몽타주는 이야기를 시간적 순서에 따라 전하기 위해 장면과 장면을 결합하거나, 또는 감동을 주거나 사고의 연계를 보여 주기 위해 이미지를 나란히 연결하기도 한다. 문학적으로는 독립된 심상들을 결합해 전체적으로 하나의 통일된 주제를 이루도록 하는 기법이다.

들을 등장시킵니다. 포크너는 전후 세계에 대한 강한 혐오감과 예술의 가치에 대한 신뢰라는 점에서 '잃어버린 세대'에 동조합니다.

미시시피주 뉴올버니 남부의 명문가에서 태어난 포크너는 어릴 때 근처인 옥스퍼드로 옮겨 그의 생애의 태반을 그곳에서 보냈습니다. 어려서부터 글을 좋아해 고교 시절 시집을 탐독하고 스스로 시작을 시도했으나 고교를 중퇴하고, 1차 세계 대전이 일어나자 자원해서 캐나다의 영국 공군에 입대했습니다.

그의 첫 소설 〈병사의 보수Soldier's Pay〉(1926)는 전쟁으로 폐인이 된 한 공군 장교가 전후 사회의 '황무지'로 귀환하는 이야기며, 두 번째 소설 〈모스키토스Mosquitoes〉(1927)는 예술가와 예술 애호가에 대한 풍자소설입니다. 세 번째 소설 〈**사토리스**Sartoris〉(1929)는 남부 귀족 사토리스 일가의 이야기인데 여기서 포크너는 사상의 큰 변화를 보여 줍니다. 미시시피 주의 아주 작은 땅에 대해서 글을 쓸 만한 가치가 있다고 생각하게 된 것입니다. 이어서 1929년에 발표한 〈**음향과 분노 The Sound and the Fury**〉는 포크너의 모더니스트 걸작입니다. 1928년 4월 7일, 1910년 6월 12일, 1928년 4월 6일, 1928년 4월 8일 등, 시간적으로 전도된 4개의 장으로 이루어진 이 작품은 타인들과는 완전히 분리되어 각기 나름대로의 현실에서 살아가는 네 명의 시점에서 또 다른 남부 귀족 출신인 콤프슨 일가의 몰락하는 모습을 그려 냅니다.

흑백 혼혈의 주인공 조 크리스마스를 통해 인종차별주의가 어떻게 남부의 백인 사회를 광적으로 만들었는가를 보여 주는 〈8월의 햇빛 Light in August〉(1932), 가난한 산골에서 태어난 백인 서트펜의 야망과 파멸을 통해 인종차별주의, 정신질환, 가족의 비극을 묘사한 〈**압살롬, 압살롬**Absalom, Absalom!〉(1936), 〈우화A Fable〉(1954, 퓰리처상 수상), 유머를 특색으로 하는 〈자동차 도둑〉(1962, 퓰리처상 수상) 등의 여러 작품을 통해서 포크너는 미국 남부 사회가 변천해 온 모습을 연대기로 묘사합니다. 이를 위해서 그는 '요크나파토파 군Yoknapatawpha

윌리엄 포크너

미국 남부에 대한 우화이면서도 어디나 존재하는 인간 운명에 대한 이야기로 발전시킨 '요크나파토파' 연작물로 유명하다.

郡'이라는 가상의 지역을 설정하고 그곳을 무대로 19세기 초부터 20세기의 1940년대에 걸친 남부 사회의 시대적 변천을 대표하는 인물들을 등장시켜 배은망덕하고 부도덕한 남부 상류사회의 사회상을 고발합니다.

포크너는 거의 모든 작품에서 '계속적인 현재'의 스타일을 사용합니다. 모든 일은 분할할 수 없는 하나의 것, 즉 영원한 현재의 일부라는 것을 나타내기 위해서 과거, 현재, 그리고 미래의 사건들이 동시에 일어나는 것처럼 보이게 만듭니다. 이러한 기법 때문에 일반적으로 포크너 소설은 읽기가 어렵습니다. 하지만 인간의 선에 대한 힘찬 묘사는 인간에 대한 신뢰와 휴머니즘의 역설적 표현이라고 하겠습니다. 1949년에는 노벨문학상을 받았습니다.

존 스타인벡

스타인벡John Steinbeck(1902~1968)은 미국 캘리포니아 주 설리너스에서 군청의 출납 관리였던 독일계 아버지와 초등학교 교원인 어머니 사이에서 태어났습니다. 가정이 어려워 고등학교 시절부터 농장 일을 거드는 등 고학으로 스탠퍼드 대학 생물학과에 진학했지만 1925년 학자금 부족으로 중퇴하고 문필 생활에 투신하기로 결심했습니다. 뉴욕으로 와서 신문기자가 되었으나, 객관적인 사실 보도가 아닌 주관적 기사만 썼기 때문에 해고되어 갖가지 막노동으로 생계를 이어 가기도 했습니다.

스타인벡은 '잃어버린 세대'의 뒤를 이은 30년대의 사회주의 리얼리즘*을 대표하는 작가로서 사회의식이 강렬한 작품과 온화한 휴머니즘이 넘치는 작품들을 썼습니다. '종이에 모든 것을 받아 쓰는' 시도로 다큐멘터리적인 자연주의와 상징주의를 혼합하는 그의 작품에 나타나는 작중 인물들은 그들 자신과 공포, 굶주림, 섹스, 자연의 재앙과 자본주의의 악폐 같은 사회 안에 존재하는 힘에 이끌려 갑니다. 그러나 스타인벡은 그런 자연주의적 방식을 사람에 대한 깊은 동정과 인간

사회주의 리얼리즘
1920~1930년대 소련에서 문학작품을 평가하는 유일한 기준으로 수립된 문학창작 이론 및 방법을 말하는 것으로 노동자의 세계관, 변증법적 · 역사적 유물론, 노동자 계급의 계급적 입장에서 예술 창작을 그 지표로 삼는다. 러시아 및 동유럽 문학(p.282) 참조

조건 속에 적용합니다. 모든 사람들에게 공통적인 인간성의 여러 요소들을 가족과 사회집단, 그리고 국가에서 탐색하는 그의 작품에서 우리는 그의 진정한 인간애를 느낄 수 있으며, 그가 일종의 '국민정신'이라는 큰 초상화를 그리고자 했음을 느낄 수 있습니다. 스타인벡은 그 초상화를 그리기 위해 '뉴 프런티어(미국 서부로의 이동)' 신화와 자연주의를 접목시킵니다.

〈**분노의 포도**The Grapes of Wrath〉(1939)는 스타인벡의 작품 중에서 사회주의적 경향이 가장 짙은 훌륭한 소설입니다. 농부들로 구성된 조드Joad 일가족은 '황진지대'의 재앙이 몰고 온 끔찍한 바람이 그들의 땅을 파멸시키자 오클라호마를 떠나 캘리포니아로 가서 과일 따는 일꾼으로 일합니다. 그러나 그들이 꿈꾸던 자유의 땅에서 기다리고 있는 것은 대지주들의 착취와 기아와 질병이었고, 가족은 뿔뿔이 흩어지거나 사별합니다. 갖은 고난을 겪은 후 아들 톰은 파업에 가담해 살인을 저지르고 노동자 투쟁에서 깨달음을 얻은 어머니는 힘차게 살아갈 것을 절규합니다. 농장 노동자의 비참한 생활을 〈구약성서〉 중 '출애굽기'의 구성을 빌려 묘사했습니다. 사회 불의에 대한 이러한 묘사는 미국 전역에 충격을 주었고, 조드 가족 같은 사람들을 돕기 위한 법률이 통과되기도 했습니다. 이 책의 문학적 관심은 평범한 사람들이 일상에서 보여 주는 영웅주의입니다. 그들은 집단으로 함께 일하는 것을 배우고 서로 돕는 것을 배웁니다.

〈**에덴의 동쪽**East of Eden〉(1952)은 남북전쟁에서 1차 세계 대전까지의 시대를 배경으로 에덴동산을 찾아 미래를 꿈꾸는 사람들의 이야기입니다. 여기서 스타인벡은 성경에 등장하는 카인과 아벨* 형제의 이야기를 현대판으로 재구성해 냅니다.

여러 가지 형태의 감상주의는 스타인벡 소설의 단점으로 여겨지기

분노의 포도!

착취를 일삼는 X들은! 나 먹을때, 목에 걸려서 ······ 해라

카인과 아벨

구약성서 〈창세기〉에 나오는 아담과 하와의 아들들이다. 카인은 농부였고 아벨은 양치기였는데 야훼가 카인이 바친 곡식은 거두지 않고 아벨이 바친 양만 거두어들이자 카인이 아벨을 질투해 죽였다. 인간의 질투와 질투가 살인으로 이어지는 심리를 보여 주며 카인은 인류 역사에서 살인자의 대명사가 되었다.

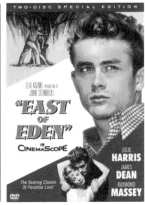

◀◀ 소설 〈분노의 포도〉에서 '먼지 쌓인 분지'의 재난 피해자들에게 구조를 제의하는 포스터

◀ 1955년 엘리아 카잔 감독, 제임스 딘 주연으로 영화화된 〈에덴의 동쪽〉 영화 포스터

도 하지만, 자본주의 사회의 모순과 결함을 고발하면서도 작품의 저변에 흐르는 인간의 선의와 인류의 운명에 대한 신비로운 신뢰로 그 비판을 중화해 냅니다. 소외계층에 대한 깊은 동정을 바탕으로 현대적 소설기교를 단순한 형태로 넓은 독자층에게 소개하려 했고, 실감나는 대화를 창조해 낸 스타인벡은 1962년 노벨문학상을 받았습니다.

인권과 사회적 권리를 위한 흑인들의 투쟁은 20세기 미국 역사에서 가장 중요한 주제 중 하나입니다. **리처드 라이트**Richard Wright(1908~1960)는 흑인에 대한 백인들의 차별 대우에 저항한 초기 미국 흑인 작가입니다. 미시시피 주에서 가난한 농부의 아들로 태어났는데, 그의 조부모는 노예였으며, 라이트가 5세 때 아버지가 어머니를 버리고 떠나 친척 집을 전전하며 정신적 · 육체적으로 어렵게 성장했습니다.

'연방 작가 프로젝트Federal Writers' Project'를 통해 글을 쓸 기회를 얻어 남부의 인종적 편견을 그린 〈톰 아저씨의 자식들Uncle Tom's Children〉(1938)을 발표했고, 이 작품을 계기로 주목을 받기 시작했습니다. 특히 1940년에 발표한 〈**미국의 아들**Native Son〉(1940)은 백인의 박해와 백인에 대한 공포에 젖어 자라 온 흑인 청년 비거가 저지른 우

리처드 라이트

발적 살인을 통해 백인 사회가 흑인 사회에 가하는 사회적 · 심리적 압박을 묘사하는 동시에 백인들의 광기에 가까운 공포심과 분노가 더 큰 폭력을 유발시키는 미국 사회의 고질적 인종 문제의 병폐를 파헤치고 있습니다. 당시 미국 사회에서 실제로 얼마든지 일어날 수 있고, 또한 일어나고 있었던 사건을 다룬 이 작품은 미국 사회에 큰 충격과 파문을 던졌으며 이 작품을 계기로 2차 세계 대전 후 여러 흑인 작가들이 문학을 통한 저항운동을 시도하게 되었습니다.

중편 소설 〈지하에 살았던 남자The Man Who Lived Underground〉(1961)에서는 미국 사회에서 흑인은 '보이지 않는다' 는 방식의 비유를 만들어 냈고, 자신의 소년시절과 성년기의 이야기를 담은 자서전적 소설 〈흑인 소년Black Boy〉(1945)을 내놓은 이후 영구 이주자로 파리에 정착했습니다. 미국 최초의 실존 소설로 일컬어지는 〈방관자The Outsider〉(1953)에서는 자신들을 받아 주지 않는 분열된 사회에서 흑인들이 각성할 것을 촉구합니다.

현대 미국의 대표적인 극작가인 **테네시 윌리엄스**Tennessee Williams(1911~1983)는 미시시피 주의 콜럼버스에서 목사의 딸로 인내심이 강한 어머니와 외판원 아버지 사이에서 태어났습니다. 테네시는 어려서부터 몸이 약해서 어머니는 아들을 과잉보호했는데, 아버지는 그런 아들을 '미스 낸시' 라고 불렀다고 합니다. 미주리 대학과 워싱턴 대학을 중퇴하고 아이오와 주립 대학에서 연극을 전공해 졸업한 후 뉴올리언스에서 호텔 보이와 제화製靴회사의 점원 등을 하면서 희곡, 시, 단편소설 등을 썼습니다.

테네시 윌리엄스

최초의 연극 〈천사의 싸움Battle of Angels〉(1940)은 실패했으나 할리우드에서 시나리오 작가로 일하면서 쓴 〈유리 동물원The Glass Menagerie〉(1944)이 시카고에서 상연되어 큰 성공을 거두었습니다. 이 작품은 작가 톰의 추억과 회상을 통해서 한 집안이 몰락하는 과정을 보여 주는 '추억극'입니다. 그는 다음 작품인 〈**욕망이라는 이름의 전차** A Streetcar Named Desire〉(1947)로 퓰리처상을 받으며 전후 미국 연극계를 대표하는 한 사람이 되었습니다.

이 작품은 미국 남부의 몰락한 지주의 딸 블랑시라는 연애결혼에 실패한 여자를 통해서, 사라져 가는 남부의 문화적 전통을 고수해 고립되지만 욕정을 이기지 못해 타락하는 특이한 여성상을 창조해 냈습니다. 블랑시는 창부적인 기질을 가지고 있으면서도 사그라져 가는 과거의 교양과 전통에 얽매여 욕정을 억누르며 귀부인답게 행동하려고 애쓰면서 현실 도피의 꿈속에서 외롭게 살아갑니다. 그녀가 뉴올리언스에 사는 동생 스텔러를 찾아갔을 때, 야성적이며 현실적인 동생의 남편에게 겁탈당하고, 감추어졌던 욕정에 몸을 내맡기며 서서히 미쳐서 정신병원에 보내지는 과정을 통해 여자의 성의 좌절과 분열을 그리고 있습니다.

그 후 발표한 〈**장미의 문신**The Rose Tattoo〉(1950) 역시 죽은 남편의 추억을 깊이 간직하고 있지만 다시 새로운 사랑을 발견하게 되는 격렬한 성격의 여주인공을 창조해 냈고, 〈**뜨거운 양철 지붕 위의 고양이**Cat on a Hot Tin Roof〉(1955)로 다시 퓰리처상을 받았습니다. 이 작품은 '고양이 매기'로 불리는 브리크의 아내와 감시와 통제를 받는 무기력한 아들 브리크, 그리고 죽을병에 걸린 아버지 사이의 갈등을 통해 유산 상속을 둘러싼 가족 간의 추한 암투와 흥정, 허위로 위장한 인간의 겉옷을 벗고 집념과 집념이 맞부딪치는 강렬한 투쟁을 그려 낸 작품입니다.

테네시 윌리엄스의 극작품에서는 한 인물이 구사하는 언어의 리듬이 다른 인물과 구별되는 하나의 지표가 되며, 이러한 언어의 효과가 현실감을 고조시킵니다. 그의 많은 작품들이 폭력성과 성에 대한 강박관념, 그리고 살인, 강간, 마약, 근친상간, 여자 음란증 등에 대한 집착 때문에 비난을 면치 못했지만, 그러나 그 모든 것이 애정의 가치 부정과 약육강식의 사회구조를 통해 인생에 의문을 던지는, 즉 욕망과 고독이라는 보편적인 주제를 극화시킨 것입니다. 작품의 대부분이 영화화되었으며, 몇몇 희곡은 한국에서도 상연되어 호평을 받았습니다.

샐린저Jerome David Salinger(1919~)는 뉴욕 출생으로 유대인 아버지를 두었지만 유대 전통과는 강한 연대를 맺지 않은 유대인계 작가입니다. 프린스턴 대학과 스탠퍼드 대학을 중퇴하고 2차 세계 대전 때는 지원 입대해 노르망디 상륙작전에 참가했습니다. 1940년, 21세 때 처음으로 단편 〈젊은이들〉을 발표한 후 계속해서 많은 유명 잡지에 작품을 발표했는데 작품 수는 그다지 많지 않지만, 그의 유일한 장편 〈호밀밭의 파수꾼The Catcher in the Rye〉(1951)은 전후 미국 문단의 걸작으로 평가되고 있습니다.

샐린저

〈호밀밭의 파수꾼〉은 작가의 체험을 소재로 쓴 성장소설로, 불행한 10대 문제아 홀든 콜필드가 학교에서 퇴학당하고 집으로 돌아가기까지 3일 동안의 기록이 소설의 주요 줄거리를 이루고 있습니다. 기성세대의 위선과 비열함에 절망한 주인공은 호밀밭에서 뛰어노는 아이들의 안전을 지켜 주는 파수꾼이 되고 싶어서 질식할 것 같은 뉴욕을 벗어나 한적한 숲 속에서 살고자 먼 곳으로 떠나려고 결심하지만 결국 병원의 치료를 받고 집으로 돌아가는 것으로 소설은 끝이 납니다. 주인공 홀든 콜필드의 정신적 방황은 청소년기의 불안정한 이중성을 상징적으로 말해 주며, 작가는 주인공의 이중성을 단순명료하게 형상화함으로써 소설적 설득력을 높이고 있습니다. 허위와 위선으로 가득 찬 세상, 성인들의 '가짜' 세계에 눈떠 가는 과정을 10대들이 즐겨 쓰는 속어와 비어를 사용해 사실적으로 묘사한 점이 특징입니다. 믿거나 말거나지만, 영국의 팝 가수 존 레논의 암살범이 탐독했던 소설이 바로

이 〈호밀밭의 파수꾼〉이어서 킬러들의 필독서가 되었다는 말도 있습니다.

〈9개의 단편Nine Stories〉(1953), 〈프래니와 주이Franny and Zooey〉(1961), 〈목수들이여, 서까래를 높이 올려라Raise High the Roof Beam, Carpenters〉(1963) 등의 세 단편은 어느 것이나 획일화된 가치관을 강요하는 현대 미국의 대중사회를 살아가는 글라스가家의 7남매 중의 누군가를 주인공으로 다룬 것으로, 단편으로 각각 독립되어 있으면서 서로 연관을 가지는 연작 형식의 작품입니다.

토마스 핀천 Thomas Pynchon(1937~)은 미국 포스트모더니즘 문학을 대표하는 소설가입니다. 현대사회의 혼란 속에 존재하는 인간의 소외를 그린 냉소적인 유머와 환상을 결합한 작품들을 많이 썼습니다. 그의 첫 소설은 〈**브이 V**〉(1963)인데, 유럽 역사에서 중요한 시대마다 여러 가지 형태로 나타나는 신출귀몰하는 초자연적인 여자 모험가를 찾아 나선 중년 영국인의 부조리한 이야기입니다. 이 작품으로 핀천은 포크너재단상을 받았습니다.

〈**제49호 품목의 경매**The Crying of Lot 49〉(1966)는 폐쇄된 미래 세계에서 공식적인 미국 우편배달 제도를 불신하는 지하 세계 사람들의 은밀한 사적 우편배달 제도인 '트리스테로 통제 방법'을 찾는 여인의 이야기입니다. 이 작품이 출판되자 당시 1960년대 미국 젊은이들 사이에는 노트에 볼펜으로, 책상에 칼로, 화장실 거울에 립스틱으로, 그리고 지하철 기차에 페인트로 우편 나팔을 그리는 것이 유행이 되었다고 합니다. 그 우편 나팔이 바로 억눌린 계층과 소외된 계급의 소리를 대변하는 것이며 절대적 가치관과 권위 체제에 대한 반발을 의미했기 때문입니다.

　20세기 문학의 걸작으로 꼽히고 있는 〈**중력의 무지개**Gravity's Rainbow〉(1973)는 2차 세계 대전 후 독일의 '어떤 지대'를 무대로, 발사되면 지구 중력의 한계를 벗어날 수 있는 비밀 V-2 로켓을 찾는 기이한 미국 군인의 방황을 통해서 현대 세계의 인간의 딜레마를 탐구한 작품입니다. 이 작품에서 실제 주인공은 사람이 아니라 과학적 사물, 즉 V-2 로켓이라고 봐야 할 것입니다. 기괴한 상상과 환상, 무모하고 희화적인 이미지, 수학적·과학적인 언어들로 가득 찬 이 작품으로 핀천은 전미 도서 상을 받았고, 많은 비평가들은 이 작품을 환상적·묵시적인 작품의 백미라고 평하면서 멜빌의 〈백경〉에 비유하기도 합니다.

05 프랑스 문학

적어도 프랑스의 20세기는 태평성대의 절정에서 시작한 것으로 보입니다. 1900년의 만국박람회를 시작으로 과학과 기술의 발달은 편리한 생활과 새로운 오락거리를 제공했고, 파리는 벌써 전 세계의 수도가 된 것처럼 보였습니다. 프랑스는 번영과 평화를 누렸으며 그 중심 세력인 부르주아는 자신감과 긍지 속에 살았기 때문에 1차 세계 대전이 일어나기 이전까지의 이 시기를 프랑스 사람들은 그들의 '아름다운 시대'라고 부릅니다.

열강들의 민족적 세력 다툼이었던 1차 세계 대전은 4년 동안 150만 명의 목숨을 앗아갔지만 어쨌든 프랑스는 전승국이었습니다. 전승과 조약으로 보장된 평화의 희망과 물질적인 번영으로 전후 10년 동안 다시 전쟁 전에 누리던 태평성대의 분위기가 돌아왔지만, 1929년 미국 증권시장의 파탄을 신호로 한 경제공황과 극단적인 좌익과 우익의 대립의 분위기 속에서 결국 2차 세계 대전을 맞았습니다. 하지만 2차 세계 대전을 전후로 프랑스의 분위기는 돌변합니다. 1차 세계 대전이 민족 간 전쟁, 국민 간 이해를 건 전쟁이었다면 2차 세계 대전은 국제적인 이데올로기에 의한 싸움이었습니다. 2차 세계 대전 중에 프랑스가 입은 인명 피해의 숫자만을 따진다면 2차 세계 대전보다는 1차 세계 대전의 피해가 훨씬 컸지만, 그 충격과 영향은 2차 세계 대전이 훨씬 컸습니다. 프랑스는 강대국으로서의 긍지를 잃었고 모든 정신적 가치는 완전히 땅에 떨어지고 말았습니다. 전쟁이 끝나면서 시작된 '동서 냉전'으로 불안은 더욱 심각해졌고, 프랑스는 인도차이나와 북아프리카 대륙의 식민지들을 포기해야 했습니다.

두 차례의 세계 대전을 겪으면서 기존의 모든 전통적 의미와 가치는 붕괴했고, 인간의 인간에 대한 신뢰는 치명적인 상처를 입었습니다. 이런 분위기 속에서 기성의 모든 것에 대한 전면적인 반항과 불신에 젖은 젊은 세대들이 등장했고, 사르트르의 실존주의와 카뮈의 부조리 철학이 일세를 풍미했으며, 그 뒤를 이어 예술 전반에 걸쳐 새로운 물결, 즉 '누벨 바그nouvelle vague'가 나타나 참여에서 일탈로, 사상에서 유희로, 철학에서 풍자로, 심각함을 비웃으며 경쾌함을 자랑하게 됩니다. '누보로망(앙티로망)'이 등장하면서 소설 장르에 전례 없는 혁명을 일으킵니다.

지성의 시인으로 알려져 있는 **발레리Paul Valéry(1871~1945)**는 상징주의 시인이라고 단정 지을 수는 없지만, 상징주의의 유산을 많이 물려받은 시인입니다. 남 프랑스의 항구도시 세트Sète에서 출생했고 아버지는 코르시카 출신, 어머니는 제노바 출신이어서 그의 전 작품에는 지중해적이고 아폴로적인 특징이 느껴집니다. 18세부터 시 쓰기에 몰두했고 말라르메를 스승으로, 앙드레 지드를 친구로 삼으면서 순탄한 작품 활동을 하는 듯했으나 20세 때 지성을 깊이 탐구하기로 마음먹고, 시작詩作을 포기한 채 추상적 탐구에 몰두해 20년 동안 침묵했습니다.

발레리
23세부터 죽을 때까지 매일 아침 자신을 위해 글을 썼다고 한다.

발레리의 습작

　4년간의 퇴고 끝에 발표한 장시長詩 〈젊은 파르크La Jeune Parque〉(1917)와 전통적 작시법을 자유자재로 구사한 〈해변의 묘지〉, 〈나르시스 단장〉 등을 비롯한 20여 편의 작품들은 말라르메의 전통을 확립하고 재건한 상징시의 정점이며, 프랑스 시의 극치로 인정되어 일약 대시인의 명성을 얻었습니다. 그 후 문필 생활에 전념하며 〈레오나르도 다 빈치의 방법에 관한 서설〉(1895), 〈테스트 씨와의 저녁시간〉(1896), 〈바리에테Variété〉(전5권, 1924~1944), 〈예술론집〉, 〈현대 세계의 고찰〉, 〈영혼과 무용〉(1921) 〈나무에 관한 대화〉(1943) 등, 문학 · 예술 · 철학 · 과학 · 현대 문명 전반에 걸쳐 다방면의 산문 작품을 내놓아 20세기 최대의 산문가 중 한 사람으로 꼽히기도 합니다. 발레리의 시 작품은 인간의 정신에 바친 그의 작품에 비해 그리 많지 않은데 이것은 문학에 대한 그의 태도를 잘 보여 주는 것입니다. 그의 정신은 일생 동안 창작과 창작에 대한 고찰 사이의 투쟁의 장이었던 것입니다. 발레리가 사망했을 때 프랑스 정부는 그의 장례를 국장으로 치를 정도로 예우하기도 했습니다.

　23세 때인 1894년부터 죽을 때까지 새벽에 일어나 자신을 위해 습관적으로 글을 썼는데, 이것이 그의 〈노트Cahiers〉이며 약 3만여 페이지에 이르는 방대한 양의 이 저서는 그가 죽은 후 29권의 사진판으로 간행되었습니다.

　아폴리네르Guillaume Apollinaire(1880~1918)의 본명은 코스트로비츠키Wilhelm Apollinaris de Kostrowitzki이며 아버지는 이탈리아 장교, 어머니는 로마에 망명한 폴란드 귀족 출신이었습니다. 로마에서 태어나 19세 때 파리로 와 젊은 시인들과 피카소, 브라크 등의 화가와 함께 새로운 예술운동을 시작했습니다. 입체파, 야수파 화가들과 친교를 맺고 여러 잡지에 시, 평론, 소설을 기고했는데, 영원한 갈증을 노래한 〈알코올Alcools〉(1913)은 시인으로서의 그의 재능이 유감없이 드러난 시집입니다.

1차 세계 대전이 일어나자 입대해서 님므에 주둔한 포병대에 배속되었는데 그곳에서 만난 루Lou라는 여인의 교태와 변덕으로 고민 끝에 자원해 전선으로 출동합니다. 보병 소위로 전투에 참여했다가 머리에 파편을 맞고 후방으로 이송되었습니다. 제대 후 파리로 돌아와 초현실주의 극작품과 〈칼리그람Calligrammes〉(1918) 등의 시집을 발표합니다.

전쟁에서 얻은 상처가 완치되지 못해 휴전되기 이틀 전에 사망했지만 데생이나 글로 그림을 그린 것, 혹은 특수한 활자 배열로 그 주제 혹은 대상을 암시하는 등의 대담한 시도를 한 그의 시는 1920년 이후 입체파 화가들과 초현실주의 운동에 많은 영향을 미쳤습니다. 균형과 조화 없는 소재를 혼돈된 채로 병렬해 입체파의 회화 같은 인상을 주고, 당돌한 이미지의 연결, 혹은 우연히 귀에 들리는 대중의 대화를 그대로 옮겨 삽입하는 방식들을 통해 독자에게 놀라움과 신기로움을 주어 소위 새로운 정신이라는 뜻의 '에스프리 누보esprit nouveau'의 개척자가 되었고, 20세기의 새로운 모더니즘 예술의 탄생에 크게 기여했습니다. 그는 랭보의 천재성과 베를렌의 타고난 서정을 겸한 시인이라는 평가를 받고 있습니다.

1917년도의 아폴리네르
전투 중 부상을 입고 후방으로 이송되었을 때의 사진

어펠탑 모양의 시 내용이 걸작인데♪

글자로 그림을 그린 새로운 시도를 한 아폴리네르의 시들

프루스트

프루스트Marcel Proust(1871~1922)는 파리 근처 오퇴유 출생으로 아버지는 위생학의 대가로 파리 대학 교수였습니다. 어머니는 알자스 출신의 유대계 부르주아지 집안 출신으로 섬세한 신경과 풍부한 교양을 갖춰 모자간의 마음의 교류는 프루스트의 정신생활에 큰 영향을 끼쳤습니다. 철학자 베르그송은 외가 쪽으로 친척이 됩니다.

풍족한 상류사회의 생활환경 속에 자랐지만 9세 때 걸린 천식은 여러 가지 형태의 신경증으로 모습을 바꾸면서 죽을 때까지 프루스트의 지병이 되었고, 어떤 시기부터 자각하게 된 동성애의 습벽이 그의 인생에 어두운 부분을 형성하게 되었습니다.

프루스트는 건강이 좋지 않아 가족들로부터 특별한 기대를 모으지 못했고, 귀족과 상류층 전용 술집을 드나드는 나태한 사교계 생활을 즐기면서 낮에는 잠자고 밤에는 글을 쓰는 생활을 계속합니다. 1905년 어머니의 죽음은 프루스트에게 크나큰 자책과 슬픔을 안겨 주었습니다.

그의 생애는 외면적으로는 아무런 특기할 만한 사건이 없습니다. 1911년경에 완성되었지만 출판사를 구하지 못해 1913년이 되어 가까스로 자비 출판한 〈잃어버린 시간을 찾아서〉의 1권 〈스완의 집 쪽〉부터 코르크로 둘러싼 병실 안에서 죽음의 예감과 대결하면서 완성한 〈되찾은 시간〉에 이르기까지, 프루스트의 일생은 자신의 드라마를 작품 속에 남긴 수도사와 같은 생활의 연속이었다고 하겠습니다.

〈잃어버린 시간을 찾아서 À la recherche du temps perdu〉(1913~1928)는 20세기 전반의 소설 중 그 질과 양에 있어서 모두 최고의 것으로 일컬어지는 작품으로서, 제임스 조이스의 〈율리시즈〉와 더불어 근본적으로 소설의 형식을 바꾸었고, 소설의 여러 가지 기본 원칙들을 변화시켰습니다. 이 소설은 순간이라는 일회성의 연속인 삶의 본질을 생생한 기억 속에서 찾고자 애씁니다. 무의식적인 기억의 환기, 감각의 교란을 통한 방법으로 참된 현실의 본질을 찾으려고 했던 상징주의의 세계관과 맥락을 같이하고 있어서 '상징주의 소설'이라는 낯선 표현을 붙일 수도 있을 것입니다.

〈스완의 집 쪽〉(1913), 〈꽃피는 아가씨들의 그늘에서〉(1918, 1919년 공쿠르상*수상), 〈게르망트의 집 쪽〉(1920), 〈소돔과 고모라〉(1922), 〈갇힌 여인〉(1923), 〈달아나는 여인(사라진 알베르틴)〉(1925), 〈되찾은 시간〉(1927)의 7편 16권으로 되어 있습니다.

〈갇힌 여인〉 이후는 프루스트가 사망한 후에 간행되었으며, 파리의 부르주아 출신 문학청년인 '나(마르셀)'의 1인칭 고백 형식으로 쓰인 '시간'의 파노라마입니다. '나'가 침대에서 깨어나는 순간인 '어떤 현재'의 독백으로부터 시작되어, 어느 날 우연히 홍차에 마들렌 과자를 적셔 먹는 순간 주인공이 과거의 무의식적인 기억을 떠올리며, 순간을 통해 영원한 시간에 이르는 길을 깨닫게 된다는 내용으로, 뛰어난 지성과 애처로울 만큼 예민한 감수성을 지닌 마르셀이 절대적 행복을 추구하는 드라마라고 할 수 있습니다. 주인공 '나'의 행복했던 유년 시절, 사교계 생활, 연애 경험 등을 기억에 의해 재구성한 것으로, 어린 시절 샤를 스완의 딸 질베르트에게 품었던 동경, 질투의 어두운 그림자에 뒤덮인 알베르틴과의 사랑, 생 루와의 우정, 게르망트 공작가家로 상징되는 사교계에서의 성공 등, 화자는 온갖 형태로 그 행복을 추구하지만, 그러나 그것들은 '시간'이 갖는 파괴력 앞에 허무하게 무너져 버립니다.

인생은 결국 '잃어버린 시간'에 불과했기 때문에 프루스트는 서서히 좀먹고 파괴해 가는 '시간'의 힘을 뿌리칠 수 있는 절대적인 그 무엇을 갈망합니다. 이 작품은 시간을 다시 회복시킬 수 있는 방법에 대해, 또한 과거가 무의식적 기억의 도움을 받아 예술 속에서 회복되고 보존될 수 있는 방법에 대해 탐구합니다. 등장인물들을 고정된 존재로 그리는 것이 아니라 정황과 지각에 의해 점차 드러나고 형성되는 유동적인 존

공쿠르상

프랑스의 사실주의 작가 에드몽 드 공쿠르Edmond de Goncourt(1822~1896)의 유지에 따라 가난한 예술가를 원조하기 위해 창설된 공쿠르 아카데미(1902년 창설)가 매년 우수한 작품을 발표한 작가에게 수여하는 상으로, 1903년 첫 수상자를 낸 이후로 프랑스에서 가장 권위 있는 문학상으로 꼽히고 있다.

프루스트의 자필 원고
프랑스 국립도서관 소장

재로 그려 냄으로써 소설 기법의 혁신을 이루었다는 평가를 받고 있습니다.

19세기에서 1차 세계 대전이 끝난 20세기 초반까지 3세대에 걸쳐 무려 5백여 명의 주요 인물을 등장시키며 수천 쪽에 걸쳐 과거를 복원해 낸 이 작품은 프랑스 제3공화정 시대의 귀족 및 부르주아의 풍속사인 동시에, '화자話者'의 기억을 통해 탐색된 인간의 심층심리학 책이기도 합니다. 섬세하고 감성적이며 미묘한 '현미경적'이면서 '망원경적'인 묘사가 두드러지는 이 작품은 첫 권에서 풀린 여러 갈래의 실마리가 마지막 권에 이르러 남김없이 결말을 맺는 구조를 가지고 있어서 고딕양식의 대성당에 비유되기도 하고, 교향악에 비유되기도 합니다.

프루스트는 작품 속에서 '표면적인 자아'와 깊숙이 숨어 있는 '심연의 자아'를 구별하고, 심연의 자아의 드라마를 통해 인생의 근원적인 문제와 비극적인 인간 조건을 깊이 파헤쳐 보입니다. 피상적인 자아는 시간을 따라 서서히 변화하고 굳어져 버리는, 절대로 시간을 벗어날 수 없는 외면적인 자아, 다시는 과거로 돌아갈 수 없는 자아입니다. 그리고 내면적인 자아는 공간과 시간을 초월한 묘한 존재, 의식의 주체로서의 자아로서, 시간을 초월할 수는 있으나 잠시도 고착시킬 수 없는, 끊임없이 변모하는 존재입니다. 현재의 자아로 보면 과거의 자아는 이미 죽은 것이며, 삶이란 결국 변모와 망각으로 인하여 끊임없이 자아의 일부가 죽어 가는 과정이라는 것입니다. 끊임없는 변모와 죽음의 연속인 다수의 자아에게 동일한 자아의 지속으로서의 통일성을 회복시켜 주는 것이 바로 '뜻하지 않은 추억'이며, 이 추억이 시간을 초월해 과거의 순간을 현재에 되살려 놓고, 현재의 자아도 역시 그 과거의 순간을 다시 살기 위해 시간을 초월해 그 순간 속에 잠긴다는 것입니다. 마들렌 과자를 홍차에 적셔 먹는 바로 그 순간처럼 말입니다.

프 루 스 트 현 상

〈잃어버린 시간을 찾아서〉의 주인공 마르셀이 홍차에 적신 마들렌 과자의 냄새를 맡고 어린 시절을 회상하는 것에서 유래한 것으로 과거에 맡았던 특정한 냄새에 자극받아 기억하는 일을 프루스트 현상이라고 한다.

2001년 필라델피아에 있는 미국 모넬 화학 감각 센터의 헤르츠Rachel Herz 박사 연구팀은 사람들에게 사진과 특정 냄새를 함께 제시한 뒤, 나중에는 사진을 빼고 냄새만 맡게 한 결과 냄새를 맡게 했을 때가 사진을 봤을 때보다 과거의 느낌을 훨씬 더 잘 기억해 낸다는 사실을 밝혀냈다. 연구팀은 이 결과를 바탕으로 과거의 어떤 사건과 관련된 기억들이 뇌의 지각중추에 흩어져 있고, 서로 긴밀하게 연결되어 있다는 결론을 이끌어냈다. 이는 흩어져 있는 감각 신호 가운데 어느 하나만 건드리면 기억과 관련된 감각 신호들이 일제히 호응해 전체 기억도 되살릴 수 있다는 것을 의미한다.

앙드레 지드

앙드레 지드André Gide(1869~1951)는 법학 교수인 아버지와 루앙 태생인 어머니 사이의 엄격한 신교도 가정에서 태어나서 11세에 아버지를 여의고 어머니 슬하에서 자랐습니다. 신체가 허약해 학교교육을 규칙적으로 받지 못하고 대부분 개인교수 밑에서 공부를 하면서 어린 시절부터 외사촌 누이 마들렌 롱도와 숙명적인 사랑을 맺게 되었는데 이 사랑이 그의 온 생애에 걸친 드라마와 많은 작품의 근원이 됩니다. 마들렌은 지드와의 결혼을 완강히 거절하다가 결국 1895년에 지드와 결혼했습니다. 18세 때에 쓴 그의 처녀작 〈앙드레 왈테르의 수첩〉(1891)을 비롯해 〈배덕자〉(1902), 〈전원교향악〉(1919), 〈여인학교〉(1929), 〈좁은 문〉(1909)의 여주인공들에게서 지드와의 결혼을 거부하던 시절의 마들렌의 모습을 볼 수 있습니다.

부유한 가정의 한가로운 생활 속에서 말라르메의 '화요회'*에 출입하면서 상징주의적 작품들을 발표하는 것으로 문학 활동을 시작했지만 1893년 북아프리카 알제리를 여행하면서 새로운 영감을 얻습니다. 아프리카의 태양으로부터 그때까지 자신을 구속하던 그리스도교적 윤리로부터 해방되고, 구속에서 풀려난 삶의 생명력을 느끼게 되었으며, 그러한 체험을 힘찬 언어로 옮긴 시적 산문이 〈지상의 양식Les Nourriture terrestres〉(1897)입니다. 이 작품은 1차 세계 대전까지 알려지지 못한 채 묻혀 있다가 전후 새 세대를 맞아 비로소 시대의 각광을 받게 되었습니다.

그 후 주로 도덕과 신앙의 문제, 육체적 욕망과 정신적 사랑의 갈등, 자아에 대한 심리 분석

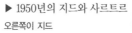
▶ 1950년의 지드와 사르트르
오른쪽이 지드

등을 주제로 하는 일련의 작품을 발표합니다. 특히 순결과 금욕적인 도덕의 좌절을 보여 주는 〈좁은 문〉과 〈전원교향악〉으로 대중적인 명성을 얻었습니다.

1920년 이후로는 차차 내면의 갈등에서 외부 세계로 눈을 돌려 사회 참여와 행동하는 시기에 접어듭니다. 지드 자신이 유일한 소설로 인정하는 대작 〈사전꾼들Les Faux-Monnayeurs〉(1926)을 발표한 후 소장한 책들과 부동산을 팔아 버리고 세계 평화 회의, 반독재·반유대인 배척 운동에 가담했고 점차 공산주의로 기울어져 큰 영향력을 행사했지만, 모스크바를 방문한 후 공산주의 체제 역시 제국주의 식민지 정책과 다를 바 없다는 생각에서 극좌파에 대한 찬양을 거두어들이고 공산주의에 대해 공격으로 돌변합니다.

1947년에 노벨문학상을 받은 지드는 20세기 프랑스 문단에 큰 공헌을 했습니다. 1907년 지드에 의해 창간된 문예지 〈신 프랑스 평론 Nouvelle Revue Française〉은 현재까지도 계속 발간되고 있으며, 〈지상의 양식〉으로는 새로운 정신적 풍토를 개척해 부르주아적인 도덕률에 갇혀 질식 상태에 놓여 있던 새로운 세대의 젊은이들에게 탈출구를 제시했고, 〈사전꾼들〉로 종래의 소설 관념을 타파하고 새로운 형식과 구성을 제시했던 것입니다. 무엇보다도 지드는 구속과 금지의 윤리가 가지는 타율성을 거부하고, 하나의 입장을 고집하는 데서 오는 편견과 자기기만을 배척하는 '자발성'과 양심에 충실하려는 '성실성'을 확립하고자 했습니다. 자발성과 성실성을 신조로 삼는 편견 없는 비판 정신은 20세기적 분위기와 스타일에 큰 영향을 주었습니다.

〈좁은 문〉(1909)은 지드에게 대중적인 명성을 가져다준 작품으로, 사촌동생 제롬을 진심으로 사랑하면서도 지상에서의 사랑을 억누르고 혼자 쓸쓸하게 집을 나가서 아무도 모르게 죽는 알리사의 이야기입니다. 불륜을 저질렀던 모친에 대한 괴로운 추억과 제롬을 남몰래 사랑

난! "좁은 문" 싫어해!! "대盃 무門"이야♪

하는 자신의 여동생에 대한 따뜻한 애정도 알리사의 이러한 행동을 설명하는 원인이 될 수 있지만, 진짜 원인은 그녀의 신비적인 금욕주의이며, 이 청교도적인 금욕주의는 지드의 청춘 시대를 강하게 지배했던 테마입니다. 알리사는 지드가 사랑했던 사촌누나 마들렌(후일의 지드 부인)을 모델로 한 것이지만, 작자 자신의 분신이기도 합니다.

전체적으로 종교적 계율이 가져오는 위선과 비극, 비인간적인 자기희생의 허무함을 비판하고 있지만, 작품 전체에 흐르는 아름다운 서정과 섬세한 심리묘사는 이 작품을 보기 드물게 매혹적인 작품으로 만들었습니다. 소설의 제목은 신약성서 마태복음(7:13~14)의 "좁은 문으로 들어가라. 멸망에 이르는 문은 크고 또 그 길이 넓어서 그리로 가는 사람이 많지만, 생명에 이르는 문은 좁고 또 그 길이 험해서 그리로 찾아드는 사람이 적다."에서 땄다고 합니다.

〈**전원교향악**〉은 의지할 곳 없는 무지한 장님 소녀를 얻어 키우는 동안에 자기도 모르게 소녀를 사랑하게 되는 목사와 목사의 아들, 그리고 장님 소녀 사이의 사랑 이야기이자 그리스도교의 규율에 관한 문제제기입니다. 목사의 감화로 인생을 아름다운 것으로 믿어 왔던 소녀는 수술로 눈을 뜨게 된 후, 자기가 진실로 사랑한 것은 목사가 아니고 그의 아들이었음을 깨닫고 목사 집안의 행복을 위하여 자살을 기도하고, 결국 폐렴으로 숨을 거두고 맙니다. 지드는 그리스도의 말 중에 계율이나 금지는 없으며, 그리스도가 가르치는 것은 오로지 사랑이라고 해석했으나, 이 해석 자체에 대해서도 의문을 제기합니다. 만일 소녀가 목사의 아들에 의해 개종하지 않았더라면 자살하지 않았을 것이 아닌가, 즉 소녀는 그리스도교적인 죄악감의 희생물이 아닌가 하는 의문을 제기하는 것입니다. 문제작인 동시에 완벽한 문체를 갖춘 주옥같은 작품으로 꼽히고 있습니다.

위조화폐를 만드는 사람들이라는 뜻의 〈사전꾼들〉은 인생에서 모험과 도박밖에 모르는 사생아 베르나르가 많은 경험을 거쳐 질서를 찾는 과정을 그리고 있습니다. 지드의 모럴moral*과 예술을 집대성해 놓은 장편소설로서 1차 세계 대전 전의 권태와 불안과 반항 사이를 헤매는 프랑스 청년들을 그린 풍속소설이라고도 할 수 있습니다. 가정·결혼·섹스·교육·종교·예술, 그 밖에 특히 악의 문제 등이 교차되어 있습니다. 작품 속의 인물은 정도의 차이는 있지만 거의 모두 가짜 돈의 가치밖에 안 되는 존재들인데 오직 베르나르만이 순금純金의 음향을 내려고, 즉 성실한 인간이 되려고 노력합니다. 성실성의 추구야말로 지드 필생의 관심사였던 것입니다. 지드는 이 소설에서 소설답지 않은 요소를 제거하고, 이른바 순수 소설의 입장을 취해서 '앙티로망(누보로망)'의 선구적 작품이라 일컬어지고 있습니다.

모럴
집단의 구성원에 의해 형성되는 집단 내의 심리적 상태

앙드레 브르통 André Breton(1896~1966)은 초현실주의를 언급할 때 반드시 거론되는 인물로서, 초현실주의의 주도적 인물이라기보다는 차라리 '교조敎祖'로 군림한다는 표현이 옳을 정도의 인물입니다. 한때 의학도로서 정신병리학을 연구했기 때문에 프로이트의 심리학을 충분히 소화할 만한 자질을 가졌을 뿐만 아니라 고전 철학과 마르크스주의의 유물론에도 정통한 이론가이기도 합니다. 1차 세계 대전 후 다다 운동에 가담했고, 철저한 부정의 폐허 위에 새로운 인간관을 재건해야겠다는 욕

앙드레 브르통
〈초현실주의 선언〉을 발표해 초현실주의의 수장이 되었다.

구로 〈초현실주의 선언〉(1924)을 발표합니다. 〈초현실주의 혁명〉이라는 기관지를 발행해 처음부터 끝까지 이 진영의 주도적 역할을 담당했고, 많은 이탈자들이 생긴 후에도 비타협적으로 자기 진영을 지키며 초현실주의의 성쇠와 운명을 함께했습니다.

자유로운 글쓰기에 의해서 문학의 혁신을 추구하는 동시에 예술의 힘을 통해 사회혁명에 기여할 수 있다고 생각했기 때문에 초기에는 공

산주의를 지지했지만, 결국 초현실주의의 자율성을 포기할 것을 요구하는 공산당의 입장과 충돌하게 됩니다.

작품으로는 〈자기장Les Champs magnétiques〉(1920), 〈사라진 발자국〉(1924), 〈나자Nadja〉(1928), 〈미친 사랑〉(1937) 등이 있습니다.

"루이 아라공"!
공산당만 있는 중국에서
죽었으면! 국장이었다 해!

루이 아라공 Louis Aragon(1897~1982)은 브르통보다 더욱 반역적인 정신의 소유자입니다. 브르통과 같이 대학에서 의학을 공부하고 1917년 의사가 되었던 그는 처음에는 다다 진영에 참가하면서 문학 활동을 시작했고, 이어서 브르통과 함께 초현실주의 운동의 중심 인물로 활약했습니다. 1927년 프랑스 공산당에 가입하고 일생 동안 공산당원으로 활약해 1982년 그가 죽었을 때 프랑스 공산당은 화려한 장례식을 치러 주었습니다. 아라공은 산문 쪽에서 성공을 거두었으며 〈문체론〉(1924), 〈파리의 농사꾼〉(1926) 등이 알려져 있습니다.

엘뤼아르

엘뤼아르Paul Eluard(1895~1952)는 아라공과 같은 과정을 밟았지만 1936년 스페인 내란 이후 뒤늦게 정치 운동에 참여하기 시작했고, 전쟁 중에는 항독운동에 가담했습니다. 브르통, 아라공보다는 훨씬 온건해서 순수한 시인으로서의 기질과 천분을 가졌고, 정치 참여 이전의 시는 대개가 사랑을 주제로 한 것입니다. 그의 걸작 중 하나인 〈고통의 수도Capitale de la douleur〉(1926)는 초현실주의자다운 언어에도 불구하고 인간의 우애를 시의 가장 큰 사명으로 삼고 있습니다. 1936년의 스페인 내란 후부터는 매우 전투적인 시를 쓰기 시작했지만 그것 역시 사랑과 자유라는 두 가지 주제로 일관된 것이며, 너와 내가 사랑으로 한 몸이 되어 자유와 평화를 향해 굳세게 전진하기 위해 서 있는 것이라는 생각을 바탕에 깔고 있습니다. 투명하고 서정적이며 서민적인 그의 시는 좌우익을 불문하고 프랑스에서 가장 널리 읽히고 사랑받는 시가 되었습니다. '시인은 영감을 받는 사람이 아니라 영감을 주는 사람’이라고 한결같이 생각해 온 그의 유명한 시 〈자유〉는 시집 〈시와 진실Poésie et Vérité〉(1942)에 실려 있으며 〈독일군 주둔지에서Au rendez-vous allemand〉(1944)와 더불어 프랑스 저항시의 백미로 알려져 있습니다.

생텍쥐페리Saint-Exupéry(1900~1944)는 프랑스 남부 리용의 옛 귀족 집안에서 태어났고, 3살 때 아버지가 사망하자 어머니의 뒤를 의자를 들고 쫓아다녔다고 할 정도로 어머니의 보호를 받으며 자랐습니다. 1920년 징병으로 공군에 입대해 조종사 훈련을 받았고, 제대 후 자동차 공장에서 일하는 등 여러 직종을 전전하다가 평범한 일상생활에서 벗어나 행동적인 인생을 개척하고자 1926년부터 위험이 뒤따르는 초기 우편 비행 사업에 뛰어들었습니다. 1920년대 항공계 초창기의 비행사로서 하늘을 개척하는 모험적인 비행 생활을 계속하는 동안 다섯 번의 추락 사고를 겪은 ‘항공계의 영웅’인 동시에 〈남방 우편Courrier Sud〉(1929), 〈인간의 대지Terre des hommes〉(1939), 〈어린 왕자Le Petit Prince〉(1943) 등, 수효는 적지만 ‘인간의 정신’에 새로운 발견을 가져오는 작품들을 남겼습니다. 2차 세계 대전이 일어나자 군용기 조종사로 종군하다가 전쟁 말기에 정찰비행 중 행방불명이 되어 비행사로서 하늘에서 최후를 맞았습니다. 그의 사후에 철학적 에세이 〈성채 Citadelle〉(1948)가 출간되었습니다.

생텍쥐페리

생텍쥐페리는 내면에 엄청난 체험을 간직하고 소설적 허구, 탁상 이론, 안일한 기교와 효과, 비장미가 넘치는 호언장담 등을 경멸합니다. 그의 모든 작품은 행동을 통한 명상에서 비롯된 것으로, 순수하고 단순하면서도 시적인 필치로 어려움과 역경 속에서 인간이 삶을 영위해 나가는 의의를 찾는 과정을 담아냅니다. 아르헨티나 항공에 근무하던 시기의 경험을 토대로 한 〈야간비행Vol de nuit〉(1931)은 행동적인 문학으로 앙드레 지드의 격찬을 받았으며 페미나상을 받았습니다.

자 유

폴 엘뤼아르

나의 학습 노트 위에
나의 책상과 나무 위에
모래 위에 그리고 눈 위에
나는 너의 이름을 쓴다

내가 읽은 모든 책장 위에
모든 백지 위에
돌과 피와 종이와 재 위에
나는 너의 이름을 쓴다

황금빛 조각 위에
병사들의 총칼 위에
제왕들의 왕관 위에
나는 너의 이름을 쓴다

밀림과 사막 위에
새둥우리 위에 금작화 나무 위에
내 어린 시절 메아리 위에
나는 너의 이름을 쓴다

밤의 신비스러움 위에
일상의 흰 빵 위에
약혼 시절 위에
나는 너의 이름을 쓴다

나의 하늘빛 옷자락 위에
태양이 녹슨 연못 위에
달빛이 싱싱한 호수 위에
나는 너의 이름을 쓴다

들판 위에 지평선 위에
새들의 날개 위에
그리고 그늘진 풍차 위에
나는 너의 이름을 쓴다

새벽의 입김 위에
바다 위에 배 위에
미친 듯 불 뿜는 산 위에
나는 너의 이름을 쓴다

구름의 거품 위에
폭풍의 땀방울 위에
굵고 멋없는 빗방울 위에
나는 너의 이름을 쓴다

반짝이는 모든 것 위에
여러 빛깔의 종들 위에
구체적인 진실 위에
나는 너의 이름을 쓴다

살포시 깨어난 오솔길 위에
곧게 뻗어난 큰길 위에
넘치는 광장 위에
나는 너의 이름을 쓴다

불 켜진 램프 위에
불 꺼진 램프 위에
모여 앉은 나의 가족들 위에
나는 너의 이름을 쓴다

둘로 쪼갠 과일 위에
거울과 나의 방 위에
빈 조개껍질 내 침대 위에
나는 너의 이름을 쓴다

게걸스럽고 귀여운 나의 강아지 위에
그의 곤두선 양쪽 귀 위에
그의 뒤뚱거리는 발걸음 위에
나는 너의 이름을 쓴다

내 문의 발판 위에
낯익은 물건 위에
축복된 불길 위에
나는 너의 이름을 쓴다

균형 잡힌 모든 육체 위에
내 친구들의 이마 위에
건네는 모든 손길 위에
나는 너의 이름을 쓴다

놀라운 소식이 담긴 창가에
긴장된 입술 위에
침묵을 초월한 곳에
나는 너의 이름을 쓴다

파괴된 내 안식처 위에
무너진 내 등댓불 위에
내 권태의 벽 위에
나는 너의 이름을 쓴다

욕망 없는 부재 위에
벌거벗은 고독 위에
죽음의 계단 위에
나는 너의 이름을 쓴다

회복된 건강 위에
사라진 위험 위에
회상 없는 희망 위에
나는 너의 이름을 쓴다

그 한 마디 말의 힘으로
나는 내 일생을 다시 시작한다
나는 태어났다 너를 알리기 위해서
너의 이름을 부르기 위해서

자유여

생텍쥐페리는 개개의 인간 존재를 초월한, 즉 대자연과 교감하고 공동체 안에서 사람과 사람을 맺어 주는 정신적 유대에서 진정한 삶의 의미를 찾으려 했습니다. 그의 작품들은 하찮은 개인들이 저마다 지니고 있는 위대한 '인간'을 깨우쳐 주며, 인간 공동체의 사업에 참여하는 행동으로 개인의 수준을 초월하는 인생의 의의를 부여함으로써 죽음을 넘어서는 행동적 휴머니즘을 보여 줍니다.

〈**인간의 대지**〉는 작가 자신과 동료들의 비행사로서의 경험을 사실 그대로 기술한 일종의 에세이식 소설입니다. 피레네산맥을 헤치고 눈 덮인 안데스산맥을 넘나들거나, 사막에 불시착한 모험적인 사건, 절친한 친구 앙리 기요메의 실종 등, 15년간의 직업 비행사로서의 경험을 토대로 한계 상황에 처한 인간의 의지와 책임감을 시적으로 그려 낸 항공문학의 걸작, 행동주의 문학의 진수로 꼽히고 있습니다.

작가 자신이 삽화를 그려 넣은 〈**어린 왕자**〉는 어른들을 위한 동화라는 설명과 어울리게, 사막에 불시착한 비행사 '나'가 만난 어린 왕자를 통해 "본질적인 것은 눈에 보이지 않는다."는 것, 또한 다른 존재를 길들여 인연을 맺는 과정과 그에 따른 책임의 중요성을 시적으로 표현하고 있습니다.

앙드레 말로

앙드레 말로 André Malraux(1901~1976)는 그의 생애가 20세기 전반의 세계사적인 모든 사건들과 얽혀 있으며, 그의 작품도 대부분 그 사건의 한복판에 있던 그의 행동과 뗄 수 없이 연결되어 있다는 점에서 문학사에서 유례를 찾기 힘든 작가입니다.

1901년 파리에서 태어난 말로는 동양어 학교를 졸업하고, 1923년 라오스 고고학 조사단에 참가해 당시 프랑스령 인도차이나에 갔으며, 도착 후에는 조사단과 헤어져 따로 크메르 문화의 유적을 발굴했습니

텍스트와 삽화

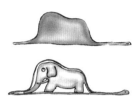

코끼리를 삼킨 보아구렁이

삽화는 작가가 창조해 낸 인물이나 다른 창조물들을 시각적으로 형상화해 생동감 있게 그 의미를 전달하는 기능을 한다. 삽화는 독자들을 더 큰 상상의 세계로 몰아감으로써 이야기를 현재화하는 동시에 이야기의 비약에 필수적인 원동력이 되기도 한다. 예를 들면 얼른 보기에 모자처럼 보이는 그림이 사실은 코끼리를 삼킨 보아구렁이의 모습을 그린 그림이라는 것을 보여 줌으로써 작품이 전하려고 하는 주된 내용 '소중한 것은 눈에 보이지 않는다' 는 것을 함축할 수 있다.

〈어린 왕자〉에 들어 있는 삽화는 모두 작가 자신이 그린 것이다. 문학작품 속에 들어 있는 삽화 중에서 아마 생텍쥐페리의 어린 왕자만큼 유명한 삽화도 드물 것이다. 그런데 자세히 보면 왕자의 예복을 차려입은 어린 왕자의 얼굴에는 한 가지 빠진 것이 있다.

어린 왕자에게는 귀가 없다.

듣지 않으려고 하는 것은 보지 않거나 말하지 않는 것과는 다르다. 말하고 싶지 않으면 그냥 입을 다물면 되고, 보기 싫으면 눈을 감으면 되지만, 듣기 싫어도 귀는 닫을 수가 없다. 잠을 잘 때도 눈이나 입과는 달리 귀는 어느 정도 열려 있어서 아주 깊이 잠들지 않으면 잠결에도 소리가 들리기도 한다. 듣지 않으려면 손이나 다른 것의 도움을 받아야 하는 식의 인위적인 노력이 필요하다. 귀는 눈과 마찬가지로 세상과의 소중한 통로다.

어떤 정신분석학자들은 작가가 어린 왕자의 귀를 그리지 않았다는 것을 어린 왕자가 이 세상과 단절해 순수한 서정과 깊은 명상을 간직하기를 바라는 작가의 의도가 무의식적으로 표출된 것으로 보는데, 그런 의견도 어느 정도는 타당하게 여겨진다.

어린왕자

다. 그 때문에 도굴 혐의를 받아 금고형이 언도되었으나, 지드를 비롯한 여러 친구들의 노력으로 석방되었습니다. 후에 발표된 〈**서구의 유혹La Tentation de l' Occident**〉(1926)은 중국인과 한 유럽인의 왕복서간 형식으로 유럽 문명과 지성의 한계를 암시하고 미지의 나라와 행동에 대한 의욕을 표현하고 있는데, 그가 동양으로 떠나게 된 계기와 사상적 배경을 짐작하게 합니다. 그 다음 라오스 탐사의 경험을 소재로 〈왕도La Voie Royale〉(1928)를 발표합니다. 반식민지 독립운동의 초석이었던 '청년 베트남 동맹' 조직과 동지 관계를 맺으며 여기서 사귄 중국 국민당 지부 당원들과의 접촉을 바탕으로 〈정복자Les Conquérants〉(1928)를 썼습니다. 공쿠르상 수상작이자 20세기 전반의 걸작 중 하나인 〈**인간의 조건La Condition Humaine**〉(1933)은 중국 국민당과 공산당의 분열과 암투를 소재로, 현대에 살고 있는 인간이 인간다운 존엄성을 지니고 살아가는 데 어떠한 길이 있는지, 현실과 행동 사이에서 정신의 가능성을 탐구한 작품입니다.

1939년에 발발한 2차 세계 대전은 말로의 인생에 획기적인 전환을 가져옵니다. 전차병으로 동원되어 부상, 포로, 탈출, 항독 유격대장, 다시 부상, 포로, 탈출, 연합군 반격전에 참가하는 등 조국 프랑스와 유럽 문명을 수호하는 투쟁을 거쳐 이때까지 공동전선을 펴고 있던 공산당 혁명 진영과 손을 끊고, 2차 세계 대전 이후에는 드골 장군을 수반으로 하는 국민 연합 정부에서 정보부 장관을, 1958년 다시 드골 대통령 밑에서 문화부 장관을 역임합니다.

말로는 유럽이 철학적 허무주의와 정신적 무정부 상태에 빠져 있을 때 청년기를 맞아 '행동으로 가치를 사기 위해' 동양으로 떠났고, '인간의 운명과 죽음'에 대한 집념을 주축으로 모험적 행동을 추구하고 예술철학을 탐구하는 두 가지 삶을 살았습니다. 그것은 곧 〈왕도〉의 주요인물인 페르캉이 가는 길과 클로드가 가는 길과 같았습니다. 페르캉은 초인적인 행동과 힘의 의지로써 죽음을 극복하려는 행동가이고,

클로드는 고대 예술을 탐사하며 그 예술을 통해 인간이 시간과 공간을 초월할 수 있음을, 그리고 시대적인 변모를 통해 죽음과 숙명을 거부할 수 있음을 발견하는 고대 예술 탐험가입니다.

행동력과 지성, 위험에 뛰어드는 초인적 용기와 더불어 앞날을 내다보는 예견과 통찰력, 중국에 발도 들여놓은 적 없으면서 그곳을 무대로 전개된 〈정복자〉나 〈인간의 조건〉 같은 세기적 드라마를 묘사하는 뛰어난 상상력, 그 모든 것을 겸비한 말로는 프랑스 문학사에서 보기 드문 개성을 가진 작가이자 정치가입니다.

실존주의

넓은 의미에서 실존주의 문학은 인간과 세계와의 관계, 인간의 생에 대한 구체적이고 근본적 반성, 실존의 불안과 고뇌, 한계상황에서의 실존을 모색하는 문학으로 확대될 수 있지만, 좁은 의미에서 실존주의 문학은 2차 세계 대전 전후부터 1960년대 초까지 프랑스를 중심으로 일어났던, 사르트르, 보부아르, 카뮈 등이 주도한 서양 문학의 한 흐름을 말합니다.

인간은 자신의 의지로 태어나는 것이 아니라 자연적으로 태어나 그저 존재하는 것이며 세계 속에 아무런 목적이나 존재 이유 없이 그냥 던져져 있기 때문에 인간은 스스로 그 본질을 만들어 가야 합니다. 그런 의미에서 본질이 실존에 선행하는 사물과 달리 인간은 '실존이 본질에 선행'하는 존재입니다. 쉽게 말하면 사람은 '무엇'이기 이전에 '있다'는 것입니다. 그저 존재하는 것 이상의 것이 되기 위해서 인간은 선택을 해야 하고 그 선택에는 무한한 자유가 부여되는 동시에 끊임없이 책임이 따르고, 내가 자유롭게 선택할 수 있는 것과 마찬가지로 타인도 자유롭게 선택할 수 있으므로 타자와의 관계도 고려해야 하니다. 이런 의미에서 자유는 인간에게 주어진 선물이라기보다는 오히려 무거운 짐이라고 해야 할 것입니다. 사르트르는 사회참여로서의 '앙 가주망engagement'을 주장하기도 했습니다.

실존문학은 미학이나 삶의 위안이 아니라 인간 근본 문제를 규명하려는 철학적인 문학으로 출발했고 불안과 부조리를 극복하고 '참여'를 내세움으로써 새로운 인간적 질서를 재건하려고 했습니다.

장 폴 사르트르

사르트르Jean-Paul Sartre(1905~1980)는 철학자, 소설가, 극작가, 문학 이론가, 문학 평론가, 시나리오 작가, 정치 평론가 등, 시를 제외한 거의 모든 분야에서 활동한 프랑스의 대표적인 지성인입니다.

파리에서 출생한 사르트르는 두 살 때 아버지와 사별하여 외할아버지 샤를 슈바이처의 슬하에서 자랐습니다. 아프리카에서 나병 환자 구제 사업 등 선교 활동을 벌여 노벨평화상을 받은 알베르트 슈바이처는 사르트르 어머니의 사촌입니다.

명문 파리 고등 사범학교를 다니면서 훗날 프랑스 지성사에 이름을 떨칠 메를로 퐁티, 레이몽 아롱, 시몬 베유 등과 교우를 맺었고, 계약 결혼의 형태를 유지하면서 평생의 반려자가 된 시몬 드 보부아르

계약결혼으로 유명한 사르트르와 시몬 드 보부아르
파리 고등 사범학교 시절 만나 평생의 반려자가 되었다. 사르트르와 마찬가지로 실존철학을 사상과 행동의 기조로 삼았으며, 1949년에 발표한 개성적인 여성론 〈제2의 성〉은 큰 반향을 일으켰다. 이 작품에서 보부아르는 '사람은 여자로 태어나는 것이 아니라 여자로 만들어지는 것'이라는 주장을 펴면서, 여자의 특색이나 능력을 모두 생리적 조건과 현상으로 설명해, 남자에게 종속된 존재라고 생각해 왔던 남성 본위의 여성론을 반박하고 여성의 자유로운 미래의 모습을 시사하고 있다.

Simone de Beauvoir(1908~1986)를 만난 것도 이 학교 재학 중의 일입니다. 졸업 후에 잠시 프랑스 북부의 항구도시 르아브르의 고등학교 철학교사가 되었는데, 이 포구는 후일 〈구토La Nausée〉(1938)에서 묘사된 도시 부비르의 모델이 되었습니다.

　〈**구토**〉는 사르트르의 첫 번째 장편소설로, 30세의 독신 남자 로캉탱의 일기 형식으로 쓰여졌습니다. 주인공 로캉탱이 사물 세계와 마주치면서, 즉 다른 사람들의 세계뿐만 아니라 바로 그 자신의 신체를 인식하면서 겪는 감정의 급작스런 변화를 묘사한 것입니다. 로캉탱은 일상생활에 매몰되어 명석한 의식을 가지지 못하고 세계와 사물에 대해 피상적인 의미만을 부여하는 생활 속에서 불현듯 구토 증세를 보이게 되고, 그 과정에서 세계와 사물들의 적나라한 존재의 계시를 확인하게 됩니다. 소설이라고 이름 붙이기 힘든 형태의 이 소설을 두고 어떤 비평가들은 '신경증적인 현실도피'로 봐야 한다고 주장하지만, 대부분의 비평가들은 이 작품이 매우 독창적이고 개인주의적이며 반사회적인 작품이며, 나중에 사르트르가 전개할 실존철학의 주제가 담겨 있는 작품으로 평가하고 있습니다.

　사르트르는 1년간 독일에서 유학하는 동안 하이데거와 후설을 연구하면서 그들의 현상학*을 프랑스에 소개하는 데 기여했고, 현상학적 방법론과 기본 원칙을 발전시킨 무신론적 실존주의를 완성해 〈존재와 무 현상학적 존재론의 시론L' Être et le néant〉(1943)에 담아냅니다. 이 작품은 존재의 우연성, 인간과 세계의 관계, 의식과 대상의 관계, 실존의 불안, '나'와 '타자' 사이의 존재론적 관계 등에 대한 자신의 실존주의 사상을 체계적으로 정리한 작업이었고, 2차 세계 대전의 중반에서 전쟁 이후에 걸친 그 시대의 사조를 대표하는 작품이라고 할 수 있습니다.

　개인의 자유와 인간의 존엄을 옹호한 사르트르는 사회적 책임이라

현상학

현상을 중요시하는 철학에 대해 광범위하게 적용될 수 있다. 좁은 의미로는 의식으로 경험한 현상을 인과적으로 설명하거나 어떤 전제를 가정하지 않고 직관에 의해 파악하고 기술, 연구하는 것을 1차적 목표로 삼는 20세기의 철학 사조를 말한다.

는 개념에 눈을 돌렸고, '참여는 행위지, 말이 아니다' 는 신념으로 정치 활동에도 적극적이었습니다. 2차 세계 대전 후 사르트르는 공공연하게 좌익으로 기울어, 비록 프랑스 공산당에 가입하지는 않았지만 열렬한 소련 찬양자가 되었습니다. 하지만 1956년 헝가리 부다페스트에 소련 탱크가 진입하면서 공산주의에 대한 희망을 버리고 마르크스주의 변증법을 비판적으로 검토하는 내용의 〈변증법적 이성비판〉(1960)을 펴냅니다.

2차 세계 대전이 끝나자 메를로 퐁티 등의 협력을 얻어 〈현대Les Temps Moderne〉지를 창간해 전후의 문학적 지도자로서 활동했고, 〈파리떼Les Mouches〉(1943), 〈닫힌 방Huis-clos〉(1944), 〈더러운 손Les Mains sales〉(1948), 〈악마와 신Le Diable et le Bon Dieu〉(1951), 〈알토나의 유폐자Les Séquestrés d' Altona〉(1959) 등의 희곡, 〈문학이란 무엇인가〉(1947), 〈상황〉, 〈생 주네Saint Genet〉(1952), 〈집안의 천치〉(1972~1975, 플로베르 평전) 등의 문학 비평을 남겼습니다. 1964년 노벨문학상을 받았으나 수상을 거부했고, 1980년 폐암으로 세상을 떠났습니다.

알베르 카뮈

카뮈Albert Camus(1913~1960)는 프랑스의 식민지이던 알제리 몽드비에서 태어났습니다. 태어난 지 얼마 안 되어 1차 세계 대전이 일어났고 아버지가 마른 전투에서 전사하자 귀머거리인 어머니와 할머니와 함께 어렵게 자랐습니다. 초등학교 시절 제르맹이라는 훌륭한 스승을 만나 큰 영향을 받았으며, 고학으로 다니던 알제 대학 철학과에서는 평생의 스승이 된 장 그르니에를 만났습니다. 결핵으로 교수가 될 것을 단념하고 졸업한 뒤 신문기자가 되었으며 2차 세계 대전 중에는 저항운동에 참가해서 〈콩바Combat〉지의 주필로 활약했습니다.

1942년 7월, 독일군 점령하의 프랑스에서 발표한 그의 문제작 〈이방인L'Étranger〉(1942)은 그를 일약 문단의 스타로 만들었습니다. 〈이방인〉은 프랑스 최대 출판사 갈리마르가 생긴 이래 가장 많이 팔린 책입니다. 〈이방인〉이 부조리성과 반항의 의미를 '이미지'로써 펼쳐 보인 것이라면, **〈시지프의 신화**Le Mythe de Sisype〉(1943)는 그것을 이론적으로 전개한 것으로, 신화상의 인물 시시포스처럼 인간은 부질없는 짓인 줄 알면서도 부조리에 반항하면서 살아야 하는 숙명임을 강조하는 철학 에세이입니다.

〈독일인 친구에게 보내는 편지〉(1945)는 전쟁 중에 썼던 4편의 서간문 형식의 '독일인론獨逸人論'으로 편협한 애국심의 폐해를 날카롭게 비판한 것이며, 〈페스트〉(1947)는 점령군에 대한 저항을 암시하는 페스트의 유행과 싸우는 선의善意의 사람들의 행동을 단순 명쾌한 문체와 힘찬 필치로 그려 내 그의 명성을 더욱 빛내 주었습니다.

흔히 카뮈를 사르트르와 함께 실존주의 작가로 분류하지만 카뮈는 "나는 실존주의가 끝나는 데서 출발하고 있다."고 하면서 항상 자신이 실존주의자로 불리기를 거부했습니다. 카뮈는 1951년에 발표한 〈반항적 인간L' Homme révolté〉에서, 수많은 혁명가와 예술가, 철학자, 정치가들의 사상과 행동을 검토 분석해 긍정의 정신과 점진적 중용의 방법을 강조하면서 혁명적 수단과 유물론적 역사관을 비판했는데, 이 작품을 둘러싸고 사르트르와 논쟁을 벌여 10년 가까이 맺어 온 우정에 파탄이 갔다는 사실도 뜻밖이라고는 할 수 없습니다. 카뮈는 여기서 부조리한 인간*이 반항으로 허무주의를 극복할 수 있는 가치를 발견하는 과정을 보여 주고 있습니다.

1956년 〈전락〉을 발표하고 1957년 노벨문학상을 받았으며, 최초의 본격적 장편소설 〈최초의 인간〉을 집필하기 시작할 무렵 불의의 자동차 사고로 죽었습니다.

카뮈의 대표작 **〈이방인〉**의 줄거리는 아주 단순합니다. 평범한 회사원인 뫼르소는 어느 날 갑자기 양로원으로부터 어머니의 사망 소식을 듣고 장례식을 치르기 위해 양로원을 방문합니다. 그는 어머니의 죽음

부조리한 인간

'부조리'는 조리에 맞지 않음, 따라서 불합리한 것을 의미하는 말이다. 카뮈가 사용한 '부조리한 인간 L' Homme absurd'이라는 표현은 인간 자체가 부조리하다는 의미가 아니라 인간과 세계 사이에 존재하는 부조리를 의식하는 인간이라는 의미다. 카뮈에게 부조리란 본질적으로 합리를 향한 인간의 열망과 호소, 그리고 세계의 비합리적 침묵 사이의 대면에서 생기는 일종의 단절이다. 자신의 존재 이유를 찾고자 하는 인간이 그를 에워싸고 있는 세계 앞에서 느끼는 단절과 분리의 느낌이 바로 부조리의 감정이다.

시지프의 신화

참으로 진지한 철학적 문제는 오직 하나뿐이다. 그것은 바로 자살이다. 인생이
살 만한 가치가 있느냐 없느냐를 판단하는 것이야말로 철학의 근본 문제에 답
하는 것이다.

　　　　　　　　　　　　- 부조리와 자살, 알베르 카뮈 〈시지프 신화〉중에서

　시시포스(시시포스는 로마식 표기, 프랑스식 표기로는 시지프)는 고대 그리스 로마 신화에
코린토스의 왕으로 등장하는데, 세상에서 가장 교활한 사나이로 불렸다고 한다. 제우스
가 바람피우는 장면을 목격하고 그 여자의 아버지에게 통보해 준 것을 괘씸하게 여긴 제
우스가 죽음의 신 타나토스를 보내 시시포스를 잡아 오게 하자, 시시포스는 꾀를 써 타
나토스를 꼼짝 못하게 잡아 가두었다고 한다. 그러자 인간 세상에서 죽는 사람이 없게
되었고, 저승 세계에 사람들이 부족하게 되자 저승의 신 하데스가 전쟁의 신 아레스를
보내 시시포스를 지옥으로 끌고 오게 했다고 한다.

　다른 설에 의하면 시시포스가 죽으면서 자신의 시체를 매장하지 말고 광장 한복판에
내버려 두라고 유언을 했는데, 아내가 그의 유언을 그대로 믿고 시행하자 저승에 간 시
시포스가 노발대발하면서 잠시 지상으로 올라가 아내를 징벌하도록 해 달라고 간청했다
고 한다. 지상에 올라와 찬란한 햇빛과 풍요로운 대지를 다시 보게 된 시시포스가 마음
이 바뀌어 하데스와의 약속을 어기고 지하 세계로 돌아가지 않자 다시 죽음의 신에 의해
지옥으로 끌려왔다고 한다.

　호머의 〈오디세이아〉에 보면, 저승에 내려간 오디세우스가 본 여러 가지 광경 중에 시
시포스도 등장하는데, 그는 신들을 속인 죄로 커다란 바위를 산꼭대기까지 밀고 올라가는
형벌을 받았다. 그런데 이 바위란 것이 산꼭대기에 올라가면 어김없이 다시 땅으로 떨어
지는지라, 시시포스는 영원히 죽지도 못하고 산꼭대기에 다다르면 반드시 떨어지고 마는
바위를 끝도 없이 다시 밀어 올리는 일을 반복하고 있었다고 한다. 어쩌면 시시포스는 생

명이 유한한 인간으로서 죽음에 도전했기에 영원히 죽지 않고 끊임없이 반복되는 일을 벌로 받았는지도 모르겠다.

어떤 사람이 말하기를 현대인의 비극은 일상의 비극이라고 한다. 월, 화, 수, 목, 금, 토, 똑같은 리듬으로 매일매일 다람쥐 쳇바퀴 돌듯 반복되는 하루하루는 어쩌면 시시포스가 받고 있는 형벌과 마찬가지일지도 모른다. 의미 없이 반복되는 그 과정 속에 인간의 의식은 기계적으로 소멸되어 버린다.

시시포스

그리스 토기에 그려진 시시포스. 채찍을 들고 있는 여신은 아낭케다. 아낭케는 그리스어로 숙명, 운명을 뜻한다. 시시포스의 신화는 그리스에 강제노역, 노예제가 확립된 이후에 만들어진 것으로 추정된다.

카뮈는 이 시시포스 안에서 부조리한 인간의 전형을 보았다. 언젠가는 바위가 산꼭대기에서 굴러 떨어지지 않게 되어 그 영원한 형벌에서 구원받을 것이라는 희망도 없이, 그렇다고 자살이라는 대안을 선택하지도 못하는 시시포스는 인간 존재의 무의미성을 자각하면서 이 부조리에 대하여 반항을 기도하는 인간, 인간의 운명에 비참함을 느끼지 않고 오히려 행복을 발견할 수 있는 인간이 될 수 있는 것이다.

떨어진 바위를 다시 밀어 올리기 위해 터덜터덜 산을 내려오는 그 순간, 혹시 그 내려오는 길에 피어 있는 들꽃 한 송이를 보면서 기쁨을 느낀다면, 깨어 있는 의식으로 자신의 부조리한 인생을 직시함으로써 자신의 형벌과 자신의 부조리한 인생에 저항하는 것이 된다. 형벌은 그것을 받아들이는 사람이 '벌'로 인식할 때에만 벌이 되는 법이다. 그가 자신이 받고 있는 벌을 더 이상 형벌로 받아들이지 않는다면 그 형벌은 '벌'의 의미를 상실하게 된다. 부당한 심판을 받으면서도 초자연적인 힘의 도움이나 사후의 희망 같은 것을 일체 거부하면서, 명증한 정신으로 도전하는 시시포스의 의식이 깨어 있는 한, 그는 자신의 생의 주인공임이 틀림없다.

에 대해 별다른 슬픔을 느끼지 못하면서 어머니의 시신 앞에서 담배를 피우기도 합니다. 어머니의 장례를 치른 이튿날, 해수욕장에 가서 여자 친구인 마리와 노닥거리고 코미디 영화를 보다 정사情事를 가집니다. 며칠 지난 일요일에 우연히 불량배의 싸움에 휘말려 동료 레이몽을 다치게 한 아랍인을 별다른 이유도 없이 권총으로 사살합니다. 재판에 회부된 그는 바닷가의 태양이 너무 눈부시기 때문에 사람을 죽였다고 주장하고, 속죄의 기도를 요구하는 부속 사제 앞에서 기도를 거부하면서 자기는 과거에나 현재에도 행복하다고 공언합니다. 자신이 처형되는 날에 많은 군중이 밀려들 것을 기대하는 뫼르소의 독백으로 이 이야기는 끝이 납니다.

주인공 뫼르소는 알제의 거리에서 볼 수 있는 무책임한 청년들과 공통점이 많은 동시에 부조리한 인간의 전형입니다. 카뮈는 그를 통해 인간과 세계의 무의미와 근원적인 부조리 속에 살다가 어느 날 홀연히 그 부조리를 각성하고 반사적으로 '반항' 하게 되는 인간의 모습을 보여 줍니다. 허술하고 서로 연결성이 없는 짧고 쉬운 문장들로 이루어진 서술 기법, 수사학적 장식이 절제된 중성적인 글쓰기 방식은 일인칭 소설임에도 불구하고 뫼르소의 심리를 대단히 객관적으로 묘사해 내고 있으며, 그런 이유로 카메라와 같은 시선을 견지하는 누보로망의 뿌리로 간주되기도 합니다.

누보로망

1950년대 말에서 1960년대 프랑스 문학에서 소설 혁신 운동을 주도한 것은 누보로망입니다. '새로운 소설' 이라는 의미를 가진 이 말은 나탈리 사로트Nathalie Sarraute(1902~1999)의 소설 〈미지인의 초상〉(1947)의 서문에서 사르트르가 처음으로 '앙티로망(반소설이라는

▶ 나탈리 사로트

러시아 태생으로 8세부터 파리에 거주. 누보로망 작가로, 중요 작품에 〈낯선 사나이의 초상〉, 에세이 〈의심의 시대〉(1956), 〈황금의 열매〉(1963) 등이 있다.

뜻)' 이라는 호칭을 사용한 것에서 비롯되었습니다. 사르트르가 그 서문에서 "앙티로망은 소설의 외견과 윤곽을 간직하고는 있으나, 실은 소설 자체에 의하여 소설에 이의異議를 부르짖고, 소설을 파괴하는 것을 지향하고 있다."고 말한 후부터 널리 이 말이 쓰이게 되었고 현재에는 오히려 '누보로망' 으로 불리는 경우가 많습니다.

전통적인 소설 양식, 특히 객관적 사실 묘사와 합리주의적 심리 분석을 주로 하는 발자크나 톨스토이풍의 전통적인 소설 형식과 소설이 추구해 온 환상에 반기를 들고, 서사 구조나 선적인 시간성, 줄거리, 인물, 심리 묘사 등을 거부해 대개 줄거리가 없고 분명한 심리의 설명도 없으며, 등장인물도 나왔다가는 사라져 버리기 일쑤입니다. 정리되지 않은 자연발생적인 지각이나 충동, 기억 등을 새로운 형식과 기교로 재현하면서 자아와 세계의 관계에 질문을 던져, 때로는 10쪽 이상이나 계속되는 긴 문장 속에서 시간은 멋대로 역전되고, 모든 것이 의식 안의 사실로 변조되기도 합니다. 또한 작가와 독자의 관계를 중시해서 독자가 주어진 재료를 가지고 줄거리를 꾸며 보려는 노력에 의해서 직접 창작 행위에 참가하는 것이 요구되기도 합니다.

누보로망은 변화한 사회와 새로운 형상이 출현하는 소비 체계 속에서 인간보다 사물들이 우선권을 부여받게 되는 시대에 등장했습니다. 현대의 개인이 처한 입장을 가장 첨예하고도 비통한 형식으로 표현하지만, 무미건조하고 흥미를 떨어뜨리는 문체로 인해 한편으로는 "소설을 죽였다."는 비난을 받기도 합니다.

로브 그리예

누보로망의 대표적 작가로 꼽히는 **로브 그리예** Alain Robbe-Grillet(1922~)는 브레스트에서 태어나 국립 농업 전문학교를 졸업한 뒤, 농업 기사로 프랑스령 해외 식민지인 모로코와 기니 등의 지역을 떠돌아다녔습니다.

살인 사건을 조사하러 온 사람이 오히려 살인을 저지르게 되는 이야기를 다룬 〈지우개Les Gommes〉 (1953, 페네온상 수상), 지나가는 나그네가 어린 소녀를 살해하는 이야기 〈변태 성욕자Le Voyeur〉(1955, 비평가상 수상), 질투심 많은 남편이 덧문을 통해 아내와 그녀의 정부로 생각되는 사람의 행동을 훔쳐보는 내용의 〈질투La Jalousie〉(1957) 등, 인간 본위의 묘사를 제거하고 대상의 빛·형체·치수·거리만을 무미건조하다 싶을 만큼 객관적으로 면밀하게 기술한, '무기적無機的'인 작품들을 발표해 화제를 불러일으켰습니다.

전통적인 사실주의를 공격하는 평론들이 실려 있는 〈누보로망을 위해〉(1963)는 누보로망의 이론서라고 할 수 있습니다. 그는 "이 세계는 의미가 있다고도 없다고도 말할 수 없다. 세계는 단지 거기 있을 뿐이다."라고 말하고, 등장인물의 행동에 대한 모든 심리적·이념적 주석을 피하고 '대상들과 제스처들, 상황들 사이에 존재하는 연관'의 묘사에 주력함으로써 주체와 객체 사이의 모호한 관계에 대해 문제를 제기합니다. 따라서 카메라의 시선을 연상시키는 시선으로 묘사된 사물의 세계가 줄거리와 등장인물을 가려 버리거나 아예 없애 버리기도 하고, 이야기는 객관적인 눈으로 본 것이든 회상과 꿈에서 나온 것이든 반복되는 이미지들로 이루어지게 됩니다.

로브 그리예는 영화에도 관심을 기울여 〈지난해 마리엔바트에서〉 (1961)의 시나리오를 집필하고 〈불멸의 여자〉(1963)의 대본을 쓰고 감독하기도 했습니다. 후기 소설로는 〈밀회의 집La Maison de rendez-

"로브 그리예"씨! "지우개"를 쓴 저의가 뭐요? 경찰의 이름으로 고소 하겠오

vous〉(1966), 〈유령도시Topologie d'né cité fantôe〉(1976), 〈시해자Un Régicide〉(1978), 〈진Djinn〉(1981) 등이 있습니다.

이오네스코Eugene Ionesco(1912~1994)는 베케트와 함께 부조리 연극의 대표 작가입니다. 루마니아에서 태어났으며 어머니가 프랑스인이었기 때문에 소년 시절을 프랑스에서 보냈습니다. 1936년부터 1938년까지 부쿠레슈티 대학에서 프랑스어를 강의하고 1939년부터는 프랑스에 정착하여 작품 활동을 계속했습니다.

이오네스코

1949년에 발표한 처녀 희곡 〈**대머리 여가수**La Cantatrice chauve〉는 '반희곡反戱曲'이라는 부제가 붙어 있는 긴 단막극인데, 희곡 기법에 혁명을 일으키면서 부조리 연극의 시초를 이룬 작품이기도 합니다. 이오네스코는 이 작품에서 교정 담당자로 일하는 동안 배운 영어, 즉 교과서 문법을 철저히 지키면서 딱딱하고 부자연스러우며 진부한 문구들을 활용해 무의미하고 진부한 말들의 목록을 만들어 냈습니다. 이 연극의 가장 유명한 장면은 서로 알지 못하는 두 사람이 날씨, 사는 곳, 자녀 수 따위의 진부한 대화를 나누다가 실제로는 자기들이 남편과 아내라는 놀라운 사실을 발견하는 대목입니다. 이것은 그가 되풀이하여 다룬 '자기 소외'와 '의사 전달의 어려움'이라는 주제를 가장 극명하게 보여 주는 훌륭한 본보기라고 하겠습니다.

이오네스코에 의하면, 인간이 언어에 의한 세계의 지배력을 상실할 때 말은 핵분열을 일으키게 되고, 예를 들면 의자라든가 부풀어 오르는 시체 등의 물체에 의한 지배가 시작된다는 것입니다. 그는 현대 생활의 밑바닥에 깔려 있는 형이상학적 불안감을 생리적인 고통으로 표현했습니다.

〈수업La Leçon〉(1951), 〈의자Les Chaises〉(1952)은 이오네스코를 전위극의 대표 작가로 인정받게 만든 작품이며, 〈코뿔소Le Rhinocéros〉(1959), 〈왕이 죽다Le Roi se meurt〉(1962) 등은 문학성이 짙은 희곡들

제2부

입니다. 그 후 근본적인 형이상학적 불안이라는 주제를 발전시키고, 작중인물 대신에 상징들을 점점 더 많이 사용하면서 무대장치의 인위적인 요소들에 호소하는 희극들을 발표합니다.

그의 작품은 전통적 연극에 대한 도전적인 태도로 일관되어 있으며, 추상적이고 초현실주의적인 다양한 기법을 널리 보급해 그때까지 자연주의적 인습에 길들여 있는 관객들에게 새로운 기법을 받아들이게 했습니다. 그 후 1970년 프랑스 한림원 회원이 되었습니다.

미셸 투르니에

미셸 투르니에 Michel Tournier(1924~)는 파리에서 태어나 현재 활동 중인 프랑스 최고의 작가로 꼽히고 있습니다. 파리 문과대학과 법과대학을 수학한 다음, 석사 과정은 철학을 전공했습니다. 철학 교수가 되고자 했으나 교수 자격시험에 실패한 후 번역과 방송국 일을 하다가 플롱 출판사의 문학부장직을 10년 동안 맡으며 1967년 첫 소설 〈방드르디, 태평양의 끝〉으로 문단에 데뷔했는데 이 소설이 아카데미 프랑세즈의 소설 대상을 수상했고, 1970년 〈마왕〉으로 공쿠르상을 수상했습니다. 그의 작품은 주로 신화를 바탕으로 해서 씌어지는데, 이것은 이미 어디에선가 본 듯한 느낌 안에서 문학과 철학을 결합하려는 의도를 반영한 것입니다.

장편소설 〈**방드르디, 태평양의 끝**〉(1967)은 18세기 영국 작가 다니엘 디포의 〈로빈슨 크루소〉를 문화다원주의의 관점에서 다시 쓴 작품입니다. 구조주의 인류학자인 레비스트로스에게서 2년간 수업을 들었던 그는 〈로빈슨 크루소〉에서 일개 식민지 원주민의 위치에 있던, 있으나 마나 한 프라이데이('방드르디'는 프라이데이의 프랑스식 표현)의 존재를 주인공의 위치로 끌어올려 이 작품을 다시 썼습니다.

무인도에 표류하게 된 로빈슨 크루소 앞에 나타난 원주민에게 로빈슨은 '방드르디'라는 이름을 붙여 주고 함께 생활하는데, 방드르디가

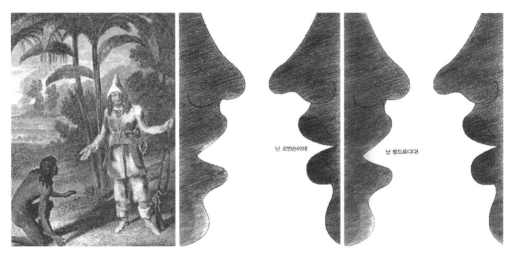

〈로빈슨 크루소〉의 삽화(1838)
로빈슨과 프라이데이의 모습은 마치 세례를 주
는 예수의 모습을 연상시킨다.

〈방드르디, 태평양의 끝〉의 주니어판인
〈로빈슨과 방드르디〉(2004년 한국판)에 들어 있는 삽화
로빈슨 크루소와 방드르디의 대등한 관계를 엿볼 수 있다.

로빈슨의 파이프를 화약더미에 던져 섬에 폭발이 일어납니다. 로빈슨
이 섬에서 이루었던 모든 것들이 파괴되고 원점으로 돌아가자 오히려
로빈슨은 방드르디에게서 새로운 언어, 새로운 예술, 새로운 종교, 우
주적인 세계를 발견하게 됩니다. 그들이 사는 섬에 도착한 배를 타고
방드르디는 문명사회로 떠나지만 로빈슨은 그 섬에 영원히 남고, 어린
소년 선원이 방드르디를 대신해 로빈슨과 함께 남습니다.

　방드르디로 대변되는 제3세계와 로빈슨으로 대변되는 서양 세계의
만남이 현대적으로 해석될 수 있는 이 작품을 투르니에는 프랑스에 이
민 온 제3세계 노동자들에게 헌사하고 싶다고 말한 바 있습니다.

*06*독일 문학

신즉물주의

표현주의가 주관의 표출에 전념한 나머지 대상의 실재 파악을 등한시하고 비합리적인 경향으로 흐르는 데 반대하여, 자아의 주장이나 감정의 표현을 억제하고, 즉물적인 대상 파악에 의한 실재감의 회복을 기도한 운동. 1차 세계 대전 직후에 나타났고 전쟁소설이 주류를 이루었으며 레마르크가 대표 작가다.

전통적인 문학 형식으로는 복잡해진 이념이나 사회상을 표현할 수 없다고 생각한 다른 20세기 작가들과 마찬가지로 독일에서도 1차 세계 대전 이전인 1910년을 전후해 인상주의, 신낭만주의, 상징주의, 표현주의, 신즉물주의新卽物主義* 등의 여러 가지 형태의 시도가 나타났고, 이 시기에 역사적으로 인정받는 작가와 작품들이 많이 나왔습니다.

1933년 히틀러 정권이 수립되고 국가 사회주의인 나치스가 등장하면서 그들의 이데올로기에 부합하는 작품들만이 수용되었습니다. 게르만족을 찬양하고 그들의 위대한 지도자와 국가에 대한 헌신에 관한 작품이 아니면 설 자리가 없었고, 자유주의 문학은 탄압받았습니다. 그 결과 많은 재능 있는 작가들이 추방되거나 스스로 망명했으며, 독일에 남아 있던 작가들 중에도 출판 금지 처분을 받은 사람이 많았습니다.

1945년 2차 세계 대전이 끝나면서 독일은 패전국이 되었고 서독과 동독으로 분리되었으며, 물질적으로나 정신적으로 완전히 황폐해졌습니다. 1947년경, 서독에서는 독일 문학의 전통을 재확립하려는 젊은 작가들이 폐허 위에 새로운 전후 문학을 모색하기 시작했고, '전쟁으로 추방되었던 문학'도 정상을 되찾게 되었으며 동독에서는 사회주의 리얼리즘을 지향하는 문학이 주류를 이루게 됩니다.

대체로 독일 문학이 깊은 내면성, 소박한 생활 감정, 비극성과 사색적 요소 등의 특징을 가지고 있다고 보는 견해는 19세기 국민문학사관에 근거한 것으로 민족의 독립 정신적 속성을 강조한 것으로 볼 수 있습니다. 2차 세계 대전 이후 새로운 시각에서 문학사 전체에 걸친 재검토가 폭넓게 이루어지고 있으며 여러 가지 점에서 과거의 독일 문학 형태를 해체하면서 새로운 형태를 만들어 내려는 시도들이 이루어지고 있습니다. 1989년 동독과 서독이 통일되면서 독일 문학은 더 큰 성과를 거둬들이게 될 것이라고 여겨집니다.

릴케Riner Maria Rilke(1875~1926)는 보헤미아의 프라하에서 철도회사에 근무하는 회사원 아버지와 고급 관리의 딸인 어머니 사이에서 미숙아로 태어났습니다. 9세 때 양친이 이혼했는데, 허영심이 강하고 신경질적이었던 그의 어머니는 그를 5세까지 여자 아이로 길렀다고 합니다. 그림책과 인형을 상대로 소년 시절을 보낸 릴케는 1886년부터 1890년까지 아버지의 뜻을 좇아 육군 유년학교에 다녔지만 시인적 소질이 풍부한 데다가 병약하고 여성적이었던 릴케가 엄격한 군대 규율을 감당하기는 힘들었고, 1891년에 신병을 이유로 중퇴하고 말았습니다. 그 뒤 20세 때인 1895년 프라하 대학 문학부에 입학해 문학 수업을 받았고, 뮌헨으로 옮겨 간 이듬해인 1897년 루 안드레아스 잘로메를 알게 되어 깊은 영향을 받았습니다. 1899년과 1900년 2회에 걸쳐서 그녀와 함께 러시아를 여행한 것은 릴케가 시인으로 출발하게 된 계기가 되었습니다. 또한 내면의 고독과 지성인의 고민을 러시아적 신앙과 신에 대한 친밀감으로 변화시키며 신과 종교에 관한 자신의 사상의 기초를 마련하는 계기가 되었습니다. 신이란 높은 곳에 군림하는 초월

릴케

적인 존재가 아니라 각자 앞에 있는 개개의 사물 속에 내재하는 것이라는 신비적 범신론을 가지게 된 그는 겸허, 동정, 그리고 형제애의 의미에서 인간의 재생을 꿈꾸는 시인이 되었습니다.

1902년 출판사의 위촉을 받아 〈로댕 론論〉을 집필하기 위해 파리로 가서 조각가 로댕과 한집에 기거하면서 로댕 예술의 진수를 접하게 된 것 또한 그의 예술에 커다란 영향을 주었습니다. 그때까지 공상이나 꿈을 바탕으로 시를 쓰던 태도를 벗어나서 날카롭게 현실을 통찰하고 현실에 숨겨져 있는 진실을 형상화하려는 노력의 과정으로 예술을 이해하게 되었던 것입니다.

1차 세계 대전 후인 1919년 6월 스위스의 어느 문학 단체의 초청을 받아 스위스로 갔다가 그대로 그곳에 살게 되었습니다. 만년에는 산중에 있는 뮈조트 성城에서 고독한 생활을 하면서 〈두이노의 비가〉와 〈오르페우스에게 바치는 소네트〉(1922) 같은 대표작을 남겼으며 발레리와 우정을 나누고 서로 존중하는 사이가 되었습니다.

1926년 가을 어느 날 그를 찾아온 이집트의 여자 친구를 위해 장미꽃을 꺾다가 가시에 찔려 패혈증으로 고생했었는데, 그해 12월 29일 51세를 일기로 생애를 마쳐 '장미꽃 가시에 찔려 죽은 시인'으로 널리 알려져 있습니다.

〈말테 라우리츠 브리게의 수기〉(1910)는 릴케의 파리 체류 경험을 바탕으로, 말테 라우리츠 브리게라는 덴마크의 젊은 시인이 파리에서 고독한 생활을 하며 묵묵히 기록한 수기의 형식으로 씌어진 작품입니다. 일관된 줄거리는 없고, 관찰과 성찰, 기억에 의한 산문시와 비슷한 단편이 '파리의 인상', '죽음', '시와 고독', '소년 시절의 추억', '사랑', '신', '베네치아 여행', '탕아의 전설' 등의 주제로 엮어져 있습니다. 소설다운 줄거리나 구성을 갖추고 있지 않지만 전체적으로 '인간이란 무엇인가', '인생이란 무엇인가'에 대한 물음을 제기하고, 인간 실존의 궁극적인 모습에 눈뜨는 말테의 영혼과 내면세계를 세밀하게 그려 냅니다. 현대인의 비참함을 운명으로 여기면서도 허무와 절망에 빠지지 않고 고독을 견뎌 내며 새로운 길을 내딛는다는 의미에서 실존주의 문학의 선구적인 작품으로 보는 사람들도 있습니다.

릴케가 10년간 고심 끝에 이루어 낸 말년의 걸작 〈**두이노의 비가** Duineser Elegien〉(1923)는 현대 서정시 중에서 가장 높이 평가되는 작품입니다. 인간 존재의 미약함과 세계 속에 던져진 개인의 고독을 부르짖으면서, 인생과 인생의 고통조차도 신의 의지이며 그렇기 때문에 당당하게 견뎌 나가야 한다는 확신, 죽음을 두려워하지 않고 세계와 인생을 내면화함으로써 영원에 대한 깨달음을 얻는 과정을 보여 줍니다.

흔히 많은 젊은이들이 라이너 마리아 릴케를 낭만적인 시인의 이름으로 기억하고 있지만, 그의 시는 궁극적으로 사물의 실체를 드러내는 일을 추구합니다. 릴케는 말라르메에서 발레리로 이어진 정신주의, 지적인 시작詩作과는 차이를 지닌 영혼의 시인으로 독일 국경을 넘어 전 세계적인 명성을 얻었습니다. 그의 명성은 그의 사후에 더욱 높아졌는데, 이것은 유럽의 중앙부인 보헤미아의 프라하 출신인 릴케가 러시아, 프랑스, 이탈리아 등 거의 유럽 전역을 돌면서 각 지역의 시의 전통과 정신을 골고루 섭취해 한 몸에 지니게 된 것과도 무관하지 않습니다. 그를 실존주의와 연관 지어서 이야기하는 경우가 많은 것은 그의 작품에 소외된 정신의 문제가 본격적으로 다루어지고 있기 때문입니다.

토마스 만 Thomas Mann(1875~1955)은 사상성이 풍부하고 냉철하고 세밀한 묘사의 산문 작품들로 20세기 독일 문학에 큰 위치를 차지하고 있는 작가입니다. 뤼베크의 부유한 곡물상 집안에서 태어났으며 그의 형 하인리히 만Heinrich Mann(1871~1950)도 널리 알려진 작가입니다. 아버지로부터는 북부 독일인의 기질을 물려받아 냉철하고 명석한 시

토마스 만

예술가들의 영원한 뮤즈

예술이나 사상의 역사에는 누구의 연인이었다거나 창조적 영감의 원천이 되었다거나 하는 식으로 기억되는 여성들이 적지 않다. 안드레아스-잘로메Lou Andreas-Salome (1861~1937) 역시 그런 여성들 중 한 사람이다. 더구나 그녀는 한 사람도 아니고 세 사람의 위대한 남성들, 즉 니체, 릴케, 프로이트에게 그런 존재였다. 러시아 상트페테르부르크 태생인 루 잘로메는 여성들의 대학 입학이 잘 허용되지 않던 당시로서는 드물게 취리히 대학에서 철학, 신학, 비교종교학, 예술사 등을 공부했고 평생 20권의 책과 100편 이상의 에세이, 기사, 서평들을 썼다. 21세 때 당시 38세이던 니체를 만나 지적 교류를 시작했는데, 니체는 그녀를 자신과 대등하게 대화할 수 있는 유일한 지성으로 간주했고, 두 차례나 청혼했지만 속박당하고 싶지 않던 잘로메는 그 청혼을 거절했다.

잘로메가 22세의 청년 릴케를 만난 것은 그녀가 36세 때였다. 이후 약 4년 동안 그녀는 어머니이자 누이이자 연인으로서 릴케의 시적 천재가 만개하는 것을 지켜보았으며, 그가 자신에게 지나치게 의지하는 것을 우려해 결별을 선언한다. 그러나 릴케가 세상을 떠나기까지 그녀는 그에게 변함없는 정신적 지주로 남아 있었다.

50세 되던 해 바이마르의 국제 정신분석학 회의에서 지그문트 프로이트를 만났고, 두 사람 사이에는 상호 존경에 기초한 우정이 평생 지속되었다. 이후 세상을 떠나기까지 루는 정신분석학에 관심을 가지고 많은 논문들을 발표했고 탁월한 임상분석가로 활동하기도 했다.

안드레아스 잘로메

잘로메와 함께
러시아를 방문한 릴케

엘뤼아르와 갈라

　다다이즘을 거쳐 불타는 젊음을 초현실주의에 바친 뒤 영원한 마르크스주의 신봉자로, 프랑스 공산당에 충성하다 잠든 프랑스의 초현실주의 시인 폴 엘뤼아르의 뮤즈는 헬레나 디아코노바라는 러시아 아가씨였다. 열여섯 살에 폐결핵에 걸렸던 엘뤼아르는 스위스의 어느 요양원에서 그녀를 만났고 정열적인 사랑에 빠졌는데, 자유분방하고 예술적 기질을 갖춘 그녀에게 엘뤼아르는 '향연'이나 '축제'를 의미하는 '갈라Gala'라는 이름을 붙여 주었고, 부모의 반대에도 불구하고 그녀와 결혼했다. 이 두 사람은 파트너의 허락하에 '스와핑'이라고 표현해야 할 정도의 자유연애를 즐겼다고 한다. 엘뤼아르는 초현실주의자였던 막스 에른스트와 의형제를 맺었고, 자신과 갈라 사이에서 낳은 딸과 함께 네 식구가 한집에서 살면서 아내를 공유했다.

　갈라는 창부 기질과 예술적 감각을 동시에 지녔던 여인이었던지 주변 엘리트 여성들로부터는 비난과 질시의 대상이 되었지만 피카소, 에른스트, 살바도르 달리 등 엘뤼아르가 속한 초현실주의 그룹의 작가, 예술가들과는 연인처럼 지냈다.

　엘뤼아르와 함께 스페인에 있던 달리의 집을 방문했던 갈라는 결국 달리와 동거하기로 하고 남편인 엘뤼아르를 혼자 파리로 돌려보냈으며 결국 갈라는 엘뤼아르와 이혼하고 달리의 아내가 되었다. 그럼에도 불구하고 세 사람은 계속 우정을 유지했고, 달리가 갈라와 함께 엘뤼아르를 방문할 때 갈라는 달리의 암묵적 동의 아래 엘뤼아르와 밤을 보냈다고 한다.

　젊은 예술가들의 '기존의 틀 깨부수기'에는 혁명과 자유만 있었던 것이 아니라, 성性의 해방도 있었던 것 같다.

맞다! 나에게 영감의 원천을 줄 수 있는! 할망구를 만나 대작을 쓰는 거다!

민 의식을 가지게 되었으며 남미 출신 포르투갈계의 어머니로부터 섬세한 감수성과 공상적 기질을 물려받았습니다. 16세 때 아버지가 사망하자 집안이 파산해 1893년 가족 모두 뮌헨으로 이사했고, 토마스는 보험회사에 근무하면서 뮌헨 대학에서 미술사와 문학사 등을 청강하는 한편 소설을 쓰기 시작합니다. 〈꼬마 프리데만 씨〉(1898)를 비롯한 초기 단편소설들은 모두 육체적 · 정신적 결함을 가지고 있으면서 고독한 행복을 추구하려다가 실패하는 사람들을 다루고 있습니다. 장편소설 〈부덴브로크가家Die Buddenbrook〉(1900)은 작가 자기 자신과 자기의 조상 4대에 걸친 역사를 통해 독일 시민계급의 발전과정을 비판적으로 제시한 작품입니다.

〈트리스탄Tristan〉(1903), 〈토니오 크뢰거Tonio Krögers〉(1903)를 비롯한 2기 단편집 및 3막극의 희곡 〈피오렌처〉(1905) 등에서 삶과 죽음, 시민과 예술가, 정신과 삶, 정신과 예술 등의 대립 현상 속에서 예술가의 문제를 거듭 추구하던 만은 **〈베네치아에서의 죽음Der Tod in Venedig〉**(1912)에서 죽음의 경험을 통해서 새로운 생으로의 길을 발견하는 작가의 고민과 미美에 봉사하는 예술가의 슬픈 운명을 아름답게 표현합니다. 엄격한 자기 극복에 의해 성공해 편안한 생활을 하고 있던 노老작가 구스타프 폰 아셴바흐는 어느 날 갑자기 죽음의 기분에 매혹되어 베니스로 여행을 떠나고, 베니스의 호텔에 머무르던 중 미소년 타디오를 만나게 되는데 그의 모습에 반해 콜레라가 만연한 베니스를 떠나지 못하고 결국 그곳에서 객사하고 만다는 내용입니다. 이 작품은 작가의 직접적인 체험에서 우러나온 것으로 아폴로적이며 디오니소스적인 세계 원칙을 시인적인 방법으로 가장 아름답게 극복한 작품, 독일 산문문학에서 가장 고상하고 세련된 작품으로 평가되고 있습니다.

12년에 걸쳐 집필했고, 전체 1,200 페이지에 달하는 장편 〈**마의 산**

Der Zauberberg〉(1924)은 토마스 만의 대표작일 뿐만 아니라 20세기 초의 지성을 대표하는 뜻 깊은 작품입니다. 이 작품은 순진한 청년 한스 카스토르프가 스위스 산중의 결핵요양소에 사촌을 문병 갔다가 자신도 병을 얻어 7년 동안 투병하면서 얻는 갖가지 경험을 옮겨 놓은 것입니다. 시민의 세계인 평지와는 다른 마魔적인 분위기가 지배하는 곳에서 병과 죽음과 인식의 세계, 인생에 대해 얻게 되는 다양한 지적 체험들은 유럽의 정신사에 대한 분석이자 비판이기도 합니다. 성과 없이 낙관적이기만 한 합리주의의 위험, 전체주의의 비합리적 위험, 신비적 교회주의, 데카당스*와 육체적 생명력을 경험하면서 정신적으로 백지 상태였던 소박한 청년은 새로운 '사랑의 휴머니즘'으로 나아가게 됩니다. 다양한 표현 방식을 도입한 상징적이고 정교한 구성으로 낭만주의적, 보수주의적 휴머니즘에서 사회적 휴머니즘으로 발전해 가는 작가의 세계관이 드러나고 있는 이 작품은 독일 교양소설의 전통 중에서 가장 위대한 성과의 하나로 간주됩니다.

〈**파우스트 박사**Doktor Faustus〉(1947)는 그의 작품 중에서 가장 음울하고 비관적인 작품입니다. 사랑과 열정을 가질 수 없는 성불구자였던 작곡가가 지나치게 세련된 모든 전통적 음악 표현형식에서 오는 공허함에 절망한 나머지 악마와의 계약을 통해 악마적 창조력을 얻고 마침내 파멸한다는 이야기입니다. 이 작품은 정신사적·문화비판적 사상의 발로인 동시에 작가가 가진 예술가의 존재의 문제, 독일과 독일인의 본질, 히틀러 정권 말기를 배경으로 한 독일의 몰락 과정 등 여러 가지 요소를 담아내고 있습니다.

토마스 만은 서유럽식 민주주의에 반대하고 독일 정신과 전통문화의 우위를 주장해 서구적 민주주의를 신봉하던 형 하인리히와 사이가 벌어지기도 했지만, 그 후 민주주의 체제를 용납하고 나치스가 대두하면서는 민주주의에 대한 신념을 정치적·윤리적으로 보강해 후에 그

데카당스

퇴폐, 타락을 의미하는 말이다. 문학에서는 원래 로마제국 말기의 병적인 문예의 특징을 가리켰으나, 19세기 말 보들레르 등의 영향으로 유럽 전역에 퍼진 예술 풍조를 말한다. 퇴폐적인 문화에서 새로운 아름다움을 추구하는 관능주의적 경향이 특징이다.

자신이 민주주의적 인류 종교라고 이름 붙인 '세계시민주의'의 입장을 확립해 갔습니다. 나치스가 집권하자 1933년 스위스로, 다시 미국으로 망명했다가 종전 후 취리히로 돌아왔습니다.

작품 활동 초기에는 퇴폐, 절망의 경향을 보였지만 인간의 존엄과 정신의 고귀함을 부르짖으며 점점 유럽적 휴머니티의 대변자로 변해 간 토마스 만은 냉철하고 세밀한 필치로 행동의 깊은 내면에 있는 인간 심리를 날카롭고 정확하게 파헤칩니다. 1929년에 노벨문학상을 받았습니다.

헤르만 헤세

토마스 만과 거의 같은 시기에 작품 활동을 시작한 **헤르만 헤세** Hermann Hesse(1877~1962)는 독일 남부 뷔르템베르크의 칼프에서 출생했는데, 아버지, 어머니, 외할아버지가 모두 신학자 가문의 사람이 었습니다. 외조부 헤르만 군데르트는 인도에서 다년간 포교 활동을 한 뛰어난 신학자로서 헤세에게 큰 영향을 주었다고 합니다. 어머니 마리는 인도에서 태어나 독일에서 교육을 받고 인도로 돌아가 그곳에서 영국인 선교사와 결혼했으나, 그와 사별한 후 칼프에서 재혼해 헤세를 낳았습니다. 라틴어 학교에 입학하고, 이듬해에 어려운 시험을 통과해 마울브론의 신학교에 들어갔지만, 자유인의 기질이 강하고 시인이 되려는 꿈을 꾸던 헤세는 엄격한 신학교 기숙사 생활을 견디지 못하고 그곳을 도망쳐 나와 자살을 기도하기도 했습니다. 18세에 튀빙겐에서 서점 직원이 되었고 그때 괴테, 실러, 그 밖의 많은 문학작품을 탐독할 기회를 가졌으며 스스로 습작을 쓰기도 했습니다. 1904년 발표한 소설 〈페터 카멘친트〉로 문단의 호평을 받게 되자 본격적으로 작가생활로 들어섰으며 그해에 9년 연상의 피아니스트 마리아와 결혼해 스위스의 호반 도시에 정착해 1923년 스위스 국적을 얻었습니다.

1911년 인도를 여행하면서 동양에 대한 관심이 깊어졌고, 1차 세계 대전 중에는 지식 계급의 극단적인 애국주의에 동조하지 않는다는 이유로 독일 문단과 출판계로부터 비난과 공격을 받기도 했습니다. 아버지의 죽음, 아내의 정신병, 그 자신의 신병身病 등 가정적 위기를 겪으면서 정신분석 연구로 방향을 돌려 작품 경향이 뚜렷하게 달라졌으며, 2차 세계 대전 중 인간성을 말살시키려고 한 나치스의 광신적인 폭정에 저항하며 1962년에 세상을 떠날 때까지 그는 오로지 자기실현의 길만을 걸었습니다.

주요작품으로 장편소설 〈수레바퀴 밑에서Unterm Rad〉(1906), 정신분석 연구로 자기 탐구의 길을 개척한 대표작 〈데미안Demian〉(1919), 주인공이 불교의 절대 경지에 도달하기까지의 과정을 그린 〈싯다르타Siddhartha〉(1922), 1차 세계 대전 후의 혼돈 시대의 기록인 〈황야의 이리Der Steppenwolf〉(1927), 신학자로서 지성의 세계에 사는 나르치스와 여성을 알고 사랑에 눈이 어두워진 골드문트와의 우정의 역사를 다룬 〈나르치스와 골드문트Narziss und Goldmund(우리나라에서는 〈지와 사랑〉으로 번역되기도 했음)〉(1930), 서기 2400년경을 무대로 인간 교양의 극치를 상징하는 유리알 놀이와 금욕적인 정신생활을 하는 이상적인 집단을 통해 20세기 문명을 비판한 교양소설 〈유리알 유희Das Glasperlenspiel〉(1943, 1946년 노벨문학상 수상), 〈헤세와 로맹 롤랑의 왕복서한〉(1954) 등이 있습니다. 그는 소설과 시 외에도 단편집, 우화집, 여행기, 평론, 수상隨想, 서한집 등 많은 작품을 남겼습니다.

헤르만 헤세와 토마스 만은 거의 같은 시기에 작품 활동을 시작해서 두 사람 모두 노벨문학상을 수상했으며 긴 세월 동안 독일 문학에 크게 공헌한 작가들이라는 점에서 공통점이 있지만, 두 작가에게는 상반되는 점들도 많습니다. 헤세는 북부 독일 출신인 토마스 만과는 반대로 지극히 서정적이며 전원적인 시풍으로부터 출발해서 인간성의 깊이에 파고들어 가는 자신의 내면적 문학 세계를 이룩했습니다. 토마스 만에게 있어서 정신 내지는 예술로 표현된 요소들을 헤세는 '생生'으로 표현하고 있으며, 토마스 만이 디오니소스적인 요소를 음악에서 발견하고 마魔적이고 무한계의 의미를 부여하는 것과는 반대로 헤세는 오히려 음악을 교리적인 질서의 부여자로 간주합니다. 헤세는 소설 작품도 많이 남겼지만 그의 문학의 본령은 역시 서정시에 있다는 점에서 산문을 중심으로 하는 토마스 만과 대조되는 점입니다.

'에밀 싱클레어의 청년 시절의 이야기'라는 부제가 붙어 있는 〈데미안〉(1919)은 처음에는 익명으로 발표되었기 때문에 에밀 싱클레어의 작품으로 알려졌었습니다. 1차 세계 대전에서 중상을 입은 싱클레어라는 청년의 수기 형식으로 되어 있는 이 소설은 싱클레어가 연상의 친구인 데미안의 정신적 인도를 받아 정신착란 상태를 벗어나 '인간의 진실한 사명은 결국 자기 자신에게로 도달하는 것'임을 깨닫고 오로지 내면의 길을 파고드는 과정을 내용으로 하고 있습니다. 시민사회의 편협함과 그 압박, 성적인 고민, 신화와 신비로운 일의 마력, 전쟁에 대한 내적 체험 등 젊은이들이 당면한 문제들의 핵심을 파고들어 이야기합니다. 1차 세계 대전 직후 패전으로 말미암아 혼미 상태에 빠져 있던 독일의 청년들뿐만 아니라 전후 유럽 청년층에 대단한 감격과 영향을 준 작품입니다. 데미안이란 말은 데몬Damon과 같은 뜻으로 '악마에 홀린 것'이라는 뜻에서 유래합니다.

카프카의 여권 사진

카프카Franz Kafka(1883~1924)는 체코의 수도 프라하에서 중산층 유대인 가정에서 태어나 폐결핵으로 41세의 나이에 세상을 떠난 유대인 출신 독일 작가입니다. 생전에 몇몇 작품을 발표했지만 시대에 앞선 감이 있는 그의 표현은 일반인들의 이해를 받지 못했고, 그의 사후에 출판된 작품들 역시 큰 반향을 얻지 못했습니다. 나치 시대에는 카프카의 전 작품이 발매금지되었기 때문에 독일에서는 거의 매장당했는데, 전쟁 중 미국에서 먼저 간행되고, 뒤이어 전후 프랑스 실존주의 작가들에게 논의의 대상이 되면서 전 세계적인 카프카 '붐'이 일어났

으며, 전후 독일에 외국 문학이 유행하면서 카프카도 역수입
되는 형태로 수많은 연구가 행해졌습니다. 전후 독일 문단에
깊은 영향을 끼쳤고, 독일의 작가로서 세계 문단에 영향을 끼
친 작가 중 한 사람으로 인정받고 있습니다.

황금 소로에 있는 카프카가 살았던 집
프라하 성 뒤편의 황금 소로는 중세시대 연금술
사들이 살았던 곳이다.

카프카의 작품에 깔려 있는 존재의 불안감과 같은 독특한
작품 세계는, 그가 죽기 직전 2개월간의 요양 기간과 짧은 국
외 여행을 제외하고는 잠시도 떠나지 않았던 프라하의 유대
계 독일인이라는 특이한 환경의 소산이라고 할 수 있습니다.
형이 어려서 죽었기 때문에 맏아들이 된 카프카는 죽을 때까
지 맏이로서의 역할을 의식하며 살았고, 가족 가운데 그와 제일 가까
웠던 사람은 세 여동생 중 막내인 오틀라였습니다. 그는 선천적으로
병약했고 일찍이 폐병을 앓았으며 단순하고 위압적인 아버지와 감성
적인 기질과 정신적 섬세함을 지닌 어머니 사이에서 몽상적이고 내면
적인 아이로 자랐습니다. 카프카는 체코어로 '까마귀' 라는 뜻이며,
카프카의 세 여동생들은 모두 2차 세계 대전 중 유대인 집단 수용소인
아우슈비츠에서 목숨을 잃었습니다.

독일계 고등학교를 거쳐 프라하 대학에서 법률을 공부하고, 보험국
직원으로 근무하면서 〈변신〉(1915), 〈심판〉(1925년 사후 간행), 〈성Das
Schloss〉(1926년 간행) 등의 작품을 남겼습니다. 〈**변신**〉은 카프카 생전
에 발표된 작품 중에서 가장 널리 읽힌 중편소설입니다. 잠에서 깨어
났을 때 자신이 기괴하고 흉측한 벌레로 변해 있음을 발견한 아들 그레
고르가 가족의 수치감과 무시 속에서 자책 어린 절망감으로 인해 서서
히 죽어 간다는 내용인데, 작은 공간에 갇혀 사랑도 이해도 없이 불안
과 불만의 생애를 마치게 되는 소시민의 운명을 연상시킵니다.

〈**심판**〉은 주인공 요제프 K가 아무런 이유도 없이 어느 날 아침 체포

되는 불가해한 상황에 처해 어떤 도움도 받지 못하고 홀로 부조리와 투쟁하는 내용으로 카프카의 자전적 고백이라고 할 수 있습니다. K는 최후까지 저항하지만 결국 형이 집행되는 것으로 이 소설은 마감됩니다. 카프카의 가장 암울한 작품으로 악은 도처에 있으며 무죄 석방이나 구제는 얻을 수 없는 것이고 광란의 노력은 다만 인간의 현실적인 무능을 가리킬 뿐임을 보여 줍니다.

〈성〉은 미완성으로 끝난 작품인데, K라는 측량기사가 고향에서 멀리 떨어진 어느 성의 일을 하기 위해 성 기슭의 마을에 도착해 성안으로 들어가려는 과정을 그린 것입니다. 복잡하고 기괴한 관료기구에 둘러싸인 성은 그가 들어가는 것을 허용하지 않을 뿐만 아니라 그를 마을에 머물러 있게 하지도 않습니다. 성과 마을과의 정당한 유대를 원하는 그의 노력도 헛되이 끝나고 그는 영원한 타향 사람으로 남습니다. 역시 미완성으로 끝난 〈아메리카〉(1927)도 인간존재의 고독함과 이방인적 심경을 다룬 작품이어서 〈심판〉, 〈성〉과 함께 '고독의 3부작' 으로 불립니다.

카프카의 작품은 단편이건 장편이건 모두 풍부한 해석을 가능하게 합니다. 카프카의 작품 활동을 지원하고 카프카 전집의 편집자이기도 한 브로트와 카프카의 영어 번역자인 뮤어 부부는 카프카의 소설들을 성총의 상징으로 보았고, 사르트르와 카뮈 같은 실존주의자들은 카프카의 죄와 절망의 세계가 인간존재의 불안과 인간 운명의 부조리성, 인간의 실존적 체험의 표현이라고 보았으며 어떤 사람들은 노이로제 증세를 보일 정도로 위압적인 아버지에게 얽혀 있는 상황을 오이디푸스 콤플렉스와 연관시켜 정신분석학적으로 해석하기도 했습니다. 또한 어떤 사람들은 권력자와 그 권력의 대리인들을 보여 주는 비인간성, 정상적인 일상 밑에 웅크리고 숨어 있는 폭력과 야만성을 강조했다고 보기도 합니다.

우리 시대 최고의 고전적인 독일어라는 찬사를 받을 만큼 맑고 간결한 산문으로 쓰인 카프카의 작품에는 정상적인 것과 환상적인 것이 종잡을 수 없이 불가해하게 뒤섞여 있는 경우가 많은데, 이러한 기묘함은 문학적 장치 또는 표현 장치의 소산이라고 할 것입니다. 카프카는 피상적 일상의 관찰로는 인식할 수 없는 본질적인 것을 가시화하기 위해 비유적이고 이해할 수 없는 것을 구상화시키는 방법으로 독자들을 친숙한 관념으로부터 일탈시킵니다. 카프카의 작품들이 부조리 문학이라고 불리기도 하는 것은 부조리성을 주제로 삼았다기보다 그의 특수한 표현 방법에서 기인한다고 봐야 합니다.

　　카프카는 사망할 당시, 막스 브로트에게 출판되지 않은 원고는 전부 없애고 이미 인쇄되어 나온 작품은 재판 발행을 중지해 달라고 유언했는데, 브로트가 그의 유언대로 했더라면 카프카의 이름과 작품은 살아남지 않았을 것입니다. 브로트는 카프카의 유언과는 반대의 길을 밟았고 그로 인해 카프카의 이름과 작품이 사후에 세계적으로 명성을 얻게 되었습니다.

　　레마르크Erich Maria Remarque(1898~1970)는 베스트팔렌의 오스나브뤼크에서 태어났으며 18세 때 학병으로 1차 세계 대전에 참전했다가 여러 차례 부상당했으나 죽지 않고 귀향했습니다. 종전 후 한때 시골 초등학교 교사로 재직했으나 얼마 후 퇴직했고, 9년간이나 무명 저널리스트로 생활하다가 1929년, 1차 세계 대전에서의 체험을 소재로 〈**서부전선 이상 없다**Im Westen nichts Neues〉를 발표해서 세계적인 인기 작가가 되었습니다. 이 작품은 학병으로 전쟁에 참가한 젊은 군인 파울이 전선에서 겪는 각양각색의 체험과, 그와 함께 전쟁에 나간 6명의 동창생들이 하나씩 전사하거나 수족 절단 수술을 하는 참혹한 운명을 당하고, 전쟁이 끝남에도 여전히 '서부전선 이상 없음' 이라고 발표되는 상황을 격렬하지 않고 조용하게 그려 내 전쟁이 낳은 비극과

레마르크

◀ 서부전선 이상 없다
독일에서 상연된 〈서부전선 이상 없다〉의 영화 포스터(1979년)

냉혹함을 고발합니다. 처음에 이 무명작가의 소설은 몇몇 출판사에서 출판을 거절당하고 간신히 한 출판사에서 출판을 허락해 줬는데, 그것이 의외로 대성공을 거둬 18개월 동안에 25개 국어로 번역되었고, 총 발행 부수는 350만 부를 넘었습니다. 이 소설이 미국에서 영화화되어 다시 독일로 역수입되어 베를린에서 상영되었는데, 나치 청년들이 소동을 일으켜 결국 상연이 금지되었다고 합니다.

1931년에 발표한 〈귀로Der Weg zurück〉 역시 같은 입장에서 전후의 양상을 묘사한 것으로, 두 작품이 모두 반전反戰 감정이 노골적으로 노출되어 있으므로 1933년 나치스가 정권을 잡자 레마르크는 스위스로 갔다가 1939년에 미국으로 망명해 1947년에 미국 시민권을 얻었습니다. 나치스는 그의 작품에 판매 금지 및 분서焚書 처분을 내렸고 아울러 그의 독일 시민권을 박탈했습니다.

독일판 "분서갱유"

망명 후에도 레마르크는 외국을 방랑하는 난민의 비운을 그린 〈너의 이웃을 사랑하라〉(1940), 파리를 무대로 나치 비밀경찰에 통쾌한 복수를 하는 망명인의 운명을 그린 〈개선문〉(1946 영화화), 전쟁이 사랑을 앗아간 〈사랑할 때와 죽을 때〉(1954) 등을 발표해 망명 작가 중에서 가장 행복한 생애를 마쳤습니다.

그의 작품들은 인간성에 대한 신뢰와 불신의 갈등, 부조리한 현실에 직면한 인간이 느끼는 절망과 삶의 충동, 낡은 가치와 그 수호자들에 대한 젊은 세대들의 자포자기적인 분노 등 현대라는 시대에 예민한 예술적 감각을 보여 줍니다.

브레히트Bertolt Brecht(1898~1956)는 바이에른 주 아우크스부르크에서 태어나 뮌헨대학 의학부 재학 중 1차 세계 대전이 일어나자 위생

병으로 소집되어 육군병원에서 근무했습니다.

표현주의 희곡으로 출발한 브레히트는 나중에 독자적인 '서사시적 희곡 이론'을 확립해 세계적인 명성을 획득했을 뿐만 아니라 현대 독일의 희곡 문학에 큰 영향을 끼쳤습니다. 사상적으로는 좌경이었기 때문에 나치스 시대에는 각지로 망명 생활을 했고 2차 세계 대전이 끝난 후에는 오스트리아의 잘츠부르크에 머물렀으며 동독으로부터 문예 일급 국민상을 받았습니다.

브레히트는 많은 작품을 남겼고 여러 가지 면에서 현대 독일 극단에 큰 영향을 끼쳤습니다. 그러나 연극적 환상을 일으키는 전통에서 벗어난 그의 서사극이 드라마를 좌익운동을 위한 사회적·이데올로기적 토론장으로 발전시키는 등 작가 자신의 정치적 입장과 의도가 강해 그런 의미에서 그 영향력이 제한된 감이 없지 않습니다.

브레히트의 수많은 희곡 작품 중에서 가장 유명한 것은 〈서푼짜리 오페라〉(1928년 베를린 초연)와 〈억척 어멈과 그 자식들Mutter Courage und ihre Kinder〉(1941년 초연)입니다. **〈서푼짜리 오페라〉**는 영국의 작가 존 게이John Gay(1685~1732)가 쓴 〈거지 오페라〉를 개작한 것으로 서사적 연극 작법을 실험한 작품이기도 합니다. 영국이 무정부 상태에 빠졌을 때 도적들과 거지들이 활개치던 시대를 배경으로 해서 도둑단의 괴수 메키스와 거지를 기업화한 암흑가의 왕자 사이에 벌어지는 이

서사시적 희곡 이론

브레히트의 희곡 이론. 서사극 또는 객관적 연극, 거리두기 기법이라고 하기도 한다. 간단히 요약하면 연기자나 관객이 희곡의 내용에 몰입하지 말고 그 작품을 객관적으로 비판할 수 있어야 한다는 것이다. 종래의 연극에서는 연기자가 완전히 자신의 역할에 몰입해 관객에게 현실적이라는 환상을 불러일으키고 도취 상태에 빠지게 하는 것을 목적으로 했지만, 이 새로운 연극에서는 배우가 자기와 연기 사이에 어느 정도 거리를 두고 객관적으로 연극을 진행시키고 그에 따라 관객도 극 전체를 비판적으로 관찰하고 극에 대한 자신의 태도를 취해 차원 높은 인식을 할 수 있어야 한다는 것이다. 그러기 위해서 연출 단계에서부터 객관적인 보고의 형식을 취할 것을 요구한다. 종래의 아리스토텔레스적 희곡론과 반대된다고 해서 비非아리스토텔레스적 희곡론으로 불리기도 한다.

야기가 주요 내용입니다. 메키스는 거지왕 피참의 딸을 유혹해 거지왕의 적이 되지만 경무총감을 친구로 둔 덕분에 좀처럼 체포되지 않습니다. 그러다 그의 정부情婦의 배반으로 마침내 체포되어 교수대로 보내지는데, 처형 직전에 여왕의 특사로 석방되어 해피엔드로 끝납니다. 거지와 연기자의 대화를 통해 서민 생활을 묘사하는 가운데 정치적 풍자와 익살이 스며들고, 잘 알려진 통속적인 가곡에 의해서 줄거리가 진행됩니다.

〈**억척 어멈과 그 자식들**〉은 2차 세계 대전 직전에 스웨덴에서 집필되어 스위스에서 초연된 작품으로 17세기에 일어난 30년 전쟁(1618~1648)을 배경으로 한 브레히트 서사극의 대표적인 작품입니다. 서사적 기법이 완숙하게 사용된 사실적인 희곡으로 당시 파시즘과 전쟁에서 벗어난 독일 민족에게 호응을 얻었습니다. 야전 부대의 병사들에게 생필품을 팔면서 부대와 함께 이동하는 억척 어멈 안나 피에르링은 기회주의적인 성격으로 두 아들을 잃고 귀머거리이자 벙어리인 딸을 차례로 잃지만, 자식들이 죽은 뒤에도 꿋꿋하게 살아 나갑니다. 이 연극은 자식을 잃어 가는 과정이 연대순으로 그려지고 장소 전환이 빈번하게 이루어지는 12개의 장면으로 구성된 삽화적 형식으로 이루어져 있는데, 각 장이 시작되기 전에 일어날 사건을 자막에 투사하거나 플래카드에 적어서 알려 주는 기법은 관객이 미리 내용을 파악해 그 속에 담긴 정치적·경제적 의미를 생각하도록 유도합니다.

하인리히 뵐 Heinrich Theodor Böll(1917~1985)은 독일 쾰른에서 가구 제작자의 아들로 태어나 1937년 고등학교를 마치고 서점 직원으로 일하다가 1938년 노무자로 징용된 뒤 독일군 사병과 하사로 6년 동안 러시아를 비롯한 여러 전선에서 싸웠습니다. 네 번이나 부상을 당한 전쟁 중의 경험은 이 작가의 작품 세계의 바탕을 이루게 됩니다.

하인리히 뵐
귄터 그라스와 함께 전후 소설가로
명성을 떨쳤다.

그의 작품들은 대개가 2차 세계 대전과 전후의 혼란한 사회와 인간의 심리 상태를 테마로 삼아 일상적인 일들을 박력 넘치는 대화로 그려 냈습니다.

1947년부터 작품들을 발표했는데 가장 먼저 쓴 장편소설 〈기차는 제 시간에 왔다〉(1949)와 〈아담, 너는 어디에 있었는가?〉(1951)는 병사들의 어둡고 절망적인 삶과 전쟁의 무의미함을 간결한 문체로 그려 낸 작품입니다. 유머 소설 〈검은 양들〉(1951)은 그에게 47그룹상*을 안겨 준 동시에 그를 '폐허의 문학'이라고 불리던 독일 전후문학의 지도적 작가의 위치에 오르게 했습니다.

〈그리고 아무 말도 하지 않았다〉(1953)는 전후의 쾰른 시를 무대로 한 부부의 파괴된 생활을 통해 비참한 현실 사회의 퇴폐와 허위를 날카롭게 해부하면서도 진실한 인간성의 따뜻함을 느끼게 해주며, 〈아홉 시 반의 당구〉(1959)는 3대에 걸친 한 건축가 집안을 통해 최근 50년간 독일의 불안한 현실을 보여 주는 작품으로, 내적 독백과 플래시 백 기법*을 사용해 가장 복잡한 소설로 꼽히고 있습니다. 장편소설 〈어느 어릿광대의 견해〉(1963)는 연예인이던 주인공이 술에 빠져 구걸하는 거리의 악사로 전락하는 모습을 통해 가톨릭교도인 작가가 가톨릭 사회의 인습과 비인간적인 요소를 비판한 작품입니다. 1971년 〈여인과 군상〉을 발표한 후 1972년 전후 독일 작가로는 최초로 노벨문학상을 수상했습니다. 그 외에도 미모의 젊은 여자가 신문기자를 사살한 사건을 통해 당대 독일인의 가치관과 현대 언론의 윤리를 공격해 논란을 불러일으킨 문제작 〈카타리나 블룸의 잃어버린 명예〉(1974) 등의 작품이 있으며, 방송극 작가로도 상당한 명성을 올렸고, 1971년 국제 팬클럽 회장으로 선출되기도 했습니다.

가톨릭 좌파이며 반군국주의자이자 평화주의자로서, 절제된 산문과 예리한 풍자를 사용한 작품들을 통해 정치 참여와 현실 변혁을 꾀한 그는 개인의 책임을 받아들이느냐 또는 거부하느냐 하는 갈등을 주제로

47그룹상

2차 세계 대전 패전 후 구심점을 찾지 못하고 있던 독일 문학계에서 새로운 독일 문학을 창조하자는 시인, 소설가, 비평가들의 모임을 '47그룹'이라고 한다. 1950년 이후 출판사들이 기금을 조성해 47그룹상이 창설되었고 주로 신진작가들에게 수상되었다.

플래시 백 기법

순간적인 장면 전환 기법. 주로 과거를 회상하는 장면에서 자주 등장하며, 등장인물이 회상하는 과거를 통해 주관적인 시간을 표현해낸다.

매우 도덕적이면서도 개인주의적인 관점을 발전시켰으며, 희생자와 학대받는 사람들에게 애정 및 도덕적 구원을 줌으로써 폭넓은 독자층을 얻었습니다. 2차 세계 대전에서 '독일 국민이 겪은 일들을 인도주의 입장에서 해석한 탁월한 인물'로 평가되고 있습니다.

막스 프리슈

스위스 취리히 출생으로 대학에서 독일 문학을 공부하다 신문기자가 되었고 이후 작가가 되었다. 완결된 형성을 보여 주기보다는 단편적인 장면을 나타내고 관객으로 하여금 생각에 잠기게 만드는 극작품들과 소설들을 썼다. 대표작으로 〈호모 파베르〉(1957) 등이 있다.

　　뒤렌마트Friedrich Dürrenmatt(1921~1990)는 막스 프리슈Max Frische(1911~1991)*와 더불어 전후 독일 연극계를 대표하는 작가입니다. 2차 세계 대전 무렵 나치의 침략을 받지 않은 유일한 독일어 사용국이었던 스위스에서 자라, 취리히와 베른에서 독일 문학, 철학, 신학 등을 공부하고 기자가 되었다가 작가로 전향했습니다. 당시 스위스는 독일 연극이 번창했던 유일한 곳으로, 뒤렌마트는 독일어권의 다른 작가들과는 달리 혁신적인 독일 연극을 보고 배울 기회를 가질 수 있었습니다.

　　추방된 독일 극작가 브레히트의 영향을 받은 뒤렌마트는 전통적인 비극을 부정하고, 오늘날 가능한 것은 희극뿐이라는 입장에서 출발합니다. 비극과 희극 사이에서 괴상한 요소들과 패러디, 통렬한 풍자 등을 통해 부조리한 인간 상황의 기괴하고도 소름끼치는 극단적 양상들을 아무런 해석 없이 제시합니다.

　　역사적 사실을 희극적인 자유로 표현한 〈로물루스 대제〉(1949 공연, 1958 출판), 구식 멜로드라마로 가장한 진지한 희곡 〈미시시피 씨의 결혼〉(1952, 미국에서는 1958년 〈바보들의 행진〉이라는 제목으로 공연), 〈천사 바빌론에 오다〉(1953)를 거쳐, **노부인의 방문**Der Besuch der alten Dame〉(1956)으로 세계적인 명성을 얻었습니다. 이 작품에서 고급 창녀인 차하나시안은 큰 부자가 되어 실연의 슬픔을 안고 떠났던 몰락해 가는 고향 도시를 30여 년 만에 찾아옵니다. 그녀가 고향 사람들에게 자기를 배신했던 옛 애인 안톤을 살해하면 10억 마르크를 내놓겠다고 제의하자, 겉으로는 거절하지만 마음은 돈 쪽으로 기운 사람들이 결국

뒤렌마트

살인을 저지르게 되고, 그 부인은 안톤의 시체를 가지고 고향을 떠납니다. 돈을 위해 살인을 하고, 그 행위가 민주적인 절차까지 거쳐 진행되는 과정을 통해 뒤렌마트는 인류가 자신의 이익을 위해서 얼마나 쉽게 타락할 수 있는가를 보여 주며, 인간 정신에 대한 그 자신의 환멸을 표현해 내고 있습니다.

〈**물리학자들**〉(1962)은 사설 정신병원을 무대로 자신을 아인슈타인이라고 생각하는 과학자와 자신을 뉴턴이라고 생각하는 과학자가 그들의 간호사를 죽인 사건을 통해 과학자들의 정치적 책임의 문제를 신랄한 희극으로 묘사한 도덕 우화극으로, 그의 최고작으로 일컬어집니다.

1970년 뒤렌마트는 "연극을 위해 문학을 포기하겠다."고 밝히고 잘 알려진 작품의 각색 이외에는 더 이상 희곡을 쓰지 않겠다고 말했습니다. 그는 희곡뿐만 아니라 추리소설, 라디오 극본, 평론 등도 썼습니다.

귄터 그라스Günter Wilhelm Grass(1927~)는 폴란드 단치히 근교에서 태어났습니다. 아버지는 식료품 가게 주인이었고 어머니는 가난한 농부였습니다. 그라스의 소년기는 역사적 사건들로 점철되어 있는데, 고향인 단치히에서 히틀러 청년 운동인 '히틀러 유겐트'*를 겪었으며, 16세 때 징집당한 뒤 부상을 입고 전쟁 포로가 되었습니다. 소년기에 겪은 무자비한 전쟁의 실상은 그의 문학 세계에 많은 영향을 끼치게 됩니다.

전쟁 후, 뒤셀도르프에서 미술을 배우며 암시장 거래, 묘비 제작, 재즈 악단 드럼 연주 등으로 생계를 이어 갔습니다. 작가협회인 '47그룹'의 격려로 시와 희곡을 써서 어느 정도 성공을 거두었고, 1956년 파리로 가서 첫 소설 〈양철북〉(1959 출판, 1979년 영화화)을 썼습니다. 그 후 중편소설 〈고양이와 쥐Katz und Maus〉(1961), 서사 소설 〈개 같은 시절〉(1963)에서 활력이 넘치는 문장과 풍부하고 그로테스크한 풍

히틀러 유겐트

1933년 히틀러가 청소년들에게 나치의 신조를 가르치고 훈련시키기 위해 만든 조직으로, 2차 세계 대전 당시 독일 청소년들은 이 청년 군대 조직에 의무적으로 가입해야 했다.

권터 그라스

자로써 독일 역사를 그려냈는데, 이 세 편의 소설을 흔히 '단치히 3부작'으로 부릅니다.

그 후에도 꾸준히 많은 작품들을 발표했고, 사회 참여 작가로서 서베를린에서 사회민주당의 정치 활동에 적극적으로 참여해 자신의 사회적·문화적 신념을 위해 열렬히 싸우는 한편 정치적인 소논문도 썼습니다. 1999년 7월 〈나의 세기〉를 발표했으며, 그해 9월에 독일 소설가로서는 일곱 번째로 노벨문학상을 수상했습니다. 〈나의 세기〉는 1990년부터 1999년까지 매년 한 개씩의 이야기, 모두 100개의 이야기를 일인칭 서술 형식으로 풀어 낸 일종의 연작소설로, 우여곡절의 역사를 살다 간 현장의 주인공들의 삶을 통해 20세기 전체를 회고하는 '그라스판 20세기사'라고 할 수 있는 작품입니다.

개구리 시점

나는 새의 시점과 같은 '조감적 시점'의 반대 개념으로 우물 안 개구리가 위를 올려다보는 듯한 좁은 시점을 의미함

첫 소설 〈**양철북**Die Blechtrommel〉은 단치히 사람들의 소시민적 세계를 주인공 오스카의 '개구리 시점*', 즉 난쟁이인 오스카가 정상적인 사람들의 세계를 좁은 시각으로 올려다보는 시점으로 회상한 자전적 장편소설입니다. 3살 되는 생일에 더 자라기를 거부하고 난장이로 남기로 결심한 양철북의 명수 오스카의 체험을 통해 1930~1950년대 독일의 운명을 환기시킨 작품입니다. 폴란드와 독일의 이중적 속성을 지닌 단치히라는 도시의 평범한 가정이 나치즘에 동화되어 가는 과정과 전쟁의 피폐함, 소련군의 진입, 전후 '경제적

▶ 영화화된 〈양철북〉에서 주인공 오스카
북을 치면서 괴성을 지르면 유리로 된 물건들이나 창이 깨져 버리는 능력을 가지고 있음

기적'을 이룬 서독의 자기만족적 분위기가 개인의 체험을 통해 그려집니다. 다시 성장하기로 마음먹었지만 결국 121센티미터의 키에 멈추고 등이 굽은 꼽추가 되는 오스카의 모습을 통해서 유대인 학살로 대표되는 나치의 만행에 무관한 듯 지난 과거에 대해 반성하기를 기피하는 전후 독일 사회의 모습을 형상화합니다.

이 작품은 나치 치하에서 성장해 전쟁에서 살아남은 독일 전후 세대를 대변한 탁월한 작품으로, 보고체, 구어체, 사투리 등 다양한 문체를 구사하면서 만들어 내는 무질서한 환상의 저변에는 도덕적 진지함이 깔려 있습니다. 그렇기 때문에 그는 이 소설로 '전후 세대의 양심적인 인물'로 알려지게 되었습니다. 또한 이 작품에서 그라스는 대담하게 과거의 사회적·종교적·성적 금기를 무시함으로써 과거 독일 문학의 테두리를 넘어서 앞으로의 문학의 범위를 넓히고 새로운 가능성을 부여했습니다.

그 밖의 소설들도 정치적·시사적인 것이 많습니다. 석기시대부터 오늘날까지 남녀 간의 전쟁에 관한 우화 〈넙치〉(1977), 30년 전쟁 막바지의 가상적인 작가 모임 '1647그룹'을 통해 300년 전의 문단과 현실을 교차시킨 〈텔그테에서의 만남〉(1979), 인구 폭발과 핵 전쟁의 위기 속에서 자식을 낳을 것이냐 말 것이냐로 고민하는 젊은 부부를 그린 〈출산〉(1980) 등이 있으며, 1995년에는 동독인의 시각에서 독일 통일을 비판적으로 바라본 작품인 〈광야〉를 출간해 논쟁을 불러일으켰습니다. 사회적 쟁점이 있는 곳에는 언제나 단호하고 분명한 태도로 자신의 입장을 밝히고 여론 형성에 이바지해 온 그라스는 최근 자신의 자서전 출판을 앞두고 나치 무장 친위대에서 복무했었다고 고백해 충격을 던져 주었습니다. 62년 동안이나 어둠 속에 묻혀 있던 자신의 과거를 스스로 들춰낸 노작가의 고백을 두고 그를 비판하는 입장과 그의 용기를 두둔하는 입장들이 엇갈리고 있습니다.

07 러시아 및 동유럽 문학

러시아 문학

러시아 역시 유럽의 다른 나라와 마찬가지로 급속도로 발전하는 산업과 자본의 축적, 그리고 이에 따른 정치 · 경제 · 사회 · 문화의 변화를 겪으며, 종래의 세계관이나 가치관에서 탈피하는 새로운 문화적 경향들이 등장합니다.

유럽의 시각에서 볼 때 러시아 문학이 세계문학에 크게 영향을 끼쳤던 시대는 19세기였습니다. 이후 러시아는 푸슈킨의 '황금시대' 이후 러시아 문학사에서 '은세기'라고 불리는 상징주의 시의 시대를 맞습니다. 프랑스 상징주의 시인들의 영향을 받은 러시아 상징주의 문학은 철학과 결합해 하나의 형이상학이자 철학적 세계관을 제시하면서 커다란 영향력을 행사했지만 1910년대에 들어와서는 쇠퇴하고, 내용보다는 언어의 외적 형식과 언어의 감각적 특성을 중시하는 미래파 운동과 새로운 사실주의의 경향을 맞게 됩니다.

1917년의 소비에트 혁명은 근대 러시아 문학에서 하나의 획기적인 사건으로서, 혁명 이후 러시아 문학은 정치 상황에 좌우되는 경향이 강하게 나타납니다. 따라서 서유럽의 많은 작가들에게 영향을 준 상징주의와 인상주의를 엄격하게 회피하고 비타협적 사실주의, 즉 '사회주의 리얼리즘' 으로 특징지어집니다.

사회주의 리얼리즘은 볼셰비키혁명 이후 소련에서 공식적으로 채택한 문예 창작의 기본적인 이념이며 방법입니다. 19세기 러시아 사실주의가 지식인들이 중심이 되어 자본주의 사회가 지녔던 부정적 측면과 차르 정권, 사회제도에 대한 비판을 주요 쟁점으로 삼았다면 '사회주의 리얼리즘' 은 문학이란 '혁명적 발전' 을 통해 현실을 보여 주는 것이며, 사회주의 혁명을 옹호하고 발전시키는 데 기여해야 한다는 관점입니다. 현실의 모습을 진실감을 느끼게끔, 그리고 역사적 구체성을 가지고 그려 내야 한다는 것을 주요 내용으로 삼고 있습니다.

1890년대부터 노동자들의 생활이나 투쟁의 열정을 다룬 작품들과 농촌 운동을 반영한 작품들이 나오기 시작하다가 1934년에는 전국적인 소비에트 작가동맹이 조직되었고 '사회주의 리얼리즘' 이 창작 활동의 새로운 원칙으로 선포되기에 이르렀습니다. 따라서 생활과 문화의 모든 분야가 소련 공산당의 엄중한 통제와 지도에 얽매이지 않을 수 없었습니다. 그러나 사회주의 리얼리즘 안에서 작가들은 사회주의적 이상과 도덕, 그리고 사회주의적 이상을 실현하는 영웅적인 인간상을 만들어 낼 필요가 있었기 때문에 점차 소련 사회의 모순과 갈등을 그려 내는 대신 현실과 거리가 먼 인물이나 사회, 즉 '있는 존재' 가 아닌 '있어야 할 존재' 만을 그려 내게 되었고, 이것은 문학이 정치 도구로 전락하고 예술을 말살했다는 비난을 받게 만든 요인이 되었습니다.

1953년 스탈린Stalin(1879~1953)[*] 사후에야 유럽 문학과의 접촉이 재개되었고, 작가들에게 어느 정도의 자유가 허용되어 새로운 방향을 모색하는 작품들이 나오기 시작했습니다. 1980년대 후반 '페레스트로

스탈린

1922년부터 1953년까지 소련 공산당 서기장과 1941년부터 1953년까지 국가 평의회 주석을 지냈다. 사반세기 동안 소련을 독재적으로 통치하면서 세계 주요 강대국으로 변모시켰다. 스탈린은 '강철의 사나이' 라는 뜻으로 그의 필명이다.

이카'로 이름 지어진 개방과 개혁 이후에는 망명 작가들의 작품이나 그동안 진가를 제대로 발휘하지 못하던 작품들에 대한 복권과 재해석이 이루어지고 있습니다.

러시아 지하철역 벽면에 그려진 마야코프스키

블라디미르 마야코프스키 Vladimir Mayakovsky(1893~1930)는 미래파 시 운동에서 출발해 혁명 후 여러 운동의 '계관시인'적 존재가 된, 소비에트 시기의 가장 뛰어난 시인입니다.

삼림 감독관의 아들로 태어난 마야코프스키는 소년 시절부터 정치·사회에 관심이 많았고, 15세 때 러시아 사회민주주의 노동당에 입당해 반국가 활동으로 여러 번 감옥을 드나들었습니다. 1909년 독방에 수감되었을 때부터 시를 쓰기 시작했습니다. 석방된 뒤 모스크바 미술학교를 다녔으며 러시아 미래주의파 모임에 참여해 그들의 대표자가 되었습니다. 1914년부터 1916년까지 〈바지를 입은 구름〉(1915)과 〈척추의 플루트〉(1915, 1916 발표)를 완성했는데, 두 작품 모두 짝사랑의 비극과 자기가 살고 있는 세상에 대한 시인의 불만을 표현한 것입니다. 일반 대중의 조잡한 언어와 매우 과감하고 혁신적인 기교를 사용해 시를 '비시화非詩化' 하려 했는데, 그의 시에서 가장 두드러진 특징은 대화체의 연설조로 되어 있다는 것입니다.

소련 혁명이 일어나자 그는 열광적으로 볼셰비키를 환영했습니다. 공산당의 열렬한 대변인이 된 그는 포스터 화가이자 만화가로, 러시아 전역을 돌아다니며 강연과 시낭송회를 갖는 강연자로, 시사성이 짙은 정치 선전 시와 아동교육용 소책자의 발간자로 활약하며 자신의 의사를 다양한 방식으로 표현합니다.

처음에 소비에트 정권을 열렬하게 지지했던 그이지만 후기 작품인 〈빈대〉(1929), 〈목욕탕〉(1930) 등의 풍자극에서는 소비에트 관료제에 대한 환멸을 드러냅니다. 그는 문학계 재편성 물결에 밀려 고립되면서 정치적 환멸을 느꼈고 거듭되는 불행한 연애로 고민한 끝에 모스크바에서 자살했습니다.

소비에트 문단에서 가장 정력적인 인물로, 스탈린은 그를 '우리 소비에트 시대의 가장 훌륭하고 재능 있는 시인'이라고 불렀습니다. 그의 대부분 작품이 시사적이고 공리주의적이기 때문에 오늘날에는 그의 시가 시대에 뒤처지는 것이라는 평가를 받기도 하지만, 전통을 거부하고 시적 기술을 중시하는 러시아 미래파의 영향이 두드러지는 동시에 독특한 시형과 격렬한 비유, 그리고 풍자와 내면의 성찰이 드러나며, 혁명과 사회주의 건설과 관련해 강렬한 시정신과 신선한 감각에서 그와 견줄 만한 시인이 없는 것으로 평가되고 있습니다. 서정과 서사를 기적적으로 결합시킨 그의 시 작품들은 현대시에 신선한 영역을 개척해 그 후의 소련의 시인뿐만 아니라 금세기 세계 각국의 시인에게도 영향을 끼쳤습니다.

막심 고리키 Maksim Gorky(1868~1936)는 러시아 사회주의 리얼리즘 문학 최고의 작가로 꼽힙니다. 본명은 알렉세이 막시모비치 페슈코프 Aleksei Maksimovich Peshkov이며 가난한 목공의 아들로 태어나 일찍이 양친을 여의고 가난하게 살았습니다. 각지를 방랑하며 가혹한 삶의 현실을 체험하면서도 지적 욕구를 채우기 위해 많은 책을 읽었고, 자살을 기도한 적도 있었습니다. 필명 '막심 고리키'는 러시아어로 '최대의 고통'이라는 뜻인데, 자신의 고된 삶의 여정을 반영한 것이기도 합니다.

처녀작 〈마카르 추드라〉(1892) 이후 〈바다제비의 노래〉(1901), 〈밑바닥에서〉(1902) 등 일련의 작품에서 제정 러시아의 밑바닥에 허덕이는 사람들의 생활과 러시아 자본주의 사회의 내적 분열, 부르주아지 질서와 대항해 투쟁하는 사람들을 묘사함으로써 러시아의 전통적인

막심 고리키

사실주의와 혁명 이후에 정착하게 될 사회주의 리얼리즘 사이의 가교 역할을 하면서, '프롤레타리아 문학'*의 선구자가 되었습니다.

1905년 1월 '피의 일요일'* 사건에 항의해 〈전 러시아 시민 및 유럽 모든 나라의 여론에 호소한다〉라는 글을 발표했고 이 글로 인해 투옥되었는데 세계 지식인들의 거센 항의에 부딪힌 러시아 정부가 그를 석방해 결국 외국으로 망명했습니다. 이탈리아 카프리에서의 망명 생활 중에 프롤레타리아의 집단정신을 부각시킨 희곡 〈적〉(1906)을 발표해 주목을 받았고, 1907년 런던에서 열린 러시아 사회민주노동당 제5차 대회에서 레닌을 만나 평생의 동지가 되었습니다. 1913년 대 사면을 이용해 7년간의 이탈리아 망명 생활을 끝내고 고국으로 돌아와 1917년 10월 혁명 때부터 소비에트 국가 건설 시기에 이르기까지 창작보다는 문화 건설 계획 분야의 일에 적극적으로 참여했습니다.

'사회주의 리얼리즘'을 제창해 소비에트 문학의 기수이자 아버지가 되었던 고리키는 1936년 폐렴으로 죽었는데, 일설에 의하면 1930년대 후반의 대 숙청 때 정적에게 독살되었다고도 합니다.

고리키의 작품에는 사회의 부정과 부조리에 대한 공격, 숭고하고 적극적인 삶에 대한 인간의 고귀한 염원이 깃들어 있습니다. 고리키가 1906년 미국을 여행하면서 집필한 장편소설 〈**어머니**〉(1906)는 노동자 계급의 혁명 투쟁을 묘사한 최초의 작품이면서 혁명가의 전형을 창조해 내 러시아 인텔리겐치아의 필독서가 된 작품입니다. 가난하고 무지해 인종忍從의 생활에 길들여진 중년의 여성 닐로브나가 아들이 계급 투쟁의 희생자가 되자 자식의 뜻을 이어받아 점차 계급의식을 가지게 되고 노동자 계급의 어머니로 성장해 마침내 그 계급의 이상을 위해 목숨을 바친다는 내용입니다. 러시아의 가난하고 무지한 여성이 열렬한 혁명가로 성장해 가는 과정을 보여 준 이 작품은 개인의 성장이 사회적 환경 전체의 발전과 맞물려 있다는 점에서 사회주의 리얼리즘의 예술적인 본질과 방법을 구현한 작품으로 '사회주의 리얼리즘의 고전'으로 평가받고 있습니다.

파스테르나크

〈의사 지바고〉로 우리에게 잘 알려져 있는 **파스테르나크**Boris Leonidovich Pasternak(1890~1960)는 모스크바의 유대계 예술 가정에서 태어났는데 아버지는 톨스토이의 〈부활〉에 삽화를 그린 꽤 유명한 화가였고 어머니는 피아니스트였습니다. 어려서 음악가가 되려고 음악 공부에 열중하다가 철학으로 방향을 바꾸었고, 1914년 처녀 시집 〈구름 속의 쌍둥이〉를 출간한 후, 미래파계의 시 그룹에 참가했습니다. 상징주의의 영향이 느껴지는 두 번째 시집인 〈장벽을 넘어서〉(1917)와 〈누이, 나의 삶〉(1922)을 출간하면서 역량 있는 신인 서정 시인으로 주목받기 시작했습니다. 이후 그는 사랑과 종교에 관한 주제로 날카로운 이미지나 음악적인 어구를 사용하는 시들을 썼는데, 1933년부터 1943년까지의 작품은 당시 소련의 공식적인 작품 양식인 사회주의 리얼리즘과 너무 동떨어져 출판이 불가능했습니다. 셰익스피어, 괴테, 영국의 낭만주의 시인들, 베를렌, 릴케 등을 번역하면서 간신히 생계를 유지했고 그 결과로 탄생한 〈파우스트〉, 〈셰익스피어 희곡집〉은 명역으로 알려져 있습니다. 1930년대 말의 대 숙청 기간에는 스탈린의 고향 그루지야 시인들의 작품을 번역한 덕분에 간신히 숙청에서 제외되었다는 이야기도 전해집니다.

스탈린 사망 후 1960년대는 문학이 형식에서나 소비에트 사회의 비판이라는 의미에서 모두 전보다 자유로워진 기간으로 해빙의 조짐이 보였지만, 오랜 침묵 끝에 쓴 〈의사 지바고Doctor Zhivago〉(1957)는 역시 소련 내에서 출판이 금지되었습니다. 파스테르나크는 원고를 서유럽으로 반출시켰고 결국 1957년 이탈리아에서 책이 출판되었습니다. 이듬해인 1958년 이 작품의 노벨문학상 수상을 놓고 또다시 정치적인 소용돌이 속에 말려들어 러시아 작가동맹으로부터 제명 처분되었습니다. 그는 당시의 흐루시초프 서기장에게 "러시아를 떠나는 것은 죽음과 같다. 부디 엄한 조치를 하지 않기를 바란다."고 탄원해 국외 추방을 면했고 노벨문학상 수상을 거부했습니다. 이 사건을 계기로 러시아 문학은 지리적으로 양분되기 시작해서 대부분의 훌륭한 작품, 특히 정치적으로 논란의 여지가 많은 작품은 러시아어로 씌어졌음에도 불구하고 서유럽에서 출판되었습니다. 파스테르나크는 1년 반 후 모스크바 교외의 작가 촌에서 외롭게 죽었습니다. 1987년에야 소비에트 작가동맹에서 파스테르나크의 사후 복권을 허락함으로써 1958년 작가동맹에서 추방된 이후 불법으로 되어 있던 그의 작품들의 적법성이 인정되었고 〈의사 지바고〉도 소련 내에서 출판될 수 있었습니다.

　　〈의사 지바고〉는 파스테르나크의 유일한 장편소설로 의사이며 시인인 유리 지바고의 지식인으로서의 고뇌와 정신의 편력이 시적인 문장으로 전개됩니다. 부유한 가정에서 태어났으나 일찍이 부모를 여의고 모스크바의 한 가정에 입양되어 성장한 지바고는 의사가 되어 어릴 적 친구였던 토냐와 결혼합니다. 지바고는 1차 세계 대전 때 군의관으로 종군했다가 간호사로 일하던 라라를 만나 숙명적인 사랑을 시작합니다. 라라는 소녀 시절에 지바고가家를 파산시킨 변호사 마코로프스키에게 능욕되고 이용되다가 다른 남자와 결혼했는데 그 남편도 전쟁으로 행방불명되었습니다. 전쟁은 혁명으로 이어지고 모스크바로 돌아온 지바고는 혼란을 피해 처자식과 함께 우랄의 시골로 피난 가는데 그곳에서 다시 라라를 만나 사랑을 불태웁니다. 아내 몰래 라라의 집을 다니던 중 빨치산의 포로가 된 지바고는 군의관으로 강제 징용되어 시베리아를 전전하고 처자식은 파리로 망명

1965년 미국에서 영화로 만들어진 〈의사 지바고〉

영화 "의사 지바고" 대단한! 작품이야!

합니다. 빨치산에서 탈출한 그는 라라의 집으로 돌아와 그녀와 같이 생활하지만 혁명군의 지도자였던 그녀의 남편이 총살되자 다시 위험에 빠집니다. 라라는 이르크츠크로 도망가고 라라와 헤어진 지바고는 모스크바로 돌아와 외롭게 지내다 죽습니다.

정치적이나 사회적 선택을 용납하지 않는 러시아 혁명의 절박한 시대 상황 속에서 개인적인 자유를 누리며 성실하게 살아가려는 지식인의 모습과 영원한 러시아를 상징하는 라라에 대한 그의 사랑, 시대의 편승자와 낙오자로 구분되는 수많은 작중인물들의 운명을 통해 혁명과 사회주의 현실에 대한 심각한 환멸, 종교적인 새로운 통일적 원리에 대한 동경을 표현한 작품입니다. 시와 산문이 교차하는 지점에서 새로운 표현의 가능성을 모색해 온 작가의 숙원이 실현된 작품이기도 합니다.

미하일 숄로호프 Mikhail Aleksandrovich Sholokhov(1905~1984)는 남부 러시아 돈 강 연변 카자크마을에서 태어났습니다. 중학교 재학 중이었던 1918년 내전(시민전쟁)이 발발하자 적위군에 참가해 돈 지방을 전전하다가 1923년 모스크바로 가서 석공, 하역 인부 등을 거쳐 교사가 되었으나 문학으로 방향을 바꿔 1924년 〈검은 사마귀점〉으로 문단에 데뷔했습니다. 이후 2년간 시민전쟁 때 돈 카자크의 생활에서 취재한 내용을 바탕으로 같은 동포들끼리 적과 동지로 나뉘어 서로 죽이지 않으면 안 되는 혁명의 냉엄한 현실을 묘사한 단편집 〈돈 지방 이야기〉(1925)로 작가적 지위를 확보했습니다.

그의 대표작 **〈고요한 돈 강〉**(1928~1940)은 12년에 걸쳐 완성한 대하소설로, 혁명의 역사와 카자크라는 특수한 계층의 운명을 다룬 소비에트 문학의 걸작입니다. 혁명의 와중에서 살길을 찾지 못한 채 백군과 적군 사이에서 헤매다가 마침내 파멸하는 성실한 카자크 청년 그레고리 멜레호프와 정열적인 아내 악시냐의 비극적 연애를 중심으로, 카자

숄로호프
소련 국민의 역사적 전환기를 묘사한 예술적 기량과 정직함으로 1965년 노벨문학상을 받았다.

크의 열정적인 국민주의와 그들을 황제의 호위병과 사형집행인이 되게 만든 소수 특권층에 대한 그들의 증오, 1차 세계 대전, 혁명, 내전으로 이어지는 동란의 시대를 살아가는 사람들의 운명이 그려져 있습니다. 이 소설은 러시아의 민족적 대서사시인 동시에 계급투쟁의 역사적 필연성을 해명한 작품으로 혁명 이후 러시아 문학의 최고 걸작으로 평가되고 있으며, 이 작품으로 숄로호프는 세계적인 작가로 인정받는 동시에 노벨문학상을 받았습니다.

카자크의 기마병

영어로는 코사크Cossack라고 하며, '모험', '자유인'이라는 뜻의 터키어 카자크kazak에서 유래함. 주로 흑해와 카스피 해의 북쪽 후배지에 거주하며, 전통적으로 독립적인 생활을 하다가 군사적인 봉사를 제공하는 대가로 러시아 정부로부터 여러 가지 특혜를 받았다. 러시아와 폴란드는 카자크 사람들을 러시아 국경의 수비대로 이용했으며, 나중에는 러시아 제국의 영토 확장을 위한 전위대로 이용했다. 푸가초프 등의 반란이 실패하면서 카자크는 자치권을 잃게 되었고, 18세기 말에는 모든 카자크 성인 남자들에게 20년간 러시아 군대에서 복무할 의무가 부과되었으며, 19~20세기에 러시아 혁명 활동을 진압하는 데 카자크 사람들이 대대적으로 이용되었다.

두 번째 장편 〈**개척되는 처녀지**〉(1부 1932, 2부 1960)는 1930년대 집단화 운동과 이에 직면한 농민들의 고뇌, 백군 잔당과 부농의 음모를 묘사한 작품으로, 제1부를 발표하고 제2부를 완결하는 데 거의 30년이나 걸린 대작입니다.

숄로호프는 2차 세계 대전 중에 종군작가로 전선에 나가 나치의 잔학상을 폭로하는 르포르타주를 썼고, 전후에는 포로가 되어 독일 수용소에 있는 한 병사의 운명을 그린 단편 〈인간의 운명〉(1956)과 몇몇 정치평론, 그리고 〈개척되는 처녀지〉 제2부를 완결하는 외에 거의 작품을 쓰지 않았습니다. 1937년부터 최고회의 대의원이었던 그는 1961년 공산당 중앙위원회 위원이 되었습니다. 말년에는 곧잘 당과

정부 정책을 변호하는 발언을 했으므로 냉전이 사라진 이후에는 그를 혐오하는 청년도 많았습니다.

숄로호프는 역사의 흐름 속에서 표류하는 개인의 운명을 일관된 주제로 삼았습니다. 혁명, 내전, 집단화 운동이라는 역사적 대사건을 사실에 기초하여 거시적 시각으로 묘사하는 한편, 개인의 운명과 생활을 자연주의적이라고 할 만큼 미세하게 그려 내는 기법은 톨스토이의 〈전쟁과 평화〉의 강한 영향이 느껴지고, 방언을 많이 사용해 지방색이 풍부한 문장은 고골리의 영향을 받은 것으로 보입니다. 이런 의미에서 숄로호프는 19세기 러시아 사실주의 문학과 소련 사회주의 초기에 나타난 활기를 강하게 결속시켜 20세기의 새로운 문학을 탄생시킨 것으로 평가되고 있습니다. 〈고요한 돈 강〉과 〈개척되는 처녀지〉는 이미 소련 문학의 고전 명작으로 꼽히며 소련의 60개 이상의 민족어는 물론 세계 20여 개 국어로 번역되었습니다.

20세기 후반 가장 중요한 러시아 작가인 **솔제니친**Aleksandr Isayevich Solzhenitsyn(1918~)은 카자크 혈통의 지식인 집안에서 태어났으나 아버지는 그가 태어나기 전에 사고로 죽었기 때문에 주로 어머니 손에서 자랐습니다. 2차 세계 대전이 한창이던 1945년 포병 대위로 근무하던 중 친구에게 보낸 편지에 스탈린을 비판하는 내용을 썼다는 이유로 체포되어 8년 동안(1945~1953)을 감옥과 강제 노동 수용소에서 보낸 뒤 3년 동안 강제 추방을 당했습니다. 1956년에 복권되어 러시아 중부 랴잔에 정착 허가를 받아 그곳에서 수학교사로 있으면서 글을 쓰기 시작했고, 1962년 러시아의 대표적 문예지 〈신세계〉지에 중편 〈**이반 데니소비치의 하루**〉를 발표해 일약 세계적인 작가가 되었습니다.

솔제니친 자신의 경험에 바탕을 두고 있는 이 작품은 평범한 집단농장의 농민 슈호프를 주인공으로 스탈린 시대 강제 노동 수용소에서 한 수인이 겪는 틀에 박힌 일상생활을 묘사한 것입니다. 수용소의 가혹한

솔제니친

2000년 푸틴 러시아 대통령을 만난 솔제니친

현실, 싸움, 물질적 궁핍을 다루면서도 사라지지 않은 '인간애'에 초점을 맞춰 담담하게 그려 낸 이 작품은, 슈호프의 관점에서 이야기를 풀어 나감으로써 미천한 계급 출신의 등장인물들의 생각을 간결하고 진솔한 언어로 그려 낼 수 있었고, 작가의 직접 체험이라는 뚜렷한 근거는 대중들의 감동을 가중시켰습니다. 스탈린 이후 세대에 수용소 생활을 직접적으로 묘사한 최초의 소련 문학작품인 동시에 현대의 상황을 예술적으로 고발한 명작으로 평가받습니다.

1963년 단편소설 〈마트료나의 집〉을 출간한 뒤로는 공식적인 작품 출판을 금지당했기 때문에, 자신의 작품을 해외에서 펴내거나 은밀하게 유통되는 비합법적 방법이었던 '사미즈다트*' 형태를 빌려 발표해야 했습니다. 이후 몇 년 동안 여러 편의 야심작을 외국에서 출판함으로써 솔제니친은 국제적 명성을 얻었습니다.

사미즈다트

러시아어로 '자기 자신'을 뜻하는 'sam'과 '출판'을 뜻하는 'izdatelstvo'의 합성어. 타자기로 직접 쳐서 만든 작품을 자비로 출판하는 형태로 소련 내에서 비밀리에 쓰여 복사본으로 유포된 문학을 말한다.

솔제니친은 1970년 노벨문학상을 받았으나 소련 정부가 그의 귀국을 허락하지 않을까봐 두려워해서 스톡홀름에서 열린 시상식에 참가하지 않았습니다. 그러나 결국 1973년에 파리에서 출판한 〈수용소 군도〉 1부로 인해 소련 언론의 공격을 받고, 1974년 반역죄로 소련에서 추방당해 스위스로 갔으며, 이후 미국에서 살다가 소련연방 붕괴 후인 1994년, 20년간의 망명 생활을 마치고 러시아로 돌아갔습니다.

1968년 발표된 〈암병동〉은 솔제니친 자신이 1950년대 말 카자흐스탄에 강제 추방당해 입원해 있으면서 말기 진단을 받았던 암을 성공적으로 치료한 과정을 바탕으로 소련의 반체제적 지식인의 시각에서 인간의 영혼의 의미와 존재의 본질에 대해 이야기합니다.

〈**수용소 군도**〉는 볼셰비키가 러시아에서 정권을 잡은 1917년 직후 생겨나 스탈린 시기(1924~1953)에 엄청난 규모로 늘어난 감옥과 노동 수용소의 방대한 체계를 문학적·역사적으로 기록하려는 그의 노력의

그래! 보석으로 나가면! '구치소 군도'로 대박?!♪

사기꾼! 또 사기친다!

결과입니다. 이 작품에는 소비에트 당국이 독특한 방식으로 40년간 행해 왔던 체포, 심문, 재판, 이송, 구금이 여러 군데에 걸쳐 묘사되어 있으며, 역사적 해설과 솔제니친 자신의 진술, 수용소 시절에 사귄 여러 수인들의 방대한 개인적 증언들이 뒤섞여 있어서 기존의 장르 개념으로는 정의될 수 없는 복잡한 형태의 문학작품입니다. 소련 당국이 수용소의 역사를 틀에 박힌 형식으로 쓰도록 절대로 허락하지 않으리라 확신했던 솔제니친은 〈수용소 군도〉 안에 그러한 형식의 역사 서술을 대신하는 하나의 문학적 대안을 마련하고자 했던 것입니다. 또한 강제수용소로 상징되는 소비에트 체제의 오류와 허위를 밝히면서 솔제니친은 자신의 독특한 역사관과 종교적 견해를 밝히고 있는데, 전통적으로 러시아에 전해 내려오던 종말론 사상을 수용소에서 자행되는 광란의 묵시록적 장면 속에 형상화시킴으로써 소비에트 체제에 대한 대안으로 러시아에 면면히 이어져 내려오는 그리스도교적 가치를 원천으로 하는 박애적인 체제 수립을 제시하고 있습니다.

블라디미르 나보코프 Vladimir Nabokov(1899~1977)는 러시아 상트페테르부르크에서 출생했으나 미국에 망명해 영어로 작품을 쓴, 러시아 문학사에서 독특한 위치를 점하고 있는 작가입니다.

그는 유서 깊은 귀족 집안에서 태어나 10대에 많은 유산을 상속받았으나 혁명으로 모든 것을 잃고 1919년 서유럽으로 망명했습니다. 망명 초기에 베를린에 머물다가 나치 정권이 들어서자 프랑스로 옮겨 갔고, 약 20년간 독일과 프랑스 등지에 살면서 러시아어와 독일어로 8편의 소설과 시를 썼습니다. 1940년 미국으로 이주한 후로는 영어로 작품을 쓰면서 1945년 미국에 귀화했고, 1958년 이후는 스위스에 거주했으며 나비류 수집가로도 유명합니다.

▶ 나보코프

러시아 작가로서 그의 명성은 초현실주의적 작품인 〈형장으로의 초대〉(1938)와 〈재능〉(1937~1938)으로 얻은 것입니다. 미국 이주 후에 발표한 작품 중에서 요정처럼 아름다운 소녀에 대한 중년의 성도착자의 집착을 묘사한 심미주의적 장편소설 〈**롤리타**Lolita〉(1955)[*]는 일대 센세이션을 일으켰습니다. 이 작품은 파리에서 미국으로 이주한 중년 남자와 그의 12살 먹은 의붓딸 롤리타와의 이상한 성애라는 이례적인 주제가 화제가 되었지만, 구성 기법이나 인물의 성격 묘사에서 문학적 탁월성이 돋보입니다. 이 이야기는 의붓딸 롤리타를 향한 열정 때문에 아내를 교통사고로 죽게 하고 사랑의 도피 행각을 벌이다가 그녀를 가로채 간 킬티라는 사내를 살해한 험버트의 재판 증언으로 이루어져 있습니다. 오직 험버트만이 말을 구사할 수 있는 소설 형식을 취하면서 작가는 여러 지명과 인명, 사물의 이름을 사용해 복잡하게 얽힌 게임을 만들어 냅니다.

1960년대 및 1970년대의 다른 작가들처럼 나보코프도 자신의 소설에 리얼리티를 부여하려고 애쓰지 않으며 소설의 언어와 형식을 실험합니다. 그는 픽션도 일종의 리얼리티라고 믿으며 "예술이 발명해 낸 것에는 생활의 리얼리티보다 훨씬 더 많은 진실이 담겨 있다."고 말합니다. 그의 소설이 복잡하게 느껴지는 이유는 아마 많은 계층의 의미 수준을 갖고 있기 때문일 것입니다.

나보코프에 대한 평가는 나라마다 매우 달라서 1986년까지 소련에서는 '반동적 망명자'이자 '문학적 속물주의'에 물든 인물로 규정되어 출판이 금지되었고, 사회주의 성향을 가진 비평가들은 그를 낮게 평가했습니다. 그와는 반대로 1919년부터 1939년 사이에 파리와 베를린에 거주한 망명 지식인들 중에서는 '러시아 문학가로는 처음으로 최고의 위치를 확보'한 작가로 인정을 받기도 했으며, 1940년 미국으로 이주해 러시아어를 버리고 영어로 작품을 쓰면서 1970년대까지 꾸준히 인기를 누렸습니다.

롤리타 콤플렉스

나보코프의 소설 〈롤리타〉에서 묘사된 어린 소녀에 대한 중년 남자의 성적 집착 혹은 성도착을 롤리타 신드롬이라고 한다. '롤리타 콤플렉스', '님페트'라고도 하는데, 이것은 세기말 현상 중의 하나로, 일본이나 한국 등에서 여학생들이 경제적인 이익을 대가로 중년 남자와 사귄다는 '원조교제'도 일종의 변형된 롤리타 신드롬이라 할 수 있다.

고것 참♪…

당신 딸보다도! 어리다!…이 "롤리타 콤플렉스"야

동유럽 문학

밀란 쿤데라 Milan Kundera(1929~)는 체코슬로바키아의 브륀에서 출생했으며, 프라하 예술대학 영화학과에서 수업했습니다. 시·평론·예술 에세이·희곡·단편·장편 등 여러 장르에서 뛰어난 작품들을 발표했습니다. 2차 세계 대전 후 발표한 희곡 〈열쇠 주인들〉(1962), 〈프타코비나〉(1969)와 단편 〈미소를 머금게 하는 사랑이야기〉(1970)는 특히 유명하며, 스탈린 시대 체코슬로바키아의 다양한 사람들의 운명과 사생활을

밀란 쿤데라

풍자적으로 조명한 장편소설 〈농담〉(1967)은 여러 나라로 번역되어 세계적으로 유명해졌습니다. 두 번째 장편소설 〈생生은 다른 곳에〉(1969)는 1948년 공산당의 정권 탈취를 그대로 받아들인 불운하고 낭만적인 인물을 주인공으로 삼고 있는데 체코슬로바키아에서는 출판이 금지되었습니다.

1967년부터 1968년에 일어났던 체코슬로바키아 해방운동에 가담했고, 소련이 체코슬로바키아를 점령한 뒤 그의 정치적 과오를 문제삼아 그의 모든 작품을 판매 금지시켰으며, 교직에서 해고한 뒤 공산당에서 제명했습니다. 1975년 그는 아내와 함께 이민 허락을 받고 조국 체코슬로바키아를 떠나 프랑스 렌 대학에서 교편을 잡았는데 1979년 체코슬로바키아 정부는 그의 시민권을 박탈해 버렸습니다. 조국이 아닌 프랑스 등 제3국에서 발표된 장편소설 〈웃음과 망각의 책〉(1979), 〈참을 수 없는 존재의 가벼움〉(1984) 등은 큰 반향을 불러일으켰습니다. 〈불멸〉(1990) 이후 18세기의 사랑과 오늘의 사랑을 대비시켜 현대가 상실한 '느림'의 미학을 강조한 장편 〈느림〉(1995)을 발표했습니다.

〈참을 수 없는 존재의 가벼움〉은 미국의 뉴스 주간지 〈타임〉에 의해 1980년대의 '소설 베스트 10'에 선정된 작품으로 사랑에 관한 철학적 담론과 형이상학적 주제를 다루고 있습니다. 성교를 할 때 여자들이 보이는 서로 다른 반응을 통해서 각각의 개성을 알아낼 수 있다고 믿고 수많은 여인과 관계를 맺으며 삶의 무게와 획일성으로부터 벗어나 자유로움을 추구하는 외과의사 토마스, 성장기의 불행 때문에 사랑의 결핍을 느끼면서도 진지한 자세로 살아가는 여종업원 출신 테레사, 자신을 둘러싼 정치적·사회적 속박으로부터 철저히 자유롭기를 원하는 여류 화가 사비나, 그리고 사비나에게서 버림받지만 마지막까지 사비나를 사랑하는 대학 교수 프란츠 등 네 명의 남녀를 통해 펼쳐지는 서로 다른 색깔의 사랑 이야기가 주된 줄거리입니다.

무거움과 가벼움의 차이가 동전의 앞뒷면처럼 공존하는 토마스는 테레사와 사비나를 동시에 사랑함으로써 자신의 정체성을 찾으려 하고, 테레사는 토마스와의 사랑을 운명으로 받아들이면서도 끊임없이 다른 여자를 만나는 토마스를 이해하지 못하고 갈등하면서 밤마다 풀장의 여인들을 총으로 쏘아 피바다를 만드는 악몽에 시달립니다. 한편, 자유분방하며 독립적인 삶을 영위하는 사비나는 프란츠를 사랑하게 되자 구속되지 않기 위해 조국 체코슬로바키아를 떠나, 외로운 존재로서 자신의 삶을 고수합니다. 테레사와 토마스는 낙향해 농사를 지으며 살아가다가 불의의 교통사고로 사망하고, 프란츠의 시골에서 작품 활동을 하던 사비나는 토마스 부부의 사고 소식을 전해 듣고 그에 관한 여러 가지 생각을 떠올립니다. 사랑과 성性, 역사와 이데올로기의 소용돌이 속에서 끊임없이 갈등과 반목을 거듭하는 이들은 오랜 방황의 세월이 지난 뒤에야 결국 인간은 참을 수 없이 가벼운 존재라는 것을 깨닫게 됩니다.

이 작품은 인간의 삶과 죽음을 가벼움과 무거움이라는 이분법적 측면에서 조명합니다. 대조적이며 전형화된 네 명의 주인공을 통해 사랑의 진지함과 가벼움, 사랑의 책임과 자유, 영원한 사랑과 순간적인 사랑 등 모순적이고 이중적인 사랑의 본질과 궁극적인 인간존재의 한계가 드러납니다.

이 소설은 사건들을 여러 가지 중첩된 이미지들을 통해 제시함으로써 시간적 순서에 주로 의지하는 전통적인 소설 기법을 탈피해 시간의 흐름을 파괴하는 독특한 서술 형식을 취하고 있습니다. 소설의 형식적 측면에서 포스트모더니즘 기법을 실험한 선구적 작품으로 평가되고 있고, 1988년 필립 카우프만Phillip Kaufman이 영화로 제작했습니다.

게오르규Constantin Gheorghiu(1916~1992)는 루마니아의 소설가로 부쿠레슈티 및 하이델베르크 대학에서 철학과 신학을 배웠고, 루마니아 외무부에서 근무했습니다. 문화사절단 수행원으로 서유럽을 방문할 기회가 많았던 그는 결국 고국 루마니아를 떠나 프랑스로 망명해 프랑스어로 작품을 썼습니다. 〈제2의 찬스〉, 〈단독여행자〉, 〈마호메트의 생애〉 등 많은 작품을 남겼는데 그의 대표작은 그의 처녀작이기도 한 〈25시〉(1949)입니다.

〈**25시**〉는 모리츠라는 젊은 루마니아인이 유대인으로 몰려 유대인 수용소로 끌려갔다가 탈주했다가 다시 수용소를 전전하게 되는 우여곡절을 통해 나치와 볼셰비키의 압박을 받는 약소민족의 고난과 운명을 묘사한 작품입니다. '25시'란 24시의 뒤에 오는 시간, 새로운 날이 시작되는 오전 1시가 아니라 언제까지나 밤이 새지 않고 암흑이 계속된다는 것을 의미하는 시간, 메시아의 구원으로도 무엇 하나 해결되지 않는 절망의 시간을 말하는 것으로, 절망적인 서양 산업사회가 멸망하는 환상을 상징적으로 표현한 것입니다.

08 이탈리아 문학

1870년에야 완전한!
통일국가로 탄생!!

1870년 이탈리아는 완전한 통일을 이룩합니다. 그보다 10여 년 전쯤, 이탈리아가 통일국가의 터전을 마련하고 있을 때 지식인들은 참다운 이탈리아적인 운동을 규명하기 위해 노력했습니다. 그 결과 '젊은 이탈리아 운동'으로 지방색에 의존하던 작품들 대신 보편성을 내세운 현실 묘사를 중시하는 작품들이 나타나게 됩니다. 이렇게 시작된 이탈리아 진실주의인 '베리스모Verismo'에서부터 이탈리아의 현대문학은 싹트기 시작했고, 본격적으로 아방가르드의 물결을 일으킨 황혼파와 미래파에 이르러 20세기 현대문학이 드디어 제자리를 잡습니다.

프랑스 상징주의의 영향을 받은 순수시 '에르메티스모'는 웅가레티, 몬탈레 등의 시인을 배출하면서 시를 새로운 방향으로 이끌었으며, 시가 우세했던 19세기에 비해 상대적으로 문단의 우위를 차지하게 된 소설에서는 특히 신사실주의인 '네오레알리스모' 작품들이 이탈리아 소설의 주요 특징들을 보여 줍니다. 이들은 황폐하고 처참한 현실 속에서 악전고투해 나가는 인간들의 선과 진리에 관심을 갖고, 고독과 소외감 속에서 인간의 참된 길잡이를 규명해 보려고 합니다.

1970년대에 들어서는 다양한 문학 형식들이 등장하고 있습니다.

베리스모

이탈리아에서 배양된 프랑스식 자연주의. 베리스모는 낭만주의에 반기를 들고 사실주의로 넘어가는 교량 역할을 했다.

황혼파

인생이란 황혼과 같으며 어슴푸레한 우울증을 항상 내포한다고 보면서, 전통적 수사법에 구애되지 않고 자유로운 형식으로 시를 쓸 것을 주장하는 시 운동이다. 이탈리아 전통시의 불꽃이 꺼지려는 시기에 나타난 시인들이라는 의미에서 1911년 평론가 보르제제가 처음으로 이 표현을 썼다.

에르메티스모

1920년대부터 전개된 이탈리아 시 운동의 하나로, 순수시 운동이라고도 한다. 프랑스 상징주의의 영향을 많이 받아서, 비정통적인 구조와 비논리적인 순서를 사용하면서 매우 주관적인 언어 사용을 강조했다. 단어의 의미보다 소리를 더 강조하는데, 이런 기법이 시를 난해하게 만들어 형식과 기법에서는 단명했지만 문어와 내용에 혁신을 불러일으켰고, 이탈리아 시를 새로운 방향으로 이끄는 데 큰 역할을 했다.

네오레알리스모

영미에서는 이탈리안 리얼리즘이라고 부르며 파시스트 정권 당시부터 2차 세계 대전 후 정치적·사회적 전환기에 이탈리아 사회의 비참한 현실을 새로운 어법으로 표현하는 문학 경향을 말한다. 사실주의에 바탕을 두지만 이탈리아 특유의 현실에 주안점을 두고 있다는 특징을 가지며, 1955년 무렵에 사라지게 되었다.

'이탈리아 심리소설의 선구자', '현대 이탈리아 소설의 원조'로 여겨지는 **스베보**Italo Svevo(1861~1928)는 유리 제품 상인이었던 독일계 유대인 아버지와 이탈리아인 어머니 사이에서 태어났습니다. 스베보는 이탈리아어로 슈바벤 사람이라는 뜻입니다. 스베보는 20세기의 특징적인 현상을 맨 처음 문학화한 작가로, 이탈리아에서 처음으로 '의식의 흐름'의 수법을 제임스 조이스 이전에 활용했다고 여겨지고 있으며, 프로이트 이전에 프로이트적인 작품을 발표한 작가로 여겨지고 있습니다.

1907년에 자신의 영어 가정교사로 제임스 조이스를 고용하면서 두 사람은 절친한 친구가 되었고, 조이스는 당시 글 쓰는 일을 중단하고 사업에 몰두해 있던 스베보에게 아직 발표하지 않은 〈더블린 사람들〉의 일부를 읽게 했는데, 이를 계기로 스베보는 조심스럽게 두 편의 소설을 쓰게 되었다고 합니다.

현실과 두절된 관계 속에서 자아 상실증에 걸려 있는 인간의 내면세계를 깊이 파헤치려 노력한 스베보의 대표작은 정신과 의사에게 환자가 진술하는 형식으로 쓴 〈제노의 의식〉(1923)입니다. 주인공 제노가 심리 치료사에게 자신에 대한 보고를 하면서 현재에서 과거로 거슬러 올라갔다가 다시 과거에서 현재로 갑자기 옮겨 오기도 하며, 자신의 꿈 이야기를 들려주면서 최면 상태에 빠진 듯한 모습을 보이기도 합니다. 이 작품은 만초니의 〈약혼자들〉 이후에 얻은 이탈리아 문학의 획기적인 수확으로 평가되고 있습니다.

피란델로
파우스토 피란델로가 그린 초상화
(1933)

이탈리아 현대극의 선구자로 불리는 **피란델로**Luigi Pirandello (1867~1936)는 시칠리아 섬에서 태어났습니다. 로마에서 공부한 후 독일 본에 유학하고 로마로 돌아와 〈불만〉(1889) 등 염세적인 작풍의 시인으로 출발했습니다. 불안정한 생활 때문에 정신이상이 된 아내가 죽을 때까지 가정적으로 불우했지만 왕성하게 창작 활동을 펼쳐 1894년부터 1926년까지 〈버림받은 여자〉(1901) 등 7편의 장편소설과 246편의 단편소설을 발표했습니다. 그중에서 가장 주목받은 작품은 〈**고故마티아 파스칼**Il fu Mattia Pascal〉(1904)인데, 자신이 죽었다는 신문 보도를 본 주인공 파스칼이 스스로 자신의 죽음을 사실로 받아들이고 과거와 단절해 새로운 사람으로 살아가는 과정을 그린 작품입니다. 법적 한계를 초월한 일종의 유령 인간으로 허구적 삶을 사는 데 실패한 파스칼이 진정한 의미에서 예전의 자신으로 돌아갈 수 없음을 깨닫고 자기 자신을 메스로 죽이기로 결심한다는 내용의 이 작품은 인간의 이중성을 노출시켜 현실과 환상의 괴리를 분석한 작품입니다.

초기에 피란델로는 소설에만 전념했으나 시칠리아를 배경으로 한 초기 소설이 기대했던 것만큼 호응을 얻지 못하자 표현 양식을 희곡으로 바꾸었고, 피란델로의 진가는 소설보다 희곡에서 발휘되었습니다. 피란델로의 초기 연극 작품은 대부분 자신의 소설을 각색한 것이었는데, 한 인격체가 갖는 다면성과 유동성을 무대 위에 자유자재로 표현합니다. 다른 사람의 시선에 의해 인간의 자아가 다면성을 갖게 되고, 그 다면성 속에서 자아가 소멸해 가는 과정을 묘사하는 그의 희곡은 아리스토텔레스의 〈시학〉에 바탕을 둔 고전적인 수법과는 대립되는 것으로서 반연극인 앙티테아트르의 선구가 되었습니다.

피란델로는 첫 극작품 〈생각해 봐, 자코미노〉부터 극중극* 형태를 창안해 냈고, 대표작 〈작가를 찾는 6명의 등장인물〉(1921) 등 40편의 희곡을 통해 현대 희곡의 개념을 바꾸어 놓았습니다. 인생이란 등장인물이 끊임없이 변화하는 희극과 마찬가지라고 보고, 자타自他의 모순이 가져오는 비극성을 사회적·심리적으로 추구한 20세기 전반의 유럽 연극의 대표자로 1934년 노벨문학상을 받았습니다.

극중극

연극 속에서 또 하나의 연극이 이루어지는 형식을 말한다. 원래의 극 속에 또 다른 극이 삽입되어 2중 구조를 이룬다.

〈작가를 찾는 6명의 등장인물〉은 어느 작가가 다 완성하지 못한 채 그만 싫증을 느끼고 미완성으로 남겨둔 6명의 인물들이 무대감독을 찾아와 자기네들의 미완성 드라마를 배우들로 하여금 공연시켜 달라고 부탁하면서 자기들의 이야기를 늘어놓는데, 이야기가 진행되면서 이들은 복잡하게 얽힌 한 가정의 가족들이라는 사실이 드러납니다. 그들의 이야기를 비웃고 조롱하던 감독과 다른 배우들은 물론 6명의 인물들은 자기 자신들도 모르는 사이에 자신들의 이야기를 끝까지 공연하게 되었다는 사실을 깨닫게 됩니다.

일반적으로 등장인물은 작가의 상상력에 의해 생산되는 존재로 인식되고 있지만, 등장인물들이 미완성의 상태로 등장하는 이 연극에서 불합리하고 조리에 어긋나는 인간의 근원적인 모순이 간접적으로 시사됩니다. 피란델로는 이 작품으로 세계적인 갈채를 얻었고, 로마에 있는 그의 '예술 극단'을 이끌고 세계 순회공연(1925~1927)도 했습니다.

단눈치오

가브리엘 단눈치오 Gabriele D'Annunzio(1863~1938)는 피란델로와 같은 시기에 활동한 작가지만 전혀 다른 각도의 예술론을 표방하며 19세기 말과 20세기 초의 이탈리아 문단을 이끈 현대 이탈리아 문학의 풍운아입니다. 저명한 정치가이자 대지주의 아들로 태어나 로마 대학에서 공부했고, 16세 때 여인과 자연을 사랑하는 소년의 넘치는 건강과 젊음의 패기를 명쾌하게 노래한 첫 시집 〈이른 봄에Primo vere〉(1879)를 펴냈습니다. 단눈치오는 로마에서 귀족들이 모이는 살롱의 인기인이 되었고, 문학적으로는 유럽 데카당스의 흐름을 따라 1915년까지 문단의 중심적 존재로 활동합니다. 귀족의 딸과 결혼한 뒤에도 수많은 여성들과 사랑을 나눴던 편력이 있었고, 사치스러운 생활로 진 빚 때문에 그의 별장이 경매에 붙여진 다음인 1910년 프랑스로 도피해 파리에서 프랑스어로 작품을 썼습니다.

"단눈치오! 내가 준
훈장!..자랑스레!
잘 간직하고 있지?"

독재자
〈무솔리니

파시스트
파시즘을 신봉하거나 주장하는 사람

단눈치오는 1차 세계 대전이 발발할 때까지 왕성한 작품 활동을 계속하다가 1차 세계 대전이 발발하자 이탈리아로 돌아와 이탈리아의 참전을 열렬히 주장했습니다. 이탈리아가 참전을 선언한 뒤에는 직접 전장에 뛰어들어 군에서 여러 위험한 임무를 수행했으며, 마지막으로 공군에 입대해 싸우다가 전투 중에 한쪽 눈을 잃었습니다. 그 뒤 열렬한 파시스트*가 되어 무솔리니로부터 훈장과 함께 국정판으로 작품집을 펴내는 포상을 받았으나 이후로 이탈리아 정치에는 더 이상 개입하지 않고 롬바르디에 은둔하면서 회고록과 고백록을 썼습니다.

〈기쁨의 자녀Il piacere〉(1898), 〈죽음의 승리Il trionfo della morte〉(1894), 〈바위산의 처녀들Le vergini delle rocce〉(1896) 등의 장편소설은 관능주의와 육욕에 대한 열망에 불타는 인간의 갈등을 날카롭게 분석한 작품들이며, 후기의 대작 〈불꽃 같은 삶Il fuoco〉(1900)은 니체의

초인사상의 영향을 받은 것으로 작가의 정치 참여에서 얻어
진 결실로 보입니다.

다채로운 경력, 말썽 많은 연애 사건, 전시에 보여 준 대담
성, 두 차례의 국가적 위기 상황에서 발휘한 정치적 지도력
과 웅변술 때문에 그는 당대의 가장 주목받는 인물이었습니
다. 그의 문학 작품들은 자기중심적인 관점, 매끄럽고 음악
적인 문체, 여성과 자연에 대한 사랑을 통해 얻은 감각적 만
족감을 지나칠 정도로 강조한 점 등이 특징입니다. 인생을

정치가, 군인으로 활약했던 단눈치오

아름답게만 보는 단눈치오는 인생을 웃음거리로 보는 피란델로로부터
공박을 받기도 했으며, 아름다운 시어로만 시를 써야 한다고 주장해
황혼파 시인들로부터 비난을 받기도 했습니다.

당대의 사상과 양식을 지나치게 받아들인 까닭에 다른 작가들의 영
향을 무분별하게 반영한 경향이 있지만 풍부한 감수성과 넘쳐흐르는
생명력을 바탕으로 새로운 음악적 형식을 찾아냈습니다. 특히 성숙기
의 대작 〈하늘, 바다, 땅, 영웅을 예찬하며〉의 제3권 〈알키오네〉에 실
린 시 가운데 자연과의 교감을 통해 감각적이고 환희에 찬 느낌을 표현
한 몇 편은 이탈리아 현대시의 걸작으로 손꼽힙니다.

에우제니오 몬탈레 Eugenio Montale(1896~1981)는 제노바의 부유한
상인 집안에서 태어나 일찍부터 시를 썼습니다. 대학 1학년 때 1차 세
계 대전이 일어나자 보병 장교로 참전했고 제대 후 학업을 포기하고 독
학하면서 예술과 문학에 대한 관심을 가지게 되었습니다. 여러 문예지
의 편집에 참여하면서 1925년에 발표한 시집 〈오징어의 뼈Ossi di
seppia〉로 일약 유명해졌습니다. 전후에 만연한 비관주의를 그린 〈오
징어의 뼈〉는 한편으로는 엘리엇의 〈황무지〉를 연상시키는데, 몬탈레
는 자신의 감정을 표현하기 위해 황폐하고 바위투성이인 리구리아 해
안을 상징적으로 활용하면서 전통적 시형詩型을 깨뜨리고 황폐한 현

몬탈레

대 세계의 내적 풍경과 어울리는 복잡한 새 기법을 정착시켰습니다.

몬탈레는 주세페 웅가레티Giuseppe Ungaretti(1888~1970), 살바토레 콰시모도Salvatore Quasimodo(1901~1968)와 더불어 20세기 이탈리아 시단의 주류를 이루게 된 순수시 '에르메티스모'의 선봉자로 평가되고 있습니다. 초기에는 프랑스 상징주의자들의 영향을 받아 말의 정서적 암시성과 주관적인 의미를 갖는 상징을 통해 자신의 경험을 전달하고자 했으나 후기에는 생각을 좀더 직접적이고 단순한 언어로 표현해 냈습니다. '절망의 시인'이라는 평을 받고 있는 그의 시는 순수한 형태를 빌어 깊은 사상을 담고 있으며, 절망적인 현실 상황에서 얻은 내적 갈등과 공허함을 심리분석적인 상징법을 통해 작품 속에 투영시킵니다. 특히 2차 세계 대전 후부터 그의 작품에는 현대 세계의 비참함과 그 속에서 포착된 불멸의 미의 순간이 표현됩니다.

20세기 이탈리아 시단에 기여한 그의 문화적 업적이 인정되어 1967년 종신 상원 의원에 선출되었으며, 1975년 노벨문학상을 받았습니다. 대표작으로 〈기회〉(1939), 〈폭풍우와 기타〉(1956) 등의 시집이 있고, 셰익스피어와 토마스 엘리엇 등 영미 문학의 번역물도 있습니다.

이그나치오 실로네 Ignazio Silone(1900~1978)는 이탈리아 현대 작가들 중에서 가장 행동적인 작가로, 파시즘과 공산주의뿐만 아니라 인간의 존엄성과 자유를 억압하는 모든 행위와 체제를 거부하며 투쟁한 작가입니다. 본명은 트란퀼리Secondo Tranquilli이며 남부 이탈리아의 시골 농가에서 태어나 지진으로 두 형과 어머니를 잃었고 다른 한 명의 형은 감옥에서 파시스트들에게 심한 매질을 당해 잃었으며 극심한 가난 속에서 자랐습니다. 고등학교를 가까스로 마치고 1917년 사회주의자 단체의 사람들과 일하기 시작하여 반전反戰운동의 지도자가 되었고, 로마 사회당의 기관지 〈아방구아르디아Avanguardia〉지의 편집장이 되었습니다. 1921년에는 이탈리아 공산당의 창당에 협력했고, 당

실로네

기관지의 편집자로 있으면서 파시스트들에게 추방당하기 전까지 당을 위한 지하조직과 해외 본부에서의 활동에 전력했습니다. 1930년에는 스위스에 정착했는데 공산주의에 환멸을 느껴 탈당하고 글을 쓰기 시작했습니다.

파시스트들의 박해로부터 가족을 보호하기 위해 필명으로 글을 쓰면서 취리히에서 발표한 첫 번째 소설 〈폰타마라Fontamara〉(1930)로 선풍을 불러 일으켰습니다. 이 작품은 이탈리아 남부의 한 마을에서 자행되는 농민들에 대한 착취를 사실적이고 연민 어린 시선으로 그린 소설로, 자신의 권리를 찾으려 시도하는 농민들이 잔혹하게 탄압받는 내용을 그리고 있습니다. 후기 소설 〈빵과 포도주〉(1937), 〈눈 밑의 씨앗〉(1940)에서는 그리스도교 정신으로 농민들과 고통을 함께하며 그들을 돕고자 노력하는 사회주의자 주인공들을 그리고 있는데, 이들을 통해 외적으로는 지하운동을 전개하면서 내면적으로는 인간의 내면세계로 침잠해 들어가 자기 성찰과 자기 정화의 작업을 수행하는 인간의 참모습을 그려 냅니다. 미국과 영국에서 연극으로 각색되어 구미에서 명성을 얻었고, 1938년에 발표한 〈독재자들의 학교〉는 파시스트를 풍자한 작품입니다.

2차 세계 대전이 끝난 뒤 이탈리아로 돌아와 민주사회당의 지도자로 이탈리아 정치계에서 활발한 정치 활동을 하다가 1950년에 은퇴해 독자 노선을 취하며 문제작들을 발표했습니다. 〈검은 나무딸기 한 줌〉(1952), 〈루카의 비밀〉(1956)은 남부 이탈리아의 요구와 사회 개혁의 복잡성에 대한 작가의 지속적인 관심을 보여 주고 있으며, 〈비상구〉(1965)에서는 자신의 사회주의에서 공산주의로, 공산주의에서 그리스도교로의 전향을 묘사했습니다. 또한 희곡 〈어느 가련한 그리스도교도의 모험〉(1968)은 13세기의 교황 코일레스티누스 5세의 삶을 그린 작품으로 제도적인 교회의 요구와 교황 자신의 영성 간의 갈등에 초점을 맞춘 작품입니다.

모라비아

모라비아Alberto Moravia(1907~1990)는 보카치오, 만초니, 베르가Giovanni Verga(1840~1922), 스베보, 피란델로로 이어지는 이탈리아 소설의 맥을 잇는 대표 작가입니다. 본명은 핀케를레이며 로마에서 건축가의 아들로 태어났습니다. 16세에 결핵에 걸려 학업을 포기하고 요양하면서 많은 소설과 희곡을 읽었고 스물두 살 때 〈무관심한 사람들〉(1929)로 혜성처럼 문단에 데뷔했습니다. 이 작품은 어머니로서나 가정주부로서 책임을 다하지 못하고 돈과 섹스의 노예가 되어 있는 과부 마리아그라치아와 그의 두 자식을 통해 돈과 성의 쳇바퀴 속에서 몰락해 가는 이탈리아 중산 계급의 모습을 대담하게 묘사함으로써 파시즘 치하의 이탈리아 사회를 비판했으며, 그녀의 아들 미켈레를 반항적이고 무관심한 실존주의적 인간으로 묘사함으로써 이런 종류의 주제로서는 최초의 것으로 주목을 받았습니다. 그 후 발표한 단편집 〈그릇된 야망〉(1938)으로 파시스트 정부의 경계 대상이 되었습니다.

파시스트 정부의 억압에 못 이겨 많은 소설가들이 작품 활동을 포기하거나 외국 문학 도입에 열을 올리던 때에도 그는 파시스트 독재하의 이탈리아에 남아서 〈가장무도회〉(1941)와 〈유행병〉(1944)을 썼으나 발행이 금지되었고, 1944년 5월 미군의 도움으로 다년간의 파시스트 압박에서 벗어나 그의 작가 활동에 새로운 생명을 불어넣게 되었습니다.

베르가

이탈리아 사실주의 운동인 베리스모의 대표 작가다. 간결하고 정확한 문체로 인간 정서의 강렬함이 돋보이는 서정적 사실주의 작품을 썼고, 특히 2차 세계 대전 이후 세대의 이탈리아 작가들에게 커다란 영향을 끼쳤다. 시칠리아의 가난한 농부나 어부들의 삶에 대한 탁월한 묘사와 이들을 향한 깊은 애정으로 이탈리아 향토문학 운동을 시작했다. 대표작 〈말라볼리아家의 사람들〉(1881)은 루치노 비스콘티 감독에 의해 〈흔들리는 대지〉라는 이름으로 영화화되었고, 〈카발레리아 루스티카나〉(1884)는 1890년 오페라로 만들어져 선풍적 인기를 끌었다. 뒤늦게 명성을 얻기 시작했으나 현대 비평가들은 그를 가장 뛰어난 이탈리아의 소설가로 평가하고 있다.

이후 그는 이탈리아 문단에서 가장 활동적인 작가가 되었으며 국제적으로 주목받는 작가가 되었습니다.

그는 "작가의 임무는 사실을 있는 그대로 말하고, 숨김없이 묘사하는 데 있다."고 말합니다. 그래서 그는 장편소설, 단편소설, 평론 등의 수많은 작품에서 인간 사회의 묘사에 그치지 않고 병든 사회의 현실과 인간의 구석구석을 거리낌 없이 묘사하는 신사실주의의 면모를 여실히 드러냅니다. 대부분의 그의 소설이 메마른 감정, 고립감, 존재에 대한 부조리와 절망감 등을 다루고 있으며, 그것에 대한 도피로서의 무분별한 성생활이나 부부생활 역시 공허함을 묘사합니다. 적나라하고 꾸밈없는 문체, 뛰어난 구성과 심리학적 통찰, 진솔한 인물 창조와 사실적인 대화 구사 등을 사용해 전위적인 문학이 시도되었던 현대 이탈리아 문단의 혁신적인 기법에 의존하지 않고 뛰어난 작품을 내놓았습니다. 전후 작품으로는 〈로마의 여인〉(1947), 〈경멸〉(1954), 〈권태〉(1960), 〈관심〉(1965) 등이 있습니다.

움베르토 에코 Umberto Eco(1932~)는 이탈리아의 기호학자이며 철학자, 역사학자, 미학자로 〈기호학 이론〉 등 많은 저서의 저자이며 세계적인 베스트셀러 〈장미의 이름〉의 저자이기도 합니다.

1932년 이탈리아 서북부의 피에몬테주 알레산드리아에서 태어나 1954년 토리노 대학 문학부를 졸업했으며, 1956년 〈토마스 아퀴나스의 미학적 문제〉라는 논문으로 철학 학위를 얻었는데 이 학위논문이 발간되면서 문학비평 및 기호학*계의 주목을 받게 되었습니다. 1968년 인간의 사고와 문화 행위, 이념 구성 등에 다양하게 관련되어 있는 기호를 개념, 유형, 의미론, 이데올로기 등으로 명쾌하게 분석 정리한 〈텅 빈 구조〉를 발간했고, 이어서 〈내용의 형식〉(1971)을 발간한 후 이 두 저서의 내용을 증보해 영문판 〈기호학이론A Theory of Semiotics〉(1976)을 발간함으로써 세계적인 기호학자로서 명성을 얻었습니다.

기호학

기호의 기능과 본성, 의미작용과 표현, 의사소통과 관련된 다양한 체계를 연구하는 학문 분야. 기호학자들은 삶을 포함해 인간과 관련된 모든 것이 기호로 이루어져 있다고 본다.

움베르트 에코

토마스 아퀴나스의 철학에서 퍼스널 컴퓨터에 이르기까지 기호학, 철학, 역사학, 미학 등 다방면에 걸쳐 전문적 지식을 갖추었을 뿐만 아니라 모국어인 이탈리아어를 비롯해 영어, 프랑스어, 독일어, 라틴어, 그리스어, 러시아어, 스페인어까지 통달한 언어의 천재이며, 이러한 이유로 '레오나르도 다 빈치 이래 최고의 르네상스적 인물' 이라는 칭호를 얻고 있습니다.

원자핵의 확산과 환경오염 등으로 인한 세기말적인 위기를 문학으로 표현해 보려는 생각을 가지고 있던 그는 우연한 기회에 출판사에 근무하는 여자친구의 권유로 소설을 집필했는데 이 소설이 바로 그의 첫 번째 장편소설 〈장미의 이름Il nome della rosa〉(1981)입니다. 이 소설은 출간되자마자 세계적인 베스트셀러가 되었고 1988년 두 번째 장편소설 〈푸코의 진자Il pendolo di Foucaullt〉를 발표해 프랑크푸르트 북페어에서 최고의 작품으로 평가받았으며, 1994년 자전적 작품인 세 번째 장편소설 〈전날의 섬L' isola del giornoprima〉을 발표해 작가로서의 재능을 다시 한번 확인시켰습니다. 최근 소설 〈바우돌리노〉를 발표하기도 했습니다.

〈장미의 이름〉은 에코가 52세 때 발표한 첫 장편소설로, 중세 이탈리아의 한 수도원에서 일어난 의문의 살인 사건을 해결해 나가는 과정이 중심 내용을 이루고 있습니다. 외형상 14세기 이탈리아 수도원을 배경으로 하는 추리소설의 성격을 띠고 있지만 본질적으로는 신학적 · 철학적 · 학술적 · 역사적 시각에서 '진실' 을 탐구하는 작품으로써 중세의 신학과 철학 등 서양 고전들을 다양하게 인용하면서 단순히 과거의 사실을 재생시킨 역사소설과는 달리 당시 중세인들이 인식하던 당대의 역사를 입체적으로 형상화한 탁월한 역사소설입니다.

윌리엄과 아드소는 연쇄 살인 사건이 벌어지는 이탈리아의 수도원에서 일주일간 머물며 살인 사건을 해결하려고 하지만 〈요한묵시록〉

1986년 영화화된
〈장미의 이름〉 포스터

의 예언에 따라 진행되는 살인 사건의 마지막 피해자가 죽을 때까지 결국 살인을 막지 못합니다. 사건은 수도사들의 출입을 거부하고 있는 '장서관'의 숨은 지배자인 맹인 호르헤 수도사의 흉계가 밝혀지면서 끝납니다. 수도사들이 크게 웃는 것을 죄악으로 여긴 호르헤 수도사는 희극(웃음)을 다룬 아리스토텔레스의 〈시학〉 2권에 독을 발라 두었고, 수도원 내에서 금서로 분류된 이 책을 읽었던 젊은 수도사들이 영문도 모른 채 죽었던 것입니다. 중세의 생활상과 세계관, 각 교파간의 이단 논쟁과 종교재판, 수도원의 장서관 등이 매우 사실적으로 묘사되고, 종교적 독선과 편견이 인간의 자유를 구속하던 14세기 유럽의 암울한 역사가 흥미진진하게 펼쳐집니다.

이 작품은 아리스토텔레스의 논리학과 토마스 아퀴나스의 신학, 프랜시스 베이컨의 경험주의 철학뿐만 아니라 현대의 기호학 이론이 무르녹아 있는 생생한 지적 보고寶庫로서 새로운 의미의 현대적 고전으로 평가되고 있습니다. 특히 작가의 해박한 인류학적 지식과 기호학적 추리력이 빈틈없는 구성과 조화를 이루어 출간과 동시에 세계적인 주목을 받았고, 현재 40여 개 국어로 번역되는 등 세계적인 베스트셀러가 되었습니다. 1986년 프랑스의 영화감독 장 자크 아노Jean-Jacques Annaud에 의해 영화로도 제작되었습니다.

09 스페인과 중남미 문학

스페인 문학

스페인은 모든 문화가 가톨릭교를 바탕으로 발전되어 온 국가입니다. 스페인 문학 역시 전통적인 스페인 민족정신의 뿌리를 이루어 온 전통 종교의 바탕에서 이루어졌다고 볼 수 있습니다. 중세로부터 19세기말까지 스페인은 과학과 지식보다는 종교를 고수해 왔으며 전통적으로 신의 섭리를 국가의 기초로 하는 특성을 지니고 있습니다. 이같은 특징은 '98세대' 에 이르러 유럽 문학을 받아들이면서 개방되기 시작했습니다.

1898년은 스페인 제국이 미국과의 전쟁에서 패하고 아메리카와 태평양에 가지고 있던 마지막 식민지 쿠바와 필리핀을 상실한 해입니다. 이것은 식민 제국으로서의 스페인의 완전한 종말을 의미하는 것이기도 합니다. 국가의 존립 기반이 위태로워지고 국민의 사기가 땅에 떨어져 있을 때 '98세대' 라고 불리는 젊은 작가들은 무너져 가는 조국 스페인의 영광을 재현하고자 예술 각 분야에서 조국이 나아갈 방향과 새로운 민족혼을 부르짖으며 가차 없는 개혁을 주장했습니다. 그들은 새로운 목적 의식을 가지고 작품을 썼으며 외국 문학의 여러 조류에 관한 정보를 스페인에 도입해 국민들이 현대 세계에서 그들의 가치를 재평가하고 20세기의 문화 발전을 지향할 수 있도록 민족의식을 일깨웠습니다. 그러나 이상성에 기초하고 정신의 개혁에 목표를 둔 98세대의 문학운동은 그들의 이데올로기를 현실적으로 실천하는 데 역부족이어서 사회 개혁이나 스페인 부흥이라는 그들의 이상이 실현되지는 못했습니다.

이후 1차 세계 대전과 스페인 내부의 군부독재 정권하에서 27세대 시인들을 통해 20세기 스페인 문학은 오랜만에 활기를 되찾으며 화려한 황금기를 만끽했지만 1936년 스페인 내란*은 비극적 결과를 체험하게 만들었습니다. 많은 작가들이 해외로 도피하거나 어떤 작가들은 그들의 지적·문화적 능력을 전쟁 무기로 공화정 정부에 제공했고, 그 결과 1939년 말경 스페인 내에는 역량 있는 작가들이 거의 남아 있지 않게 되었던 것입니다. 내전이 끝나고 프랑코 파시스트 정권이 수립되고 얼마 후 2차 세계 대전이 발발하자 스페인은 외교적 수완을 발휘해 승전국 편에 가담할 수 있었습니다. 그리고 2차 세계 대전이 끝날 무렵부터 스페인 문학은 다시 활기를 찾기 시작했으며, 1970년대에는 검열제도가 상당히 완화되어 문제의식을 지닌 작가들이 비교적 자유롭게 활동할 수 있게 되었습니다.

98세대의 대표 작가로 **미겔 데 우나무노**Miguel de Unamuno y Jugo (1864~1936)를 들 수 있습니다. 우나무노는 스페인 북부 공업도시 빌바오에서 출생했고 자신이 바스크족*의 후예라는 사실에 항상 긍지를 가지고 있었습니다. 1880년 마드리드 대학에 들어가 4년 만에 철학 및 문학 박사 학위를 받았고, 6년 뒤 살라망카 대학의 그리스어 및 문학과 교수가 되었습니다. 그 이후 이른바 '98세대 작가'의 지도적 중심인

스페인 내란

1936년 2월 19일 스페인 제2 공화국의 인민전선人民戰線 정부가 성립된 데 대해 군부를 주축으로 하는 파시즘 진영이 일으킨 내란. 중산계급, 노동자, 농민 등 좌파는 인민전선 정부를 지지했고, 군부, 교회, 왕당파 등 우익 진영은 프랑코 장군을 지지했다. 1939년 내란이 끝나면서 프랑코 체제가 수립되었다.

바스크족

피레네산맥 양쪽 스페인 북부와 프랑스 남서부에 거주하는 부족으로 이베리아 반도에서 가장 오래된 민족으로 전해진다. 인종상으로나 언어, 관습상으로 프랑스인, 스페인인과 다른 특징을 가지고 있어서 2차 세계 대전 이후 분리 독립 운동이 강하게 일어나고 있다.

우나무노

"우나무노"! 문학도!
그때 그때 그시대에
아부해야! 해피야♪

물로서 문학과 사상 양면에서 다채로운 활동을 해서 '남유럽의 키르케고르' 라는 세계적인 명성을 얻었습니다.

1901년 살라망카 대학의 총장으로 취임했으나 1차 세계 대전 중 연합국에 대한 공식적 지지를 표명해 1914년 해직되었고, 1924년 스페인을 지배하는 군사정권에 반대해 프랑스로 강제 추방당했습니다. 독재 정권이 무너지자 살라망카 대학으로 돌아와 1931년 총장으로 재선되었으나 1936년 10월 프랑코가 이끄는 팔랑헤 당원을 비난해 또다시 총장 자리에서 쫓겨나 가택 연금을 당했고, 그 뒤 2개월 만에 심장병으로 죽었습니다.

그는 한때 당시 유행하던 사회주의 사상에 기울기도 했고 문학을 통해 스페인 민족정신을 유추하려 시도하기도 했지만, 본질적으로 중요한 것은 스페인 사회의 집단적 문제인 국가 부흥보다도 개인적 구원이며, 그 구원은 존재의 허무를 극복하고 불멸성을 회복하는 것이라고 믿었습니다. 우나무노는 지성과 감성, 신앙과 이성 사이의 긴장에 대해 대단한 관심을 가졌던 초기 실존주의자였습니다. 그가 주장한 바에 따르면 인간이 지닌 '영생에 대한 갈망' 은 오직 이성에 의해서만 거부당하며 믿음에 의해서만 충족될 수 있고, 그 사이에서 빚어지는 갈등은 끊임없는 고통을 낳으므로 '뼈와 살' 을 겸비한 개인이야말로 참다운 살아 있는 실재라는 것입니다.

시인이자 극작가로서도 뛰어난 재능을 발휘했지만 우나무노는 수필가나 소설가로서 더 큰 영향력을 발휘했습니다. 스페인 국내 분쟁의 역사를 그린 그의 첫 소설 〈전쟁 중의 평화〉는 스페인 소설에 처음으로 독백의 기법을 도입해 '의식의 흐름' 을 그려 내는 동시에 실존주의 소설의 가능성을 보여 주었습니다. 또한 〈사랑과 교육〉(1902)이라는 작품에서 '니볼라nivola' 라는 신조어를 만들어 냈는데, 이것은 소설을 뜻하는 스페인어 '노벨라novela' 를 변화시킨 말로서 소설과 수필의 중간 형태를 말합니다. 세르반테스의 명작에 대한 주석이자 돈키호테를 스페인 민족 부흥이라는 시대적 명제에 부합시킨 〈돈키호테와 산초의 생애〉(1905), 이성과 신앙 사이에서 겪는 실존적 갈등을 집약적으로 정리한 〈개인과 민족의 비극적 인생관〉(1913), 〈그리스도교의 고민〉(1925) 등 그가 쓴 수필은 20세기 초 스페인에 큰 영향을 끼쳤습니다.

1914년에 발표한 소설 〈안개〉는 제목 자체가 암시하듯이 목적 없는 삶, 안개와 같은 인생의 고뇌와 불합리함을 무위도식하는 무용지물의 인간을 통해 그려 냈으며, 그의 가장 유명한 소설 〈아벨 산체스 : 욕망의 역사Abel Sánchez : una historia de pasión〉(1917)는 성서에 나오는 카인과 아벨의 이야기를 현대적으로 재구성한 것으로 카인으로 등장하는 인물이 고통스러울 만큼 심한 갈등을 일으키는 충동에 초점을 맞추고 있습니다. 또한 화가를 탐구한 시 〈벨라스케스의 예수〉(1920)는 현대 스페인 시의 뛰어난 본보기로 꼽힙니다.

안토니오 마차도 Antonio Machado y Ruiz(1875~1939)는 98세대의 대표적인 시인이자 극작가이며 현대 스페인 서정시를 대표하는 시인입니다. 남부 세비야 태생으로 마드리드 대학에서 문학박사 학위를 받은 후 프랑스 소르본 대학에 다녔으며, 중학교에서 프랑스어를 가르쳤습니다. 그의 형 마누엘 마차도 역시 모더니즘 시인으로 명성을 날렸고 형제가 함께 희곡을 쓰기도 했습니다.

마차도의 인생은 외로운 나그네의 모습과 같아서 지나간 날의 추억에 집착하고 자연을 사랑하고 관조하며 시를 통해서 내면적 성찰과 인생의 의미를 탐구했습니다. 그는 모더니즘이 풍미하던 시기에 창작 활동을 시작해 어느 정도 모더니즘의 요소가 발견되기도 하지만, 당대 모더니즘 작가들이 추구하던 감각의 차원보다는 감동의 효과를 추구하면서 지성보다는 직관으로부터 지식을 얻는 자칭 '불멸의 시'를 추구했습니다. 처음에는 〈고독〉(1903) 같은 순수 낭만주의와 밀접한 관계를 가진 작품을 통해 추억과 꿈을 환기시키며 자연현상, 특히 일몰日

▶ 스페인 카스티야 평원의 풍경

德과 시인 자신을 주관적으로 동일시하는 경향을 보였습니다. 매우 무미건조하고 음산한 문체로 카스티야의 스산한 풍경과 분위기를 묘사한 그의 대표작 〈카스티야 평원Campos de Castilla〉(1912)에는 외적 현실로 시선을 돌리고 사회와 역사적 상황, 민족적 전통을 관조하는 자세를 보여 주며, 〈새로운 노래〉(1924)와 〈시 전집〉(1928)에서는 심오한 실존주의적 견해를 나타내며 시인의 고독을 노래합니다. 마차도의 시는 스페인의 전통적 시 형식과 주제를 되살리면서 실존적 문제의식과 예술 형식을 조화시킨 시라는 평가를 받고 있습니다.

마차도는 스페인 내란이 일어났을 때 스페인 공화파를 적극 지지했으며 1939년 초 공화당이 해체되자 스페인에서 도피하다가 프랑스로 망명했는데 망명 직후 프랑스에서 죽었습니다.

처음으로 '98세대'라는 명칭을 사용한 작가이자 문학평론가 **아소린**Azorin(1874~1967)의 본명은 호세 마르티네스 루이스José Martí nez Ruiz이며 스페인 동부 알리칸테의 평범한 중산층 가정에서 태어났습니다. 아버지의 뜻을 따라 법대에 진학했으나, 결국 학업을 마치지 못하고 문학으로 돌아섰습니다.

〈의지La voluntad〉(1902), 〈안토니오 아소린Antonio Azorín〉(1902), 〈한 작은 철학자의 고백〉(1904) 등으로 이루어진 3부작 소설은 허구적

인물의 창조나 소설의 구성보다는 사상과 행동의 갈등을 표현하는 감수성을 강조하는 데 중점을 두었습니다. 전통 소설 형식을 벗어난 이 작품들은 98세대를 결속시키는 데 큰 힘이 되었지만, 호의적인 평가를 받지는 못했습니다.

아소린의 에세이와 평론은 매우 중요한 위치를 차지하고 있습니다. 그는 스페인 문화에서 지속적인 가치를 가진다고 생각되는 것을 찾기 위해 끊임없이 노력했

아소린

고, 〈카스티야의 영혼〉(1900), 〈돈키호테의 여정〉(1905), 〈스페인의 한 시간Una hora de España 1560~1590〉(1924) 등에서 독자의 감수성을 자극하면서도 신중하고 예리하게 스페인인의 정신적 삶과 혼을 재구성해 냈습니다. 당시 대부분의 스페인 문학을 대중이 손쉽게 접하기 어려운 상황에서 스페인의 고전 작품에 대한 새로운 열정을 불러일으키는 데 이바지했고, 국외에서 일어나는 사조를 스페인에 꾸준히 알리는 데도 관심을 가졌던 그는 1923년부터 1936년에 〈서방세계의 잡지 Revista de Occidente〉라는 정기 간행물을 편집했고, 스페인 내란 중에는 파리에서 아르헨티나 신문 〈나시옹La Nación〉에 기고하면서 지내다가 1939년 마드리드로 돌아왔습니다. 그 이후 현실과 타협하는 노선을 걸으며 강직한 문필가로서의 이미지를 급격히 잃어버렸고, 후기의 저술들은 갈수록 빛을 잃었습니다. 1952년 이후에는 모든 문필 활동의 포기를 선언하고 영화 평론을 썼습니다.

후안 라몬 히메네스 Juan Ramon Jimenez(1881~1958)는 안달루시아의 모게르에서 태어나 19세 때 마드리드로 가 루벤 다리오 등과 친교를 맺으며 〈제비꽃의 영혼〉, 〈수련〉(1900) 등 모더니즘의 영감을 받은 음악성과 색채감이 풍부한 시들을 발표했습니다. 보라색과 녹색으로 인쇄된 이 두 권의 시집은 너무나 감상적이어서, 말년에 크게 당혹한

"아소린" 선생님! 현실과 타협하지 말았어야 했습니다! 글구… 영업시간이 끝…

히메네스

히메네스는 인쇄본을 닥치는 대로 없애 버렸다고 합니다.

1916년 뉴욕을 여행하면서 인도 시인 타고르의 작품을 스페인어로 번역한 제노비아 캄프루비 아이마르와 결혼했고, 그 이후 독창적인 시들을 쓰기 시작합니다. 모든 공허를 제거하고 사물에 알맞은 이름을 부여하기 위해 소박하고 벌거벗은 표현을 추구하면서 모더니즘의 장식적인 요소들을 제거하게 된 것입니다. 형이상학적인 생활 경험을 표현하는 그의 시 경향은 그의 최후의 작품 〈원해지고 원하는 신〉(1949)에서 절정을 이룹니다. 이 작품은 '우주'와 '나'와의 합일을 노래한 신비주의의 걸작으로 꼽히고 있습니다.

1956년 노벨문학상을 수상한 히메네스는 서양 전문가들에게 불가사의한 일면을 제시한 시인으로 유명한데, 아마도 그 이유는 그가 깨달음에 의하여 얻은 도道의 결정체를 신神으로 표현하기 때문일 것입니다. 그는 섬세한 감각과 미에 대한 끊임없는 탐구로 근대 스페인 서정시를 영광의 시기로 이끌어 갔습니다. 히메네스는 스페인 내란 중에 공화파와 제휴했다가 후에 자발적으로 푸에르토리코로 망명해 그곳에서 여생의 대부분을 보냈습니다.

카밀로 호세 셀라 Camilo José Cela Trulock(1916~2002)는 스페인 내란 후에 활동한 작가로서 26세 때에 쓴 〈파스쿠알 두아르테 가족〉(1942)으로 시문학에 편중된 모습을 보이고 있던 내전 전후의 스페인 문학사에 커다란 획을 긋는 동시에 '1945년 세대'의 선봉에 선 작가입니다. 인간과 생에 대해 근본적으로 부정적이고 회의적인 태도를 견지했던 셀라는 시어가 가질 수 있는 가능성을 소설에서도 보여 주기 위해 표현의 가능성을 극대화하면서 시니컬한 풍자와 블랙유머, 서정적인 어조를 혼합해 냅니다.

〈파스쿠알 두아르테 가족〉은 지방의 농부 파스쿠알 두아르테가 모친을 살해한 죄로 사형선고를 받고 감옥에서 자신의 생애에 대해 기술하는 형식으로 전개되는 소설인데, 투박하고 거친 언어 구사와 뛰어난 심리묘사와 더불어 살인을 둘러싼 이야기들이 끔찍하게 묘사되어 있습니다. 자기 고립이라는 상황 속에서 처음에는 자기의 사냥개를, 그 다음에는 아내를 유산시켰다는 이유로 자기 집 말을, 그리고 감옥에서 돌아온 후에는 임신한 부인과 부인의 정부를 차례로 살해한 후 자신의 모친을 죽이는 주인공 파스쿠알의 극단적 상황을 인간의 극단적인 실존적 상황으로 제시하며 현대인의 존재 문제를 고찰합니다. 이 작품은 출판되자마자 독자들의 폭발적인 호응을 얻으며 스페인 소설계에 신선한 충격을 던져 주었고, 왜곡되고 비뚤어진 인간 심리를 자학적으로 그려 내며 스페인의 당시 사회상을 끔찍할 정도로 파헤쳐 '전율주의'라는 새로운 장르를 만들어 냈습니다. 이 작품은 세르반테스의 〈돈키호테〉 이후 스페인에서 가장 인기 있는 작품이 되었으며 셀라는 이 작품으로 1989년 노벨문학상을 수상했습니다.

1951년에 발표한 〈벌집〉은 2차 세계 대전 후의 마드리드를 배경으로 전쟁 직후의 혼란과 퇴폐상을 사실주의 수법으로 교묘하게 그린 작품입니다. 셀라는 그 후에도 꾸준히 소설과 수필을 발표해 큰 반향을 불러일으키며, 현대 소설의 거장의 위치에 올랐습니다. 그는 또한 기행문학에 지대한 관심을 기울여 〈레리다의 피레네 산지 여행〉(1965) 등에서 스페인 각 지방의 풍물과 그곳 사람들의 삶에서 느껴지는 생생한 체취를 담아냈습니다.

셀라

중남미 문학

라틴아메리카 국가 중에서 스페인어를 쓰는 국가들과 포르투갈어를 쓰는 브라질에서 형성된 중남미 문학은 19세기 중엽까지 강한 토착 문

메스티소

여성 형은 메스티자. 혼혈 인종을 가리키는 말로 라틴아메리카에서는 인디언과 유럽계의 혼혈을 가리키며, 에콰도르를 비롯한 몇 나라에서는 사회 및 문화에 관련된 뜻으로도 쓰여서 순수한 인디언 혈통이라도 유럽식 복장과 관습을 받아들이는 사람은 메스티소(또는 촐로)라고 부른다. 멕시코에서는 이 말이 가지고 있는 뜻이 너무 많아 인구 조사 보고서에서는 쓰이지 않는다고 하고, 필리핀에서는 토착민과 외국인(예를 들어 중국인)의 혼혈을 '메스티소'라고 부른다.

학적인 성격을 보이다가 1870년대 후반에 라틴아메리카 대부분의 지역에서 삶과 문학에 대한 세계주의적 각성이 일어나면서 '모더니즘' 문학 운동이 전개되었습니다. 이 운동은 니카라과의 시인 루벤 다리오의 지도 아래 그 절정에 달했으며, '예술을 위한 예술'이라는 이념을 표방해 아름다움과 이국풍, 세련미의 추구를 이상으로 삼으면서 상징주의, 고답파, 퇴폐주의 같은 유럽과 라틴아메리카의 다양한 문학적 경향을 결합시키며 발전했습니다.

멕시코혁명(1910~1920)은 라틴아메리카 작가들에게 강한 사회적 각성을 불러일으켰습니다. 많은 작가들이 모더니즘 문학이 예술적 도피에 불과하다고 반기를 들고, 착취와 곤궁으로 허덕이는 민중, 즉 원주민, 흑인, 메스티소Mestizo[*], 농민, 도시 빈민, 노동자 등에 초점을 맞춘 소설을 썼고 파블로 네루다 같은 시인들과 그 후의 전위 시인들은 과감한 형식과 시상을 사용해 사회적·정치적 관심을 표현했습니다.

20세기 후반부터 중남미 문학은 주제와 상징 면에서 더욱 보편적인 경향을 띠게 되면서 포스트모더니즘의 원형으로 떠오릅니다. 영미의 영향과 스페인을 통한 유럽 대륙의 영향을 동시에 받고 있었던 중남미에서는 어느 한쪽에 기울지 않고 두 사조를 접목시켜 새로운 특성을 지닌 문학을 만들어 낼 수 있었습니다. 또한 포스트모더니즘이 발생할 무렵 중남미를 비롯한 제3세계가 세계사의 중심 무대가 된 것도 한 가지 이유가 됩니다.

루벤 다리오 Rubén Darío(1867~1916)는 98세대와 같은 시기의 니카라과 출신 시인으로, 금세기 스페인어로 이루어진 시는 그의 존재를 무시하고는 생각할 수 없다고 말할 수 있을 정도로 큰 영향을 끼친 스페인 모더니즘의 기수입니다. 본명은 가르시아 사르미엔토Félix Rubén García Sarmiento이며 13세의 나이에 향토 신문에 기고를 할 만큼 시에 재능을 가지고 있었습니다. 19세 때 니카라과를 떠나 평생 계속되는 유랑을 시작하는데, 처음에 칠레로 가서 세관에 근무하면서 시를 습작하고 프랑스 문학을 익혔습니다.

루벤 다리오

1888년 단편소설, 짧은 산문, 시 등을 모아 엮은 첫 작품 〈푸름Azul〉을 출판했는데, 이 작품은 곧 유럽과 라틴아메리카에서 스페인어 권 아메리카문학의 새로운 시대를 예고하는 징표가 되었습니다. 이 작품은 프랑스의 고답파 시를 알게 된 직후에 쓴 것으로, 길고 문법적으로 복잡한 스페인어의 전통 문장 구조를 버리고 간결하고 직설적인 언어를 구사함으로써 고답파 운동의 핵심적 요소인 새로운 문체를 스페인 문학에 적용하려는 의도가 엿보입니다.

1893년 부에노스아이레스 주재 콜롬비아 영사로 임명되었고, 1898년 부에노스아이레스에서 발행되는 신문 〈나시온La Nación〉의 특파원으로서 유럽에 가서 세계주의적 분위기를 느꼈으며, 1900년부터는 파리를 중심으로 유럽 여러 나라를 여행하면서 작품을 썼습니다. 1906년 고국에 돌아와 1908년에 스페인 주재 니카라과 공사公使로 스페인에 부임했으나 1914년 1차 세계 대전이 발발하자 병들고 궁핍한 상태로 유럽을 떠났고 경제적인 어려움을 덜기 위해 북아메리카 순회강연을 시작했으나 뉴욕에서 폐렴에 걸려 고국으로 돌아온 뒤 곧 숨을 거두었습니다.

그의 끊임없는 여행과 방랑은 그의 세계주의적 정신을 형성하는 데 크게 기여한 것으로 보입니다. 다양한 해외 문학을 접하고 그로부터 받은 영향을 중남미 및 스페인적인 주제에 적용시켜 모더니즘의 감각과 상상으로 표현했습니다. 그에 의해 스페인 현대시는 주제의 혁신, 즉 일상적인 테마로부터 진기하고 이국적인 것으로, 통속적 현실 세계로부터 꿈의 세계로, 산문적인 것으로부터 세련되고 심미적인 세계로 전환하게 되었습니다. 또한 시의 색채와 음악적 효과를 배려하며 과감한 시어를 개발해 내고 작가 생활 내내 여러 가지 시 형식을 대담하게 실험했으며, 운율과 이미지의 실험을 통해 그 어떤 스페인어권의 시인

보다도 더 많은 새로운 운율을 도입했다고 할 수 있습니다. 예술적 자질과 기교의 완벽성이라는 관점에서 스페인어로 시를 쓴 가장 뛰어난 시인 중 한 사람으로 꼽히고 있으며, 그가 발전시킨 독창적인 시 문체는 스페인 시의 하나의 전통으로 굳어졌습니다.

최고 걸작으로 꼽히는 작품집 〈삶과 희망의 노래Cantos de vida y esperanza〉(1905)는 스페인어권 민족들의 연대, 신세계 아메리카에서 스페인 제국이 무너진 뒤의 라틴아메리카의 장래, 오랜 세월 이어져 온 인간 실존의 문제, 예술 영역 밖의 문제에 대한 관심 등 삶의 비극적 측면에 대한 예리하고 강렬한 철학적 인식을 드러낸 작품입니다.

파블로 네루다

파블로 네루다 Pablo Neruda(1904~1973)의 본명은 네프탈리 리카르도 레이에스 바소알토Neftalí Ricardo Reyes Basoalto이며, 칠레 태생입니다. 10세 때부터 시를 쓰기 시작했으며, 12세 때 칠레의 저명한 여류시인 가브리엘라 미스트랄Gabriela Mistral(1889~1957)을 만나 위대한 고전작가들에 대해 눈을 뜨게 되었습니다. 산티아고 대학에서 철학과 문학을 수학하고 1927년부터 스리랑카와 싱가포르 등지의 영사를 역임했으며 1934년부터 1938년까지 마드리드의 영사가 되어 알베르티 등의 전위 시인들과 교류를 맺습니다.

어려서부터 문학적 재능이 뛰어났던 그는 모더니즘 경향의 시 〈황혼의 노래〉(1923)로 문단에 데뷔하고, 1924년에 발표한 〈스무 편의 사랑의 시와 한 편의 절망의 노래〉에서 그의 독자적인 시 세계를 개척하며 칠레에서 가장 유명한 시인이 되었습니다.

가브리엘라 미스트랄
칠레 태생의 여류 시인. 평생을 독신으로 지내며 인간과 자연을 향한 모성과 자애를 표현하는 시들을 썼으며, 1945년 남아메리카 작가 중 최초로 노벨문학상을 받았다.

1934년 스페인 주재 칠레 영사로 바르셀로나와 마드리드에 근무하면서 많은 스페인 시인들과 교류를 맺었고, 스페인 내란과 2차 세계 대전을 겪으면서 그의 정치적 태도도 성숙해졌습니다. 1945년 칠레 상원의원으로 선출되어 문학에 열정을 쏟았던 만큼 칠레 문제 해결에도 열정을 기울였으나 칠레에 우익 정부가 들어서면서 좌익이었던 그는 은신하지 않을 수 없었고, 이 시기에 가장 위대한 서사시 가운데 하나인 〈**모든 이를 위한 노래**Canto general〉가 씌었습니다. 1971년 노벨문학상을 수상했습니다.

네루다의 시는 인간이면 누구나 살아가면서 겪게 되는 끊임없는 변화를 대변합니다. 다양한 주제를 다양한 기교와 필치로 그려 내지만, 무엇보다도 삶의 생동감을 느끼게 하는 역동성이 특징입니다. 그것은 그의 정열적인 기질에서 비롯된 성향이기도 하고, 민중적인 힘을 바탕에 깔고 있는 라틴아메리카의 환경이 주는 영향 때문이기도 합니다.

아르헨티나의 시인이며 소설가이자 중남미 포스트모더니즘 소설의 선구자로 불리는 **호르헤 루이스 보르헤스**Jorge Luis Borges(1899~1986)는 아르헨티나의 수도 부에노스아이레스의 중심가에서 변호사인 아버지와 문학 작품들을 번역한 어머니 사이에서 장남으로 태어났습니다. 1차 세계 대전 중 스위스 제네바에 유학했고 전후에는 유럽 각지를 여행하다 스페인에서는 전위 시 운동*에 참가했습니다. 〈부에노스아이레스의 열정〉(1923)이라는 시로 시단에 등단했고 1930년대부터 소설을 쓰기 시작해서 〈소설Ficciones〉(1944) 등의 환상적인 작품을 발표했습니다.

전위 시 운동
선구적이고 실험적인 시 창작을 시도하는 아방가르드 시 운동

1946년 독재자 후안 페론이 권력을 쥐게 되자 그는 2차 세계 대전 때 연합군 측을 지지했다는 이유로 9년 동안 일해 왔던 도서관에서 쫓겨난 뒤 친구들의 도움을 받아 강연, 편집, 저술 활동을 하며 생계를 이어 갔습니다. 1955년 페론이 물러나자 명예직인 아르헨티나 국립도서관 관장이 되었고, 부에노스아이레스 대학에서 영미 문학 교수직도

보르헤스
중남미 포스트모더니즘 소설의 선구자다.

맑게 되었습니다. 그러나 이 시기에 이르러서는 앞을 전혀 못 보게 되었는데 이 병은 그의 집안에 내려오던 유전 질환으로 1920년부터 점차 시력이 약해져서 손으로 직접 글 쓰는 것을 포기하게 되었고, 어머니나 비서, 또는 친구들이 받아 써 주어야만 했다고 합니다.

보르헤스는 1961년 베케트와 함께 권위 있는 '국제 출판사상' 인 포멘토상을 받았습니다. 사실 그 이전까지 그는 자신의 고향인 부에노스아이레스에서조차 거의 알려지지 않았던 작가인데, 그가 죽은 후에야 비로소 그가 창조해 낸 세계가 프란츠 카프카의 세계에 필적할 만한 것이라는 평을 받게 되었습니다. 또한 그의 작품을 통해 라틴아메리카의 문학은 학문적인 영역에서 벗어나 전 세계의 일반 독자들과 만나게 되었습니다.

보르헤스는 초기의 단편소설에서부터 패러디 수법을 써서 환상과 현실의 경계를 파괴하고, 존재하지 않는 것을 증거로 제시하는 가짜 사실주의 수법, 탐정소설 기법, 미로 이미지를 사용하는 등, 여러 기법을 구사했는데 이것은 현대 포스트모더니즘의 기법으로 정착된 느낌입니다.

특히 〈**피에르 메나르, 돈키호테의 저자**〉와 같은 단편에서는 상호 텍스트성*과 이른바 '메타픽션' 이라고 하는 문학에 대한 자의식 간의 긴밀한 관계를 보여 줍니다. 주인공 피에르 메나르는 세르반테스의 〈돈키호테〉와 똑같은 작품을 쓰는 것을 목적으로 삼는 작업을 펼치다 죽습니다. 소설의 내용은 그가 죽은 뒤 그의 행적을 뒤쫓는 한 비평가가 화자가 되어 서술한 이야기입니다. 세르반테스가 쓴 돈키호테를 글자 하나 고쳐 쓰지 않으면서 또 다른 〈돈키호테〉를 쓰는 일을 필생의 과업으로 생각한 피에르 메나르는 돈키호테의 3개의 장을 그대로 옮겨 쓰면서 그 과업을 실행하는데, 그 작품이 원래의 작품을 글자 한

자 고치지 않은 것임에도 불구하고 원래 세르반테스의 작품보다 '더 모호하기 때문에' 훨씬 더 풍요롭다고 말합니다. 보르헤스는 이렇게 메나르의 상상적인 예를 통해 동일한 두 작품 사이에 존재하는 역사적 거리로 인해 두 번째 것이 첫 번째 것과 다르다는 것을 보여 주면서 창조라는 종래의 글쓰기 행위를 부정합니다. 다시 말하면 패러디가 텍스트 자체에 있는 것이 아니라 독자의 지평선 속에 변화할 수 있다는 것을 보여 주는 것입니다. 보르헤스는 무無에서 유有를 만들어 낸다는 순진한 의미에서의 창작의 개념과 달리 문학이 생산 또는 재생산 과정임을 보여 줍니다.

보르헤스는 이제까지 흔히 철학, 또는 부분적으로 문학에서 제기해 왔던 신, 인간, 세계, 영원성, 죽음 등의 주제를 다루는 많은 작품들을 남겼고, 말년에 불교에 심취해 불교에 대한 교리와 자신의 생각을 정리한 〈불교란 무엇인가〉(1976)를 펴내기도 했습니다.

가브리엘 가르시아 마르케스

마르케스Gabriel García Marquez(1928~)는 콜롬비아의 작가입니다. 보고타 대학에서 법학을 공부하고 기자로 유럽에 체재하다가 그 후 멕시코에서 창작 활동을 했고, 쿠바혁명이 성공한 후에는 쿠바에서 국영 통신사의 로마, 파리, 아바나, 뉴욕 특파원을 지내면서 작품을 썼습니다. 대표작 〈**백 년 동안의 고독**〉은 1967년 아르헨티나에서 출판되어 많은 사람들에게 읽혀 오다가 1982년 노벨문학상을 받아 세계적으로 유명해졌습니다. 마콘도라는 가공의 땅을 무대로 백 년에 걸친 부엔디아 가문의 역사가 이 작품의 주요 내용인데, 무궁무진한 상상력을 바탕으로 인간 세상에서 일어날 수 있는 온갖 이야기들이 등장합니다. 이 작품은 콜롬비아의 실제 역사인 동시에 궁극적으로는 인류가 체험하는 신화와 전설을 표현한 것으로, 환상적 · 우화적 · 신비적 요소를 뒤섞음으로써 현실과 환상, 역사와 민담의 경계를 무너뜨리는 문학적 실험성과 정치적 경향성이 결합된 '환상적 사실주의*'의 진수로 평가되고

환상적 사실주의

마술적 사실주의라고도 하며 원래는 후기 표현주의 회화를 설명하기 위해 사용된 용어였으나 환상성과 사실주의를 결합시킨 중남미 문학의 특징을 지칭하는 것으로 자주 사용된다. 이성적인 현실 세계 내에서 초자연적인 현상들이 벌어지지만 이런 자연과 초자연의 질서가 마찰을 일으키지 않는다는 점에서 순수 환상 문학과 차이가 있다고 하겠다.

있습니다. 또한 폭력으로 점철된 20세기 전반기의 콜롬비아의 정치적 환경 속에서 살아온 마르케스는 '금세기 최대의 걸작'이라고 일컬어지는 이 작품에서 중남미의 정치적·사회적 현실에 대한 풍자를 신화적인 수법으로 나타내고 있으며, 현대의 중남미 사람들은 그들 자신의 혈육들의 모습을 이 작품의 등장인물에서 찾아볼 수 있다고 합니다.

루이스 세풀베다

칠레 작가인 **루이스 세풀베다**Luis Sepulveda(1949~)는 학생운동에 참여했고, 당시의 많은 칠레 지식인들처럼 목숨을 건지기 위해서 피노체트의 나라에서 도망쳐 수년 동안 라틴아메리카를 여행하며 여러 일을 했으며 1980년 독일로 이주했습니다. 1989년 그는 살해당한 환경 운동가 치코 멘데스에게 바치는 소설 〈**연애소설 읽는 노인**〉을 발표했는데, 이 소설이 여러 문학상을 휩쓸며 그를 일약 전 세계적인 베스트셀러 작가의 반열에 올려놓았습니다.

이 소설은 오두막에서 평화롭게 연애소설을 읽는 것을 꿈꾸는 노인을 주인공으로 해서 노다지를 찾아 아마존으로 모여든 '양키'들에 의해 마을이 들쑤셔지고 원주민들이 하나 둘씩 삶의 터전을 떠나는 상황을 그리고 있는데, 남미에서 유행하는 환상적 사실주의풍으로 쓰이지 않고 아마존의 정글이라는 대자연이 가져다주는 압도적인 매력을 능숙한 이야기꾼의 솜씨로 풀어내면서 독자를 긴장시키는 추리소설 기법을 사용하고 있습니다. 개발이라는 미명하에 파괴되는 아마존을 통해 인간과 자연의 공존이라는 문제를 제기하고 있으며, 이처럼 자연과 삶을 파괴하는 세력들에 대한 적대감은 이후 그의 소설에 일관되게 나타납니다.

그의 다른 작품으로는 멜빌의 〈백경〉의 모티프를 뒤집어서 고래의 입장에서 인간의 자연 파괴를 고발한 〈세상 끝의 세상〉(1989), 칠레와 독일을 무대로 한 일종의 누아르 소설인 〈귀향〉, 여행에 대한 정열과 이야기꾼으로서의 솜씨가 행복하게 결합된 〈파타고니아 익스프레스〉

(1995), 깔끔한 킬러가 사소한 감정 때문에 위기를 맞는 과정을 통해 사랑이 부재하는 세계를 풍자한 〈감상적 킬러의 고백〉(1996) 등이 있습니다. 그의 모든 책은 전 세계적으로 폭발적인 반응을 얻어 왔고, 〈연애소설 읽는 노인〉과 〈감상적 킬러의 고백〉은 1998년 전 세계 베스트셀러 집계에서 8위를 차지한 바 있습니다.

찾아보기

입센 142, 143, 144, 145, 146, 147, 148, 149, 189

작품 및 개념

ㅈ

ㅋ

ㅌ

ㅊ

ㅍ

기타

ㅎ

참고문헌

D.S. 미르스키, 이항재 역, 『러시아문학사』, 홍익사, 1985

J.M. 호손, 정정호 외 역, 『현대 문학이론 용어사전』, 동인, 2000

강선구, 영문학사, 『한신문화사』, 1996

김병걸, 『문예사조, 그리고 세계의 작가들 : 단테에서 밀란 쿤데라까지』, 두레, 1999

김붕구 외, 『새로운 프랑스 문학사』, 일조각, 1983

김성곤, 『미국문학과 작가들의 초상』, 서울대학교 출판부, 1993

김성기 외, 『서양문학의 이해』, 한국외국어대 출판부, 2004

김승옥, 『서양문학의 흐름. 서양문학사상사 시론』, 고려대학교 출판부, 2001

김현창, 『스페인문학사』, 범우사, 2004

데이빗 데이쉬즈, 김용철 · 박희진 옮김, 『영문학사』, 종로서적, 1969

랑송, 정기수 역, 『랑송 불문학사』, 을유문화사, 1983

문덕수, 황송문 공저, 『문예사조사』, 국학자료원, 1997

민용태, 『세계문예사조의 이해』, 문학아카데미, 2001

박상진, 『이탈리아 문학사』, 부산외대출판부, 1997

박찬기, 『독일문학사』, 일지사, 1965, 1992

박철, 『스페인문학사』, 삼영서관, 1989

박형규 외, 『러시아문학개론』, 제3문학사, 1996

손재준, 『독일문학의 흐름』, 솔, 1999

염창섭, 『문예사조사』, 학문사, 1990

유종호, 『문학이란 무엇인가』, 민음사, 1994

이미영 · 최예정 편저, 『새로 배우는 영국문학사』, 한신문화사, 2000

이윤기, 『그리스 로마신화 1, 2』, 웅진, 2002

이준섭, 『프랑스 문학사 I, II』, 세손, 2002

이철 · 이종진 · 장실, 『러시아 문학사』, 벽호, 1994

존 메이시 지음, 박준황 역, 『세계문학사』, 종로서적, 1981

최유찬, 『세계문예사조의 이해』, 실천문학사, 1995

피터 하이, 송관식 · 김유조 역, 『미국문학사』, 한신문화사, 1993

한국슬라브학회, 『러시아문학의 이해』, 민음사, 1993

한형곤, 『이탈리아 문학의 이해』, 거암출판사, 1984

현광식 · 백낙승, 『상설 미국문학사』, 대학출판사, 1997

청소년을 위한 서양문학사 [하권]

초 판 1쇄 | 2006년 11월 6일 발행
재 판 5쇄 | 2013년 1월 21일 발행

지 은 이 | 김계영
펴 낸 곳 | 도서출판 두리미디어
펴 낸 이 | 최용철

등록번호 | 제10-1718호
등 록 일 | 1989년 2월 10일

주   소 | 서울시 마포구 서교동 369-25
전   화 | 02-338-7733(대표)
팩   스 | 02-335-7849
홈페이지 | www.durimedia.co.kr
전자우편 | emailcyd@gmail.com

ⓒ김계영 2006, Printed in Korea

ISBN 89-7715-159-7 (43800)
ISBN 978-89-7715-159-8 (43800)

* 파본이나 잘못된 책이 있으면 교환해 드립니다.
* 본문에 수록된 도판의 저작권에 문제가 있을 시 저작권자와 추후 협의할 수 있습니다.